리드미카

지은이

**장은석** 張殷碩, Jang, Eun-seok

문학평론가.
고려대학교에서 현대문학을 전공하고
2009년 『중앙일보』 신인문학상으로 등단.

리드미카 시의 맛과 향과 힘

초판 1쇄 발행 2018년 2월 28일
초판 2쇄 발행 2018년 8월 30일
지은이 장은석
펴낸이 박성모
펴낸곳 소명출판
출판등록 제13-522호
주소 06643 서울시 서초구 서초중앙로6길 15, 1층
전화 02-585-7840
팩스 02-585-7848
전자우편 somyungbooks@daum.net
홈페이지 www.somyong.co.kr


ISBN 979-11-5905-257-6 03810
값 27,000원

시의 맛과 향과 힘

# 리드미카

장은석 평론집

소명출판

# 서문

시는 리듬이다. 나는 이 말을 규명하기 위해 지난 7년 동안 모든 노력을 기울였다. 이 책은 그 노력의 산물이다. 어쩌면 누군가에게 다소 어색하게 느껴질 수 있는 책의 제목에는 이러한 고민이 담겨 있다. 처음에 나는 하나의 문장이나 질문처럼 제목을 정하려 노력했다. 또 리듬이라는 말을 다른 개념과 섞어서 배치해보기도 했다. 다양한 여러 가지 시도들은 각각 장점이 있었지만 그런 시도로는 결국 시의 정 가운데에 리듬을 결합하기가 불가능하다는 사실을 깨달았다.

리듬은 단순히 글자수에 따른 음률로만 파악할 수 없다. 물론 이 책의 여러 부분에서 나는 음률의 변화 과정을 상세하게 탐색하며 리듬을 분석하기도 했다. 그렇지만 그것만이 리듬의 전부라고 할 수는 없다. 리듬을 오직 음률의 자질에 묶어둘 수는 없다. 리듬이 곧 시 자체이기 때문이다.

리듬이 곧 시라는 말은 종이 위에 적힌 글자만으로 시를 규정할 수 없게 만든다. 종이 위에 가능성을 가득 품고 내려앉아 있는 시는 읽히며 비로소 리듬이 살아난다. 시를 읽는 사람의 마음으로 더 가까이 다가가 보자. 어쩌면 그는 우리 일생의 여러 순간이 그렇듯이 그저 우연하게 몇몇 단어들을 문고리처럼 잡아당겼을 것이다. 아마 그는 처음에 뾰족하면서도 둥글고, 끈적거리면서도 거칠며, 한없이 무거우면서도 때로는 전혀 질량이 없는 것 같은 이상한 말들에 이끌렸을지도 모른다. 그렇지만 그것을 따라 점점 깊숙한 곳으로 발을 들이면서 그는 여러 가지를 체감하게 될 것이다. 일상의 언어들 사이에 얼마나 깊은 함정이 있는가. 말이 어떤 식으로 일방적인 전달의 기호나 내면의 어떤 상태를 지시하는 수단을 넘어서는 자질을 품을 수 있는가. 얽힌 말의 배후에 얼마나 많은 통로가 있는가. 소리가 말 속에 어떻게 깃들 수 있는가. 마침내 그것이 만드는 리듬이 불안에 시달리며 사랑이라는 과잉에 매달려 스스로를 소모하는 우리에게 어떤 힘을 주는가.

쓰이며 응축된 시의 에너지는 읽히며 폭발하고 확산한다. 시는 쓰이는 순간 이미 일반적인 읽기를 벗어나 스스로 읽는 자의 자세를 예비한다. 따라서 시는 읽는다는 행위가 주체적일 수 있다는 사실을 가장 효과적으로 드러내는 증거와도 같다. 시의 풍부한 맛과 거기에 섞이는 오묘한 향과 그로부터 퍼지는 비밀스런 리듬을 충분히 느끼는 것은 얼마나 행복한가. 이 책을 읽는 당신이 한 편의 시를 읽는다는 것이 이처럼 감각적인 과정인 동시에 깊은 마음의 탐색과 무한한 인식의 펼침과도 같다는 사실을 느낄 수 있기를 바란다. 나아가 당신은 아무 곳에나 넘치는 허술한 위로와 비슷하게 반복되는 조언과는 달리 정체를 알 수 없는 고통과 불안한 감정이 스스로 힘을 얻는 경험을 할 수도 있을 것이다. 짓눌린 마음이 구체적인 몸과 접촉하는 시적 경험은 이와 같은 읽기를 통해 완성된다.

리듬에 관해 이야기하기 위해 책의 앞부분에 반드시 몇 가지를 언급해야만 했다. 1부는 보이지 않는 리듬이 어떤 쓸모가 있는지에 관해 이야기한다. 「감각과 리듬」이 시의 가치와 효용을 직접 겨냥하고 있다면, '시적인 의자는 어떤 쓸모가 있는가'를 묻는 뒤의 글은 그것을 더 구체적으로 드러내려는 시도라고 할 수 있다.

2부와 3부도 리듬에 관해 본격적으로 이야기하기 전에 꼭 필요한 예비단계에 해당한다. 이 부분은 읽기의 다양한 층위를 전제로 삼고 있다. 한 사람의 평론가가 보통의 독자보다 시에 관해 더 여러 가지 층위에서 이야기할 수 있는 것은 사실이지만 그렇다고 해서 보통의 독자가 그보다 시에 관한 이해가 부족하다고 말할 수는 없다. 이론을 동원하여 담론을 형성하려는 사람들은 이런 말을 쉽게 수용하지 않을 수도 있다. 그렇지만 평론가의 자리는 언제나 작품과 독자 사이에 있다. 무엇보다도 나는 독자가 시의 언어가 지닌 맛을 온전히 느끼고 한발 더 나아가 그 사이로 스미는 향을 먼저 느낄 수 있기를 바란다. 이것이 가능하다면 그 사이에서 형성되는 리듬을 감지하고 맥락을 파악할 수도 있을 것이다. 이를 바탕으로 모든 독자가 스스로 자신의 감수성을 훈련하고 나아가 자신과 타인이 함께 이루고 있는 공동체를 향한 윤리의 지평을 넓힐 수 있는 힘을 기를 수 있기를 원한다.

4부에서 6부는 리듬이 발현되는 과정을 본격적으로 탐색한다. 달콤한 빵을 베어 먹는 쾌감과 해답을 찾아 골목 모퉁이를 한참 헤매야 하는 인식이 함께 섞이는 과정은 하나의 말이 분명한 맛을 지닌 물질적 실체라는 사실과 함께 그것이 형성하는 리듬이 마음의 깊은 곳으로 뻗는 것을 보여 준다. 말과 문장이 함께 섞이고 부딪치면서 서로 반응하듯이 개인의 감각적 경험은 이처럼 복잡한 관계 속에서 새로운 리듬으로 다양한 변화를 겪는다. 6부에 이르면 말이 천천히 번식하면서 만드는 펼침의 리듬이 우리의 고통과 정체를 알 수 없는 감정에 새로운 동력을 형성하는 과정이 드러난다.

한편 이 책의 곳곳에는 과거 서정시라고 불리던 시와 오늘날의 시들 사이의 차이가 드러난다. 이런 차이에 관해 더 분명하게 설명하기 위해 7부가 필요했다. 여기에서는 리듬이 어떤 특정한 시를 위한 도구가 아니며 시의 주체의 태도에 따라 서로 다른 리듬의 변화가 있을 뿐이라는 사실을 여러 가지 방식을 통해 설명한다.

이러한 과정을 거치며 우리는 리듬이 어떤 작용을 하는지 목격할 수 있다. 긴밀하게 조응하지 못한 채 촘촘하고 빽빽하게 들어찬 일상의 단어들은 고인 채로 공간을 점유하고 있을 뿐이다. 특유의 맛과 향을 잃어버린 말들, 생기 없는 언어는 스스로 탐색하는 동력을 잃는다. 사유로 나아가지 못하고 단순한 진술에 머물거나 심지어 진술이 되지도 못하는 말들 사이에 형성되는 낯선 힘이야말로 리듬의 가장 중요한 자질이다. 리듬은 시의 장식이나 시로 향하게 만드는 통로가 아니라 말과 사람과 세계를 연결하고 그들이 함께 진동하며 변화를 겪을 수 있게 만드는 원동력이다. 리듬은 자신만의 느낌에 갇혀서 고통에 시달리는 사람을 새로운 가능성의 지경으로 한발 내딛을 수 있게 만든다. 불확실한 느낌은 때때로 얼마나 강요되는가. 또 얼마나 많은 사람들이 거기에 기대어 편을 나누고 강고한 의미를 부여하는가. 시의 리듬 속에서 우리의 말과 생각은 함께 반응하며 천천히 퍼지고 섞이다가 마침내 조금씩 무르익는다.

나는 이 책에서 사소하고 미미한 감각 속에서 살아난 리듬이 낯설고 강력한 힘을 만드는 과정을 최대한 자연스러운 리듬으로 구성하고 싶었다. 실제로 이 책에는 리듬이라는 말이 총 159번 등장한다. 리듬이라는 수수께끼에 다가가기 위해 당신이 그 말들을 징검다리로 삼아도 좋겠다. 나아가 반복하고 교차하며 진동하는 말과 말 사이에서 발생하는 것을 당신이 감지할 수 있다면 더 좋을 것 같다. 결국 이 책의 모든 부분이 하나의 리듬 속에서 읽힐 수 있기를 바란다.

한 편의 좋은 시를 읽는 순간은 얼마나 멋진가. 좋은 시는 우선 마치 아름다운 한 곡의 음악처럼 우리에게 감각적으로 스민다. 일시적 매혹의 감각은 리듬을 이루면서 비로소 분명한 맥락으로 발전한다. 빨라지다가 느려지고 쉼표에 머물다가 마침내 폭발하는 글의 리듬을 따르다 보면 미처 가늠하지 못했던 영역으로 인식의 지평이 확장된다. 좁고 불확실한 경험의 세계 너머 아득한 곳으로 몸과 마음이 한없이 뻗는다. 이처럼 좋은 시의 리듬은 사소한 일상으로부터 하나의 우주와도 같이 무한한 곳으로 우리를 이끈다. 우리가 인지하지 못하던 낯선 감각을 따라 새로운 사유의 힘에 이끌리는 놀라운 체험을 가능하게 만드는 것이다. 이제 이와 같은 순간에 당신이 함께 동참하기를 권한다. 당신이 여기서 함께 반응하며 이러한 변화의 과정에 깊게 연관될 수 있다면 좋겠다.

차례

## 07 '서정'을 주제로 한 소나타



## 08 웃음의 색채와 질감



## 09 낯선 힘



## 10 공감할 수 없다고 말할 수 있는 것

01

# 시를 읽는 이상하고 모호한 순간

"당신은 쓸모없는 시를 왜 읽나요?"

# 감각과 리듬

## 시의 리듬은 어떻게 우리의 일상에 가담하는가

음악이란 바로 시간을 돌려세우는 것이다.
우리가 연주를 할 때 자신을 시간의 주인으로 만들기 위한 광기가
우리를 덮치려고 노린다. 불확실한 시간에서 도망치기 위한 템포의
선택, 루바토.
즉 죽음으로부터 훔쳐온 시간, 죽음에 되돌려 주어야 할 시간.

—미셸 슈나이더

### 1

하나의 문장은 시간 속을 달린다. 종이나 화면이라는, 일정한 형태의 굴레를 벗어난 문장을 상상해보자. 문단의 구분이나 페이지의 넘김에 구속되지 않고 한 곡의 아름다운 선율처럼 펼쳐지는 문장들. 그들이 만드는 고유한 리듬들. 갓 태어난 단어가 하나의 문장을 이루고 마침내 계속되는 리듬을 만드는 과정은 확실히 음악적이다. 우연하고 갑작스

러운 하나의 소리가 다른 소리를 만나면서 점차 독특한 멜로디를 이루는 것처럼, 문장은 길어졌다가 짧아지고 쉼표에 기대어 한참을 머물다가 다시 악센트를 거치며 구체적 공간을 넘어 미지의 추상적 시간을 향해 나아간다. 마치 우리의 일상이 설명할 수 없는 미궁의 미래를 향해 진행하는 것처럼.

시는 위축된 말과 언어에 시간을 끌어들인다. 오늘날 우리의 언어는 얼마나 짓눌려 있는가. 긴밀하게 조응하지 못한 채 촘촘하고 빽빽하게 들어찬 단어들은 고인 채로 공간을 점유하고 있을 뿐이다. 특유의 맛과 향을 잃어버린 말들, 생기 없는 언어는 스스로 탐색하는 동력을 잃는다. 사유로 나아가지 못하고 단순한 진술에 머물거나 심지어 진술이 되지도 못한다. 어깨를 마주한 채 곧 다가올 미래, 즉 죽음을 향해 한 줄로 우두커니 늘어서 있는 단어들. 이들은 식민화된 자본의 공간에서 자기만의 간격과 리듬을 지닌 몸을 잃어버린 우리의 처지와 닮았다.

슈나이더의 말을 조금 바꾸자면 시는 시간을 돌려세우는 것이다. 불안과 광기에 사로잡혀 멈출 줄 모르고 앞으로 나아가기만 하는 사람과 그의 언어에게 시는 죽음으로부터 훔쳐온 시간을 선사한다. 그렇다고 해서 언젠가 죽음에 이르게 될 운명이 바뀌는 것은 아니지만 이를 통해 제도와 권력에 조련된 일상의 공간은 활기를 얻는다. 현기증 나는 속도를 따라 허상과 같이 사라지는 사물들도 다양한 리듬들 속에서 부각된다. 이때 우리는 포착할 수 없는 존재감 대신 함께 하모니를 이룰 수 있는 가능성을 지닌 리듬들이 분명히 있다는 사실을 깨닫게 된다.

진은영의 시들은 시간에 관한 인식이 두드러진다. 그런데 템포를 조절함으로써 리듬을 생성하려는 그의 시도는 단순히 시적 스타일을 구축하려는 노력에 그치지 않고 문학적 실천을 기획한다. 이런 노력은 현실의 이모저모를 시에 끌어들이는 것이 아니라 시로부터 현실에 진입하려는 그의 태도를 뒷받침한다. 이제 시의 리듬이 일상에 개입하여 어떻게 그것을 변화시키고 나아가 감각적으로 재구축하는지 더 깊숙이 들여다보자.

## 2

진은영 시의 리듬을 타기 위해서는 우선 '(쓸모)없어진 것들'에서 출발하는 것이 좋다. 「쓸모없는 이야기」에서 그는 여전히 펜을 들고 종이 위에 첫 시집 『일곱 개의 단어로 된 사전』부터 이어지던 질문들을 적는다. 상실하여 오직 과거의 기억에만 거주하는 것들. 가령 이제는 마치 쓸모없어진 것만 같은 "거룩함"이나 "부끄러움"의 감정 같은 것들.

쓸모없다는 느낌은 무엇보다도 청춘의 비애와 멜랑콜리의 공허감에서 시작한다. "너에 대한 감정"이 기억 속에 "네가 깊이 잠든 사이의 입맞춤"의 감각으로만 남아 있는 것처럼, 속된 욕망에 관한 부끄러움이나 거룩함에 관한 동경은 힘을 잃는다. 과거의 것들은 현재 왜 쓸모를 잃었는가. 그 이유는 구체적으로 시에 드러나지 않는다. 다만 우리는 "여공들의 파업 기사"나 "자본론"과 같은 단어들과의 연관 속에서 어느 정도 그 이유를 짐작해볼 수 있다.

진은영 시의 리듬은 서로 다른 대립쌍들이 변화하고 반복되면서 천천히 생성하기 시작한다. 전혀 낯선 영역에 속해 있을 것 같은 단어들은 미묘한 감각의 변화를 따라 유사한 감정의 무늬를 이룬다. 이런 변화 속에서 개인의 일상적 경험과 감정은 다양한 관계의 가능성으로 확장하면서 함께 섞인다. 가령 '햇빛 / 기계'의 배치는 '유기적인 것과 기계적인 것'의 대립적 자질을 부각시킨다. 그것은 바로 다음 부분에서 '무덤 / 향기'로 이어지고 그 다음에는 '양피지 책 / 여공들의 파업 기사'로 연결된다. 가치를 잃고 전락하는 것, 죽음의 기운으로 가득 찬 것들은 향기나 색채가 깃들면서 조금씩 생기를 얻는다.

유용하다고 믿었던 것들이 어느 순간 전혀 무용하게 느껴질 때가 있다. 진은영 시의 중심에는 분명히 '있다'고 여겼던 것들에 관한 깊은 회의가 자리 잡고 있다. 「이 모든 것」은 과거에 한껏 부풀었던 것들이 기억이라는 시간의 통로를 거치면서 지금은 확신할 수 없는 지경에 이르게 되는 사태를 잘 보여 준다.

> 비눗방울 하나가 투명한 기쁨으로 무한히 부풀어오를 것 같다
> 장미색 궁전이 있는 도시로 널 데려갈 수 있을 것 같다
> 겨울과 저녁 사이
> 밤색 털 달린 어지러운 입맞춤을 잊을 수 없을 것 같다
> 광활한 사랑의 벨벳으로 모든 걸 가릴 수 있을 것 같다
> 이 모든 것이 거짓말인 것 같다
> 배고픈 갈매기가 하늘의 마른 젖꼭지를 심하게 빨아대는 통에
> 물 위로 흰 이빨 자국이 날아가는 것 같다
>
> —「이 모든 것」 부분

기쁨은 그것이 발생하는 순간에는 꼭 무한할 것만 같다. 한없이 부푸는 연인에 관한 마음 같은 것이 그렇다. 그렇지만 잊을 수 없을 것 같은 입맞춤과 모두 덮을 수 있을 것 같은 감정들은 언제 터질지 모르는 비눗방울과 같은 불안에 휩싸여 있다. 이 시는 과거 영원할 것만 같았던 기쁨이 점점 희미해지는 변화의 과정을 잘 보여 준다.

너를 향한 마음은 '−것 같다'는 형식의 반복과 함께 점점 달아오르다가 "이 모든 것이 거짓말인 것 같다"로 수렴한다. 천천히 부풀던 비눗방울은 한순간 터진다. 환희와 기쁨이 사라진 자리에는 통증과 "이빨자국"과도 같은 흔적만이 남는다. 그렇지만 '−것 같다'는 표현은 '거짓말'의 뒤에도 함께 있다는 사실을 기억하자. 시인은 과거 사랑의 들뜬 기분은 모두 거짓일 뿐이며 실제로 그런 것은 계속 지속할 수 없다고 함부로 부정하고 있는 것이 결코 아니다. 시인은 분명히 있다는 확신에 관한 회의와 함께 그것이 모두 거짓일 뿐이라는 이분법적 태도와도 거리를 두고 있다. 마치 그는 있다고 확신할 수 없다고 해서 모두 부정할 수 있는 것은 아니라고 말하고 있는 듯하다.

시인은 '−같다'고 표현할 수밖에 없는, "이 모든 것"들의 확장과 수축의 리듬을 통해 불확실한 감정에 관한 인식을 전개한다. 그런데 이런 구조는 개인적인 차원에 머물지 않고 다시 이 시의 2연과 3연에서 "이 도시" 전체와 "가난한 이" 모두로 확산한다. 1연과 마찬가지로 2연과 3연도 각각 "청춘은 글쎄…… 가버린 것 같다"라는 부분과 "내가 보았던 모든 것이 거짓말인 것 같다"라는 부분에서 확산하던 리듬이 수렴한다.

## 3

들뜬 마음과 부푸는 감정은 이처럼 반복적인 시간의 리듬 속에서 조금씩 차이를 드러낸다. 「영화처럼」이라는 시에는 '결국 아무 것도 없었다'는 공허감이 잘 드러난다. "너와 나 사이"에는 '무사영화처럼 길고 빛나는 연애담'도 없었고, '로맨스 영화의 청년'도 없었으며 '음악영화의 가정교사'도 결국 없었다. '없었다'는 사실의 점층적 리듬은 "죽음이 있을 뿐"이라는 부분에 이르면서 현재의 공허를 극대화한다. 이런 공허감은 '비어 있음'에 관한 인식, 즉 존재감에 관한 의식으로 발전한다. 그렇다면 정말 '있는 것'은 무엇인가. 또는 '있다'는 것은 무엇을 의미하는가.

> 창백한 달빛에 네가 너의 여윈 팔과 다리를 만져보고 있다
> 밤이 목초 향기의 커튼을 살짝 들치고 엿보고 있다
> 달빛 아래 추수하는 사람들이 있다
>
> 빨간 손전등 두 개의 빛이
> 가위처럼 회청색 하늘을 자르고 있다
>
> 창 전면에 롤스크린이 쳐진 정오의 방처럼
> 책의 몇 줄이 환해질 때가 있다
> 창밖을 지나가는 알 수 없는 사람들이 있다

있다고, 말할 수 있을 뿐인 때가 있다
여기에 네가 있다 어린 시절의 작은 알코올램프가 있다
늪 위로 쏟아지는 버드나무 노란 꽃가루가 있다
죽은 가지 위에 밤새 우는 것들이 있다
그 울음이 비에 젖은 속옷처럼 온몸에 달라붙을 때가 있다

확인할 수 없는 존재가 있다
깨진 나팔의 비명처럼
물결 위를 떠도는 낙하산처럼
투신한 여자의 얼굴 위로 펼쳐진 넓은 치마처럼
집 둘레에 노래가 있다

—「있다」 전문

창백한 달빛의 희미한 감각으로부터 이 시는 시작한다. 향기와 같이 은밀하게 스미는 달빛은 대상을 온전하게 드러내지 않는다. '너'의 정체는 아직 어둠 속에서 분분하다. 우리가 느낄 수 있는 것은 겨우 팔과 다리의 실루엣 정도. '너'는 밤의 한가운데, 그 불분명함 속에서 오직 몇 개의 감각으로 감지될 뿐이다. 그런 감각은 시간이 지날수록 점점 더 엷어진다.

희미함 속에서 강렬한 두 개의 빛이 떠오른다. 회청색 하늘을 가르는 강렬함은 달빛과는 달리 직접 사물을 겨냥한다. 그 속에서 사람과 사물은 변화의 경이로 돌입하게 된다. 롤스크린의 틈으로 흘러드는, 정오의 기운을 품은 강렬한 빛은 영혼의 창, 그 주관성의 장막을 비집고 존재

의 복잡하고 어두운 심연을 조명한다.

우리는 사물의 본성이나 '너'의 본질과 같은 것을 알 도리가 없다. 늘 장막이 드리워진 주관의 작은 창이나 복잡하게 꼬인 책의 문장들을 통해 세계와 사물의 근처를 끊임없이 맴돌 뿐이다. 사물은 끊임없이 움직이고 대상들은 제멋대로인 기억 속에서 계속 변화한다. "창밖을 지나가는 알 수 없는 사람들". 우리는 도저히 낯선 타인과 사물의 정체를 "확인할 수 없"다. 대신 우리는 그것이 움직이는 리듬을 감지할 수 있다. 어지러운 문장들 속에서 문득 몇 줄이 환해지는 것처럼, 내밀한 감각의 움직임으로부터 분명한 말이 솟을 "때", 그런 순간the moment은 분명히 있다.

그러므로 실제로 있는 것은 사물 그 자체가 아니라 말이다. 말은 불분명한 사유와 불안한 마음 위에 빛처럼 내려앉아 내밀한 감각의 내부로 우리를 이끈다. 시간과 공간도 말에 의해 구획된다. 말이 펼치는 리듬 속에서 우리는 비로소 구체적인 내 몸의 현전을 지각할 수 있다. 이 시의 핵심인 "있다고, 말할 수 있을 뿐인 때가 있다"는 부분은 생성의 힘으로 가득한 말이 리듬을 지니게 되는 순간에 초점을 맞춘다. "여기에 네가 있다"고 말하는 순간, 어린 시절의 기억들은 알코올램프의 빛을 따라 꽃가루와 울음소리로 떠오른다. 이때 막연한 과거는 젖은 속옷처럼 온몸에 달라붙는 구체적인 몸의 감각이 되는 것이다.

타인의 비명을 채집하는 것은 시인의 사명이 아니다. "여공들의 파업" 현장을 옮겨오거나 그들의 목소리를 따라한다고 해서 권력과 자본의 작동양상 속에서 자신도 모르게 선명함을 잃는 우리 모두의 곤궁한 처지를 개선할 수는 없다. 시인의 노동이란 "확인할 수 없는 존재가 있다"고 말하는 것. 빛을 잃고 죽음을 향하는 모든 불확실한 시간으로부터 각자의 리듬을 발굴하는 것과도 같다. 각자 차이를 지닌 일상의 리듬이 되살아날 때, "해변으로 떠내려간 심장들이 / 뜨거운 모래 위에 부드러운 점자로 솟아"(「오필리아」)나는 것과 같은 실체적 소통과 어울림이 가능해질 수 있을 것이다. 진은영의 시는 이런 식으로 "집 둘레에 노래가 있다"는 사실을 규명한다. 그의 시는 평범한 세상의 노래들과는 달리 잘 "안 들리는 노래"처럼 느껴지지만 어느새 '붉은 물이 모래 속으로 스미는 것처럼 너의 속으로 스며'(「세상의 절반」)들어 우리 사이에 "둘레"를 만든다. 존재의 차이를 자각한 개인들이 함께 섞일 수 있는 가능성의 궤적을 그린다.

## 4

'있다고 말할 수 있는 순간' 덕분에 우리는 관계와 리듬을 통해 도래하는 몸을 자세히 느낄 수 있게 되었다. 텅 비어 있는 의식의 한 편에서 '없다'는 말과 '있다'는 말이 함께 몸을 섞는 순간 대상의 차이가 드러나며 기억과 어둠에 잠겨 있던 존재의 감각은 생생하게 살아난다. 이제 앞서 '있다'는 말 앞에 있었지만 잠시 괄호 속에 두었던, '쓸모'라는 말을 다시 꺼내보자. 진은영은 '있다'라는 말을 혼자 내버려두는 법이 없기 때문이다. 그의 시를 읽다 보면 때때로 잘 보이지는 않더라도 '있다'는 말의 배후에 늘 '가치'의 흔적이 투명한 괄호 속에 자리 잡고 있다는 사실을 감지할 수 있다.

'쓸모'라는 말 속에서 우리는 어떤 효용가치를 연상할 수 있다. 시인은 현상학적 토대를 바탕으로 몸의 현전을 규명하는 와중에도 늘 맑스의 관점에서 제기할 수 있는 여러 가지 문제들을 염두에 두고 있다. 그러니까 그의 시의 리듬이란 이러한 양쪽 관점의 평행과 역설 속에서 탄생한다고 말할 수 있다. 이처럼 독특한 리듬은 문학과 정치가 함께 만나는 접점을 만드는 동시에 그 속에서 다시 어긋나는 지점을 목격하게 만든다. 더불어 그 둘이 닮았으면서도 서로 다르다는 사실을 드러낸다.

그는 그것을 바꿀 수 있다
서리 맞아 얼어죽은 무화과 꽃나무
한그루와,
주근깨 많은 그 여자에게 보내는
주홍빛 엽서의 우표 몇장과,
그저 한심하고 가벼운 안부를 묻는
안녕하세요?

그는 그것을 판다
"먼 나라의 허름한 가옥들이 줄지어 폭발했다"는
단 한 줄 인용구에,
가끔은 형이상학적 감정의 고리대금을 물기 위해,
더 가끔은 재미 삼아 그것을 북북 찢는다
반짝이는 얇은 면도칼
물기 많은 푸른 오이들

언 사과들
유리로 된 바퀴는 어디로 굴러가는지

그는 그것을 산다
평생 동안의 월급과 술병 더미들
단 하나의 녹색 태양, 연애의 비밀들과 양쪽 폐를 팔아서

이상한 물건
상점 주인이 종종 문학이라고 부르는

지나가던 사람이
붉은 칠 마르지 않은 벽에 등을 기대어본다

—「공정한 물물교환」 전문

이상하고 낯선 말들이 함께 교환되는 현장에 바짝 다가서 보자. "상점 주인이 종종 문학이라고 부르는", "이상한 물건"은 과연 어떤 효용가치를 지니게 될까.

"그는 그것을 바꿀 수 있다"는 선언은 교환이라는 행위 속에서 가치를 잃고 쓸모없는 것으로 전락하는 대상이 다른 가치를 창조할 수 있다는 의지의 강력한 표출과도 같다. 심연을 비추는 빛 속에서 다시 태어난 대상은 단순한 구조 속의 객체가 아니라 스스로 변화하면서 자신의 리듬을 만드는 주체로 탈바꿈한다. 그 속에서 "서리 맞아 얼어죽은 무화과 꽃나무 / 한그루"와 "주홍빛 엽서"와 "한심하고 가벼운 안부를 묻

는 / 안녕하세요?"라는 말은 분명히 "(바꿀 수) 있다"는 '존재감(가치)'을 지니게 된다. 꽃나무라는 사물과 그것을 펼쳐서 만든 종이와 그 위에 쓰인 말은 하나의 리듬 속에서 서로에게 스민다. 이들이 함께 섞이며 만드는 리듬 속에서 확인할 수는 없지만 분명하게 우리의 둘레를 형성하는 가치가 발생한다.

"그는 그것을 바꿀 수 있"을 뿐 아니라 팔고 살 수도 있다. 문학과 시는 "평생 동안의 월급"과 "연애의 비밀"이나 "형이상학적 감정"을 서로 사고 팔 수 있도록 만드는 것, 절대로 만날 수 없을 것만 같은 것들이 함께 스치고 얽히며 마침내 마주하여 서로의 가치에 관해 눈뜨게 만드는 것과도 같다. 이런 자질이야말로 사랑이라는 말에 깃든 무늬와 유사하지 않은가.

진은영의 시의 리듬은 "지나가던 사람"이 이처럼 낯선 것들 사이에 가로놓인 벽에 등을 기대게 만든다. 아마도 독특한 열망의 "붉은 칠"은 마를 겨를이 없을 것이다. 이제 나는 함께 등을 기댄 채 여기까지 그의 시를 함께 읽은 당신들에게 다시 묻고 싶다. 아직도 당신은 이와 같은 교환의 방식이 전혀 터무니없다고 느껴지는가. 그렇다면 "우리는 별과 죽음을 교환할 것이다"라는 시인의 말에 관해서는 어떻게 생각하는가. 비록 시인은 이 말의 앞에 이미 "너는 못 믿을 테지만"이라는 전제를 달고 있지만, 내가 그런 것처럼 누군가는 "동상이몽"(「방법적 회의」)의 아름다움에 이미 깊이 젖어 있을 것 같다.

## 5

'비어 있다'는 말을 가만히 곱씹어보자. '비었다'는 말이 환기하는 느낌은 때때로 우리를 얼마나 위축되게 만드는가. 가령 텅 빈 주머니와 같은 이미지. 한 푼도 없는 지갑의 가벼움 앞에 우리의 신념은 함부로 무릎을 꿇기 일쑤다. 높이 쌓아올렸던 신뢰 가득한 관계와 의심할 수 없을 것만 같았던 사랑도 속수무책으로 무너지는 것을 우리는 종종 목격한다.

'비었다'는 말과 함께 우리는 '비어 있다'는 표현을 가지고 있다. '없다'는 말이면서 동시에 '있다'를 품고 있는 이 말은 이미 '공空의 철학'에 담긴 복합적 의미를 내포하고 있다고 할 수 있다. '없다'와 '있다', 삶과 죽음, 생명의 향과 빛이 넘치는 감각과 몰락의 기운으로 가득 찬 이미지들이 낯선 방식으로 함께 놓이는 진은영의 시는 마치 '비어 있다'는 말과 닮았다. 그래서 대립적인 말들이 반복하고 순환하면서 만드는 리듬을 따르다 보면 자연스럽게 텅 비어 있는 것들 사이에 무언가가 든든히 자리 잡고 있다는 사실을 자각하게 된다. 힘을 잃고 사그라질 것만 같은 대상들에게 온기가 돌고 생성의 용기가 피어나는 것을 느낄 수 있게 된다.

> 지금 주머니에 있는 걸 다 줘 그러면
> 사랑해주지, 가난한 아가씨야
>
> 심장의 모래 속으로

푹푹 빠지는 너의 발을 꺼내주지
맙소사, 이토록 작은 두 발
고요한 물의 투명한 구두 위에 가만히 올려주지

내 주머니에 있는 걸, 그 자줏빛 녹색주머니를 다 줘
널 사랑해주지 그러면

우리는 봄의 능란한 손가락에
흰 몸을 떨고 있는 한그루 자두나무 같네

우리는 둘이서 밤새 만든
좁은 장소를 치우고
사랑의 기계를 지치도록 돌리고
급료를 전부 두 손의 슬픔으로 받은 여자 가정부처럼

지금 주머니에 있는 걸 다 줘 그러면
사랑해주지, 나의 가난한 처녀야

절망이 쓰레기를 쓸고 가는 강물처럼
너와 나, 쓰러진 몇몇을 데려갈 테지
도박판의 푼돈처럼 사라질 테지

네 주머니에 있는 걸 다 줘, 그러면

고개 숙이고 새해 첫 장례행렬을 따라가는 여인들의
경건하게 긴 목덜미에 내리는
눈의 흰 입술들처럼
그때 우리는 살아 있었다

—「훔쳐가는 노래」 전문

"지금 주머니에 있는 걸 다 줘 그러면 / 사랑해주지"라는 핵심 구절은 반복되면서 시의 리듬을 일깨운다. '—을 다 주면, 사랑해주겠다'는 조건 형식의 문장은 겉으로만 보면 교환과 흥정의 어투를 닮은 것처럼 들린다. 시의 맥락과 리듬 속에서 형성되는 역설적 의미를 감지하지 못하면 마치 이 말은 돈을 내놓으면 천국에 보내주겠다는 투의 터무니없는 말의 형식과 유사하게 취급되는 오해를 불러일으킬 수도 있다.

반복되는 말 사이에서 리듬을 완성하고 있는 것들에 주목하자. '모래 속으로 빠지는 발'과 '흰 몸을 떨고 있는 자두나무'. 불안을 가득 품은 이미지들은 가난한 아가씨와 우리 모두의 처지를 감각적으로 형상화한다. 기계를 지치도록 돌릴수록 우리의 슬픔과 절망은 더 가중되고 사랑을 완성할 수 있을 것만 같았던 재화는 도박판의 푼돈처럼 사라진다. 전력을 다할수록 점차 주머니가 빌 수밖에 없는 상황을 목격하면서 가난한 아가씨와 우리는 시인의 말이 '먼저 주머니를 비우지 않고서는 결코 사랑에 도달할 수 없을 것'이라는 역설적 의미를 지닌다는 사실을 체득하게 된다. 마치 '비어 있다'는 말처럼, '있다'는 말 앞에 '없다'는 말이 먼저 나온다. 바꿔 말하면 '없다'는 말을 거치지 않고서는 '있다'는 말에 이를 수가 없다.

그의 시를 읽는 이상하고 모호한 순간에 당신은 그가 당신의 가벼운 주머니에서 마치 무언가를 훔쳐가는 것처럼 느낄지도 모르겠다. 시는 자본의 관점에서 아무런 교환가치를 생산하지 못한다. 당신은 이처럼 무용하게 보이는 시를 읽는 동안 어쩌면 일정한 정도의 기회비용을 상실했다고 여길지도 모르겠다. 만약 그렇게 생각된다면 표준화된 제도와 점점 교묘해지는 권력에 의해 우리의 감각과 몸이 얼마나 조련되고 있는지 떠올려 보기를 권하고 싶다. 한 번도 묵직해본 적 없는 주머니는 도대체 언제 채울 수 있단 말인가. 제도와 권력은 변질된 감각과 온갖 허상들을 동원하여 끊임없이 우리에게 주머니를 채울 것을 명령한다. 그들의 전략과 전술은 눈부실 정도로 나날이 발전한다. 주체가 없이 유령처럼 자기분열하는 시뮬라크르들의 위력을 우리는 도저히 분간할 재주가 없다. 악무한의 연속에서 언젠가 주머니가 가득 찰 것이라는 헛된 미망만이 나란히 죽음을 향해 늘어서 있을 뿐. 이 반복적이고 정연한 폭력적 질서의 간격 속에서 사람과 사물은 모두 빛을 잃는다. 일상은 생동하는 리듬을 발견하지 못한 채 공허의 짙은 늪으로 빨려든다.

진은영의 시는 다양한 감각을 동원하여 죽음으로부터 시간을 훔친다. 이런 노력은 일정한 간격으로 늘어서서 죽음으로 빨려드는 일상의 리듬을 스스로 되살릴 수 있는 자질을 체득하도록 북돋운다. 존재의 차이를 자각하고 각자가 일상의 리듬을 회복한다는 것이야말로 창조적 해방의 가능성인 동시에 문학적 실천의 전제조건이 아니던가. 더불어 그런 개인들이 함께 섞이며 다양한 관계의 얼개를 짜는 것으로부터 진정한 정치가 무르익는다고 할 만하다.

그렇지만 이 모든 함의에도 불구하고 나는 그의 시의 리듬이 애초에 사랑에서 비롯한다고 말하고 싶다. 그는 자신을 시간의 주인으로 만들려는 우리의 광기와 그것의 좌절을 깨닫게 될 때의 절망을 뒤흔들어 그 사이에 틈을 낸다. 마치 죽어 있는 기호의 집합일 뿐인 악보가 거기에 표기되지 않은 루바토에 의해 아름다운 음악이 되듯이, 그의 시의 리듬은 죽음의 공허를 뛰어넘을 수 있는 순간을 포착한다. 가진 것을 모두 내어놓을 때, 네가 가진 것과 내가 가진 것을 비교하고 가늠하려는 헛된 시도가 모두 사라진 자리에서 사랑의 비의가 드러난다. 비록 곧 사라지고 말지도 모르지만, 그럼에도 불구하고 먼저 나의 모든 것을 망설임 없이 내어놓을 때, 그 빈자리에 그의 시는 "눈의 흰 입술들처럼" 내린다. 바로 "그때"가 아니라면 결코 "우리는 살아 있었다"고 말할 수 없다는 듯이. 금방 녹아서 흔적도 남기지 않을 미래를 향해. 천천히. 부드러우면서도 향기롭게.

완전한 시는 노래로 공허를 초월한다.

—Max Picard

# 의자의 시적 효용

## 시인의 의자

여기 두 개의 의자가 있다. 하나는 황인찬의 것, 다른 하나는 유계영의 소유다. 시인의 의자라는 말이 어쩌면 거창할 수도 있겠다. 벌써부터 누군가는 대단히 낯선 것을 떠올릴지도 모르겠다. 가령 사르트르가 로깡땡의 입을 빌려 의자에 관하여 했던 말들을 기억할 수도 있을 것이다. 물론 철학자의 의자처럼 시인의 의자도 분명히 다른 매력을 지닌다. 나는 이 글의 후반부로 갈수록 그것을 점점 더 세밀하게 전개할 예정이다. 그렇지만 시인의 의자라고 해서 처음부터 별다르게 생각할 필요는 없다. 특히 이 두 시인의 의자라면 더욱 그렇다.

무엇보다도 나는 이들의 의자가 우리 모두의 식탁이나 책상 앞에 놓인, 일상의 대단히 많은 부분을 함께 지내는, 바로 그런 의자라는 사실을 먼저 강조하고 싶다. 나무의 결을 느낄 수 있는 다리가 있고 편안하게 기댈 수 있는 등받이가 있는, 평범한 의자들 말이다. 2000년대 이후로 많은 시인들이 내면에서 표출하는 '나'의 시선과 목소리로부터 벗어나려 노력하는 것은 사실이다. 이 두 시인도 그런 분투의 전위에 다른 시인들과 함께 서 있다. 반면 이 둘은 야릇한 극적 무대를 꾸미거나 환상적인 상황을 그리려는 시도와 분명한 거리를 유지한다. 이들의 의자는 결코 기묘한 재료를 사용하거나 알아볼 수 없는 형태를 지니는 법이 없다. 따라서 나는 당신이 그저 이들이 마련한 자리에 무심하게 몸을 맡기기를 권한다. 우리가 마주하는 생의 현장에서 늘 지친 몸을 파묻는 것처럼, 그렇게 자연스러운 자세로.

불가능해요 그건 안돼요
간밤에 얼굴이 더 심심해졌어요

너를 나라고 생각한 기간이 있었다

몸은 도무지 아름다운 구석이라곤 없는데
나는 내 몸을 생각할 때마다 아름다움에 놀랐다

나는 고작 허리부터 발끝까지의 나무를 생각할 수 있다
냉동육처럼 활발한 비밀을 간직한 나무의 하반신을 생각할 수 있다

식당에서 밥을 먹고 나왔다

한 명의 점원이 의자를 두고 떠났다
청국장과 밥을 비벼서 먹었는데

맛이 좋았다

실내에서는 나무가 자라고 있었다
그것을 깨달은 것은

의자를 들고 식당을 나온 뒤였다

거리에서는 나무가 자라고 있었다
밝은 별이 어디에나 들고 있었다

나무의 상반신은 구름이 되고 없다

어떤 나무의 꽃말은 까다로움이다

사람들은 하루를 스물네 마디로 잘라둔 뒤부터
공평하게 우울을 나눠가졌다
나는 나도 아닌데
왜 너를 나라고 생각했을까

의자를 열고 들어가 앉자
늙은 여자가 날 떠났다
나는 더 오래 늙기 위한 새 의자를 고른다
나에 대한 가장 아름다운 정의를 내리려고

—유계영, 「생각의자」 전문

배부르고 따뜻하니
졸음이 왔다

어디에나 나무가 자라고 있군
의자를 두고 떠나며

나는 생각했다

—황인찬, 「예절」 전문

먼저 인찬이 마련한 자리에 앉아 보자. 시 속의 '나'는 지금 막 식당에서 밥을 먹고 거리로 나왔다. 점원의 친절하고 예절바른 태도 때문에 '나'는 만족감에 휩싸인다. 충만한 기분은 식당을 나선 '뒤'에도 계속 이어진다. 그러니까 "의자를 들고 식당을 나"왔다는 말을 너무 곧이곧대로 받아들일 필요는 없다. "졸음"이 올 정도로 "배부르고 따뜻"한 기분이 지속된다고 이해하면 좋다. 이처럼 '의자'를 매개로 따스하게 감염되는 친절을 느낄 수만 있어도 이 시에 대한 일차적 이해는 충분하다. 거기에 시인이 '나'와

'점원'이 섞이는 미묘한 감정을 '청국장과 밥'이라는 다른 재료를 비빌 때의 맛으로 은근슬쩍 연결하고 있다는 사실을 느낄 수 있다면 더 좋겠다. 좋은 예술 작품은 항상 다양한 층위의 결을 품고 있게 마련이다. 보통의 청자가 평론가처럼 표현하지 못한다고 해서 모차르트 음악의 아름다움을 느끼지 못했다고 할 수 없는 것처럼, 여기까지 이해했다고 해서 이 시의 풍미를 느끼지 못했다고 결코 말할 수 없다.

다음으로는 계영의 의자에 앉아 보자. 의자의 이름은 바로 "생각의자"다. '생각의자'라는 조어법은 이 시를 읽는 독자를 잠시 혼란스럽게 만들 것 같다. 그런 효과는 시인이 의도한 바이므로 지극히 당연하다. 그렇지만 이 시를 읽는 당신은 우선 의자에 앉아 "나에 대한 가장 아름다운 정의를 내리려고" 골똘히 고민하는 자세에 관해 생각할 수 있다. 누구나 그런 순간이 있지 않은가. 마치 의자가 나인 것처럼, 내가 의자가 된 것과 같이 오랜 시간 동안 자신의 정체성에 관해 고민해 본 경험이라면 우리 모두 가지고 있다. 아무리 고민해도 도저히 "불가능"할 것만 같은 문제에 관하여 몇 시간이고 의자에 앉아 깊이 빠져드는 경험. 그 와중에 마치 머릿속이 텅 비어 의식이 사라지고 몸의 감각만 남는 "우울"한 상황. 인찬의 경우와 마찬가지로 계영의 시에서도 우선 점점 "까다로움"으로 가득 차는 '생각의 어려움'을 느낄 수 있다면 충분하다. 더불어 거기에 머리 부분이 없이 "허리부터 발끝까지"만 있는 의자의 나무로 된 질감을 포개놓을 수 있다면 더 좋다.

친절함과 우울함. 이런 두 가지의 기분은 마치 나무가 자라는 것처럼 지속된다. 지속되는 기분 속에서 느낌은 점점 분명해진다. 그러나 이들의 시에는 단지 기분만 있는 것이 아니다. 점차 뚜렷해지는 기분은 시적 리듬을 타고 반복적으로 이어지면서 하나의 생각을 형성한다. 모두 기분만을 부각하는 시기에 이들은 정확한 사유의 방식에 관해 고민한다. 계영의 "**왜 너를 나라고 생각했을까**"라는 질문이나 인찬의 "**나는 생각했다**"라는 진술이 각각의 시를 이끄는 핵심 동력이라는 사실이 바로 그 증거다.

## 없는 의자의 분명한 존재감

의자는 정말 있는 것인가? 이 정도에 이르러 아마 누군가는 이렇게 질문할 수도 있을 것 같다. 계영의 의자는 '생각의자'라는 말처럼 상상 속의 산물인 것 같고, 인찬의 의자는 5연의 "의자를 들고 식당을 나온"다는 진술부터 사라지는 것 같기 때문이다. 정확히 말하자면 **의자들은 분명히 있으면서 동시에 분명히 없다**. 이 말은 결코 말장난이나 궤변이 아니다. 더 확실히 말하자면 일상의 의자는 시의 배후에 존재하지만 시 속 사물로서의 "의자"는 없다. 오직 있는 것은 '나'와 '너'와 다른 타인의 관계를 매개하는 의자의 분명한 존재감뿐이다.

인찬의 시를 예로 들어보자. 식당에서 테이블에 앉아 밥을 먹을 때의 의자는 분명히 있다. 그렇지만 5연 이후에 화자는 실제로 의자를 들고 거리로 나와 어느 가로수 옆에 의자를 놓고 떠난 것이 아니다. 5연 이후의 의자는 '나-의자-점원'의 관계를 매개하는 시적 의자일 뿐이다. '나'와 '점원'의 관계는 의자를 매개로 자란다. 따라서 의자의 실상은 없지만 의자는 나무와 함께 계속 자라면서 거리로 퍼진다. 굳이 '즉자 존재'나 '대자존재'라는 말을 동원하지 않고도 인찬의 의자는 낯선 용어에 갇혀 있는 개념을 우리가 자연스럽게 받아들이도록 만든다. 꼭 필요한 만큼만 배치된 언어와 그들 사이의 적절한 간격을 통하여. 놀라울 정도로 투명하고 정확하게.

2연과 8연에서 "의자를 두고 떠나며"라는 말이 반복되고 있는 것을 떠올리자. 이 시는 점원이 의자를 두고 떠나는 것에서 시작해서 다시 시 속의 내가 의자를 두고 떠나는 짧은 과정의 연속을 다루고 있을 뿐이다. 의자를 매개로 따뜻한 친절은 점원으로부터 '나'에게로 번지고 나아가 거리에 놓인 의자에 앉을 누군가에게 또 전달될 가능성으로 계속 남는다. "예절"이란 이처럼 잘 보이지 않지만 엄연히 있고 또 우리 사이에서 계속 자라는 것이다. 함부로 강요한다고 해서 형성되는 것도 아니며 또 억지로 끌어낼 수도 없다. 『논어』의 「學而」에는 다음과 같은 문장이 있다.

> 예의 기능은 화합이 귀중한 것이다. 옛 왕들의 도는 이것을 아름답다고 여겨서 작고 큰일들에서 모두 이러한 이치를 따랐다. 그렇게 해도 세상에서 통하지 못하는 경우가 있는데, 화합을 이루는 것이 좋은 줄 알고 **화합을 이루려 하되 이를 예로써 절제하지 않는다면 또한 세상에서 통하지 못하는 것이다.**[1] (강조는 필자)

평자들에 의해 '무위'나 '관조'라는 말로 규정되곤 하는 인찬 시의

---

1 김형찬 역, 『論語』, 32~33쪽; 김우창, 『기이한 생각의 바다에서』 83쪽에서 재인용.

독특함은 바로 이와 같이 '놓아두고 떠나는 태도'에 있다. 인찬은 특정한 시선으로 관계를 규정하거나 얽어매려는 시도에서 벗어난다. 그런 식의 화합의 노력이 때로 "세상에서 통하지 못하는 경우"가 있다는 사실을 잘 알고 있기 때문이다. '예'라는 것은 절제와 동행하면서 자연스러운 질서와 윤리를 획득하게 된다. 인찬의 "예절"은 이런 식으로 그의 시편들 속에서 무럭무럭 자란다. 마치 보이지 않는 의자 대신 어떤 '자리'가 계속 이어지듯이, 일정한 시차와 간격을 지니고 관계는 자유롭게 가지를 뻗는다. 그러니 이제 나는 다시 되묻고 싶다. 아직도 의자는 정말 없다고 느껴지는가?

계영의 '생각의자'는 어떤가. 인찬이 '나—의자—점원'의 구도를 통해 관계의 새로운 가능성을 탐구한다면, 계영은 '나↔너(의자)'의 구도를 바탕으로 관계에 관한 '나'의 의식을 탐색한다. '나'는 의자에 앉아 골똘히 생각한다. 그러니까 이때 의자는 '나'와 '나의 생각'이라는 '너'를 매개하는 산물이다. 따라서 "나를 너라고 생각한 적이 있었다"는 말은 나의 생각을 내가 알 수 있다고 믿었던 적이 있었다는 좌절의 태도로 이해할 수 있다. 그렇지만 정작 이 시의 핵심은 7연이다.

> 나는 나도 아닌데
> 왜 너를 나라고 생각했을까

계영이 몰입하는 질문은 바로 이것. '나'는 '나'의 내면, '나'라는 주체의 정체도 파악할 수 없는데 도대체 '나'의 생각, 그 의식이 고이는 형태나 흐르는 양상을 어떻게 알 수 있다고 여겼을까. 이런 고민 속에서 "하반신"만을 가진 의자, 그것의 몸은 점점 활발해지고 "상반신"인 의식은 마침내 "구름이 되고 없다". 질문 속에서 '나'와 '너'의 관계는 일정한 거리를 지니게 된다. 그렇지만 이런 몰입의 힘은 '나'와 '너' 사이에서 지속적으로 반복되면서 새로운 가능성으로 무르익는다. 좌절과 긴장은 8연에서 "새 의자를 고른다"는 진술에 의해 되풀이되며 발랄한 표정을 잉태한다. "늙은 여자"는 떠나고 새로운 표정이 자리를 잡기 시작한다. "불가능해요"라고 시작된 시는 "나에 대한 가장 아름다운 정의를 내리려"는 시도로 이어진다. 아마도 그는 앞으로도 계속 의자에 앉아 이런 시도를 멈추지 않을 것이다.

## 시적인 의자는 어떤 쓸모가 있는가

일반적인 의자의 형태와 구조는 어떤가. 텅 빈 채로 하나의 자리를 온전히 지니고 있는 의자들. 가끔씩 여럿이 앉도록 만든 의자도 있지만 대개 의자는 한 사람이 앉도록 만드는 경우가 많다. 그런 점에서 의자는 식탁이나 침대, 다른 가구들보다 사적인 대상이다. 고흐가 자주 그렸던 빈 의자를 떠올려 보자. 화폭 전체를 메운 채 덩그러니 놓인 빈 의자는 일견 대단히 고독하게 보이지만 그 빈 곳에 타오르는 촛불이나 담배 파이프가 놓이면서 전혀 다른 인상을 지니게 만든다.[2]

인찬과 계영의 의자는 특이한 재료로 이루어지지 않았다. 전통적인

2 1888년에 그린 두 작품 〈고갱의 의자〉와 〈고흐의 의자〉를 참조하라.

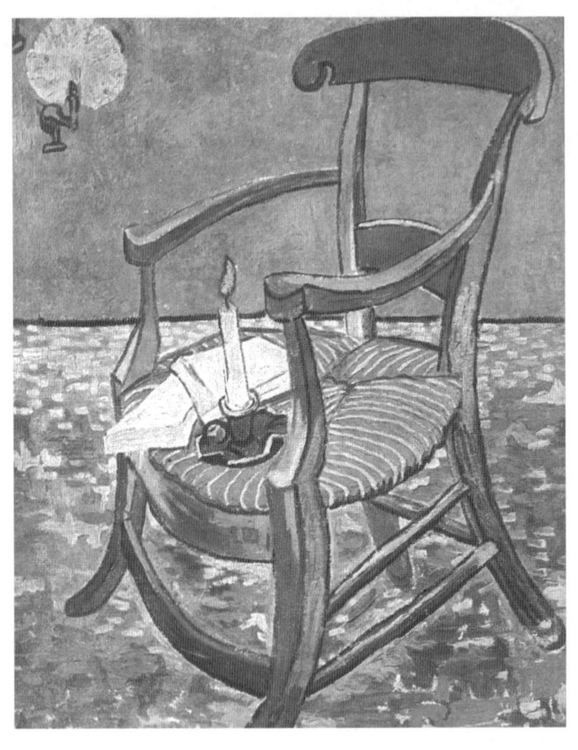

의자가 그렇듯이 깎은 나무의 질감과 속성을 그대로 품고 있다. 일반적인 의자처럼 홀로 앉는 점에서 서정시와도 닮았다. 이들은 과거의 시인들이 그랬던 것처럼 의자에 홀로 앉아 사적인 '나'에 관해 생각한다. 그러나 거기에서 그치지 않고 의자에서 물러나, 앉아 있을 때는 알 수 없었던 '자리'에 관해 사유한다는 점은 과거의 시인들과 다르다. 계영과 인찬은 이런 시도를 통해 '나'라는 중심을 완전히 해체하는 것이 아니라 그것을 관계의 그물 속에 던져 놓고 알 수 없는 '나'의 고임과 흐름, 곧 관계의 양상과 접점에 관해 고민한다. 이때 쟁점은 '주체'가 아니라 주체의 '의식'이며 더불어 그 의식이 지향하는 운동성이 된다.

의자가 형태나 구조를 벗어나 하나의 '자리'로서 기능하게 될 때, 의자의 가치가 놀랍게 넓어지는 것을 우리는 그들의 시에서 목격할 수 있다. 이런 시도 속에서 '점원 / 손님'이라는 자본적 · 물질적 관계는 힘을 잃는다. 동시에 특정한 지위나 억지로 부과한 권위로 관계가 규정되지도 않는다. 사물과 상황을 별스럽게 뒤집고 헤치는 시도가 없어도 의자라는 사물은 한없이 낯설어지며 우리의 관계는 더 풍성해지고 힘과 생기를 얻는다. 분절된 개인으로 정체성의 혼돈에 빠진 우리는 마침내 각자의 자리에서 새로운 자리를 마련하려는 용기를 얻게 된다. 이것이야말로 어떤 이념이나 정치적 노력으로도 도달할 수 없는 시적 가능성이며 쓸모가 아닌가.

02

# 시의 오묘한 맛과 향

좋은 시는 금지된 사과를 따먹는 성서의 이야기처럼 우리 내면의 보이지 않는 불안함을 맛볼 수 있게 해준다. 언제 터질지 모르는 우리의 심장 같은, 연약한 껍질의 토마토를 움켜쥐고 흘러넘치는 과즙의 감각을 느끼는 것만으로도 충분하다. 시를 읽는다는 것은 그야말로 과즙을 맛보는 것과도 같기 때문이다. 그렇지만 똑같이 풍성한 과즙이라도 그 맛은 천차만별이다. 시의 열매로부터 흘러넘치는 맛과 함께 그것이 바깥으로 퍼지는 기묘한 향을 느껴보자.

# 성숙이라는 열매의 맛

토마토를 손에 쥐었다

몸 밖으로
두 개의 심장을
꺼내놓은 것처럼

손은 뜨겁고
빛난다

손이 이루는
부드러움의 세계

으깨짐은 고요한 포옹의 방식일까
열렬한 비명의 방식일까
정물처럼, 갸웃할 머리가 사라졌다는 듯이

나는 나의 알몸처럼
나는 나의 온도처럼
멀어지는 낱말처럼

여름은 너의 불안에서 딴 토마토
한 알처럼 아름답고

물밑에 가라앉은 발목처럼
미끄럽다

나는 1초 전의 생각을
1초 후에 지속할 수 없다

그 밖의 모든 시간에서
파랗게 토마토가 자라는 것처럼

—심지아, 「이웃들」 전문

심장은 붉고 으깨지기 쉽다는 점에서 토마토와 닮았다. 관계를 맺는다는 것은 정말로 토마토를 주고받는 것 같다. 타인의 심장, 그 연약한 부분을 깨질까 조심하면서 부드럽게 두 손으로 받아 드는 것. 또는 나의 가장 뜨겁고도 중요한 부분을 상대에게 건네는 것. 이렇듯 마치 모험을 하는 것과도 같은 과정을 거치며 관계는 한 발짝씩 앞으로 나아간다.

아무리 부드럽게 쥐려고 해도 종종 토마토는 손 안에서 으깨지게 마련이다. 그런데 시인은 으깨짐이 "고요한 포옹의 방식"인지 "열렬한 비명의 방식"인지 궁금하다. 성숙은 늘 으깨짐을 동반하니까. 비명을 경험하지 않고는 고요하게 포옹할 수도 없으니까. 정말 그런 것일까. 성숙은 항상 으깨짐을 동반하는 것일까. 이 시에는 우선 이처럼 위태로운 찰나의 순간이 드러난다. 불안은 의식 아래 깊은 곳에서 불쑥거리기만 한다. 우리는 정물처럼 놓인 상황만을 바라볼 수 있을 뿐. 불안은 그것을 지켜보면서 고개를 갸웃할 시간조차 허락하지 않는다.

여름 내내 시인은 아름답지만 언제 터질지 모르는 토마토를 손에 쥐고 있다. 성숙한다는 것은 언제나 이처럼 깨지기 쉬운 심장을 타인 앞에 꺼내놓는 것, 그렇게 알몸으로 나를 드러내는 것일지도 모른다. 이 시는 그런 관계의 위태로움을 '심장—토마토', '포옹 / 비명'의 구도로 생생하면서도 명징하게 그린다.

시는 금지된 사과를 따먹는 성서의 이야기처럼 우리 내면의 보이지 않는 불안함을 맛볼 수 있게 해준다. 연약한 껍질의 토마토를 움켜쥐고 흘러넘치는 과즙의 감각을 느끼는 것만으로도 충분히 시는 성립한다. 우리가 시를 읽는다는 것은 그야말로 과즙을 맛보는 것과 같기 때문이다. 그렇지만 똑같이 풍성한 과즙이라도 그 맛은 각각 천차만별이다. 심지아의 토마토는 독특하면서도 매혹적인 맛을 숨기고 있다.

"여름은 너의 불안에서 딴 토마토"라는 부분에서 '딸 수 있다'는 가능성에 주목하자. 거기에 언젠가는 빨갛게 달아올라 딸 수 있는 파란 토마토'들'이 계속 자라고 있다는 사실을 겹쳐보자. 이런 맥락 속에서 "나는 1초 전의 생각을 / 1초 후에 지속할 수 없다"는 말은 한 치 앞도 볼 수 없는 우리의 미래에 대한 겸손한 태도가 된다. 관계는 늘 깨지기 쉽고 불안하다. 시인은 불안이 꿈틀거리는 찰나에 집중하면서도 "그 밖의 모든 시간"에 관한 전망을 잃지 않는다. 붉게 달아오르는 성숙의 배후에 파란 토마토가 항상 자라고 있다는 것, 더불어 그렇게 하나의 뿌리에 서로 연결되어 있는 것이 결국 "이웃들"이라는 것이야말로 심지아가 관계에 관해 우리에게 외치고 싶은 것이며 시라는 열매가 지닌 오묘한 맛이다. 우리들의 심장이 성숙해가는 것처럼 심지아의 시도 이처럼 열렬하게 성숙하고 있다. 놀라울 정도로 더 깊은 맛을 내는 그의 토마토를 누군가에게 선뜻 권하고 싶다.

# 바나나를 다루는 시적 태도

일본의 소설가 요시모토 바나나よしもとばなな가 '바나나'라고 필명을 정한 이유에 관해 '열대지방에서 피는 바나나 꽃을 좋아하기 때문'이며 또 '바나나는 기억하기도 쉽고 특별히 성별을 구분하지도 않는 것 같다'고 이야기했다는 사실은 잘 알려져 있다. 그의 작품에 관한 평가는 다양하다. 그렇지만 상실과 방황, 그로 인한 깊은 고통에 접근하는 그의 부드러우면서도 달콤한 문체는 확실히 '바나나'라는 이름과 잘 어울린다. 가령 "증오에 증오로 답할 때는 거기까지 추락해야 한다. 그렇게 되면 언제까지고 자신과 같은 마음으로 살아가는 친구들을 만날 수 없을 것"[3]과 같은 문장은 그의 데뷔작 『키친』에서부터 이어지는 일관된 태도를 잘 보여 준다.

약하고 말랑말랑한 바나나의 속살은 껍질을 벗기면 금방 무르고 색이 변하고 만다. 그렇지만 이토록 민감한 바나나의 맛과 향은 얼마나

3 요시모토 바나나, 『왕국』, 민음사, 2008.

부드럽고 달콤한가. 한껏 숙성된 바나나의 노란 색감과 길고 매끈하게 솟은 곡선의 외양은 대개 기분 좋은 매력을 느끼게 만든다. 나는 이 글을 읽기 시작하는 당신이 우선 이 정도의 느낌에서 출발했으면 좋겠다. 물론 우리는 바나나가 변하면서 점점 맛이 미묘해지듯이 언어가 어떤 작용을 겪으면서 시가 어떤 풍미를 지니게 되는지에 관해 이야기하게 될 것이다. 따라서 당신은 어쩌면 어느 순간 바나나 껍질을 밟고 미끄러지는 것처럼 조금 당혹스러울 수도 있겠다. 그렇지만 우리의 감각을 미끄러지게 만드는 것이야말로 이들의 시가 지닌 매력이다. 그러므로 유쾌한 기대를 품고, 조금 긴 시의 껍질을 천천히 벗겨보자.

처음 만난 바나나에게 손을 내민다. 바나나가 손을 내밀 수 없으니까.
바나나를 잡으면 먹겠다는 뜻이다. 바나나를 기를 순 없으니까.
바나나를 먹었는데 바나나를 또 만난다. 이름이 없는 건 죽지도 않는다.
바나나를 부를 땐 그냥 한 개, 두 개.
백치 같은 이 저녁을 아다다라고 부를 수 없듯이.

전학을 가면 친구가 바뀌는데 낯선 책상은 왜 이름이 그대로인가.
칼로 북북 난도질당한 책상은 왜 신분을 숨긴 야쿠자처럼 앉아 있는가.
옆 반에서 칠판을 지우던 아이에게 첫눈에 반했는데, 그러면 훗날 좋아한 사람들은 첫사랑이 될 수 없나.

믿지도 않으면서 너는 묻기만 한다.
그래 그럼, 아마 다섯번째거나 스무번째쯤? 다섯과 스물 사이에는 반올림된 사랑도 숨어 있다는 뜻이다.

차라리 키스를 몇 번 했니? 그렇게 묻는다면 덜 헷갈릴 텐데.

고개를 갸웃거리며 시간의 순서를 된다. 세 번째 바나나가 세 개라는 뜻은 아닌데.

어차피 입 하나론 한꺼번에 두 개를 꽂지도 못하는데.

어제도 먹은 바나나를 오늘도 먹는다.

점심엔 나머지 두 개를 먹었는데 너는 왜 바나나가 모두 사라졌다고 소리치는가.

바나나에 엔진이라도 달렸니. 어제도 그제도 같은 속도로 바나나를 집었을 뿐인데

너는 왜 끝이라고 말을 하는가.

마트에는 바나나가 쌓여 있고 나는 첫인상을 꼼꼼히 고르고

너의 뒤통수 아래서 바나나 껍질을 벗긴다.

물감이 든 손으로 벗길 때도 눈물이 밴 손으로 벗길 때도 속살은 왜 언제나 하얀가.

고집 센 바나나를 들고 병원에 가면

의사는 껍질을 벗기듯 나의 눈을 뒤집어본다. 목록을 뒤져 병명을 챙겨주며

알 수 없는 소리로 야옹거린다.

죽은 선생도 야옹거렸고 생선을 입에 문 채 삼촌도 죽었다.

아이 귀여워, 혀가 짧은 입들을 어루만질 때

나는 조금 인간적이 된다. 눈이 커지고 말투에 원근법이 살아난다.

깜깜한 밤에도 감정선이 살아나서 행인처럼
변장을 하고 마트엘 간다.
도무지 얼굴이 외워지지 않는 계산원은 명찰을 보니 백번째 상대역이다.
미끌미끌한 백번째 미소 속에서 까발려진 잇몸이 바나나 속살 같다.

바나나를 먹으면 껍질을 모으기로 한다. 세 개를 먹은 후엔
배부른 느낌도 생길 것이다. 의사가 기다리고 있는 차를 타고 국도를 탈 수도 있다.
그가 야옹거릴 때마다 바나나 껍질로 노랗게 입을 막을 것이다.
야옹거리는 건 고양이만으로 충분하다.

—이민하, 「백치(白痴) 바나나」 전문

바나나에 '바나나'라는, 발음하기 쉽고 경쾌한 이름을 처음 붙인 것은 누굴까. 전혀 특별하지 않고 다소 장난스럽게 느껴지기까지 하는 이름의 기원은 손가락finger이라는 뜻의 아랍말인 'banan'에서 비롯한다고 전해진다. 정말 여러 개가 함께 붙어 있는 바나나의 모습은 손을 닮은 것도 같다. '나'는 처음 만난 바나나에게 다짜고짜 손을 내민다. 단도직입單刀直入. 아마도 물러터진 바나나와 같은 '너'가 마음에 들었나 보다.

바나나를 먹고 나서 또 바나나를 만난다. 비슷하게 여러 개가 달린 바나나는 그냥 바나나일 뿐. 특징이 없다. 친구가 바뀌어도 책상은 그저 책상이듯이 상황과 조건이 바뀌어도 바나나는 그냥 바나나다. 고양이

처럼 기를 수는 없으므로 '나'는 바나나를 먹을 뿐인데, 손도 내밀지 못하는 주제에 바나나는 나의 첫사랑을 캐고 든다. 사랑과 순결을 동일시하는 어처구니없는 물음과 함께 '너'는 달콤하게 입 안으로 사라지고 마는, 세 번째 바나나로 전락한다. 계용묵이 그린 아다다의 백치미는 발음의 유사성을 타고 이런 식으로 바나나와 같은 '너'에게로 이어진다.

"어차피 입 하나론 한꺼번에 두 개를 꽂지도 못하는데"라는 부분에서 '너'의 위선과 치졸함은 극에 달한다. 부드러운 우아함 속에서 섬뜩하게 찌르는 솜씨야말로 이민하 시인의 주특기다.[4] 서슴지 않는 자세의 관능성이 부각될수록 바나나는 더 초라해진다. 더불어 껍질을 벗기고 긴 바나나를 입에 넣는 에로틱한 광경은 바나나의 물질성을 생생하게 촉발한다. 바나나의 성질이 뚜렷해지는 것과 반비례를 이루며 '너'의 인격적 가치는 추락한다.

물질적 가치, 바나나의 달콤함은 오래 가지 못하게 마련이다. '너'는 늘 먹던 바나나에 이내 질리고 끝이라고 말한다. '나'는 마트에 수북이 쌓인 바나나를 다시 꼼꼼하게 골라 보지만 바나나들의 속살은 모두 백치白痴처럼 하얗다. "도무지 얼굴이 외워지지 않는 계산원"처럼 얼굴이 없어서 명찰을 보지 않고는 이름을 알 수가 없다. 이와 같은 당혹스러운 감정을 바탕에 두고 화자의 감정은 조금씩 미묘하게 변한다. 각각의 연은 한 송이 바나나처럼 같은 생각에 달려 있지만 장소와 상황을 달리하며 조금씩 다른 맛을 낸다.

이 시는 화자의 감정선을 따라 각각의 느낌이 조금씩 변하는 과정을

---

4 「비밀의 정치적 잠재력」, 『세계의 문학』, 2011.겨울.

잘 보여 준다. 시를 읽는 우리는 우선 한 꺼풀씩 벗겨지는, 섬뜩한 유쾌함을 맛볼 수 있다. 더불어 그 속에서 속살이 하얀 바나나들처럼 비슷한 대상이 되고 마는 남자들을 만날 수 있다. 결국 의사의 입이 바나나 껍질로 틀어 막히는 마지막 부분에서 감정은 극대화되고 남자는 벙어리가 된다. 치졸한 질문들은 환심을 사기 위한 야옹거림으로 바뀌다가 마침내 벙어리의 우물거림으로 바뀐다. 그렇지만 정말 말이 없는 것은 남자들뿐인가.

실제로 '나'는 시 속에서 의사나 계산원을 포함한 여러 상대역에게 별다른 말을 직접 건네지 않는다는 사실을 떠올리자. '나'의 속마음은 날카롭지만 정작 '나'는 그 말을 겉으로 꺼내어 상대에게 직접 전달하지는 않는다. 시 속에 드러난 것은 오직 마음속의 생각들뿐. '나'도 침묵 속에 잠겨 있기는 마찬가지다. 재미있게 미끄러지는 '나'의 생각과 동행하면서 시의 독자는 우선 졸렬한 바나나들과 반대편에서 시 속의 '나'와 함께 우월한 기분을 느낄 수도 있다. 그렇지만 시를 끝까지 읽고 나서 고집 센 바나나를 들고 병원에 가고 한밤중에 갑자기 마트에 가는 화자가 기껏해야 바나나 껍질을 모으기로 결심하는 국면에 이르면 으쓱한 마음은 잦아들고 어느새 모두가 함께 열위에 있는 기분에 사로잡힌다.

이민하는 바나나처럼 산뜻하게 미끄러지면서 세간의 뒤틀린 풍토를 건드리고 찌르는 데 누구보다 능란하다. 그의 시어들은 단순한 비유의 차원을 넘나들며 누구나 드러내고 싶지 않았던 은밀한 부분을 바깥으로 끄집어낸다. 그렇지만 그의 시가 깊숙한 곳에 품은 매력은 바로 마지막 부분에 탄생하는 기묘한 감정의 무늬에서 비롯한다. 거침없이 바나나를 꽂던 입이 틀어막히는 순간, 우월한 감정은 온데간데없이 사라지고 우리 모두는 백치가 된 기분에 빠진다. 과연 백치는 누구인가.

한편 바나나라는 이름과 그 물질성은 몇 가지 재미있는 관점을 제공한다. 바나나라는 이름, 그 자체는 '나'에게 아무 의미도 없지만 바나나의 속성은 '나'에게 그것에 대한 최소한의 정보를 제공하고 그것이 무엇인지 느낄 수 있게 해준다. 반면 사람인 '너'의 경우, 그 사람의 존재 유무와 몇 가지 실질적 특성들만으로 그 사람을 안다고 말할 수는 없다. 속성만으로는 그 사람이 누구인지, 즉 자유로운 존재로서 무엇을 원하는지 알 수 없기 때문이다.

이처럼 '나'는 수수께끼의 '너'를 파악할 수 없다. 우리는 타인이라는 존재의 중심, 그 심연에 결코 접근할 수 없다. '나'는 오직 '말'의 차원에서만 '너'를 파악할 수 있을 뿐. 이처럼 '너'를 알 수 없기 때문에 '나'는 결국 그것의 외피, 그것의 잔여물인 '바나나 껍질'을 모을 수밖에 없다.

> 바나나와 그리고 흐린 날이 시작되었다
> 입구를 찾지 않고 지낼 생각
>
> 언어는 뻗어버렸습니다 눅신눅신 욱신욱신
> 입구를 모르는데 뜻이라뇨
>
> *바나나 바나나 숲에 가보았니. 숨구멍은 모두 그곳에 두었지. 숲의 하루는 잠자는 숲 속이 되었는데.*

바나나와 그리고 흐린 날이 계속되었다
나는 내가 녹색으로 보인다고 말한다

흐린 날의 바나나는 얼마나 바나나일까요
바나나 바나나 속에서 눈이 커가는 벌레들

나는 바나나의 흑점을 잘못 옮기고 있는지도 모르겠습니다
언어가 뻗은 자리마다 변하고 있는데요

*바나나 바나나 숲에 가보았니. 땅구멍은 모두 그곳에 두었지. 숲의 하루는 품은 열이 되었는데.*

바나나 바나나의 시간 밖에서
바나나 바나나의 뫼비우스와 그리고 나 또한 가보았다는 생각

바나나 바나나의 흑점을 열어보지 말 것
이다음이 무엇인지

나는 한쪽 눈에 벌레가 남았다고 말한다.

—김성대, 「바나나와 그리고」

똑같이 바나나를 다루고 있는 김성대의 시가 있다. 물질적 속성이 거의 거세된 바나나 때문에 이 시를 대하는 사람들의 자세는 대단히 극단

적일 것 같다. 누군가는 잘 짜인 구조를 통해 구문론적으로 시에 접근할 것이다. 철학에 관심이 많은 사람이라면 익숙한 몇 가지 용어를 발판으로 더 깊은 지경으로 나아갈 수도 있다.[5] 그렇지만 이런 시도는 시와 시인 모두에게 별다른 유익이 되지 못할 뿐더러 평론가나 독자에게도 오해와 난처함만을 남기게 되는 경우가 대부분이다.

잠시 요시모토 바나나의 인터뷰를 다시 떠올리자. 이 시에서 바나나는 성별도 없고 누구나 쉽게 기억할 수 있는 친근함을 지닌 기표로 취급된다. 따라서 이 시를 읽는 당신은 특정한 물질적 속성을 바나나에 대입하려 골몰하기보다 대신 'ㅏ'음의 연쇄로 울리는 음성적 자취의 쾌적함에 먼저 귀를 기울이는 편이 낫다.

정작 이 시에서 눈여겨보아야 할 흑점sugar point[6]은 '그리고'다. "바나나와 그리고 흐린 날"에서 '바나나'와 '흐린 날' 사이에는 두 개의 '그리고and'라는 경계가 있는 셈이다.[7] 그러므로 먼저 완강한 경계의 양쪽에 나란히 놓인 '바나나'와 '흐린 날'의 처지를 떠올리자. 더 쉬운 이해

5 "입구를 모르는데 뜻이라뇨"라는 문장과 "흑점"이라는 용어는 라깡이 목소리와 주체성을 동등하게 다루는 태도를 연상케 한다. 가령 지젝이 라깡의 목소리를 분석하면서 동원했던 다음과 같은 문장들과 이 시를 연관시키려는 유혹에 시달릴 수 있다.
"목소리에 선행하는 주체는 없다. 글쓰기는 그 자체로 비(非)-주체적이고, 언표행위의 어떤 주체적 위치도 없으며, 언표된 내용과 그것의 언표행위 과정 사이의 차이도 없다. 하지만 의미화 연쇄가 그것을 통해서 주체화 / 예속화되는 목소리는 의미의 투명한 자기-현전의 매체로서의 목소리가 아니라, 주체화될 수 없는 잔여의 흑점으로서의 목소리, 의미의 소멸점, 의미가 주이-상스[의미-향유]로 미끄러지는 지점이다." 슬라보예 지젝, 이재환 역, 『나눌 수 없는 잔여—셸링과 관련된 문제들에 대한 에세이』, 도서출판b, 2010.10.

6 바나나가 가장 잘 익었을 때 잘라 보면 단면에 생기는 검은 점을 이르는 말.

7 'and'나 'und'를 우리말로 번역할 때 '와'라고 표기하는 것을 떠올려 보라. 가령, '*Wahrheit und Methode*'는 '진리 그리고 방법'이라고 번역하는 대신 '진리와 방법'이라고 표현한다. 하이데거의 '존재와 시간'도 마찬가지다.

를 위해 이런 구도를 '물질 // 관념' 또는 '기표 // 기의'로 바꿔보아도 크게 무리가 없을 것이다.

'바나나'라는 음성적 자질을 지닌 말은 쉽게 의미Sense로 전환되지 못하고 자꾸만 미끄러진다. 한마디로 이 시는 언어가 흐를 수 있는 통로를 찾기 위한 시인의 다양한 고투의 흔적과도 같다. "*바나나 바나나 숲에 가보았니*"로 시작하는 3연과 7연은 바나나라는 말이 번성하며 숲을 이루는 과정을 통해 숨과 땀이라는 감각이 부각되는 시도를 보여 준다. 이때 관념적인 상상은 물질화된다. 더불어 문장이라는 형식은 하나의 목소리로 생생하게 바뀐다. "나는 내가 녹색으로 보인다고 말한다"와 같은 부분은 말하는 주체의 혼돈을 유발한다. '바나나'는 "흐린 날의 바나나"와 같이 '흐린 날'과 섞이거나 그것의 부축을 받기도 하지만 여전히 그 의미는 모호하다. 이런 시도는 "계속"해서 지속된다. "뻗은 자리마다 변하는 언어"가 마침내 "뻗어버"려서 "눅신"해질 때까지. "*가보았니*"라는 질문이 "나 또한 가보았다는 생각" 곧 생생한 기시감으로 바뀔 때까지.

오스트리아의 철학교수인 프란츠 M. 부케티츠는 원래 열대지방에서 수천 종류로 자유롭게 자라던 바나나가 인간에 의해 재배되면서 시장의 요구에 따라 점점 단일종으로 통일되고 있다고 이야기한다. 그는 이런 현상이 지속되면 결국 바나나가 완전히 멸종되어 사라질 수도 있다고 설명하다. 그가 인간 언어의 운명도 바나나와 다르리라는 법이 없다고 연결하고 있는 지점은 더 재미있다. 종의 다양성을 사멸하는 통합의 논리가 인간을 바나나와 같은 처지로 내몰리도록 만들 것이라는 주장은 실제로 기술의 발달로 묶인 세계가 부작용에 시달리고 있다는 점에서 경청할 만하다.

독특한 김성대의 사유방식은 다양한 뉘앙스를 품은 다른 종의 몸이 도래하도록 만든다. 이런 식으로 그의 시어들은 고정된 뜻meaning을 벗어나 스스로의 몸과 접촉하려는 시도를 멈추지 않는다. '바나나'라는 일상의 텅 빈 언어는 이런 시도 속에서 낯선 풍미를 지니게 된다. 그래서 내게는 '바나나'라는 말이 새로 얻게 된 맛과 향이 실제 바나나보다 더 미묘하고 매력적으로 느껴진다. 비록 그것은 "한꺼번에 두 개를 꽂지도 못"할 정도로 우람하지는 않지만 계속 자라는 변화의 힘과 자질을 지니고 있기 때문이다.

두 시인이 바나나를 다루는 태도에는 차이가 있다. 그렇지만 각기 다른 그들의 매력이 우리의 말과 사유를 더 생생하고 풍성하게 만든다는 사실에는 이견이 없을 것 같다. 앞으로 이들이 가꾸는 시의 나무가 더 자유롭게 가지를 뻗고 다양한 열매를 맺기를 기원한다.

03

# 시를 어떻게 읽을 것인가

비평은 단지 주관적인 것이 아니다. 한 편의 시를 좋아하는 것과 그것을 누군가에게 좋아한다고 말하는 것은 분명한 차이가 있다. 한 편의 시에 관한 견해가 다양하다고 해서 시가 그저 더 미묘한 취향만을 요구한다고 생각하는 것은 지나치게 단순하다. 시는 과일처럼 등급을 매길 수도 없지만 그렇다고 해서 그 의미를 아무렇게나 함부로 부여할 수 있는 것도 아니다. 시의 가치는 주관적인 취향과 다르다는 것을 이해할 필요가 있다. 취향이 시의 가치를 결정할 수는 없다. 시의 가치는 의미와 복합적으로 연결되어 있기 때문이다. 한편 시의 의미는 주관적인 취향과 비교적 분명하게 구분할 수 있다. 물론 다층적인 의미를 지닌 시의 언어를 마치 법률의 언어처럼 단순한 판단의 기준으로 삼을 수는 없다. 그렇지만 의미가 다층적이라는 말을 읽는 주체에 의해 아무렇게나 규정할 수 있는 것이라 오해하면 곤란하다. 대부분 의미는 공동체의 맥락 속에서 형성된다. 리듬을 통해 우리는 이런 맥락에 자연스럽게 섞일 수 있다.

감각적 확신에 관한 시적 의문들
시의 가치와 취향

# 감각적 확신에 관한 시적 의문들

## "냄새가 장미를 끌고 가는 곳은 어디인가"

지난 몇 년간 우리는 감각의 부각을 목격했다. 특정한 사유의 틀에 사로잡힌 서정시를 완전히 벗어나려는 시인들이 나타났고 그들에 의해 감각적인 것들은 놀라울 정도로 매력을 얻었다. 사실 감각적 인상은 원래부터 생의 구체적인 국면을 탐구하는 데 중요한 증거이다. 사람이 함께 살아가는 현실의 장은 이념으로 완벽히 포착할 수 없기 때문이다. 사회적인 관계의 이모저모는 결국 느낌으로 체화하고 공유할 수밖에 없다.

어떤 시인들은 이상하고도 놀라운 감각을 개발하여 사유의 영역과 가능성을 넓혔다. 이에 관해서는 이미 여러 평자들에 관해 자세하게 논의되어 왔다. 그런데 최근 이런 느낌은 점점 생기를 잃고 있는 것처럼 보인다. 특정한 느낌을 부각하는 감각어들은 이후 여러 시인들에게서 반복된다. 생생한 느낌은 이런 식으로 고정되면서 신선한 매력을 잃는다. 심지어 그것은 자명한 형식으로 굳어지는 경우도 있다. 낯선 감각들은 테두리에 갇혀 예측 가능한 형태로 재생산되면서 그저 익숙한 잔여물처럼 바뀐다. 감각적인 것이 감각을 초월하여 사유를 뒤흔들기는커녕 사유가 전개될 여지를 축소시키는 형편에까지 이르는 경우도 있다.

조말선은 『재스민 향기는 어두운 두 개의 콧구멍을 지나서 탄생했다』에서 감각적인 것들이 인식에 이르게 되는 과정을 다양한 실험적 시도로 끈질기게 파고든다. "냄새가 장미를 끌고 간다"로 시작하는 「인식」은 "냄새가 장미를 질질 / 냄새가 장미를 사뿐사뿐 / 장미는 동물처럼 끌려간다 / 장미는 유령처럼 날아간다"로 이어진다. 냄새라는 감각에 의해 도래하는 장미는 수동적으로 질질 끌리기도 하고 유령처럼 가볍게 날아가기도 한다. 그는 지금 "냄새가 장미를 끌고 가는 곳은 어디인가"에 관해 계속해서 질문하고 있다. '냄새'와 '장미'는 멈추어 있지 않고 끊임없이 "움직인다". '나'는 그들이 순환하고 부딪히고 순서를 바꾸며 뒤집히는 현장을, 마찬가지로 끊임없이 움직이면서 추적한다.

그는 감각과 사유가 섞이는 작용 자체와 그것의 형성 과정을 탐구하기 위해 다양한 방식으로 언어를 투입한다. 그 과정에서 때로는 의미가 초과하여 움직이기도 하고 계속 지연되면서 만족할 만한 것들이 산출되지 않는 경우도 발생한다. 그렇지만 그는 성급하게 일반화하려는 자세에 안주하지 않는다. "눈과 코와 입이 뭉개진 곳이 좋은 사람의 자리입니까"(「성급한 일반화」)라고 의문을 제기하면서 계속해서 "꽃을 향해 킁킁(컹컹)거리"기를 멈추지 않는다. 꽃 한 송이에 대한 "조심성과 공격성"을 함께 유지한 채, "거리감과 타자성"(「킁킁킁(컹컹컹)」)에 유의하면서.

다소 길게 느껴지는 시집의 제목은 이와 같은 시인의 시적 전략과 고투를 명징하게 압축한다. 이 시집을 읽으면 감각과 사유가 얽히는 과정을 탐문하는 일이 얼마나 지난하고 고통스러운 일인지에 관해 새삼스럽게 체감하게 된다. 「통로」는 길고 어둡고 끝이 보이지 않는, 그 콧구멍이라는 통로의 이미지를 잘 보여 준다.

전혀 다른 속성의 기표들이 연쇄하면서 마찰을 일으키고 나란히 대칭으로 놓였다가 역전된다. 더불어 이런 시도에 골몰하는 "소녀는 실패한다".(「오보에 속으로 들어가기」) 그러므로 이 시집을 읽는 당신은 잠시 계속된 실패와 몰락의 절망감에 함께 빠지게 될지도 모르겠다. 마치 "벽을 더듬는" 것과 같은 기분을 느낄 수도 있다. 그렇지만 동시에 "벽이 사라지고 벽을 안는다"(「벽이라는 기의에 대한 벽이라는 기표」)는 말에 관해 한 걸음 더 다가가게 될 수도 있을 것이다. 나아가서 어쩌면 "옥상 또는 삼층에 머리를 처박은 뱀 한 마리가 필사적으로 꿈틀거리고 있" (「목도리」)는 것과 같은 시인의 시쓰기라는 행위, 그 어둡고 길고 끈적하고 어지러운 통로를 거치는 지난함이 사실 우리가 모두 직면하게 되는 실제 생의 국면과 다르지 않다는 사실을 알게 될 것이다. 굳어버린 감각과 관습적인 말의 위치에 관한 도전은 계속 반복된다. 정말로 생생한 감각은 이처럼 길고 어두운 통로를 지나야만 탄생하지 않던가. 시인이란 복잡하고 막막한 사유의 통로를 자진해서 배회하는 사람이 아닌가. 지금 우리의 피부는 그들로 인해 더 민감해진다. 또 목적지를 알 수 없는 사유의 자취, 그 비밀스런 노선으로 기꺼이 뛰어들 수 있는 용기를 얻는다.

## "냄새라는 건 대체 무엇일까?"

조말선은 "코의 위치"에 골몰한다. 냄새를 풍기는 장미와 그것의 감각하는 코 사이의 과정과 움직임에 초점을 맞춘다. 황인찬은 더 근본적인 질문을 던진다. "냄새라는 건 대체 무엇일까?"

아카시아 가득한 저녁의 교정에서 너는 물었지 대체 이게 무슨 냄새냐고

그건 네 무덤 냄새다 누군가 말하자 모두가 웃었고 나는 아무 냄새도 맡을 수 없었어

다른 애들을 따라 웃으며 냄새가 뭐지? 무덤 냄새란 대체 어떤 냄새일까? **생각을 해 봐도** 알 수가 없었고

흰 꽃잎은 조명을 받아 어지러웠지 어두움과 어지러움 속에서 우리는 계속 웃었어

너는 정말 예쁘구나 내가 본 것 중에 가장 예쁘다 함께 웃는 너를 보면서 그런 **생각을 하였는데**

웃음은 좀처럼 멈추질 않았어 냄새라는 건 대체 무엇일까? 그게 무엇이기에 우린 이렇게 웃기만 할까?

꽃잎과 저녁이 뒤섞인, 냄새가 가득한 이곳에서 너는 가장 먼저 냄새를 맡는 사람, 그게 아마

예쁘다는 뜻인가 보다 모두가 웃고 있었으니까, 나도 계속 웃었고 그것을 멈추지 않았다

안 그러면 슬픈 일이 일어날 거야, 모두 알고 있었지

—「유독」 전문

(강조는 필자)

저녁의 공기를 타고 아카시아 냄새가 퍼진다. '너'는 누구보다도 "가장 먼저 냄새를 맡는"다. 반면 '나'는 "아무 냄새도 맡을 수 없었"다. 누군가 그것이 "무덤 냄새"라고 말한다. '너'를 포함한 모두는 냄새 속에서 함께 웃는다. 그러나 '나'는 '유독' 거기에 동참할 수가 없다. "무덤 냄새"로 모두 어우러지는 가운데 '나'만 혼자다. 이 시에서 우리는 무엇보다도 많은 가운데 홀로 두드러지는, 유독惟獨의 감정을 먼저 느낄 수 있다.

그런데 유독스러운 것은 '나'뿐만이 아니다. '너'는 '유독' 다른 사람들보다 먼저 냄새를 감지한다. '너'나 '나' 모두 유독한 것은 마찬가지이지만 '너'는 모두와 함께 자연스럽게 섞이고 '나'는 그렇지 못한다. 이 아름다운 저녁의 풍경 속에서 '너'는 "꽃잎과 저녁이 뒤섞"이듯이 '우리'와 함께 섞인다. 그렇지만 '나'는 그럴 수가 없다. 아무리 생각을 해 봐도 무덤 냄새라는 것이 무엇인지 알 수 없기 때문이다. 그렇지만

모두가 함께 웃고 있으므로 '나'도 계속 함께 웃는다. 그렇지 않으면 자연스러운 섞임의 분위기가 깨질 수도 있으므로. '나'는 이 공동체의 분위기를 깨는 어떤 '유독遺毒'한 존재가 될 수 있을 것 같기 때문에.

이 시는 이처럼 유독한 두 존재인 '나'와 '너'를 두 축으로 성립한다. "예쁘다"는 말 때문에 이 시를 '너'를 좋아하는 '나'의 이야기로 읽게 되면 시 전체의 맥락과도 어울리지 않을 뿐더러 조금 시시해지고 만다. '나'는 "함께 웃는 너"를 예쁘게 생각하고 있다는 사실에 주목하자. 여기에 이 시의 전면에 강하게 부각되는 "어지러움"을 함께 감지하자. 마지막 연의 "슬픈 일"의 배후에 담긴 감정은 좋아하는 마음의 결렬이라기보다 '함께 웃지 못하는 나'의 소외감과 부러움이라고 할 수 있다.

황인찬은 특정한 기분으로 타인을 가깝게 끌어당기기보다 일단 타인과 사물을 그 자리에 놓아둔다. 모호한 감각을 중심으로 함부로 화합을 시도하지 않는다. 그는 촉촉한 언어 대신에 "말린 과일"(「건조과」)의 향기에 주목한다. "희박하고 조용한 생활"(「거주자」)을 영위하면서 '너무 조용해서 책장을 넘기는 것마저 실례가 될 것 같은 도서관'(「구관조 씻기기」)의 분위기를 해치지 않도록 주의를 기울인다. 그렇지만 이러한 과정 속에서 불분명한 감각은 더 선명해지고 때로 어리둥절하게 묶이는 관계는 분명한 미적 거리를 확보한다. 이런 시적 태도는 열광과 흥분에 휩싸인 채 떠도는 감각들로부터 '나'를 분리하게 만드는 동시에 지나친 비관이나 짓눌림으로부터 벗어날 수 있도록 우리를 북돋운다.

이해할 수 없는 감각에 다가가기 위해 그는 계속 생각한다. 인용시에서 강조 표시한 부분은 시집의 어느 곳을 펼쳐도 쉽게 찾을 수 있다. 황인찬은 "생각이라는 것을 계속하였다"(「구원」)와 같은 방식으로 '생각한다'는 말을 시에 의도적이고 지속적으로 노출한다. 그는 지금 "느껴지지 않"(「유체」)는 것에 관해 좀더 생각하는 중이다. 나도 알 수 없는 '나'와 알 수 없는 '너'에 관하여. 그리고 "조명"과 "울림"을 포함한, 모든 것이 사라지고 난 후에도 "여전히 백자로 남아있는 그 / 마음"(「단 하나의 백자가 있는 방」)에 관하여.

「듀얼타임」에서 "중앙공원"이라고 말하는 '나'는 "센트럴파크"라고 말하는 '너'와 함께 공원을 걷는다. 시가 마무리될 때까지도 여전히 '나'는 "어둡다"고 말하고 '너'는 "It's dark"라고 말하지만 그럼에도 불구하고 마주 잡은 손은 따뜻해진다. 서로 분리된 채로 따로 놓인 연인은 바디우의 말을 빌리자면 '둘의 관점에서 세계에 대한 탐색'에 나선다.[8] "It's dark"의 세계에 '너'를 놓아둔 채로 손을 맞잡고 걸어가는 자세에 관해 고민한다. 그 행보 속에서 차이의 가능성이 드러나고 관계의 역능은 더욱 공고해진다.

더 놀라운 것은 시인이 자기를 돌보는 일이 곧 윤리를 탐색하는 종착역이라는 것을 체득하고 있다는 사실이다. '나'는 '너'나 다른 사물들에게와 마찬가지로 '나'를 분리하여 따로 놓아둔다. 표제작인 「구관조 씻기기」에서 화자는 "새는 냄새가 거의 나지 않습니다. 새는 스스로 목욕하므로 일부러 씻길 필요가 없습니다"라는 구절을 "나도 모르게 소리 내어 읽었다"고 고백한다. 불필요하고 모호한 냄새를 지우며 스스로를 씻는 일로부터 시작하는 시인이 앞으로 어떤 방식으로 '나'와 세계와의 잠재된 가능성을 증빙할 것인지 더욱 궁금해진다. 그가 단순히 타자와

8 알랭 바디우, 조재룡 역, 『사랑예찬』, 길, 2010.

의 관계를 놓아둔 채로 내버려두기만 하는 것이 아니라 분명히 "결정적 순간"(「세컨드 커밍」)을 기다리고 있다는 사실을 감지했기 때문이다. 그 결정적 순간에 관한 탐색이야말로 아마 앞으로 그가 나아갈 길이며 동시에 "냄새라는 건 대체 무엇일까"라는 질문을 해결할 수 있는 열쇠가 될 것이다.

# 시의 가치와 취향

한 편의 시를 좋아하는 것과 그것을 누군가에게 좋아한다고 말하는 것은 분명한 차이가 있다. 때때로 이런 차이는 원래 없는 것처럼 여겨지거나 쉽게 사라질 수 있는 것처럼 오해를 받기도 한다. 확실히 '이 시는 사랑스러워'라고 말하기 위해서는 "딸기는 사랑스러워"라고 말하는 것보다 더 복잡한 과정을 거쳐야 한다. 그렇지만 한 편의 시에 관한 견해가 다양하다고 해서 시가 그저 더 미묘한 취향만을 요구한다고 생각하는 것은 지나치게 단순하다. 시는 과일처럼 등급을 매길 수도 없지만 그렇다고 해서 아무렇게나 함부로 의미를 부여할 수 있는 것도 아니다.

자기 종족을 멀리 퍼뜨리기 위해 그러겠지
맛보고 못 잊겠으면 또 뿌려 심어달라고
그래 봤자 인간들이 다 먹어치우고 마는데
딸기는 사랑스러워 앞으로도 뒤로도
사랑스러워 딸기는 그런 식으로 교묘하게

호두알 속은 장롱처럼 잘 정돈되어 있었다

엉덩이 좀 긁어줘, 팬티 속은 비좁고 우글거렸다
아픈 곳을 건드리는데 자꾸 웃음이 났다

이야기를 숨겨놓고 있는 거지
총총한 씨앗 속에 또 다른 이야기를
그 이야기 속에 숨은 아주 다른 이야기를
다 하다 보면 딸기는 사라지고 마는데
딸기가 맛있다고 하하 웃는
당신 속에 또 다른 당신이 숨어 있다
당신 속에 숨은 독재자, 주정꾼, 야구에 정신 팔아버린,
고집불통, 대책 없이 꽥 소리치는 당신의 아들딸
당신 속에 당신들 종합선물세트처럼 가질 수가 없어
멀리서 바라본다
흰 셔츠에 단정히 타이를 매고 있는 당신이라는 당신
"괜찮아"라는 말이 숨겨놓은 뿌리 깊은 암세포
그런 식의 말에 숨어 사는 변덕과 완고한 이념들
그런 식으로 숨겨놓은 "사랑해"라는 말의 기운은
감기 기운 같은 것인지도 모른다
뜨거운 국 한 그릇이면 해결될

웃음을 꽉 쥐고 놓아주지 않는
손, 무너진 다리처럼
더 이상 나를 건널 수 없게,
될 수 있는 한 길게, 나는 웃음을 이어갔다
잎을 파닥거리며
저녁이 자라나고 있었다

나는 거의 웃음이 되었다
너를 위해 기도할게, 친구의 전화를 끊고 처음으로
화분에 꽃을 심고 물을 주었다
꽃은 잠잠했다
그것이 꽃의 웃음이라고 생각했지만
그것은 아름다운 생각이 아니었다

호두알 속에선, 흙냄새가 났다
차곡차곡 때 묻은 옷들이 골목을 이루어
이해할 수 없는 곳으로 가끔씩 사라지기도 했다
골목들로 점점 나는 비좁아졌다

팬티에 손을 넣고 엉덩이를 오래 만져주면

혹은 섹스 한 번이면 해결될
사랑한다는 말은
또 다른 말을 숨겨야 겨우겨우 당신에게
로 가니까
그러니까

—최정례, 「딸기는 왜 이렇게 향기로운 걸까」 전문

지나치게 내가 열릴 것 같아
오늘 저녁처럼 붉게 물을 쏟아내는 얼굴로
나는 열려 있는 모든 것들에게 뚜껑을 덮어
주었다

호두알 속에선
속으로 웃어도 다 들릴 것 같았다

—김지녀, 「호두알 속의 웃음」 전문

'웃음'을 다루는 두 시인의 태도를 살펴 보자. 두 편의 시 모두 전면에 웃음이 걸려 있지만, 그것을 다루는 시인의 어조와 태도는 각각 다르다. 최정례 시 속에서 웃음의 주체는 '당신'이지만 김지녀의 시에서 '나'는 직접 웃음의 주체가 된다. 두 편의 시 모두 '당신—나'의 관계에 초점을 맞추고 있다는 점은 공통적이지만 그것을 다루는 방식은 대조적이다.

먼저 함께 딸기를 먹고 있는 '나와 당신'을 살펴 보자. '나'는 '당신'과 함께 딸기를 먹으며 이런저런 이야기를 나누고 있다. '당신'은 "딸기가 맛있다고 하하 웃"으며 계속 이야기를 이어간다. '당신'의 이야기는 딸기의 향기처럼 미묘하고 신선하게 퍼진다. 유쾌한 분위기 속에서 이야기들은 계속 꼬리를 문다. 딸기가 입 안으로 모두 사라질 때까지.

'당신'의 웃음을 앞에 두고 '나'는 당신 속에 숨은, '다른 당신들'을 떠올린다. "독재자, 주정꾼, 야구에 정신 팔아버린, 고집불통, 대책없이 꽥 소리치는 당신의 아들딸". 딸기의 향이 미묘한 것처럼 '당신'의 모습들도 복잡하다. 지금은 이렇게 웃고 있지만 그런 '당신' 속에는 온갖 다른 '당신'들이 또 자리 잡고 있다. '나'는 그런 '당신'을 온전히 "가질 수가 없어"서 그저 "멀리서 바라본다".

최정례는 우리의 문화적 전통 속에 있는 '숨김'의 정서를 처연함 대신 특유의 아이러니한 방식으로 풀어내는 데 능숙하다. 그의 시에서 감정은 절제된다. 시적 화자는 냉정을 유지하면서 사태의 면모를 "멀리서 바라본다". 과거에 이런 태도는 냉소적인 분위기를 자아내기도 했지만 최근 그의 시는 '웃음'의 요소와 그것을 결합하면서 새로운 차원의 미묘한 감각을 보여 준다.

최정례의 시가 '다른 당신'에 초점을 맞추고 있다면 김지녀는 '다른 나'에 주목한다. 실제로 "엉덩이 좀 긁어" 달라고 말할 만큼 친밀한 '당신'은 시의 전면에 직접 드러나지 않는다. 팬티 속에 손을 넣을 정도로 '당신'은 '나'와 친밀한 관계에 놓여 있지만, 그런 '당신'과 '나' 사이에는 마찬가지로 거리가 있다. 그렇지만 '나'는 그것을 숨기고, '당신'이 "더 이상 나를 건널 수 없게" 계속 웃음을 이어간다. 그의 시에서 웃음은 과장되게 노출된 채, 당신으로부터 '다른 나'를 가리는 장치가 된다.

"나는 거의 웃음이 되었다"고 말할 정도로 웃음은 끊이지 않지만, 어쩐지 '나'는 자꾸 비좁다고 느낀다. 일상은 잘 정돈된 장롱처럼 차곡차곡 다가오지만 그럴수록 '나'는 쉽게 깰 수 없는, 딱딱하고 좁은 호두알 속에 있는 듯한 기분을 느낀다. '나'도 알 수 없는 '나'의 공허감은 좁은 호두알 속에서 더 우글거린다. '나'는 이런 기분, 자신도 알 수 없는 내면의 아픔을 들킬까 두려워 조용히 "뚜껑을 덮"는다. 시의 전면에는 단단한 호두껍데기의 마찰과도 같은 웃음이 흐르지만, 그것의 내부에는 이처럼 답답함과 두려움이 자리 잡고 있다.

'나'를 드러내기보다 절제하고, 주변의 타인과 사물을 응시하는 자세에 익숙한 사람에게는 김지녀의 시가 탐탁하지 않을 수 있다. 팬티에 손을 넣는다거나, 지나치게 열려 붉은 물을 쏟아내는 태도에 관한 감정은 독자에 따라 다를 수 있다. 더불어 그러한 취향이 한 편의 시에 관한 호오의 계기가 되는 것도 지극히 자연스럽다. 그렇지만 시의 특정한 태도가 독자에게 특별한 감정을 일으킨다고 해서 그 시가 원래 그런 의미를 지닌다고 할 수는 없다. 누군가는 자신의 취향 때문에 멋진 성취를 이루고 있는 이 시를 외면할 수도 있는 것처럼 충분히 반대의 상황도 가능하다.

다채로운 감각을 개발하면서 분화하는 '나들'에게 주목하는 것에 친숙한 사람이라면 최정례 시의 끙끙 앓는 "감기 기운 같은" 어조에 매력을 느끼지 못할 수도 있다. 나아가 이런 사람 중의 일부는 "괜찮아"라는 말과 "사랑해"라는 말의 간극을 견딜 수 없을 만큼 답답하게 느낄지도 모른다. 내보임의 추동력은 온데간데없고 숨김의 내향성이 가득하다. 사실 '나'의 태도는 도저히 속을 알 수 없는 '당신'과 크게 다를 바 없다. 어쩌면 이 시를 읽는 누군가는 "겨우겨우 당신에게로 가"는 태도를 견디지 못하고 "꽥 소리치"고 싶은 감정을 느낄지도 모르겠다. 그렇지만 시의 어조와는 별개로 최정례 시의 의미는 미묘한 딸기의 향처럼 감각적으로 확산한다. 그의 시는 자기 종족을 퍼뜨리기 위해 향기를 숨기고 있는 딸기처럼 매혹적인 뉘앙스들로 가득 차 있다.

달그락거리는 호두알의 딱딱함과 혀끝에서 녹는 딸기의 부드러움을 떠올려 보자. 사람에 따라 각각의 질감을 받아들이는 느낌은 다르다. 마찬가지로 호두알이 부딪치는 소리처럼 웃음이 전면에 걸려 있는 시와 입 안으로 녹아 사라지면서 비로소 탐스러운 맛과 향을 풍기는 딸기와 같은 시에 관한 당신의 취향은 얼마든지 다를 수 있다. 그러나 그런 취향이 시의 가치를 결정할 수는 없다. 시의 가치는 의미와 복합적으로 연결되어 있기 때문이다. 한편 시의 의미는 주관적인 취향과 비교적 분명하게 구분할 수 있다. 물론 다층적인 의미를 지닌 시의 언어를 마치 법률의 언어처럼 단순한 판단의 기준으로 삼을 수는 없다. 그렇지만 의미가 다층적이라는 말을 읽는 주체에 의해 아무렇게나 규정할 수 있는 것이라 오해하면 곤란하다. 대부분 의미는 공동체의 맥락 속에서 형성된다. 심지어 가장 사적이라고 판단할 수 있는 개인의 감정도 실제로는 이러한 맥락을 완전히 제외하고 생각할 수 없는 경우가 많다.

모호하게 보이는 시의 언어도 대개 그들이 만드는 맥락 속에서 분명한 방향성을 지니게 되는 경우가 많다. 좋은 시일수록 다양한 의미를 품고 있게 마련이지만 또 그 의미들은 각각 다양한 사회적 맥락과 결부되어 있다고 볼 수 있다. 따라서 시의 가치는 시의 어조나 태도와 같은 형식들이 개인의 취향에 부합하는지 여부보다는 그것이 어떤 맥락을 이루고 있는가 하는 질문을 거치지 않고는 판단하기가 거의 어려울 수밖에 없다.

그런 점에서 인용한 두 사람의 시는 모두 멋진 성취를 이루고 있다고 말할 수 있다. 김지녀의 시는 호두알의 질감을 바탕으로 발산하는 웃음을 공허한 권태와 함께 결합한다. 이런 복합적 감각 속에서 겉으로 드러난 웃음이 커질수록, 또는 에로틱한 에너지가 증가할수록 일상의 답답함과 견딜 수 없는 아픔도 함께 커지는 것을 알 수 있다. 사랑이라는 개념 앞에 놓인 이 모순적 상황은 우리의 일상에서 늘 마주칠 수 있어서 쉽게 느껴지면서도 동시에 간단히 규정할 수가 없어서 난해하게 느껴지기도 한다. 시인은 깨기 어려운 호두를 만지작거리는 심정으로 그런 감정에 다가간다. 대조적인 분위기는 함께 상승하다가 "붉게 물을 쏟아내는 얼굴"에서 마침내 한 몸을 이룬다. 쾌락의 성분과 눈물이 함께 섞이는 감각이야말로 이 시인이 보여 주는 가장 놀라운 감각이 아닐 수 없다.

겉으로 드러난 시의 태도가 소극적이라고 해서 최정례 시의 매력을 간과하면 곤란하다. 실제로 이 시 속에 감춰진 에너지는 은밀하여 더 매혹적이다. 단정하게 타이를 매고 "괜찮아"라는 말로 자신을 감싸고 있는 '당신'이 그 속에 다양한 '당신들'을 품고 있다면, '나' 또한 결코 그런 '당신' 못지않다. 기어코 "사랑해"라는 말을 숨기면서 사랑이라는 이상하고도 어려운 개념을 향해 나아가고 있는 '나'의 모습을 통해 김지녀의 시와 마찬가지로 우리는 일상 속 관계의 난해함에 관해 공감할 수 있다. 한편 이 시는 말이라는 하나의 제스처가 반드시 실제 의미와 직접 연결될 수 없다는 사실도 보여 준다. 더불어 시를 통해 우리는 그런 말이 얼마나 무용한지와 함께 일상의 단단함을 구축하는 행동이 항상 말과 동행하고 있다는 사실까지 체득할 수 있다. 그렇지만 그런 모든 것들의 배후에서 '부러움'이라는, 치명적으로 매력적인 향기가 감돌고 있다.

'나'는 딸기가 부럽다. '나'의 앞에서는 무뚝뚝하기만 한 '당신'을 저토록 활기차게 하는 딸기. 말 한마디 하지 않아도 오직 새콤하고 부드러운 감각만으로 당신을 사로잡은 저 딸기의 싱싱하고도 설명할 수 없는 맛과 향을 향해 '나'는 지금 모종의 질투를 품고 있다. "뜨거운 국 한 그릇이면 해결될 / 혹은 섹스 한 번이면 해결될"과 같은 부분에서 이러한 감정은 극대화된다. 시간이 지나도 언제나 사랑스러운 감각을 지니는 딸기와 달리 아이를 낳고 오랜 세월을 함께 살면서 그런 매력을 상실하고 있는 것과 같은 느낌은 시의 맥락 속에 은근하게 배어 있다. 시인 특유의 절제는 최근 이런 사랑스러움과 만나면서 더욱 기묘한 매혹으로 발전하고 있다.

이제 나는 '사랑스러워. 이 시는 참으로'라고 누군가에게 말할 수 있다. 비록 "사랑스러워. 딸기는"이라고 말하는 것보다 꽤 복잡한 과정을 겪었지만 적어도 시에 관해 이야기하는 것이 딸기에 관한 그것과는 다르다는 사실도 어느 정도 증명한 셈이다. 그렇다면 이제 '도대체 누가 이 시를 사랑스럽지 않다고 말할 수 있을까' 정도로 살짝 말을 바꾸는 것은 여전히 무리일까. 딸기의 향기는 단순히 '당신'을 북돋을 뿐이지만 시의 향기는 무감각에 사로잡힌 우리의 생에 생생한 기운을 불어넣는다. 이 독특한 감각의 경험은 형식적인 문장들과도 같이 성긴 일상과 거듭되는 인식의 좌절 사이로 스민다. 교묘하면서도 사랑스럽게.

04

# 감각과 인식, 몸과 마음

시를 읽는 것은 마치 빵을 먹는 행위처럼 감각적이기도 하지만 동시에 가로세로 퀴즈를 푸는 것처럼 어떤 인식의 탐험이기도 하다. 달콤한 빵을 먹는 쾌감과 해답을 찾아 골목 모퉁이를 한참 헤매야 하는 사유가 함께 섞이는 과정이야말로 시의 비밀스런 매력이다. 시는 놀람과 불안에 관해 어떤 충고도 제시하지 않지만 우리는 역동적으로 움직이는 시어에 올라타고 일상에서 미처 정체를 파악하기 힘든 감정의 움직임에 더 가까이 다가갈 수 있다.

마음의 탐험
포개지는 우주, 그 떨림의 시학

# 마음의 탐험

## 마음은 무엇인가

마음은 무엇인가. 뚜렷하게 잡힐 것 같다가도 금방 사라지고, 제멋대로 움직이다가도 금방 잠잠해지는 그것. 눈에 보이지도 않고 변화 양상도 파악할 수 없는 그것은 종종 몸과 함께 놓인다. 몸의 반대편에서 마음이 의식이나 정신 또는 영혼과 같은 이름을 얻을 때, 사람은 조금 으쓱해지곤 한다. 여타 짐승들과는 다른 자리에 서 있는 기분 때문일까.

철학과 종교에 비해 생물학이나 심리학의 논의가 더 각광받는 요즘 마음은 다소 수세에 몰리는 것 같다. 전기적 신경물질에 따른 뇌의 반응이라는 주제는 철학자들에게도 자극을 준다. 사람의 마음에 특별히 우월한 지위를 부여하지 않는 최근 심리철학자는 감각이나 느낌을 제외한 인지 영역으로서의 마음을 물질에 귀속시킨다. 그들의 말을 경청하다 보면 사람의 마음을 자연현상으로 이해하려는 노력이 무조건 사람들을 더 초라한 자리로 몰아넣는 것은 아니라는 사실을 알 수 있다. 그들의 관점은 우월한 지성을 토대로 도시를 건설하고 예술품을 만들었지만, 그 우월한 마음으로 또 전쟁과 다툼을 초래하고 오염과 파괴로 세계의 균형을 뒤흔든 사람의 운명에 관해 낮은 자리에서 바라볼 수 있는 관점을 열어주는 것 같기 때문이다.

오늘의 시인들이 특정한 감각과 느낌의 영역에 더욱 집중하는 것은 어쩌면 당연한지도 모르겠다. 새로운 종류의 느낌과 감각을 발굴한다는 측면에서는 이근화도 누구 못지않다. 두 번째 시집까지 시인이 '우리'라는 호명을 강조하면서 감정의 익명적 차원을 발굴했다면, 최근에는 감정을 담고 있는 인칭 자체로부터 더 거리를 두는 것 같다. '나'는 더 이상 '당신'과 같은 다정한 호명으로 '너'에게 다가가기보다 분명히 둘인 채로 남아 있다. 특정한 감정의 상태로 쉽게 귀속되지 않고 어떤 물리적 현상처럼 '나'와 '너' 사이를 옮겨 다니는 마음. '나'는 알 수도 없고 어떻게 할 수도 없는 마음의 움직임을 끊임없이 탐색한다. 감정의 분분한 교환은 잠시 멈추고 마음은 더 고요해진다.

## 마음먹다

시인은 그동안 빵의 어떤 성질에 주목해왔다. '나'는 금방 부풀어 오르지만 "금세 식어서" 또는 "날마다 다른 맛이 나"(「팬케이크」)서 팬케이크를 좋아한다. 국수를 좋아하는 것도 마찬가지다. 「국수」라는 시를 보면 '길 위에서 꿈적도 하지 않는 자동차'와 축축하고 부드러운 국수가 함께 놓여 있다. "밀가루를 탐험하느라 나는 내 인생을 허비하고야 말았"(「나의 밀가루 여행」)다는 고백을 들추어보면, 시인이 빵보다는 그 성분인 밀가루에, 아니 밀가루 자체보다는 그것이 부풀어 올랐다가 가라앉고, 늘어났다가 다시 줄어드는 움직임에 주목하고 있다는 사실을 알 수 있다.

팽창과 수축의 반복적인 운동은 마치 감정의 움직임과 닮았다. 어떤 순간 한껏 부풀었다가도 금방 사그라지고 마는 마음의 수많은 움직임들. 우리는 정체를 모르는 마음의 격렬함과 황량함에 얼마나 속절없이 흔들리는가. '마음먹다'라는 말은 '결심한다'는 말보다 훨씬 더 감각적이다. 일단 입 속으로 들어간 것들은 오직 소화의 과정만이 필요할 뿐. 어떤 음식도 몸의 내부에서는 변화를 멈추고 양분으로 분해되고 만다.

삼십 미터 위의 나뭇잎
나뭇잎
기린의 입속 나뭇잎 나뭇잎
나뭇잎도 미치고 말거야
십오 분 동안 나뭇잎
삼일 동안 나뭇잎
그러나 나뭇잎으로 가릴 수 없는 것이 많다
나는 빵 이외의 것은 믿지 않아
빵이 찢어지면서 거짓말이 툭 튀어나올 때
나의 입술은 왜 부풀어 오르는가

이토록 부드럽고 달콤하고 백색이어도 좋은가
네 입속 일까지 관여할 수는 없어서

커다란 손에 입 맞추고

나는 바깥이 된다

—「빵 이외의 것」 부분

거짓말은 "빵이 찢어지면서" 동시에 "톡 튀어나"온다. 빵 속 크림처럼 "부드럽고 달콤하고 백색"인 거짓말. 뾰로통하게 부푼 "나의 입술"이나 "네 입속 일까지 관여할 수는 없"다는 말에 홀려 '빵'을 단순하게 '입술'로 치환할 수는 없다. 무엇보다 '나'는 "빵 이외의 것은 믿지 않아"라고 선언하고 있지 않은가.

많은 사람들은 말이 마음에서부터 나온다고 믿는다. 잘 부풀어 오르는 밀가루를 자주 다루는 시인을 떠올려볼 때 거짓말을 품고 있는 빵은 무슨 마음의 감각적 실재 같다. 때때로 거짓말은 마음에도 없는데 톡 튀어나오지 않던가. 한 번 튀어나온 거짓말은 자꾸 다른 거짓말을 낳기 마련이다. "너무 쉬운" 거짓말을 가리기 위해 순한 기린처럼 '너'는 계속 입속에서 나뭇잎을 우물거리고, '나'는 "굶주린 사자처럼" 그 나뭇잎을 센다. 이 시만으로도 나뭇잎이 어떤 불편함을 초래한다는 사실을 충분히 알 수 있지만, 「내게 없는 것」이라는 시의 "뾰족한 나뭇잎을 하나 주워들었지만 / 바늘 삼아 옷을 꿰맬 수도 없고 / 두부를 찌를 수도 없고 / 이건 무용해 피로해"와 같은 구절을 함께 떠올리면 이해하기 더 쉽다.

뾰족한 나뭇잎에 빵은 찢어지고 튀어나온 거짓말은 계속 '나'와 '너' 사이를 맴돈다. 때때로 그 기간은 "십오 분"이 되기도 하고 "삼일"이 되기도 한다. 그러나 '나'는 "네 입속 일까지 관여"하지는 않고 "바깥"이 되기로 한다. 입속으로 파고 들어가 억지로 하나가 되기보다 바깥에서,

‘너’를 지켜보기로 한다. “영원토록 떨어지는 나뭇잎”은 없으므로.

그렇다고 해서 ‘나’의 마음 상태가 아주 평온한 것으로 오해해서는 곤란하다. “대신에 나는 너를 주머니에 넣고 꾹꾹” 누르다가 다시 “꺼내서 조금씩 씹”는다. 이렇게 하고 나서야 겨우 “목구멍으로 거짓말이 어렵게 넘어” 간다. 지켜보는 과정의 실망과 처절한 고통은 다음과 같은 부분에서 얼마나 절실해지는가 : “너는 지켜지지 않는 약속 / 믿음은 잘리고 / 믿음은 부풀고 / 믿음은 터진다”.

시인은 금방 부풀어 오르거나 사그라지는 운동의 감각에도 누구보다 민감하다. 한 몸이 되는 격렬함에서 시작되는 ‘사랑’은 얼마나 금방 부풀려졌다가 다시 지리멸렬하게 부딪치는가. 이 시는 사랑이라는 개념이 담고 있는 온갖 종류의 과장된 소문과 간격을 두고 있다. 대신 “나의 얼굴과 너의 얼굴이 하나가 되는 마술”에 대한 섣부른 기대보다 둘인 채로 남아 고통스러운 절망의 순간들을 지속하려는 의지가 담겨 있다.

무엇이 우리를 연결하고 다시 무너뜨리는가. 시의 마지막 부분에서 ‘나’는 “끝까지 거울을 본다”. 거짓말을 하는 ‘너’는 언제든지 ‘나’일 수도 있다는 인식. 지속적인 의지를 따라 분명한 맥락을 형성하는 인식의 구조는 불투명하기 이를 데 없는 ‘사랑’이라는 개념이나 알 수 없이 자주 변하는 마음과 같은 것에 기대기보다, ‘빵’이나 ‘믿음’과 같은 구체적 실체를 돌아볼 수 있는 계기를 마련해준다. 더불어 모두가 “거울”을 쳐다보게 만든다.

날 위한 것이지만
널 위한 것이기도 해서

마음은 이런 것이겠지
차가워졌다 뜨거워졌다
아침에는 물컹해지고
창문을 열고 슬그머니 내려놓았다.
그걸 꼭 내 손이라고 할 수는 없겠지

내 목소리로 말할 때만 그런가
네 손에 들려 있을 때는 어떤가
하나의 입술 두 개의 눈동자

(…중략…)

그러니 오늘은 조용히 그림을 그린다
한 손에 들고 있는 것과 다른 손에 들고 있는 것이
조금 다르다
그림 속에서 너나 나는 의미가 없다
손을 잡으면
다섯 개 손가락이 하나의 덩어리
침묵이 고이고 뜨거워진다

—「제발 조용히」 부분

어떤 시인들은 도저히 표현할 수 없는 느낌을 감각하기 위해 낯선 말들을 소환하기도 한다. 또 말을 조각내면서 의미와 음성적 자질 사이의 간격을 넓히기도 하고, 심지어 마치 말을 거의 스스로 미끄러질 수 있는 주체처럼 다루는 경우도 있다. 문제가 되는 것은 이런 시도 자체가 아니라 이런 시도들을 특별한 자각이나 전략 없이 추종하려는 태도다. 이근화의 시는 빵과 나뭇잎과 같은 것이 촌스럽고 왠지 감각적인 시의 어휘에 포함될 수 없다고 생각하는 사람들에게 다른 관점을 열어줄 수 있다. 그뿐 아니라 감각의 흐름을 타고 '나'의 능력이 무한하게 확장될 수 있다고 믿는 사람들에게도 남겨줄 것이 있을 것 같다. 아마도 시인은 "너나 나는 의미가 없"어지는 그림을 조용히 그리기로, 단단히 마음먹은 것 같다.

## 마음에 담다

이근화의 시에서 '빵'이라는 대상은 '말'과 연결되면서 마음에 관한 기묘한 상징이 된다. 달콤한 백색 크림과 같은 거짓말을 품고 있던 빵은 다른 시에서 판판하고 노릇노릇한 팬케이크로 모습을 바꾼다. 이런 빵은 도대체 어떻게 설명하면 좋을까.

물체주머니 속에는 물체를 대표하는 것들로 가득하다 대표가 쏟아져 나올 때마다 와와 입이 벌어지고

이것이 세상의 물체라고 강조할 수 있어서 좋은데 더 강조하고 싶은 것이 생겨나도 물체주머니는 커질 수가 없다 입술만 늘어날 뿐

그건 내가 어떻게 할 수 없는 일
내가 손가락으로 꺼낼 수 있는 일
세상의 물체를 늘어놓고

나는 주머니가 된 기분으로 더 작아지지는 못한다 두 개의 주머니는 될 수 없는 일 그래서 기분이 이런 것이군

—「물체주머니」 부분

마음은 정말 말을 품고 있는 것일까. 아니 말은 정말로 마음속에서 나오는 걸까. 어떤 사람의 말은 그 사람의 마음과 직접적으로 연결되어 있을까. "동네 빵집을 탐구하듯"(「빵 이외의 것」) 천천히 종류도 맛도 다양한 그것들을 탐색해나가던 시인은 물체주머니 같은 것을 떠올린다.

쏟아져 나오는 것들을 말이라고 성급하게 규정할 필요는 없다. 언어는 의사소통의 한 수단일 뿐. 굳이 기표나 기의라는 용어들을 들추지 않더라도 마음으로부터 말이 되기까지 생각이라는 단계를 고려하는 것으로 충분할 것 같다. 생각은 때때로 직접 말이 되기도 하지만, 가끔은 생각하지 못한 말도 튀어나온다. 씹을 때 빵 사이로 무심코 튀어나오는 거짓말처럼.

한편 생각을 완전히 넘어서는 말도 있다. 나도 모르게 "와와 입이 벌어지게 만드는" 말들. 시인은 감당하기 힘든 말들도 결국 주머니를 벗어날 수는 없다고 말한다. 더불어 시인은 아무리 말이 늘어나도 주머니 자체는 커질 수도 작아질 수도 없다고 생각한다. 이처럼 주머니의 크기를 바꾸거나 주머니를 두 개로 나누는 것은 "어떻게 할 수 없는

일"이다.

각자 저마다의 주머니를 가지고 살아간다고 생각해보자. 쉽게 합치거나 나눌 수도 없고, 키우거나 줄일 수도 없는 주머니. 여기에 다른 사람의 것이 담기면 왠지 "모래나 고무, 톱밥이나 가죽을 삼킨 것"처럼 이물감이 느껴진다. 생각을 교환한다는 것은 어렵고, 남의 입장이 되어본다는 것은 거의 불가능하다. 누구나 자기의 주머니, 자기 그릇이 있을 뿐이다.

거짓말이 촉발한 다툼과 갈등의 사건을 나는 이처럼 **마음에 담아두고** 있다. 이때 담아두는 행위는 복수를 다짐하거나 화가 나 들끓는 상태와는 전혀 다르다. 시인은 차라리 사랑이라는 것은 이처럼 계속 마음에 관해 생각하는 것이라 말하는 듯하다. "시계바늘은 뾰족하지만 더 뾰족해지지는 않고", 나침반은 언젠가 멈출 것이다.

## 마음(을) 쓰다

거짓말은 여전히 마음에 담긴 채 생각을 따라 맴돈다. 입장은 영원히 바뀔 수 없지만 지속되는 생각은 '나'를 이끄는 동력이 된다. '나'는 귀가가 늦는 '너'를 여전히 기다린다. 믿음은 깨지고 불확실한 전망이 가득함에도 불구하고 왠지 마음이 쓰이는 순간. 불완전한 '너'에게 계속 마음이 쓰이는 것이야말로 사랑의 뚜렷한 증거가 된다.

오늘은 고무줄 맛이다

신문이 하루 먼저 나왔다 모나미 볼펜으로 미로를 따라가며 오후의 골목을 풀어 놓는다 나는 친구가 없다

보도블록이 오늘도 발을 붙든다 미로는 닫힌 듯 열린 듯 흔들린다 흔들리다가 가장 평범한 얼굴이 된다 나는 정말 친구가 없다

(…중략…)

골목길이란 그런 곳 친구를 만나기에 부끄러운 곳

동네사람들이 모여 크게 웃는다면 골목길은 두려움에 빠지고 말거야 전봇대가 쓰러지고 말거야

미로는 열렸다 닫히면서 나의 친구는 영원히 없다

—「너무 늦게 온 사람」 부분

이 시는 "너무 늦게" 오는 '너'를 골목에서 기다리는 '나'의 모습을 신문 속 가로세로퀴즈를 푸는 '나'와 겹쳐놓고 있다. '나'는 '너'를 기다리며 가로세로퀴즈를 푼다. 색깔이 교차하는 보도블록의 무늬와 가로세로퀴즈의 빈칸을 떠올려 보자. 문제를 풀기 위해 미로의 귀퉁이를 맴도는 '나'는 그대로 골목 어귀를 배회하는 '나'와 잘 어울린다. 잘 풀리지 않는 문제처럼 '너'에 대한 '나'의 마음도 여전히 갈피를 잡을 수 없다.

한편 이 시에서 신문지의 빈칸에 글자를 '쓰는' 행위는 '너'를 기다

리며 **마음쓰는** 나의 행위와 그대로 포개진다. 쓰는 행위는 언제나 말보다 속도가 느리다. 글자들은 격렬한 말들이 교차하고 난 다음 자리를 메운다. 쓴다는 행위는 이제 시인에게 이런 의미가 되는 것 같다. 시인은 지금 열정과 환희, 들뜬 마음과 배반의 떨림이 지나가고 난 후 마음의 움직임과 같은 것을 쓴다.

돌이켜 생각해보니 "나는 정말 친구가 없"어서 혼자 있는 "나의 친구까지 되어야 한다". 이 말은 시의 마지막에서 "나의 친구는 영원히 없다"로 이어지면서 혼자인 '나'의 외로움을 증폭시킨다. '나'는 여전히 '너'를 기다리지만, '너'를 기다리는 마음이 '나'의 외로움을 온전히 채워주지는 못한다. 외로움은 이처럼 제멋대로 늘어났다 줄어드니 "오늘은 고무줄 맛"일 수밖에 없다.

마음은 자꾸만 모퉁이로, 구석진 자리로 찾아든다. 친구도 없이 '너'를 기다리는 자신이 '나'는 괜히 부끄럽게 느껴진다. 동네 사람들이 비웃는 것도 같다. 마음을 쓴다는 것은 아마도 이처럼 여간해서 풀리지 않는 문제를 푸는 것. 아무리 쓰고 또 써도 채워지지 않는 것. 그래서 "나의 친구는 영원히 없"고 "나는 나의 친구까지 되어야" 하는 걸까.

## 마음을 열다

각각 혼자가 된 연인이 있다. 마음은 이제 함부로 부풀지 않는다. 주머니는 이제 덮개가 있는 딱딱한 상자로 변한다. 누가 먼저 **마음을 열** 것인가. '나'는 이 화해의 방식이 꽤 효력이 있다는 사실을 이미 잘 알고 있다.

알약은 기분이 좋다
길쭉하고 부드럽다

알약은 평등하다
아무도 그 쓴 맛을 모른다

부끄럼 없이
목젖을 사용했다

병신 병신 병신
두 번째는 걸렸다

손가락 맛이 전부다
상자를 닫았다

언제라도 열 수 있지만
어쩐지 부끄럽다

—「약상자」 전문

약효는 즉각적이다. 알약은 고통스러운 상처에 정확히 반응한다. '나'는 아마도 여러 번 이런 사실을 경험했을 것이다. 그런데 약의 물리적 성분은 마음보다는 몸에 작용한다. 화해와 치유의 방식을 다루는 이 시는 이처럼 매우 강렬한 몸의 암시를 품고 있다.

암시적 구조는 몸과 마음이 얼마나 직접적으로 조응하는지를 잘 보여 준다. 상대의 몸을 열고 맛을 보는 것과 같은 감각적 행위는 때로 복잡한 마음의 엇갈림을 무화시키기도 한다. 그러나 약효는 즉각적이고 확실하지만 일시적일 뿐. 잠시 "기분이 좋"지만 그 맛은 쓰다. 겨우 "손가락 맛이 전부다".

'나'는 상자를 열고 "길쭉하고 부드"러운 알약을 꺼내어 언제라도 "부끄럼 없이 / 목젖을 사용"할 수 있지만 "어쩐지 부끄럽다". 알약을 매개로 마음에서 몸으로 미끄러지는 이 맥락에서 몸과 마음의 밀접한 연관성은 강화된다. 똑같은 크기로 쉽게 약에 의존하는 우리의 연약한 마음들도 부각된다. 이 과정에서 인간의 마음은 영혼이나 정신이라는 용어로부터 멀어지지만 그렇다고 해서 초라한 지경으로 전락하는 것 같지는 않다. 불투명하고 잘 잡히지 않는 마음은 더 물질적으로 다뤄지지만 동시에 쓴 맛과 부끄러운 마음도 함께 놓여 있기 때문이다.

약상자는 함부로 열면 안 된다. 상자를 함부로 연 사람이 겪는 고초를 다룬 신화에 관해 우리는 익히 알고 있다. 나 또한 이 시라는 상자를 완전히 열어젖힐 생각이 없다. 상자는 열릴 가능성으로 남을 때 가장 아름다우니까. 다만 당신이 좀 더 마음을 연다면 분명히 눈치챌 수 있으리라 믿는다. 배후에 에너지를 가득 품은 이 시는 인식과 감각의 조응이라는 일반적인 차원의 논의를 넘어서, 논리적인 사고의 영역과 비정합적인 감정의 움직임들이 어떻게 시적으로 어울릴 수 있는지에 관한 고뇌를 담고 있다.

## 마음은 어떻게 열리고 닫히는가

'마음'을 전혀 다른 관점에서 바라보자. 가령 하나의 도상icon으로 취급해보는 건 어떨까. '말'이라는 단어가 유성음 'ㅁ'으로 시작해서 'ㄹ'의 유음流音으로 끝나는 데 반해, '몸'과 '마음'은 둘 다 'ㅁ'에서 시작해서 'ㅁ'으로 끝난다는 사실은 재미있다. '말'을 발음해보면 입은 열린 채로 'ㅁ'이라는 음성적 자질은 계속 흐른다. 반면 '몸'과 '마음'을 발음할 때는 입이 열렸다 이내 닫히고 만다. 다만 닫히는 시간의 차이가 있을 뿐이다.

마음은 어떻게 열리고 닫히는가. 과거에 '정신'이나 '영혼'과 같은 용어가 득세할 때는 몸을 마음에 부속된 것으로 몰아가는 경향이 우세했지만, 요즈음은 '감각'이라는 말을 앞세워 몸의 독자적 역할이 더 부각되는 것 같다. 그러나 어느 시대나 '몸—말—마음'의 구도는 유동성을 지닐 뿐, 항상 유지되어 왔다는 사실을 우리는 일상에서 늘 확인한다.

때때로 몸은 마음을 여는 열쇠가 되기도 하고 또 그 반대도 마찬가지다. 흘러 다니는 음성적 신호인 '말'을 매개로 몸과 마음은 서로를 소환한다. 마치 상자처럼 보이는 'ㅁ'은 'ㅏ'나 'ㅗ'를 따라 열리고 닫힌다. 마찬가지로 몸의 감각과 마음의 인식은 하나로 포개지는 것이 아니라 서로 "조금 다르다"(「제발 조용히」)는 사실을 깨닫는 것이다. 이근화의 시에서 이 두 가지는 마치 연인 같다. 시인은 이들이 서로 다르다는 사실과 함께 어느 한 쪽만으로는 결국 불구일 수밖에 없다는 사실도 잘 알고 있다. 이근화의 시는 가득한 상처를 안고 어리둥절한 연인이 그럼에도 불구하고 둘인 채로 새로운 모험을 멈출 수 없다는 것을 깨달아가는 과정을 보여 주려는 시도로 가득 차 있다.

그는 언어 자체의 성분을 마구 바꾸기보다 본래 재료의 성질을 최대한 살린다. 숙성된 감각의 재료들은 인식의 효모가 닿는 순간 놀랄 만큼 부풀어 오르지만 곧 제자리를 찾는다. 어떤 시인들이 '우리'라는 말로 묶이는 특정 집단의 신념과 취향을 무한히 증폭시킨다면, 그는 열기에 달아올라 들뜬 태도를 경계한다. 어떤 감각을 공유하는 공동체의 강렬한 결속이 다시 폐쇄적인 울타리를 만들지 않도록 주의를 기울인다. 별로 특별할 것도 없는 일상의 닫힌 마음의 상자는 이와 같은 시인의 손길을 거치면서 새롭게 열린다.

마음이 열리고 닫히는 과정을 따르다 보면 마치 시를 읽는 것이 빵을 먹는 행위처럼 감각적으로 느껴지는 동시에 가로세로퀴즈를 푸는 것처럼 어떤 인식의 과정으로 느껴지기도 한다. 달콤한 빵을 베어 먹는 쾌감과 해답을 찾아 골목 모퉁이를 한참 헤매야 하는 인식이 함께 섞이는 과정이야말로 우리의 마음을 여는 이근화 시의 비밀이자 매력이다. 나아가 사랑이라는 불투명한 개념이 영원히 동력을 얻는 근거라고도 할 수 있겠다.

# 포개지는 우주, 그 떨림의 시학

## 0. 전주

우리가 헤어진 지 오랜 후에도 내 입술은 당신의 입술을 잊지 않겠지요 오랜 세월 귀먹고 눈멀어도 내 입술은 당신의 입술을 알아보겠지요 (…중략…) 내 그리움이 크면 당신의 입술이 열리고 당신의 그리움이 크면 내 입술이 열립니다 우리 입술은 동시에 피고 지는 두 개의 꽃나무 같습니다

—이성복, 「입술」 부분

## 1. 두 개의 목

동그랗고 살짝 옆으로 늘어진 두 겹의 피부를 바라본다. 얼굴 아래에 도톰하게 솟아올라 붉은 방점을 찍는 입술. 이 두 개의 간극이 갈라지면서 우리는 세상에 첫울음으로 자신을 알린다. 하나의 숨결은 점점 자라나 음성이 되고 언어가 되며 매끄럽던 입술은 증오와 상처, 매혹과

열망의 주름들로 덮힌다. 어미의 가슴에서 생명의 양분을 빨던 입술에 주름이 늘어갈 때, 그 주름들이 낯설고 이질적인 타인의 주름과 겹쳐질 때, 얼굴은 사라지고 커다란 네 겹의 입술이 남는다. 은밀한 내부로 통하는 입술은 두 인격이 만나는 경계이자 최전선이다. 그래서 굳게 닫힌 문을 열고 타인의 침입을 허락하는 순간의 충격은 오래 마음의 자리를 맴돈다.

기억의 주름들을 잔뜩 품은 입술은 '침묵'과 더 가깝다. 한용운이 노래한 것처럼 "날카로운 첫 키쓰의 추억"이 "나의 운명의 지침을 돌려놓고, 뒷걸음쳐서, 사라"진 뒤에 "향기로운 님의 말소리에 귀먹고, 꽃다운 님의 얼굴'에 눈멀었"지만 내 입술만은 여전히 당신의 입술을 알아본다. 오직 그리움에 의해 열리고 닫히는 입술은 부재의 척박한 영토에서 유일하게 피고 지는 꽃이 된다. 이제 그 꽃나무들이 어떻게 자라나 숲을 이루는지 들여다보자.

두 개의 목이
두 개의 기둥처럼 집과 공간을 만들 때
창문이 열리고
불꽃처럼 손이 화라락 날아오를 때
두 사람은 나무처럼 서 있고
나무는 사람들처럼 걷고, 빨리 걸을 때
두 개의 목이 기울어질 때
키스는 가볍고
가볍게 나뭇잎을 떠나는 물방울, 더 큰 물방울들이

숲의 냄새를 터뜨릴 때
두 개의 목이 서로의 얼굴을 바꿔 얹을 때
내 얼굴이 너의 목에서 돋아나왔을 때

—김행숙, 「숲속의 키스」 전문

이성복이 침묵의 자리에 입술의 꽃나무를 심었다면 김행숙은 그 입술조차 지워버린다. 눈멀고 귀먹은 얼굴에서 입술까지 떼어내고 나니 얼굴이 통째로 사라졌다. 그렇지만 이상하게 숲은 번성한다. 그녀의 시들은 이처럼 얼굴을 벗어날 때 가장 반짝인다. "얼굴을 벗어나는 얼굴은 유령처럼" 아무 것도 없는 듯하지만 "비명을 지르며" 놀랄 때, 비로소 "조용해지고, 세계는 단순한 윤곽을 드러낸다"(「검은 해변」) 아주 고요하고 아름답게.

두 개의 목이 있다. 두 개의 목은 '기둥'이라는 비유를 통해 '집'과 '공간'을 만들어낸다. 또 무언가를 떠받치고 있다는 점과 함께 땅에 단단하게 뿌리를 박고 있다는 점을 통하면 '기둥'에서부터 '나무'를 떠올리는 것은 어렵지 않다. '목→기둥→나무'로 이어진 상상력이 집을 만들어냈으므로 그 집에 '창문'이 있는 것도 지극히 자연스럽다. 갑작스런 열정으로 서로를 껴안는 두 사람, 이러한 키스 직전의 순간. 두 연인들에게 시간은 정지된 것처럼 느껴지지만 그 느려진 시간 때문에 외부 세계는 상대적으로 더욱 빨라지는 것처럼 느껴진다. 나무로 비유된 두 사람의 주변에 다른 나무들이 더 빨리 걷는 것은 이러한 시간의 상대적 느낌을 설명해준다.

실제로 이 시는 아주 짧은 '순간'에 관해 이야기한다. 계속 반복되는

'-때'를 통해 키스가 이루어지는 순간의 느낌을 묘사하고 있는 것이다. 기울어지는 목에 관해서는 설명할 필요가 없을 것 같다. 불꽃처럼 타오르던 키스는 이제 아주 가벼워진다. 목은 기둥이라는 매개를 통해 나무로 비유되었으므로 거기에 달린 나뭇잎에 관해서는 충분히 상상이 가능하리라 믿는다. 그렇다면 나뭇잎을 떠나는 물방울은? 가장 친밀하고도 원시적인 '교환'의 순간에 "숲의 냄새"가 퍼져 나간다. 마치 그때의 합일은 "서로의 얼굴을 바꿔 얹은 듯"하고 나아가 "내 얼굴이 너의 목에서 돋아나"온 듯하다.

다시 지워진 얼굴로 되돌아가보자. '키스'라고 부를 때 흔히 떠올리게 되는 '표정'들을 이 시에서는 전혀 찾아볼 수 없다. 감은 듯 뜬 듯 알 수 없는 눈이나 촉촉하고 부드러운 입술과 같은 익숙한 이미지들은 '얼굴'과 함께 사라진다. 대신 얼굴이 내보이던 이미지에 가려 미처 드러나지 않았던, 그래서 투박하고 단순하게 느껴질 것만 같은 '목'이 있을 뿐. 강렬한 이미지들은 이미 다른 미디어에 아주 흔하고 세세하게 수도 없이 걸려 있다. 과연 시가 그것을 따라잡을 것인가. 그렇다고 해서 아무렇게나 관념 쪽으로 발을 옮길 수도 없다. "가볍게 나뭇잎을 떠나는 물방울"이 환기하는 간결하고도 미묘한 뉘앙스를 떠올려 보자. 이런 상상력이 가능해질 때 우리는 '완강한 자기만의 표정'을 지우고 서로의 얼굴이 바뀌는 경험과 함께 황홀하게 움직이는 숲의 냄새를 맡을 수 있을 것이다.

## 2. 두 개의 문

키스, 연원을 알 수도 없는 이 오래된 행위는 인류의 역사와 문화가 아무리 진화하고 첨단을 달리는 이 시대에도 여전히 지속되고 있다. 사실 키스를 정면에서 관찰하기란 쉬운 일이 아니다. 달리 말하자면 표현하기에 적절한 소재가 아닐지도 모르겠다. 과거 많은 작품들 속에서 종종 키스는 포옹이나 다른 어떤 신체 접촉의 배후에 머물러 왔다. 또 '맹세'라든가 '추억', '절망'이나 '감탄'과 같은 관념에 짓눌려 '불꽃'이나 '파도'와 같은 비유로 치장된 경우가 대부분이었다. 심지어 다채롭고 화려한 시각 이미지들로 가득 찬 요즈음의 미디어들에서도 오히려 키스는 더 단순해지는 것 같다. 상징적인 감정의 차원을 잃어버리면서 미묘함마저 사라진다.

동작의 측면에서 보자면 키스는 단순하면서도 대단히 복잡하다. 단순히 친밀감을 표현하는 가벼운 키스에서부터 열정으로 불타오르는 연인들의 키스까지, 손에 하는 키스에서부터 볼, 머리, 입에 하는 키스까지 많은 종류의 키스가 있다. 다양한 양상의 포즈는 어딘가에 '입을 맞춘다'는 공통적인 행위를 반드시 포함하고 있다. 그러나 관례적이고 성스러운 행위에서 연인들의 전유물로 바뀌면서 키스는 내밀한 비밀을 품게 되었다. 혀의 움직임과 맛, 부드러운 근육의 움직임과 함께 은밀한 내부의 모든 변화들을 어떻게 묘사할 수 있을까.

특히 한국어의 자장 속에서 '키스'라는 말은 더욱 이런 변화의 어감을 품고 있다. 현대시 속에서도 마찬가지다. 우애나 존경과 같은 관례적인 의미들은 대개 '입맞춤'이라는 어휘로 몰려왔다. 외래적인 어휘인 '키스'는 '입맞춤'과 사선을 지으며 새로운 감정적 차원을 만들어낸다.

김행숙이 "혀를 내밀어봐"라고 속삭이며 "맛에 대해서 / 네 체온에 대해서 / 목소리와 천둥에 대해서"(「혀」) 궁금해 할 때, 강정은 더 나아가 달콤한 키스가 품은 모든 "미완결의 위선"들에 "입을 열어 칼을 들이민"다.(「사실, 사랑은…」) 내보이기 위한 자기만의 표정과 유혹적인 외피에 휩싸인 입술은 지워지고 난도질된다. 심지어 그는 "식도를 거슬러 키스하는 시인의 입술을 뽑는다"(「영화」) "내 혀가 잘리고, / 망막의 푸른 통로가 잘리고, / 귓불의 도톰한 연륜이 잘"리는 순간 비로소 "이미 퇴화한 감각에 대한 질긴 향수"(「낯선 짐승의 시간」)가 다시 고개를 들고 '너'와 '나' 사이에 '표정'으로 구획된 '경계'가 사라질 것이기 때문이다. 더불어 "나와 당신 사이에 / 나와 당신과 무관한 / 또 다른 인격이 형성"(「불탄 방」)될 수 있는 가능성이 발생할 것이기 때문이다.

> 너는 문을 닫고 키스한다 문은 작지만 문 안의 세상은 넓다 너의 문으로 들어간 나는 너의 심장을 만지고 내 혀가 닿은 문 안의 세상은 뱀의 노정처럼 굴곡진 그림들을 낳는다 (…중략…) 너는 내 혀에서 음악과 시의 법칙을 섭취하려 든다 나는 네게서 아름다운 유방의 원형과 심리적 근친상간의 전형성을 확인하려 든다 그러니까 이 키스는 약물중독과 무관한 고도의 유희와 엄밀성의 접촉이다 너의 문은 나의 키스에 의해 열리고 나의 키스에 의해 영원히 닫힌다 나는 너의 마지막 남자다 그러나 네게 나는 최초의 남자다 너의 문 안에서 궁극은 극단의 임사 체험으로 연결된다 흡혈의 미학을 전경화한 너의 덧니엔 관 뚜껑을 닫는 맛, 이라는 시어가 씌어졌다 지워진다 살짝 혀를 빼는 순간, 내 혓바닥에 어느 불우한 가족사가 크로키로 그려져 있다.
>
> —강정, 「키스(1)」 부분[9]

문은 경계의 표상인 동시에 입구의 지표다. 바깥에서 안으로 들어가려면 반드시 문을 통과해야만 한다. 내부는 문에 의해 외부로부터 보호받는다. 문은 내부와 외부, '이쪽'과 '저쪽'을 잠그고 그것을 열고 닫는 의지를 발동시킨다. 한편 '열고 닫는다'는 말은 다시 '출입'을 상기시킨다. 처음부터 출입의 전제가 없다면 문은 존재할 필요가 없다. 더 튼튼한 벽이면 충분하다. 문은 물샐 틈 없는 벽의 틈새에 해당한다. 단단하고 육중한 벽의 한 귀퉁이에 뚫어놓은 구멍인 문은 평소에는 벽과 평행하게 서서 의젓하지만, 주체의 명령이 떨어지는 순간 냉큼 그 속을 내보인다.

몸의 내부, 그 내밀한 미지의 영역으로 들어가는 문은 두 개다. '나'는 먼저 그 중에 한 개의 문을 열고 '너'의 안으로 들어간다. 마치 전주곡처럼. "너는 문을 닫고 키스한다"라는 선언에 갸우뚱할 필요는 없다. 이 문장에서 중요한 것은 '닫힘'이 아니라 구체적인 '열림'이다. 평소에 닫혀 있던 문은 '너' 혹은 '나'에 의해서만 상호 열린다. 이 때 '너'와 '나'는 문인 동시에 '열쇠'다 : "너의 문은 나의 키스에 의해 열리고 나의 키스에 의해 영원히 닫힌다". 이것은 똑같이 짝을 이루고 있는 다른 시(「키스(2)」)와 함께 살펴볼 때 더 선명해진다. 잠시 뒤로 미루어놓기로 한다.

좁은 문을 열고 들어간 '나'는 '너'의 내부, 너만의 넓은 세상을 파고든다. '나'는 턱없이 짧은 혀를 벗어버리고 한 마리 뱀처럼 늘어나 '너'의 "심장을 만지고" 네 몸 속 깊은 곳을 탐색한다. 엄밀하게 말해서 '입'은 정확한 경계를 마련하고 있지 않다. 혀를 포함하고 있는 공간에서부터

9 강정의 시집 『키스』에는 '키스'라는 동일한 제목을 가진 두 편의 시가 있다. 이 글에서는 구분의 편의상 (1)과 (2)로 구분하기로 한다.

목구멍 그리고 식도를 거쳐 몸의 중심 깊숙한 곳까지, 모든 것은 관통되어 연결된다. 정말 문이라 부를 수 있는 것은 오직 입술뿐 아닐까. 외부에서 관찰할 수 있는 확실하고도 명확한 표식. '내'가 '너'에게 들어가는 방식은 이전에 알려졌던 그것이 아니다. 우리가 익숙하게 보고 들었던 것 ―따스하고 부드러운 느낌과 수많은 감정들―은 '나'의 감각이 아니다. 진정 '내'가 원하는 것은 문 안의 세계, 길고 구불거리고 미끈미끈한, 보이지 않는 세계를 온 몸으로 접촉하고 맛보는 것이다. 한용운에서부터 이성복까지의 시인들이 '귀먹고' '눈멀었다'는 표현은 눈과 귀가 사라졌다는 의미가 아니다. 오히려 보고 듣는 인식으로 감정의 극단을 형상화하는 방식이다. 강정은 이러한 감각으로부터의 이탈을 기도한다. "온통 마술로 변한 세상"에 칼을 들이대고 "사지를 각각 떼어내 따로 놀게" 만든다.(「마술사의 아이」) 가령 다음과 같은 부분을 들여다보면 더 분명해진다.

> 냄새로 사물을 식별하는 건 비단 네발짐승의 장기만이 아니다
> 지워진 너의 냄새가 사방 분분한 낙엽의 마지막 숨결에서 배어나온다
> 이 친밀도 높은 인분의 기척을 나는 인간에 대한 또 다른 전망으로 읽는다
>
> ―강정, 「낯선 짐승의 시간」 부분

그는 눈과 귀를 막고 '그리움'의 장막 안에 머물기보다 그것을 들어내고 직접 냄새 맡고 친밀하게 접촉하는 것 또한 "인간에 대한 또 다른 전망"이라 여긴다. 심지어 "내 피부는 그녀라는 껍질 속에서 뱀과 두더지의 어긋난 주행법을 익"히며 "그녀라는 존재는 내 파인더에 밀집된 검붉은 돌기와 미끈한 점액 말고 이 세상에 없"다고 고백하기에 이른

다.(「그녀라는 커다란 숨구멍, 혹은 시선의 감옥」)

다른 감각의 추구라는 지점에서 김행숙과 강정이 겹쳐진다면, 그 지점을 육식성으로 틀고 있다는 점에서 강정은 분리된다. 그녀의 시에서 무럭무럭 자라는 가로수나 녹아 흐르는 맹목적인 팔다리가 "음악과 시의 법칙"을 양분으로 삼아 시들고 자란다면 그는 "아름다운 유방의 원형과 심리적 근친상간의 전형성을 확인"하려는 "서글픈 육식동물의 눈알을 탐"(「낯선 짐승의 시간」)한다. 몸부림의 궁극은 죽음의 문턱을 넘나드는 "극단의 임사체험"이 된다. "흡혈의 미학"은 이러한 황홀함 맨 저쪽 편 끝이다. 부드럽고 따뜻하게 교환되던 물방울(타액)은 이빨을 박아 넣어 이전에는 존재하지 않던 새로운 문(구멍)을 만들고 쿵쿵거리는 심장의 박동을 느끼며 뜨거운 피를 빨아올리는 한 마리 육식동물의 난폭함과 대비된다. 이제 "살짝 혀를 빼"고 두 번째 키스를 들여다보자.

## 3. 두 개의 문에서 네 개의 문으로

오래되어 무감해진 상형문자에서 보듯 마주본 두 쪽이 만나 문이 완성門된다. 두 개의 詩, 두 개의 키스가 만나니 비로소 온전하게 문이 활짝 열린다.

> 나는 문을 닫고 너의 몸을 받는다 내 안으로 들어온 너는 사뭇 여장부스러운 근골과 큰 키를 과시한다 뒷굽이 십 센티미터에 달하는 하이힐을 또박또박 디디며 혓바늘 사이를 배회한다. 몸 밖으로 빠져나온 네 혀가 나라는 한

세상을 뒤집어 오랫동안 표현하지 못했던 길몽과 흉몽 사이의 아득한 절대치의 추상화를 구상화한다 너는 무용에 어울리는 몸을 가졌다 그러나 나는 건축에 어울리는 몸을 가졌다 그리하여 너는 내 몸이라는 凶家에서 춤추는 무희가 된다 내 혀는 너의 동선을 따라하며 네 가족들의 불편한 심기를 박물화한다 (중략) 나의 문은 너에 의해 닫히고 나의 문밖에서 모든 시간은 풀어진 물감처럼 시계 밖으로 흩어져 사라진다 내 속에서 죽었던 것들이 관 뚜껑을 열듯 내 몸을 열고 문 열린 너의 바깥으로 날아간다 두 겹으로 붙어 네 겹의 문으로 열리는 이 방생의 순간, 네 눈 속에 담겨 있는 짐승은 고대 중국 용봉문화 관련 서적에서 문득 흘려 보았던 오래전 내 얼굴이다 기뻐하라 너는 이제 오래전부터 인류가 꿈꿨던 환상의 미래, 춤추는 龍의 후손을 임신한 것이다

—강정, 「키스(2)」 부분

이번에는 '내'가 "문을 닫고 너의 몸을 받는다". "내 안으로 들어온 너"에서 알 수 있듯이 주체가 바뀌었지만 여전히 '열쇠'의 의미는 유효하다. 다만 '내'가 여닫던 '너의 문' 대신 "나의 문"이 "너에 의해 닫"힌다. 여는 주체는 정확히 짝을 이루어 반대가 되었지만 '열 수 있는' 가능성을 지닌 상대는 그대로 한정되어 있다. 이러한 절대적 제한은 쾌감을 절대치까지 끌어올리는 촉매제 역할을 한다. 위치가 바뀌어 '나'는 제법 장부의 풍모를 가진 '너'에게 몸을 맡긴다. '너'는 몸 밖으로 혀를 꺼내어 "나라는 한 세상을 뒤집어"놓는다. 꿈속과도 같은 아득함을 주도하는 이는 이제 '너'다.

'무용 / 건축'의 조합은 그대로 '음악과 시 / 원형과 전형성'의 조합과

포개진다. 그렇지만 이것은 재래의 '여성 / 남성'의 조합과는 전혀 다르다. 개별 주체인 '너'와 '나'의 특성에 불과하다. 실제로 무엇인가를 생산하고 쌓아올려 새로운 것을 만드는 '건축'에 어울리는 '나'의 몸은 여기서 완전히 무용無用한 흉가가 된다. 주도권이 역전되면서 전세는 균형을 이룬다. 최초이자 마지막 남자라고 외치며 난폭하게 문을 열고 닫던 남자는 힘을 잃고, "내 혀"는 겨우 '너'의 "동선을 따라"간다. 강정의 시는 이처럼 '나와 너', '안과 밖' '여자와 남자'의 경계와 차이가 무너질 때 가장 빛난다. 서글픈 육식동물의 표정으로 헛된 위선을 내려놓을 때, "전쟁으로 충만"한 세상에서 한 발짝 발을 빼고 "무언가가 떠난 자리에 가만히 앉아 있"(「日沒」)을 때, 그의 문장은 "세계라는 허물을 벗"고 "만물의 리듬을 체득"(「그녀라는 커다란 숨구멍, 혹은 시선의 감옥」)한다.

두 개의 문 중에서 나머지 한 개를 언급할 때다. 배설의 통로를 제외하면 인간의 몸은 모두 두 개의 출입구를 지닌다. 하나는 얼굴의 한 가운데 자리 잡고 모든 타인에게 노출되어 있다. 금기에 둘러싸인 다른 하나는 대개 감춰져 있어서 더 내밀하다. 흉가와 같이 망가진 '나'의 몸은 '너'의 무용, 한바탕 굿과 같은 '너'의 키스에 의해 되살아난다. 죽음의 기운으로 가득 찬 내 속의 것들이 "관 뚜껑을 열듯 내 몸을 열고" 날아오르는 순간 생명을 얻는다. '나'와 '너'가 각기 가진 두 개의 문이 모두 활짝 열리고 "네 겹의 문으로" 새로 태어나는 것이다. 새로 잉태된 생명은 낡은 감각의 자손이 아니다. 고립되어 있고 상투적인 시각 중심의 세계로부터 빠져나온, 모든 감각이 총동원된 혼성적이고 초월적인 존재일 가능성이 농후하다. 맥루한이 부족 세계로의 회귀를 예언했듯이 감각의 부활은 고대의 아주 오래전 모습과도 닮았다. 키스의 전주곡

은 이렇게 완성된다: "기뻐하라 너는 이제 오래전부터 인류가 꿈꿨던 환상의 미래, 춤추는 龍의 후손을 임신한 것이다". 용과 봉황이 하나가 되는 아름다운 비상.

## 4. 송곳니로 찌르는 이상한 기분

두 겹의 입술을 들추면 먼저 보이는 혀에 관해 이야기한 바 있다. 그런데 혀 말고도 금방 눈에 띄는 것이 있다. 이빨은 유연한 혀보다 더 쉽게 외부에 내보인다. 위 아래로 죽 늘어서서 작은 미소에도 금방 반짝이는 희고 단단한 조각들. 이빨은 입술이나 혀와 함께 빠뜨릴 수 없는 입의 일부다. 강정의 첫 번째 키스에서 등장했던 바로 그것에서부터 새로운 방향으로 더 나아가려 한다.

여기서 무는 행위를 키스에 포함시킬 때 당혹스럽게 여길 당신들이 꽤 있으리라 믿는다. 실제로 감정의 극치에서 희열을 경험해 본 사람이라면 누구나 이런 시도가 지극히 당연하게 여겨질 것이다. 뿐만 아니라 생물학의 계보를 통해 보더라도 무는 행위가 키스의 한 자리를 당당하게 차지하는 것은 자연스럽다. E. 보르네만은 무는 행위가 "인간의 정상적 성교행위"라고 하면서 또 그것이 "인간의 계통발생적 구조"의 속성에 해당하며 키스의 근원적 형태를 나타낸다고 이야기한다.

그럼에도 불구하고 말뚝이나 마늘, 피와 불멸에 대한 전설들 때문에 이 대목이 대중적인 것에 대한 경도로 비추어질 우려도 충분히 있을 것 같다. 새로운 것에 대한 미신에 홀려 있다는 혐의를 받는 것은 더 불편하다. 갑자기 건너뛴다는 의심에서 벗어나기 위해서라도 다음과 같은 시에서 이야기를 시작할 필요가 있을 것 같다.

물살이 빨라 어지러워
눈을 찡그리며 웃고 싶은데
송곳니가 널 무섭게 할까 봐

세상에는 자전거를 못 타는 기분도 있다
송곳니가 반짝이는 이상한 기분은
송곳니로 찌르는 이상한 기분으로 위로할 수 있지

(…중략…)

우산을 쓰고 자전거를 탈 수는 없다
지붕에 올려놓은 신발들은
발이 없어서 물만 채우고 있겠지

이제는 송곳니를 닦아야 할 시간

—이근화, 「송곳니」 부분

화자는 빠른 물살 때문에 약간의 어지러움을 느끼고 눈을 찡그린다. 그러나 유난히 뾰족한 송곳니가 그런 화자의 마음을 가로막는다. 어쩌면 "널 무섭게 할"지도 모르는 송곳니는 감추고 싶은 대상이다. 타인에게 드러나는 인상이 관계를 결정짓는 데 중요한 역할을 하는 것을 아는 많은 사람들은 그래서 날카롭게 드러난 송곳니를 인위적으로 깎고 다듬어 고르게 맞춘다. 송곳니가 유난히 크고 앞으로 삐져나온, 나를 포함한 많은 사람들은 특히 그런 소외의 감정이 자연스럽다. 이야기 속에 등장하는 악마나 요괴, 마녀나 거인이라고 부르는 것들도 어쩌면 근대의 사회성을 결여한 외롭고 이상한 사람들의 변형일지도 모르겠다.

자전거를 타는 일은 지극히 보편적이다. 그러니까 "자전거를 못 타는 기분"은 보편성에서 떨어져 나온 어떤 특수성이 된다. 유난한 송곳니의 특이성은 이렇게 자전거와 연결된다. 그렇지만 화자는 수동적인 자기 위안에서 한 걸음 더 나아가 "송곳니로 찌르는 이상한 기분"의 암시를 넌지시 던진다. 야릇한 뉘앙스 속에서 강박은 으쓱함의 '위로'로 바뀐다.

"우산을 쓰고 자전거를 탈 수는 없다"는 다소 돌출되어 보이는 발언은 '송곳니-자전거'로 이어지는 의미를 떠올려 보면 쉽게 이해할 수 있다. 우산은 비를 피하기 위한 도구다. 비가 내려서 온 몸이 젖을 줄을 알면서도 굳이 자전거를 탈 필요는 없다. 비가 온다면 어느 한 쪽을 포기하는 것이 맞다. 자전거를 못 타는 화자가 젖는 것을 감수하고 자전거를 선택할 리가 없음은 자명할 것 같다. 아주 무심하게 화자는 자전거를 포기할 것이다. 마찬가지로 신장에 있거나 발에 신겨져 있어야 할 신발이 지붕에 올려 있거나 발에 신겨 있지 않다면 속절없이 젖을 것은 당연하다. 비가 내리거나 물살이 빨라 어지러운 '상황'은 화자에게 '선택'의 기로를 들이민다. 송곳니를 감추고 웃지 않을 것인가, 드러내고 웃을 것인가. 화자는 "송곳니를 닦"기로 결정했다. 송곳니로 찌르는 이상한, 아니 매혹적인 기분을 느끼고 선사하고 싶어서? 이토록 미묘하고도 황홀한 감각으로 당신을 초대하고 싶어서?

나는 무엇을 갈망하는지 몰라서
피에 탐닉한다. 피에 물든 달을 꿈꾼다.
검붉은 노래와 울음과 시를 입 안 가득 머금고,
겁에 질려 말을 잊은 골목길 모퉁이에서
앞머리 늘어뜨린 창백한 얼굴로,
텅 빈 눈과 깨물어 붉어진 입술로 우두커니 선다.
갈 곳을 잊은 내 그림자가 보이지 않는다.

—장이지, 「젊은 흡혈귀의 초상」 부분

인용한 시편을 처음 읽었을 때의 황폐와 공허를 떠올린다. 떠도는 이미지들은 매혹적이었지만 낱낱의 이미지들은 "갈 곳을 잊"어 하나의 리듬을 형성하지 못하고 쉽게 흩어졌다. 물론 역설적으로 목적지를 모른다는 것이 이 시의 매력이자 정체성이지만 그런 "갈망"은 결국 "탐닉"에 귀결될 수밖에 없다. "겁에 질려 말을 잊은" 그런 "창백한 얼굴로" 백지 위에 내몰린, 오직 "물고 싶은 송곳니와 물리고 싶은 목을 가진 / 젊은 영혼들"(같은 시의 다른 부분)의 '초상'을 목도하고 있자면 이 시를 읽는 또 다른 누군가도 잔혹하거나 자극적인 이미지들이 맥락에 녹아들지 못하고 파편적으로 걸려 있다고 느낄지도 모른다는 생각이 들었다.

목적론적 인식의 함정에 빠져서 새로운 상상력의 틈입에 무조건 고개를 내젓는 것도 문제지만 시적 정체성의 총체를 함부로 부인하고 새로 발굴된 감각을 평범하게 길들이는 것이야말로 미래에 대한 전망을 은폐하고 부정적인 미신의 망령을 소환하는 일이 될 것이다. 비록 헛된 소문이 가득하더라도 불안의 갈피에서 아름다운 소멸의 지점을 찾아내야 하지 않을까. 리듬과 같은 시적 언어 고유의 자질과 온갖 비유로 뒤엉킨 의미론의 자질들 사이의 관계와 차이에 끝없이 다가가려는 용기를 내야 한다.

당신이 나를 당신의 안으로 들여보내 준다면
나는 아이의 얼굴이거나 노인의 얼굴로
영원히 당신의 곁에 남아
사랑을 다할 수 있다.
세계의 방들은 처음부터 끝까지 햇살로 가득하지만,
당신이 살아 있는 사실, 그 아름다움을 아는 이는
나 하나뿐.
당신은 당신의 소년을 버리지 않아도 좋고
나는 나의 소녀를 버리지 않아도 좋을 것이다.
세계의 방들은 온통 열려 있는 문들로 가득하지만,
당신이 고통스럽다는 사실, 그 아름다움을 아는 이는
나 하나뿐.
당신이 나를 당신에게 허락해 준다면
나는 순백의 신부이거나 순결한 미치광이로
당신이 당신임을

증명할 것이다.
쏟아지는 어둠 속에서
우리는 우리의 아이가 아니라
우리 자신을 낳을 것이고
우리가 낳은 우리들은 정말로
살아갈 것이다.
당신이 세상에서 처음 내는 목소리로
안녕, 하고 말해 준다면.
나의 귀가 이 세계의 빛나는 햇살 속에서
멀어 버리지 않는다면.

—하재연, 「안녕, 드라큘라」 전문

이 시는 전체적으로 '가정'과 '맹세'의 변주로 구성되어 있다. 먼저 '나'는 "나를 당신의 안으로 들여보내 준다면" 노인이 될 때까지, 영원히 사랑을 지속하리라 약속한다. 뒤에 나오는 "순백의 신부"라는 구절과 함께 생각해보면, 마치 혼인을 약속하는 자리에서 흔히 듣는 어감과 유사하게 들릴 지경이다. '이제 신부에게 키스해도 좋다'는 말 뒤에 이어지는 성혼 선언을 떠올려 보는 것도 재미있겠다.

이어지는 두 개의 고백. 세상은 온통 빛으로 둘러싸여 있고 거기에 속한 방들은 모두 활짝 문이 열려 있지만 드라큘라의 처지는 자유롭지 못하다. 열린 문을 지나 빛의 한가운데로 나아가지 못하는 그의 운명에 관해서라면 우리 모두 잘 알고 있다. 어둠 속 닫힌 문의 내부에서 고통스럽게 살아 있는 '당신'을 알아보는 것은 오직 "나 하나뿐"이라고 연

달아 반복하는 화자의 고백. 그 고백은 단지 드라큘라에게 전하는 말로만 들리는가. 송곳니가 뾰족한 우리는, 아니 또 다른 어떤 내적 고통을 지닌 우리는 때때로 골방의 어둠 속으로 숨어들지 않는가.

두 개의 마침표를 지나 다시 새로운 맹세로 진입한다. 어둠 속에 잠겨 있는 자에게 매혹당한 '나'는 어쩌면 다른 사람들에게는 "순결한 미치광이"로 여겨질지도 모르겠다. 그러나 '나'는 "순백의 신부"일 수도 있다고 믿는다. '나'는 상반되어 보이는 두 가지 가치 — '순수 / 기괴', '정결 / 변태' — 의 대립 속에서 '당신'의 아름다움을 세상에 "증명"할 거라는 의지를 굳게 천명한다. 그런 의지는 바로 "우리가 낳은 우리들"로 연결된다.

"우리는 우리의 아이가 아니라 / 우리 자신을 낳을 것이고 / 우리가 낳은 우리들은 정말로 / 살아갈 것이다"라는 부분에서 피를 빨고 드라큘라로 변신하여 불멸의 생을 누리는 판타지에 얽매이게 되면 아리송한 지경에서 벗어날 수 없다. 모호한 듯 보이는 시적 의미는 늘 맥락 속에서 선명해진다. 좋은 시들은 거의 예외 없이 이런 맥락의 그물을 촘촘히 벼르고 있게 마련이다. 이 부분은 앞서의 '고백'과 '증명'에 대한 '의지'와 연결시켜 이해해야 한다. 화자는 지금 자신과는 다른 냉담한 존재, 뚝 떨어져 있는 보통의 자식들을 낳는 것을 거부한다. 어둠 속에서 밝게 빛나는 아름다움을 알아 볼 수 있는 존재, 그것을 증명하기를 두려워하지 않는 "우리 자신"과 같은 존재가 끊임없이 이어지기를 갈구한다. 다시 말하자면 우리의 이 내밀한 결합은 "우리가 낳은 우리들"에 의해 "정말로" 지속될 것이다. 이 대목에서 정말 중요한 것은 이와 같은 '지속에 대한 열망과 의지'다.

그러나 이 모든 맹세와 의지는 '당신'이 나를 받아준다는 '가정'이 없이는 불가능하다. 주체의 굳은 다짐은 모두 "안녕, 하고 말해"주는 '당신'의 목소리라는 전제 아래 가능하다. 과거에 하재연이 "우리는 안녕, 이라고 말하지 않는다"(「고속도로 위에서」, 『라디오 데이즈』, 2007)고 했던 어감을 떠올린다. 그때 '안녕,'이라는 가볍고 무심한 어조는 '만나자'라는 말보다 대단히 쓸쓸하게 느껴졌다. 그래서 그는 그렇게 말하지 않겠다고 했었다. 그러나 이제는 그 정도면 충분하다고 말한다. 화자가 전제로 내세우는 것은 아주 대단하고 엄청난 것이 아니다. 그저 '당신'은 "세상에서 처음 내는 목소리로 / 안녕,"이라고 속삭여 주면 된다. '나'는 완전히 "귀가 멀어버리지 않는" 한 그런 '당신'의 아름다움을 영원히 증명할 것이다.

'가정'과 '맹세'의 어투를 처음 들을 때는 여성 화자가 대단히 수동적으로 보인다. 그러나 변주가 계속될수록 그녀의 강렬한 의지가 더 도드라지고 그녀가 결연한 주체로서 성큼성큼 어둠 속으로 들어가고 있다는 사실을 알 수 있다. 사소함 속에서 육중한 것들을 건져내는 것, 낯선 이미지들이 익숙하고 소중한 것들을 단번에 휘감아내는 솜씨가 그야말로 탁월하다. 이 시에서 송곳니를 박아넣고 물어뜯는 키스는 배후에 암시적으로 남아 있을 뿐 전면에 드러나지는 않는다. 그러나 그 암시의 국면이 시적 긴장을 더욱 촉발한다. 선혈이 낭자하고 이미지들이 핏빛으로 젖어들지 않으면서도 황홀한 도취에 이르는 방법을 잘 보여주는 시다.

## 0′. 후주

플라톤은 『향연*Symposium*』에서 인간의 원형을 "공 모양으로" 그린다. 네 개의 팔과 다리, 두 얼굴을 가진 쌍둥이적 존재로 말이다. 인간의 프로메테우스적 오만 때문에 제우스가 원래 형태를 둘로 찢어서 남자와 여자라는 개체로 분리했다고도 설명한다. 당신은 이러한 신화가 대단히 서글프게 느껴지는가. 그저 하나일 뿐이라면? 처음부터 분리되어 있지 않다면? 우리가 입과 입, 얼굴과 얼굴이 만나는, 용감하게 문을 열고 들어가서 하나의 우주와 또 다른 우주가 만나는 떨림을 잃어버렸다면?

분명하고 확실한 서정의 문고리인 입술이 보이지 않는다고 해서 불안해할 필요는 없다. 시의 표정이 흐려지고 유령처럼 모호해져서 그 안으로 들어가는 문을 찾을 수 없다는 걱정도 들린다. 이제 우리는 문을 변형하려는 것이 아니라 과감하게 문을 떼어내고 아예 다른 방식으로 안팎을 드나들자고 말하는 이들에게도 주목해야 한다. 과거에 있던 소통의 문고리를 화려하게 장식하기보다 완전히 분해되고 전송되기를 주저하지 않는, 전혀 다른 어울림과 합일의 필연적 운명을 주장하는 자들 말이다. 나 또한 그들이 보여 주는 아름다움을 증명할 것이다.

마무리를 위해 이민하 시인의 한 구절을, 형식을 생략하는 실례를 무릅쓰고 빌린다 : 한 개의 입으로는 태어날 수 없나니, 차가운 혀를 몰래 나누고 우린 스쳐갔네. 음악처럼, 스캔들처럼.(「첫 키스」)

05

# 친구, 이웃, 연인

## 막막하게 꼬이는 관계의 모험

시를 읽는다는 것은 언어들이 섞이며 만드는 어떤 작용에 이끌리는 것과도 같다. 시인들이 만드는 에로스의 자기력이 겹치는 지점을 어루만지며 관계의 모험에 동참해보자. 손끝으로 그들의 글자라는 살결을 어루만지며 낯선 리듬의 운동방식에 몸을 맡기자. 이 과정에서 가장 잘 안다고 생각했던 '나'와 '너'가 완전히 어리둥절하게 느껴질 수도 있을 것이다. 때로는 연인이자 친구였던 사람이 괴물처럼 변하는 광경을 마주하더라도 너무 놀라지 말자. 다 알 것 같다가도 다시 도저히 알 수 없을 것만 같은 우리의 이웃, 나아가 도저히 이름을 붙일 수 없는 관계에 놓인 모든 우리 사이의 한없는 의문을 향한 발걸음을 결코 멈출 수 없다. 우리 사이에서 이상한 비밀이 무르익고 마침내 숙성되어 부드럽게 풀리는 리듬을 느낄 수 있을 때까지.

---

# 관계의 모험을 감행하는 시적 에로스

## 키스 이후, 사건에서 사태로

고독한 두 개의 우주가 포개지면서 모든 사태가 시작된다. 말이라는 추상적 형상으로 끊임없이 상대를 정탐하던 두 사람의 입술이 마침내 서로 맞닿을 때, 경계는 무너지고 전선은 사라진다. 물리적이고 감각적인 사건의 충격은 두 사람의 인격을 뒤흔든다. 마침내 두 개에서 하나가 된 것일까. 그러나 상상적 낭만에 의해 촉발된 신비는 금방 자취를 감춘다. 언어의 도움을 받아 한껏 치장되었던 시각적 이미지들은 원초적 감각의 마주침 앞에 초라한 속살을 드러낸다. 보이는 아름다움, 화려한 시선이 사라진 자리에는 지저분하고 냄새나는 타인의 살갗만 남는다. 당황스런 표정의 두 사람. 완강하고 비밀스럽던 각각의 우주는 이제 전혀 다른 공간을 낳는다.

어리둥절한 두 사람은 새로운 공간에 다른 것들을 자꾸 채워 넣는다. 타인이라는 근본적 결여의 대상은 상상적 위장과 상징적 보충에 의해 자꾸 부풀려진다. 떨림의 감각은 점점 기억 속의 자취가 되고, 빈자리에는 온갖 종류의 어긋남이 가득하다. 모든 금기가 사라지고 있는 오늘날 '사랑'이라는 말의 외연은 점점 더 확장되는 것처럼 보인다. 그것은 '자유'라는 말과 짝을 이루며 위세를 떨친다. 그렇지만 그것과 떨어질 수 없는 다른 말, 가령 '관계'와 같은 말은 얼마나 위축되는가. 방탕한 표정의 사랑이 으쓱하게 보폭을 늘일수록 관계의 교차점들은 더 줄어들고 새로운 관계의 연속성을 확보하려는 의지도 용기를 잃는다. 사랑의 서사와 이미지들은 도처에 넘치지만 타인의 살갗이라는 날것의 영역을 만지고 느끼면서 관계의 지난한 능선을 넘으려는 모험적 시도는 더 줄어든다.

확실히 애무의 감각을 잃어버리면서 관계는 더 힘이 빠진다. 생산적 활동이 거의 불가능하고 콘텐츠의 소비에 집중할 수밖에 없는 스마트폰이 이처럼 확산되는 것도 유사한 측면에서 이해할 수 있다. 매혹적인 이미지들은 얼마든지 완벽한 형태로 변형이 가능하며 원한다면 언제 어디서나 사람들의 욕망을 충족시킬 수 있다. 그러나 사람들은 거의 무한한 욕망이 조합된 이미지들을 보고 듣는 것에 만족하지 못하고 급기야 화면을 만지고 쓰다듬는다. 관계에 관해 여러 가지 방식으로 고민하다 보면 그것이 어떤 특정한 표현만으로는 도저히 성립할 수 없다는 사실을 깨닫게 된다. 관계를 구성하는 정신적 자세란 결국 몸이 발산하는 감각을 질료로 삼고 있다.

따라서 이 글에서는 '사랑'이라는 말에 달라붙어 있는 불필요한 잔여물들을 제거하기 위해 '에로스'라는 말에 주목할 것이다. 물론 에로스라는 말을 꺼내놓으면 자칫 사랑이라는 말에 담긴 다른 뉘앙스—우정, 헌신, 존중, 신뢰 등—가 달아나는 것처럼 보일 위험도 있다. 그렇지만 과거의 고정된 관계를 회복하는 것이 아니라 새로운 관계의 모험을 감행하기 위해 이런 위험을 감수하면서 시작해야 한다. 정작 이 글은 낭만적 신화의 반대편에서 출발할 것이다. 오늘의 어떤 시인들은 시를 읽는 일이 얼마나 에로틱한 체험이 될 수 있는지 일깨워준다. 이들이 조성하는 에로틱한 힘은 합리를 재료로 삼고 있는 법이나 신의 말이라는 로고스의 체계를 바탕으로 삼고 있는 종교로는 닿을 수 없는 지점, 그 은밀한 부위를 핥고 쓰다듬고 어루만진다. 애무의 체험을 통해 하나의 물질적 텍스트로서 시는 에로스의 근원적 잠재력에 가까이 다가갈 수 있는 가능성을 체현한다. 이 시인들은 우리가 정체성을 유지한다는 미명 아래 외면하고 있던 모든 종류의 원지적 감각을 꺼내놓는다. 억압된 감각을 뒤흔들어서 편향된 관계에 균열을 내는 힘에 주목하다 보면 오히려 앞서 언급한 뉘앙스들이 손상되는 것이 아니라 더 풍성해지고 다채로워지는 경험을 할 수 있을 것이다. 둘이 하나가 되는 것이 아니라 하나라는 사건을 거쳐서 무한한 지경으로 나아갈 수 있는 사태에 한걸음 더 다가가게 될 것이다.

## 발길질이 음악으로 바뀌는 순간 - 연인 사이의 '나'

황병승의 시는 항상 에로틱한 자질들로 넘친다. 전혀 에로틱할 수 없을 것 같은 단어들도 일단 그에 의해 흩어졌다가 모이면 기묘한 에로스의 힘을 발산한다. 그런데 그 에너지 속에는 어떤 공격적 자세가 있다.

그는 에로스가 공격성과 근원적으로 하나의 관계 속에 묶인다는 사실을 누구보다 잘 알고 있다.

마치 말이 필요 없다는 게 어떤 것인지를 보여주듯이

진하고 빠르게

말굽에 짓밟히듯이

매부리코 흰 콧수염 남자의 불타는 입술이 여자의 입술을 덮쳤고

붉은 조끼의 놀란 여자는 포켓 속의 움켜쥔 두 손에서 쿵쾅거리는 두 개의 심장을 느꼈다

서른 살의 가슴이
뿌리째 흔들렸나보다

창밖에는 때아닌 굵은 눈발이 흩날리고
몰려든 매부리코 흰 콧수염의 남자들이
창가에 서서 카페 안을 이리저리 둘러보고 있었다

마치 혀라는 게 어떤 것인지를 보여주듯이

진하고 빠르게

채찍에 휘감기듯이

—황병승, 「도둑키스」 부분

일방적인 관계의 매혹을 그려내고 있는 것처럼 보이는 '도둑키스'의 현장은 일단 낭만적으로 보일 수 있다. 남자는 아무 말 없이, 마치 도둑질을 하듯 "진하고 빠르게" 여자의 입술을 덮치고 급작스럽게 사라진다. "말굽에 짓밟히듯" 입술을 빼앗긴 여자는 놀라서 뿌리째 흔들리는 심장을 부여잡고 있다. 이처럼 황병승의 시에서 이질적 관계에 놓인 대상들은 서로를 끌어당기는 강력한 몰입의 힘에 따라 움직인다. 바깥으로 나도는 남자와 부재하는 자리에 홀로 남은 여자라는 주제는 전형적이지만 에로틱한 힘의 자질은 과거와 다르다.

질서에 순응하기를 거부하는 에로스의 힘은 자유주의liberalism의 관점과도 차별화된다. 낭만적 신화에 이끌리는 자유주의가 체제를 비판하면서도 동시에 그것이 인자한 어머니처럼 행동하기를 바라지만, 황병승의 채찍은 혀처럼 부드러우면서도 상처를 낸다. 그렇다고 해서 이런 힘을 새로운 권력에 대한 욕망으로 이해하면 곤란하다. 남자 주인공은 계속해서 상황을 압도하며 자신의 힘을 뽐내는 것이 아니라 키스 이후 급작스럽게 카페에서 퇴장한다. 대신 강압적인 힘이 빚어낸 상처 또는 흔적을 지속적으로 지켜보는 '제 삼의 시선'이 있다.

인용 시에서 밖에 몰려든 남자들이 창을 통해 계속 카페 안의 상황을 둘러보고 있다는 사실을 상기하자. 황병승 시 속의 주인공들은 하나의 체계로부터 끊임없이 달아나지만 그의 시에는 모든 상황을 지켜보는 일종의 관음증적 시선이 항상 따라다닌다. 황병승 시의 주체는 늘 "배척된 채로"(「트랙과 들판의 별」), 기존의 체계에 대해서는 무감하지만, 반대로 그것과 절연하는 것에는 중독된 듯 집착하며 끊임없이 상처와 흉터를 계속 "긁어대기 시작한다".(「첨에 관한 아홉소ihopeso 씨(氏)의 에세이」) 그에게 "진정한 사랑의 가치란 주어진 모든 시간과 열정을 바쳐 서로에게 치유할 수 없는 상처를 주고 죽을 때까지 그 상처 속에서 고름 같은 사유를 멈추지 않는"(「헬싱키」) 것과도 같다.

초점을 분산시키는 제 삼의 시선 때문에 상처와 고통은 내면화되기보다 여기저기로 노출되어 작품의 표면을 계속 떠돈다. 갑자기 떠나가는 남자의 부재를 견디는 여자의 고백을 담은 「진달래꽃」을 떠올려 보자. '말없이' 펼쳐지는 사건이나 '밟히는' 정황은 「도둑키스」와 동일하다. 그러나 **소월**이 여성 화자를 내세워 고통을 안으로 끌어들이는 것과는 달리, 황병승은 다른 시선을 창문 바깥에 슬그머니 배치해놓고 그 모든 상황을 "이리저리 둘러보고 있"다. 침입하는 남자와 침탈당하는 여자는 모두 그 시선에 노출된 채 자신의 역할을 수행할 뿐이다. 황병승의 주체가 중성적인 것은 바로 이와 같이 초점을 변화시키면서 균형을 유지하고 있기 때문이다.

> 양미간을 찌푸린 중년의 여자 — 고통을 의지로 이겨내려 한다
> 슬픔 가득한 눈빛의 소녀 — 고통이 물러가기를 기다리고 있다
>
> 이리안은 사랑하는 마리오의 계속되는 발길질에 얼굴을 일그러뜨렸고

마리오는 굉장히 화를 냈다

트랭퀼라이저tranquilizer는 상상력이 멈춘 지점에서 길을 물처럼 흐르게 한다

아버지를 만든 건 상상력이다

물속으로부터 저 깊고 어두운 물속으로부터

아직도 나는 앰프와 스너프 필름을 원한다

소녀와 여자—고통에 사로잡혀
거리의 부랑자들—고통으로 뒹굴며

마리오는 사나워진 손길로 이리얀의 목을 눌렀다

변사체—언제나 얌전한 소녀들처럼

이리얀은 음악에 푹 빠져 있었다.

—황병승, 「내 이름은 빨강 마리오는 여름」 전문

"중년의 여자"와 "소녀"의 병치에 주목하자. 둘은 똑같이 고통의 상황에 놓여 있지만 그것을 받아들이는 방식은 전혀 다르다. 찌푸린 표정

의 중년 여자가 "의지"로 고통을 이겨내려는 반면 소녀는 그저 "고통이 물러가기를 기다리고 있다". 시의 첫머리만 보면 소녀의 태도는 단순한 '순응'으로 여겨질 수 있다. 그러나 시의 뒷부분으로 나아갈수록 소녀의 태도가 점점 달라진다는 사실을 알 수 있다. 소녀와 연결할 수 있을 것 같은 이리얀은 사랑하는 마리오의 계속되는 발길질에 처음에는 얼굴을 일그러뜨리지만, 마지막에 마리오가 이리얀의 목을 누르는 장면에서는 오히려 음악에 푹 빠져 있다.

학대라는 물리적 충돌을 통해 에로스의 근원적 공격성은 뚜렷하게 노출된다. 병치의 구조는 우선 '아버지 / 중년여자'와 '마리오 / 이리얀'의 구도를 유전적으로 연결하면서 폭력적인 관계의 구조가 어떻게 이어지는지, 거기서 유발되는 고통이 어떻게 체념을 거쳐 일상 속에 잠재되는지를 선명하면서도 치명적으로 드러낸다. 그러나 우리는 이 시에서 '가학-피학'이 한쪽에서 다른 쪽으로 흐르고 있지 않다는 사실에 더 주목할 필요가 있다. 가학의 기운은 더 이상 시의 배후에 숨지 않는다. 빨갛게 타오르는 학대의 기운은 마치 "나는 빨강이어서 행복하다! 나는 뜨겁고 강하다. 나는 눈에 띈다. (…중략…) 나는 숨기지 않는다. (…중략…) 나는 나 자신을 밖으로 드러낸다. (…중략…) 나를 보시라, 본다는 것은 또 얼마나 아름다운가!"[10]라고 외치는 것처럼 전면으로 나선다. 피학의 위치에 있는 소녀도 이에 못지않다. 고통을 내면화하려는 의지 따위는 아랑곳하지 않는다. 오히려 소녀에게 고통의 발길질은 음악의 상태가 된다. 타오르는 빨강의 뜨겁고 강한 기운이 절정에 다다를

10 오르한 파묵, 『내 이름은 빨강』 1, 민음사, 2004, 321쪽.

수록 이리얀의 고요와 평화도 극에 달한다. 그 대립적인 구도 사이에 숨어서 그 모든 것을 지켜보는 '나'를 발견할 수 있다.

창문 밖에서 도둑 키스를 물끄러미 지켜보던 남자들과 유사한 위치에 있는 '나'는 "아버지를 만든 건 상상력"이라고 선언한다. 상상력이야말로 미학과 뗄 수 없는 관계에 있는 것이 아닌가. 황병승은 현실의 질서를 추적하는 상상력보다는 현실의 질서를 이탈하는 상상력에 훨씬 관심이 많다. 그는 아름답게 서로를 마주보는 상태로 완벽하게 결합하는 관계의 꿈에 관해 회의적이다. 심지어 그는 "사실 그런 것은 없는지도 모른다"(「부카케bukake, 춤의 밤」)고 생각하는 것 같다. 그의 에로틱한 상상력은 두 개의 우주가 서로의 내부를 난입하는 순간이 실제 현실 속에서 얼마나 급작스런 힘의 이동과 변형에 좌우되는지 드러내는 동시에 다른 각도로 그 구도를 지켜보게 만든다.

온갖 발칙한 상상력들이 난무하는 정경을 너무 숭고하게 받아들일 필요도 없지만 그렇다고 해서 미리 질겁할 필요도 없다. 차라리 그가 마련해놓은 에로틱한 지점들을 추적해보기를 권하고 싶다. 그러다 보면 "삼촌처럼 할아버지를 닮지 않기 위해 빌어먹을 년이 되지 않기 위해 어쩌면 삼촌과는 관계없이 조금 더 세련을 알기 위해"(「트랙과 들판의 별」) 가쁜 숨을 몰아쉬는 여러 군상들을 비로소 '느낄' 수 있을 것이다. 보이는 것으로 자신을 드러내는 빨강, 그 시각의 폭력 속에서 음악이라는 비가시적인 감각을 추적하는 자취를 '만질' 수 있을 것이다.

## 커브 사이에 숨은 직선의 틈 - 연인에서 이웃으로

황병승의 채찍이 '진하고 빠르게' 상처를 낸다면 김행숙의 채찍은 길게 휘어지면서 커브를 그린다. 『이별의 능력』의 맨 마지막에 있는 "저 휘어지는 채찍이 나의 얼굴을 다른 세계로 돌려놓는다"는 고백처럼 그의 시집 속에서 얼굴을 돌리고 '옆'을 보이는 수많은 '나'들은 똑같이 다른 감각에 눈을 뜨는 '너'들을 다정하면서도 격렬하게 호명하고 비밀스럽게 불러들여서 눈 깜짝할 사이에 '우리'라는 범주로 끌어들인다. 확실히 「숲 속의 키스」에는 어떤 정념이 있었다. 그러나 "불꽃처럼 화라락 날아오르는 손"과 "서로의 얼굴을 바꿔 얹는" 환희는 뭉툭하고 딱딱한 목이 만들어냈다는 사실도 기억할 필요가 있다. 그가 휘두르는 채찍의 재질이나 위력은 황병승의 그것과 차별된다. 또 스스로를 지저분한 곳으로 던지면서 남성들을 휘감는 팜므파탈의 에너지와도 다르다. 들끓음과 초연함, 뜨거움과 서늘함은 그의 내부에서 섞이면서 더 에로틱한 자질을 탄생시킨다.

『이별의 능력』에서 커브를 이루는 채찍이 낯선 관계를 결합시키는 에너지로 가득 차 있었던 것과 달리 『타인의 의미』의 커브는 도저히 근거를 파악할 수 없고 영영 바닥을 가늠할 수 없는, 수수께끼 같은 관계의 둘레를 형성하려는 원환의 자취와도 같다. 그는 이제 "가장 넓은 화분의 둘레를 생각"(「화분의 둘레」)한다. 가장 좁은 둘레인 '포옹'이라는 자세에서부터.

너를 볼 수 없을 때까지 가까이. 파도를 덮는 파도처럼 부서지는 곳에서.
가까운 곳에서 우리는 무슨 사이입니까?

영영 볼 수 없는 연인이 될 때까지

교차하였습니다. 그곳에서 침묵을 이루는 두 개의 입술처럼. 곧 벌어질 시간의 아가리처럼.

—김행숙, 「포옹」 부분

한마디로 "포옹"은 '한계'를 지각하고 그 한계의 윤곽과 부딪치는 실감의 자세다. 너무 가까워진 연인은 오히려 서로를 볼 수 있는 거리를 상실한다. 완전히 포개져 하나가 된 두 사람 사이에는 어리둥절한 침묵이 남는다. '님은 갔지만 나는 님을 보내지 아니하였다'는 만해의 모순어법은 이 국면에서 정반대의 방식으로 작용한다. 가장 가까이 있는 것 같지만 사실은 한없이 멀 수밖에 없는 모순이야말로 사건 이후에 이어지는 모든 사태의 첫 번째 양상 아닌가.

너의 옆구리를 달리고 있다
멀리 당겨진 허리에서 날개 없이 날아가는 화살처럼
머리를 높이 쳐들 때까지
허리에서 샛길이 마구 쏟아진다 나는 길을 마구 대한다
어디론가
길이 하나가 되는 순간
너의 목을 향하여 직진을 시작한 나의 두 손은
목소리 속으로
비명의 근원에 닿을 때까지

0시의 시곗바늘처럼 조용해지리
오늘을 넘어
1초처럼 뾰족해지리

—김행숙, 「커브」 전문

『이별의 능력』이 낯선 감각에 속한 타인을 불러 모으는 매혹을 지녔다면, 『타인의 의미』에서는 가까워졌다고 생각하는 관계의 틈새, 그 어두운 부분에서 에로스의 자질이 가장 날카롭게 빛난다. 머리를 높이 쳐들고 허리가 화살처럼 휘어지는 절정의 순간, 에로틱한 커브를 이루는 허리에서 "샛길이 마구 쏟아진다". "하나가 되는 순간"에 길이 향하는 목적지는 알 수 없지만, '나'는 알 수 없는 "어디론가"를 향해 "직진을 시작한"다. 상대의 목을 조르는 에로틱한 장면 속에는 서로의 몸을 나누는 긴밀한 순간조차 '너'의 "목소리 속", 그 "비명의 근원"에 닿을 수 없을 것 같다는 기분이 있다. 이런 기분은 조용한 침묵 속에서 한없이 뾰족해진다.

살갗이 따가워.
햇빛처럼
네 눈빛은 아주 먼 곳으로 출발한다
아주 가까운 곳에서

뒤돌아볼 수 없는
햇빛처럼
쉴 수 없는 여행에서 어느 저녁

타인의 살갗에서
모래 한 줌을 쥐고 한없이 너의 손가락이 길어질 때

모래 한 줌이 흩어지는 동안
나는 살갗이 따가워.

서 있는 얼굴이
앉을 때
누울 때
구김살 속에서 타인의 살갗이 일어나는 순간에

—김행숙, 「타인의 의미」 전문

가장 에로틱한 장면에서 오히려 관계에 대한 의문은 증폭된다. 태양은 아주 멀리 있지만 종종 그것은 마치 가까운 곳에 있는 것처럼 살갗을 따갑게 만든다. 마찬가지로 "네 눈빛"은 "먼 곳"을 향해 있지만 '너'의 살갗은 '나'의 살갗의 가장 가까운 곳에서 '나'를 따갑게 만든다. 뒤를 돌아볼 사이도 없는 생의 여정, 그 "쉴 수 없는 여행"의 어느 저녁에 '너'는 한 줌의 모래를 쥐듯 '나'의 살갗을 애무하지만, 마치 너의 손길은 "타인"을 대하는 것과 같다.

이 시가 품고 있는 구도는 '포옹'의 자세와도 닮았다. 서로의 몸이 포개진 포옹의 상태에서 오히려 어긋남의 교차를 발견하는 것처럼, 서로의 살갗이 섞이는 은밀한 경험은 '따가움'이라는 껄끄러움이 된다. 살갗은 물리적으로 맞닿아 있지만 서로를 어루만지는 부드러움을 촉발하지 못하며 단절의 불편하고 따가운 감각이 시를 지배한다.

전면에 드러나 있는 것은 '따가움'이라는 감각이지만 사실 이 시의 배후에는 불안함이라는 마음의 움직임이 작동하고 있다. 실제로 모든 매혹적 촉감에는 사이키Psyche(정신)의 그림자가 드리워져 있다. 익히 알고 있듯이 '프시케'라고도 불리는 사이키는 에로스의 아내다. 한편 라틴 문헌에 유일하게 등장하는 그리스어 프시케는 '영혼'을 뜻하기도 한다고 알려져 있다. 신화 속에서 밤에 나타났다가 날이 밝기 전에 자취를 감추던 에로스는 아내인 프시케에게 자신을 만지거나 자신의 목소리를 들을 수는 있지만 그 얼굴을 보는 것은 허용하지 않았던 것처럼, 관계는 감각의 충돌을 계기로 진전되지만 영혼이 빠진 감각의 향연은 결국 공허한 빈껍데기일 수도 있다는 역설의 지점에 이 시는 놓여 있다. 시인은 지금 타인의 '의미'에 관해 묻고 있다. 이 의미는 특정한 주체의 정신적 작용에 의해 형성되는 것이 아니다. 그는 지금 몸의 감각과 정신의 운동방식(가령, '잠'이라는 무의식의 영역에서 불쑥 치솟는 '숨결'과 '호흡' 같은 것)을 함께 놓는 것으로 관계의 맥락을 분명하게 만들고 그 둘레를 넓히려 한다. 피부에 "착 달라붙어"(「소나기」)있는 마음의 움직임을 감각적으로 받아들인다. "마음과 몸이 같이 놀 때. 마음과 몸이 따로 놀 때. 보이는 것과 보이지 않는 것에 대하여"(「찢어지는 마음」) 탐구하기 시작한다.

지금 김행숙은 환희의 열망 사이를 바라본다. 에로틱한 자질들이 품은 힘은 숨결을 잃어버린 몸, 생기를 상실한 피부의 갈라진 틈으로 파고든다. 그는 길게 휘어지는 채찍의 위력을 충분히 알고 있기에 더 조심스럽다. 그는 "잠든 사람들을 깨우지 않으려고 조심하는 발걸음 같은 것"이 바로 "나의 마음"(「유령 간호사」)이라고 속삭인다. 온갖 애정과 의문이 뒤섞인 비밀스런 타인들은 이런 식으로 그들의 자리를 확인하면서 천천히 범주를 넓힌다. '연인'이라는 말은 이런 식으로 '타인'을 거치면서 '이웃'으로 나아간다.

> 이웃이 바뀌었어요. 딩동댕, 나는 옆집입니다. 새로운 이웃은 망치를 들고 서 있었어요.
>
> —「당신의 이웃입니다」 부분

야콥슨이 "나는 사물을 믿지 않는다. 나는 다만 그들의 관계를 믿을 뿐이다"라고 한 브라크의 말을 받아 시에서 의미를 배제하고 그것이 말의 구조물이라는 사실을 확인시켜 준 것처럼, 김행숙은 '타인의 의미'에서 '의미'가 무엇인지에 몰두하기보다 '나'와 인접한 '타인'인 이웃과의 '관계'에 집중한다. 의미라는 것이 결국 서로 인접한 감각의 무수한 교차가 빚어내는 관계 속에서 결정된다면 우리가 이웃의 정면을 바라보면서 정체를 파악하려는 시도에서 얻을 수 있는 것은 별로 없을 것 같다고 그는 생각하는 것 같다. 또 이웃은 언제든지 "새로운 이웃"으로 바뀌지 않는가. 중요한 것은 지금 여기, 내 곁에 있는 이웃이 "망치를 들고 서 있"다는 것. 더불어 가장 친밀한 관계의 타인을 향한 '나'의 몸과 마음이 얼마든지 다르게 움직일 수 있다는 것.

## 어리둥절한 두 사람 사이의 웃음소리 - 연합의 매혹

심보선은 'Psyche'라는 말의 두 가지 갈래 중에서 주로 '프시케(영혼)'라는 오래된 이름에 훨씬 더 매력을 느끼는 것 같다. 심보선이 '영혼'이라는 말을 그의 시에 자주 동원하는 것은 사실이지만 그것을 옛날이야기 속 정령 같은 것으로 받아들이면 곤란할 것 같다. 그가 탈무드의 한 구절을 인용해 "너의 인생은 아주 보잘것없는 존재부터 시작해야 해. / 말을 끝낸 천사는 쉿, 하고 내 입술을 지그시 눌렀고 / 그때 내 입술 위에 인중이 생겼다"(「인중을 긁적거리며」)라고 하는 것을 보면 천사의 속삭임이 무슨 운명론과 결부되는 것처럼 생각되지만, 결국 '속삭임'이 '인중'이라는 징표, 우리 모두의 몸에 남아 있는 공통의 '자취'로 이어진다는 사실을 기억할 필요가 있다.

별은 어둠의 미묘한 순응자.
시간이 닦아놓은 밤의 면을 가만히 들여다보고 있다.
우리는 젖은 흙 위를 걸어 집으로 돌아온다.
잘 익은 사과 맛이 나는 발자국들을 찍으며.

나의 어느 쪽 귀에 더 많은 속삭임이 고여 있을까?
내가 모로 누워 웅크리고 자는 쪽의 반대편.
당신이 메마른 숨결의 흰 가루를 떨어뜨리는 그 움푹 팬 곳.

새벽의 결정, 입술에서 이슬로 옮아간다.

—「늦잠」 부분

모든 것을 갈아엎고 빨아들이는 밤의 중심, 그 암흑의 늪지로부터 황병승이 "매일 밤 계속될 것만 같은 아름다운 꿈들"(「그리고 계속되는 밤」)을 끝없이 뽑아내는 것과 달리 심보선은 밤이 서서히 물러나는 새벽을 그의 시 속에 자주 들여놓는다. 세상의 사물들이 모두 고요함으로 빠져든 밤, '우리'는 집으로 돌아온다. 밤이슬의 물기를 가득 머금은 흙이 마치 육즙이 가득한 사과처럼 느껴진다. 부드러운 흙을 애무하듯 스치는 발자국 소리도 느낄 수 있다. 고요함 때문에 도드라지는 발자국 소리는 다음 부분에서 속삭임과 연결되면서 두 사람 사이의 다정한 분위기를 단번에 그려낸다.

집으로 돌아와 함께 누운 두 사람. 다정한 속삭임은 여전히 '나'의 귓가에 남아 있지만 '당신'은 "내가 모로 누워 웅크리고 자는 쪽의 반대편", "그 움푹 팬 곳"에서 잠들어 있을 뿐. 연인 사이의 에로틱한 속삭임은 새벽으로 갈수록 "메마른 숨결의 흰 가루"가 된다. 이 시는 깊어가는 밤의 속삭임을 품은 젖은 흙의 물기가 메마른 숨결로 바뀌다가 마침내 새벽의 결정으로 응축되는 과정을 통해 다정함이 어리둥절함으로 바뀌는 관계의 "미묘한" 변화의 순간을 포착한다.

> 우리는 사랑을 나눈다.
> 무엇을 원하는지도 모른 채.
> 아주 밝거나 아주 어두운 대기에 둘러싸인 채.
>
> 우리가 사랑을 나눌 때,
> 달빛을 받아 은회색으로 반짝이는 네 귀에 대고 나는 속삭인다.

너는 지금 무엇을 두려워하는가.

너는 지금 무슨 생각에 빠져 있는가.

사랑해. 나는 너에게 연달아 세 번 고백할 수도 있다.

깔깔깔. 그때 웃음소리들은 낙석처럼 너의 표정으로부터 굴러떨어질 수 도 있다.

방금 내 얼굴을 스치고 지나간 미풍 한 줄기.

잠시 후 그것은 네 얼굴을 전혀 다른 손길로 쓰다듬을 수도 있다.

—「새」 부분

정말 우리는 "무엇을 원하는지도 모른 채" 사랑을 나누지 않던가. 관계는 위기의 순간에 가장 선명해지면서 동시에 가장 뜨거운 순간에 불투명해지곤 한다. 긴 밤의 침묵 속으로 반짝이는 달빛을 받으며 사랑을 나눌 때, 그 비밀스러운 순간에도 마찬가지다. 하나로 포개졌지만 여전히 둘인 채로 남아 있는 두 사람. 그러나 정작 심보선이 가장 두려워하는 것은 사랑하는 두 사람 사이에 채울 수 없는 결핍과 차이가 있다는 사실이 아닌 것 같다. 어리둥절한 두 사람 사이에는 웃음소리도 함께 있다는 사실을 기억하자. 오히려 그는 이런 '차이'가 사라지는 순간 더 깊은 존재론적 고독을 느낀다. 작가의 고독과 집단, 엘리트와 대중을 사선으로 구분하지 않고 보잘것없는 생활인의 위치로 끊임없이 회귀한다는 점에서 그는 **김수영**의 계보에 맥을 대고 있다.

"새 시장"이 "계몽된 도시를 꿈"꿀수록 "시민들은 고독하고 또한 고독"해진다. "친구들과 죽은 자의 차이가 사라지"기 때문이다.(「도시적 고독에 관한 가설」) 단일한 '주체'의 계몽적인 태도가 부각될 때 그의 고독은 가장 심화된다. 반대로 완전한 하나로 결합할 수 있다는 환상이나, 하나로 통합시키려는 여러 가지 힘의 작용에서 벗어났을 때, 그의 시는 가장 에로틱한 자질로 충만해진다.

> 나의 문디여,
> 그러나 나는 알 수 없다
> 너는 지금 어디에 있는가
> 너의 이마는 자오선을 향해 솟아오르는가
> 너의 어깨는 대양을 향해 뻗어나가는가
> 너의 눈은 새벽 두 시인가
> 너의 입술은 새벽 세 시인가
> 네 몸의 촉촉한 부분과 뜨거운 부분 사이에서
> 하룻밤 새 수많은 도시들이 생멸하는가
> 너의 육신 전체는 가닿을 수 없는 멀고 먼 문명처럼 애달픈데
> 이 애처롭고 쓸모없는 이방인의 말에 귀 기울여줄
> 나의 문디여,
> 세계 중의 세계여,
> 내가 끝내 돌아갈 미래의 고향이여,
> 너는 지금 과연 어디에 있는가
>
> —「Mundi에게」 부분

문디는 누구인가. 우리는 문디의 이력과 정체를 정확하게 파악할 수

없다. 다만 지금 어디에 있는지 알지 못하는, 부재하는 연인인 문디는 세계를 향한 '나'의 감각을 일깨운다. 시적 주체가 얼마나 절실하게 문디를 포착하고 있는지, "촉촉한 부분과 뜨거운 부분 사이"를 지나는 손길에 몸을 맡겨보자. "너의 육신 전체는 가닿을 수 없"이 멀리 있지만 그래도 '너'는 언제든 '나'의 말에 귀를 기울여 줄 것이다. 심보선은 "매혹 이후"에 "한 사람의 눈빛은 눈앞에 없는 이에 의해 빛어진다"(「매혹」)는 사실을 잘 알고 있다. 그래서 그는 매혹의 짧은 사건보다 차이를 지닌 채 사랑을 지속하는 사태에 더 관심이 많다. 이런 식으로 그는 두 개의 심장을 결합하는 꿈을 꾸기보다 "한 가슴에 두 개의 심장을 잉태한다". "두 개의 별로 광활한 별자리를 짓는다".(「지금 여기」)

## 보로메오 매듭의 중심점을 채우는 에로스

세 명의 시인이 펼치는 시적 모험은 라캉의 보로메오 매듭처럼 서로 얽히며 '나'와 '연인' 그리고 '이웃'이라 이름 붙일 수밖에 없을 것 같은 어떤 공동체 사이의 윤곽을 그린다.

황병승의 시라는 무대에 오른 주인공들은 때로는 남성의 목소리로 때로는 여성의 목소리로 울고 웃고 춤추고 고함치고 떠들며 한바탕 난장판을 벌인다. 하위문화의 여러 코드가 등장한다거나 저속한 것들이 날것으로 노출된다는 사실은 황병승의 시를 주목하게 만드는 동시에 외면하게 하는 것 같다. 그러나 중요한 것은 그러한 요소가 노출된다는 사실 자체가 아니라 그가 연인 사이에 들끓는 에너지를 누구보다 정연한 언어와 에로틱한 구도로 배열하고 있으며 또 각각의 주인공들은 제 삼의 시선에 의해 조절되면서 미학적 균형을 확보한다는 사실이다. 그는 엿보는 '나'를 내세워 가학과 피학의 대상들에게 똑같은 자리를 마련하고 힘의 흐름에 집중한다. 그는 폭력으로 치닫는 세계, 그 거대한 들판의 한가운데에 트랙을 설치해놓고 끊임없이 그 주변을 맴돌면서 소외된 지점에 내몰린 지저분한 잡동사니들에게 에로틱한 자질을 불어넣기를 멈추지 않는다. 높은 곳에서 바라보는 자의 동정이나 연민과는 전혀 다른, 이 무한한 애정이야말로 대지에서 비롯된 에로스의 원천적 에너지와 꼭 닮았다.

황병승과 김행숙은 과거 서정시의 자아에서 물러서서 분열된 주체의 새로운 감각을 개발한다는 점이 닮았지만, 황병승이 '나'와 '너'에게 강렬한 에너지를 불어넣고 제 삼의 시선을 통해 그들의 범주를 넓히려고 시도한다면, 김행숙은 '나'와 '너'라는 관계의 바닥까지 내려가려는 시도를 통해 역설적으로 공동체 자체의 범주를 넓힌다. 연인인 동시에 타인인, '너'라는 모순적 존재에 대한 탐구는 에로틱한 자질에 힘입어 날카롭고 예리해진다. 한편 '나'와 '너' 사이에 자꾸만 생겨나는 틈은 심보선 시 속 '차이'의 자질과 닮았다. 김행숙이 틈을 낼 때 에로틱한 자질이 충만해지는 사태와 유사하게 심보선의 시도 둘 사이의 '차이'를 인식하고 거기에서 웃음이 드러날 때 가장 아름다워진다. 더불어 심보선이 '차이'를 감각하는 과정은 다시 황병승이 세계의 폭력을 우회적으로 드러내는 것과 유사한 효과를 발휘한다. 심보선의 시에서 '나'와 미지의 타인 사이를 옮겨 다니는 힘의 흐름은 부드러우면서도 대단히 미묘하지만 결핍된 두 연인은 여전히 함께 손을 맞잡고 세계의 중력에 몸을 맞기기를 주저하지 않는다. 심보선 시 속의 연인들은 여전히 어리둥절한 표정으로 광막한 외로움의 심해로 뛰어든다. 홀로는 결국 불가능하다는 사실, 언제나 누군가와 함께 걸어야 한다는 인과적 운명에 우리 모두가 처해 있다는 현실을 인식하는 것이야말로 심보선의 에로스가 지닌 위력이다.

이제 이들이 만드는 에로스의 자기력이 겹치는 지점을 어루만지면서 관계의 모험에 동참해보자. 비록 거기에서 금방 뚜렷한 것이 보이지 않을지라도, 또는 그곳이 그저 텅 비어 있는 것처럼 느껴질지도 모르지만, 우리가 연인을 애무하는 손길이 어떤 실용적인 목적을 지닌 것이 아니듯이 손끝으로 그들의 글자라는 낯선 살결을 어루만져보자. 새로운 무늬를 이루는 감각의 흔적들을 충분한 여백을 감안하면서 혀끝에 올려놓고 이리저리 굴려 보자. 정리하려고 할수록 점점 더 막막하게 꼬이는 우리 사이의 절박한 매듭을 위하여. 그 한없는 의문을 향하여.

# 친구이자 괴물인 이웃과 함께 사랑을 향하여

커다란 손바닥을 치운 것처럼
당신과 내 눈 사이에는 코발트 블루가 있다

가슴까지 벅차오르는
가슴까지만 차오르는
그곳에 오래 빠져죽고 싶은 색깔이 산다

투명한 컵에 담아 던지면 넘치거나 깨지기 쉬운 색

이런 색이 있어 행복하지?
아냐, 햇빛 밝은 날 죽이고 싶은 색이야

물방울은 하얗게 튀고 머리는 젖어서 한없이 긴 생각처럼

눈이 한 개씩 더 있는 날
서로 다른 바다를 바라보다가
그러나 우리는 충분히 어두워져서 집으로 돌아간다

가장 먼 길을 돌아서
물방울을 닦고 한쪽 눈이 없는 색처럼

—최호일, 「코발트 블루」 전문

니스의 코발트 빛 바다를 떠올린다. 남프랑스에 위치한 니스는 전형적인 휴양도시다. 바다에 직접 맞닿아 있는 이 도시의 한쪽 면은 전부 흑색종의 몽돌이 깔린 해변이며, 나머지 부분은 호텔과 같은 숙박시설이 가득하다. 바다와 호텔들 사이를 길게 뻗은 도로에는 늘 여행객들의 차로 붐빈다. 일자로 길게 뻗은 코발트 블루의 바다는 전 세계의 사람들을 끊임없이 이곳으로 불러 모은다. 셀 수도 없는 사람들이 낮이면 깊이를 가늠하기 힘든, 기묘한 빛깔의 바다에 이끌려 해변으로 밀려들었다가 해가 지면 도시의 선술집으로 썰물처럼 빠져나간다. 코발트 색 바다의 치명적인 매력에 눈이 먼 사람들은 종종 일상의 시간으로 되돌아가지 못하고 알 수 없는 공간의 깊이에 빠져버리곤 한다.

코발트 색으로 빛나는 바다를 길게 껴안고 있는 도시의 언덕에는 '마티스 미술관'이 자리하고 있다. 피카소가 시점을 고의적으로 흔들어 사물을 바라보는 다원적 초점을 확보함으로써 이전의 물상들을 해체적인 시점에서 입체화하려 노력하였다면, 마티스는 '야수파'라는 별명답게 평면위에 강렬하거나 신선하고 기묘한 색채를 구현하면서 색의 이미지들을 통해 도상의 입체를 극복해갔다고 볼 수 있다. 니스의 규정할 수 없는 기묘한 푸른빛에서 영감을 받았을까, 마티스가 구사하는 푸른빛은 단순하면서도 형언할 수 없는 강렬함을 내포한다.

최호일이 「코발트 블루」에서 그려내고자 한 것은 이와 같은 알 수 없을 정도의 '무한한 거리감'이라 할 수 있다. 이 시는 특정한 색채를 감각적이거나 상징적으로 표현하려는 의도를 지니고 있다고 볼 수 없다. 오히려 시 속의 '코발트 블루'는 규정할 수 없는 추상의 에너지에 가깝다.

커다란 손이 가로막고 있는 것과 같았던 '당신'과 '나'의 눈 사이에 이제는 '코발트 블루'가 있다. 이것은 손이나 벽처럼 완전히 시선을 가로막지는 않아서 투명하지만 또 그 사이에는 무한한 거리가 있다. 바다의 오묘한 빛깔이 사실 가시적 착란이라는 사실을 우리는 잘 알고 있다. 실제 바닷물은 그저 투명할 뿐. 그것은 아무런 색채를 띠지 않는다. 우리가 종종 거론하는 푸른 하늘도 마찬가지다. 우주를 향한 무한한 거리감 때문에 우리의 얕은 시각은 파란색이라는 하나의 가시적 착란을 일으키는 것이다. 물과 공기는 실제로 파란색이 아니지만 거리감이 무한대로 확장될 때 파란색을 획득하게 된다. 파랑은 무한히 '투명'해질 때 갑자기 생겨난다. 이 신비함에 관하여 과학자들은 더 이상의 설명을 덧붙이지 못한다.

'당신'과 좁힐 수 없는, 그러나 정체를 규명할 수도 없는 깊이와 거리를 확인하는 '나'는 가슴이 벅차고 빠져죽고 싶을 정도로 마음이 흔들린다. 투명하면서도 무한한 깊이를 지닌 이 거리를 '나'는 잘 조절할 수 없다. 컵에 담는다면 아마 "넘치거나 깨질 것 같다". '당신'은 치명적이면서도 매력적인 이 색채 때문에 "행복"할지 모르지만 '나'는 오히려 "죽이고 싶"다.

바다를 바라보면서 바다의 깊이처럼 한없이 생각이 길어진다. 사람의 얕은 시각은 한쪽 눈을 가리면 거리 감각을 잃어버린다고 한다. 사랑에 눈이 멀었던 '당신'과 '나'는 이제 각자의 시선을 회복한다. 마주보던 두 사람은 이제 "서로 다른 바다를 바라보다가" 더 시간이 흘러 "충분히 어두워"졌을 때 아마도 각자 집으로 돌아갈 것이다. "물방울을 닦고"라는 표현에서 바다의 물방울과 눈물이 겹쳐지는 것을 확인할 수 있다. 이별의 절박한 심정과 그 사이에서 느껴지는 막막한 거리감은 이처럼 한 방울 눈물에서 무한한 바다로 연결된다. 개인에게 이별이라는 사건은 대단히 고통스럽고 정체를 알 수 없는 것이지만 그것이 '이별'이라는 말로 보편화될 때는 그 모든 특성이 사라져버리게 마련이다. 시는 수사의 맥락을 통해 한 방울의 눈물을 코발트 색 바다로 이어놓는 것이라 할 수 있을 것이다.

> 날 사탄이라 욕하고 행패부렸던 택시를 다시 타고 말았다.
> 나도 점잖진 못했지만,
> 소규모 베드타운의 비극이다.
> 그자, '베드로맨'은 이제부터 잘 좀 지내보자고
> 아, 원수를 사랑하란 말도 있지 않습니까, 웃었다.
> 나는 정신을 잃느니 그냥 사탄 하겠다고,
> 사망의 음침한 골짜기를 촛불도 없이 헤매고 다니는
> 당신 교회의 '우리 장로님'이라는 이나 얼른 좀 사랑해주라고 말했다.

서로 사랑해야 하는 원수들이 함께 사는 곳이야말로 지옥이고
원수를 만들고서야 사랑을 싸지르는 지복의 착란 속에 사느니
차라리 선량한 백치가 되겠으며,
당신이 순교자가 될지 안될지 알 도리는 없지만
날 지옥에서 내려준다면, 백번 지각을 하더라도
깁스한 다리를 끌고 걸어서 '로마'까지 가겠노라고 말했다.

—이영광, 「꾸오바디스」 전문

시인의 감각은 '코발트 블루'라는 말이 지닌 상징적 소통 기능에서 다른 가능성을 발굴해낸다. 보잘것없는 시각 때문에 바다와 하늘에 대한 가시적 착란을 일으키는 보통의 사람들과 달리 시인은 언어의 맥락 속에서 다른 감각을 만들어낸다. 이런 시도가 극단에 이르면 말의 소통적 기능은 최소화되고 각각의 기표들은 자율적으로 바뀌기도 한다. 미세한 감각적 운동방식을 파고드는 어떤 시인들은 시를 거의 완전한 음악의 상태로 취급하기도 한다. 그러나 시의 수사가 유동하는 음악적 리듬을 지니는 것도 사실이지만, 또 그것을 완전히 도구적인 것으로 오해할 필요는 없다. 오늘날에는 과거 시들의 주체가 가르치고 타이르며 깨달음을 내세우던 태도에 질겁하는 사람들이 늘어났지만, 개별 시어들을 뒤트는 것보다 분명한 태도로 어떤 의도를 내세우려는 시들도 여전히 있다.

이영광은 분명한 태도를 내세우는 것이 열등한 것처럼 여겨지는 시대에 말을 놀이의 차원으로 몰아넣지 않고도 시가 힘을 지닐 수 있다는 사실을 잘 보여 주는 시인 중의 한 명이다. 그렇다고 해서 내가 그를 언

어의 수사적 측면에 전혀 주의를 기울이지 않는 시인이라고 규정하고 있다고 오해해서는 곤란하다. 인용한 시와 같은 시집에 수록된 「높새바람같이는」이나 「사랑의 미안」과 같은 시에서 그가 얼마나 감각적 직조력을 지니고 있는지 충분히 확인할 수 있다. 또 「아픈 천국」이나 「유령」과 같은 시에서 그는 수사를 현실 세계와 연결시키면서 개인의 통증을 유려하게 보편적 차원으로 확장시킨다. 그러나 그의 시가 다른 시와 명백히 구분되면서 새로운 미적 자질을 펼쳐나가는 지점은 오히려 인용한 시의 맥락에서 드러난다.

화자는 아마도 시내로 나가기 위해서 택시를 탄 모양이다. '베드타운'에 살고 있는 관계로 일전에 마주친 적이 있는 택시 기사 '베드로맨'과 다시 만났다. 그런데 그 택시 기사는 과거에 화자를 "사탄이라 욕하며 행패부"린 적이 있다. 이 시는 일차적으로 이와 같은 '비극'을 품고 있다.

그런데 전에는 거의 폭력에 가깝게 화자를 몰아붙이던 택시 기사가 갑자기 '원수를 사랑하라'는, 무한에 가까운 사랑을 상징하는 경전의 구절을 인용하며 화해를 청한다. 화자는 화해의 뉘앙스가 너무도 갑작스러울 뿐더러 기사가 보여 주는 극단적인 행동의 '변화' 또한 혼란스럽다. 대속이라는 무한한 사랑의 실현을 위해 자기희생이라는 초월적 방법을 몸소 실현했던 예수의 발언은 순식간에 속화되어서 의미가 변질되고 퇴색된다.

정신을 잃을 정도로 아찔한 상황 속에 놓인 화자의 "그냥 사탄 하겠다고"와 같은 발언까지만 보면 아직 다소 냉소적인 것처럼 느껴질 수도 있다. 여기까지만 보면, 배타적으로 매도하던 타자를 성찰의 과정도 없이 너무 쉽게, 다시 자기 마음대로 다른 존재로 바꾸어버리려는 택시 기사와는 달리 화자는 '원수를 사랑하라'는 불가능에 가까운 명령을 외면하면서 자율성을 확보하려는 것처럼 보인다. 이런 관점에서는 "촛불"도 없이 헤매는 '당신' 교회의 장로님도 "지복의 착란 속"에 살고 있는 상태에 머문다. 그러나 다음 부분에 이르면 이 시의 화자 또한 우월적인 위치에서 냉소적으로 택시 기사를 바라보고 있지 않다는 사실을 잘 알 수 있다.

'순교'는 가장 급진적인 형태의 자기부정이다. 순교자는 자살자와는 달리 자기 존재를 버리지만 가능하다면 그러지 않아도 되기를 바란다. 죽기 직전 예수의 고뇌는 이를 잘 설명해준다. 예수를 부정하던 베드로가 나중에 순교자가 되었듯이 택시 기사도 언젠가는 혹시 순교자가 될 가능성에 관해 화자는 함부로 판단하지 않는다. 그것은 종교적 초월에 맡길 일이기 때문이다. 그러나 시를 쓰는 일은 초월의 과정이 아니다. 절대적 정언명령을 자기 마음대로 해석하면서 무조건 복종하는 자세에서 벗어나 때로는 괴물이 되는 타인의 취약성과 한계를 인정하고 오히려 새로운 윤리적 관계를 만들어 나가려는 자세야말로 우리가 유지하고 존중해야 할 가치이며 시가 지닐 수 있는 능력 아닐까.

은근슬쩍 제시된 "나도 점잖진 못했지만"이라는 2행을 다시 떠올려보자. 두 사람의 대립과 화해가 묘하게 뒤엉킨 상황은 윤리의 영역이 무의식적인 폭력이라는 죄와 끝없이 투쟁하면서 더 선명해진다는 사실도 암시한다. 박해를 이기지 못하고 로마에서 도망을 가던 베드로가 도중에 부활한 예수를 만나 '어디로 가시느냐(쿠오바디스)'고 물었다는 이야기는 널리 알려져 있다. 이 시의 제목은 단순히 볼 때 혼돈스러운 시대 상황에 대한 절망의 영탄으로 여겨질 수 있다. 그러나 지금까지의 맥락을 검토해보면 오히려 화자가 '순교'라는 종교적 초월의 단계까지는 아니더라도, 함부로 '상호이해'의 맥락으로 건너뛰지 않으면서, 기어코 "깁스한 다리를" 끄는 '고통'을 마다하지 않고, 비록 도달하지 못할지는 모르지만 '로마'라는 절대적 사랑의 경지를 향해 가겠다는 태도를 보여 주고 있다는 사실을 알 수 있다.

시의 위력은 소통의 매끄러움과는 다르다. 보통의 언어와 달리 시는 언어에게 시적 형식의 옷을 입혀 일상적 소통으로는 불가능한 지점을 탐색한다. 그런 과정에서 불가피하게 언어 자체를 비틀고 달달 볶는 사태가 발생할 수도 있다. 그러나 언어들을 마구 뒤트는 것이 불가능한 소통을 가능하게 만든다는 생각은 말을 잘 듣지 않는 학생을 흠씬 때리면 교육적 효과가 발생한다는 생각만큼이나 순진하다.

시의 언어가 단순한 소통을 넘어 잠재적 힘을 지니게 하기 위해서 시인은 여러 방법들을 고민하고 구상한다. 이영광 시인은 언어의 표면에 과도한 변형을 가하지 않으면서도, 또 유행하는 담론이나 형식에 기대지 않으면서도 기어코 시의 정치적이고도 윤리적인 가능성이라는 지점을 향해 다리를 끌며 도달하려는 의지와 솜씨가 남다르다.

시는 종교와 다른 영역에서 힘을 발휘한다. 모든 사람이 단번에 화해할 수 있다는 헛된 신념에 기대는 것처럼 비합리적인 것들을 재현하는 것으로 모든 것을 합리적으로 바꿀 수 있다는 생각도 공허하다. 도저히 이해할 수 없고 갖가지 히스테리에 가득 찬 주변의 사람들을 분명한 이웃으로 인정하면서 그 수많은 어긋남 속에서 기어코 사랑과 고통, 천국과 지옥이 전개되는 양상을 "정신을 잃"지 않고 돌파하려는 시도야말로 파문 없는 내면의 고요한 경지로 침잠하는 시들을 뒤흔든다.

# '우리'의 가능성

'우리'라는 말에 관해 떠올려본다. '울(타리)'에서 뻗어 나왔을 것이라는 어원에서도 느낄 수 있듯이, 원래 이 말은 관계의 범주를 한정하려는 의도가 더 컸을 것 같다. 오늘의 시인들은 '나'와 '너'에서부터 시작해서 일인칭의 친밀함을 테두리로 삼기 위해 자주 쓰이던 이 말을 다양하게 활용한다.

어떤 시인들은 이 말을 거의 인칭을 잃어버린 것처럼 사용한다. 지칭하는 대상이 불분명해졌지만 그 말이 본래 가지고 있던 친밀함은 여전히 말 속에 남아 있어서 기묘한 분위기가 연출된다. 더 나아가 어떤 다른 시인들은 불특정의 대상들을 새롭게 묶는다. 기존의 인칭 개념에 귀속되어 있다고 할 수 없으면서도 그 말이 지칭하는 새로운 범주를 특칭해내는 이들의 전략은 고독한 단독자로서의 개인과 완전한 익명의 타자들이라는 양 극단을 아무렇지도 않게 부정하면서 그들만의 새로운 울타리를 만들어낸다.

여태천은 '우리'라는 말의 뉘앙스를 대단히 섬세하게 조절한다. 그의 시 속의 '우리'라는 말이 지니는 여러 겹의 가능성들을 주목하다 보면, 그가 모호한 익명의 자리로 발걸음을 옮기려는 것이 아니라 오히려 가장 구체적인 일상의 차원에서부터 끊임없이 새로운 자리로 재출발하는 노력을 멈추지 않고 있다는 사실을 잘 알 수 있다. 투명하고 단순하지만 각각의 간격이 넓은 징검다리처럼 어쩌면 대단히 모호하게 보일 수도 있는 그의 시어들이 자꾸 만지고 입 속에 굴려볼수록 이상한 체온을 지닌 것처럼 느껴지는 것도 이런 이유 때문이다.

「우리의 저녁」은 앞서 언급한 특성을 잘 보여 준다. 이 시는 기본적으로 설명할 수 없이 아름다운 '나비의 비행'과 '글쓰기'를 연결하고 있다. 나비의 비행곡선은 도저히 "옮길 수 없는 나비의 언어"가 만들어내는 글이다. '나'는 "손을 꼭 쥐고서 / 진지하게", 나비의 언어와 같은 문장들을 만들어내고 싶은 마음에 "매일 매일 적어내려 가"지만 자꾸 실패한다. "얼마나 오래 적어 내려가야 / 불편한 이 언어가 부활할까"라는 탄식에서 절망이 반복되는 것을 쉽게 확인할 수 있다. 이 시는 이처럼 형용할 수 없는 언어적 아름다움에 대한 절망과 그것에 이르지 못하는 자의 반복적 탄식에서 출발한다.

'나비의 비행—언어'라는 비교항은 '반복'이라는 속성을 매개로 '식단—가계부'라는 다른 항목과 겹쳐진다. 하루 해가 저물어가는 저녁이 되면 어김없이 저녁 식단을 꾸리는 일상의 장면처럼 '나'는 매일 매일 새로운 언어로 글의 식탁을 구성한다. 그러니까 '나'에게 글쓰기는 나비의 비행곡선처럼 형용할 수 없는 아름다움을 향하는 행위인 동시에 저녁 식단을 구성하는 일상적 행위이기도 한 것이다. 이런 의미는 모호한 듯 보이는 시 전체의 의미를 회중전등처럼 비추면서 완성하고 있는 4연을 통해 확장된다.

손가락이 길어져 너의 얇은 가슴에 닿을 때
문득 오늘의 식단이 궁금해지는 건

무슨 이유?

나비야 나비야
너는 어디를 날고 있니?

옮길 수 없는 나비의 언어
영구적으로 날아간다.
영구적으로

우리의 저녁은 한 마리의 나비가 매일 매일 적어내려 가는
가난한 가계부 같은 것

손을 꼭 쥐고서
진지하게 너의 이름을 한 번만이라도 불러 보아야 할텐데.
나비야 나비야
색깔이 달라질 때마다
마음이 생겼다 사라지는 건
무슨 이유?

아무래도 나는

오늘의 저녁을 책임질 수 없나 보다.
얼마나 오래 적어 내려가야
불편한 이 언어가 부활할까.

나는 오늘 불충분한 물을 마시고
죽지 못할 표정을 짓는다.
이것은 부화의 기적일까 아니면
경험의 실증일까.

내 입에서 어제 죽은
나비의 고약한 냄새가 나는 건
또 무슨 이유?

—여태천, 「우리의 저녁」 전문

김수영이 "나비야 우리 방으로 가자 / 어제의 詩를 쓰러 다시 가자"고 했던 것처럼 시 속의 '나'도 일차적으로는 '나비야 나비야'라고 '너'를 부른다. 그러나 4연에서 '우리'와 '나비'가 분리되면서 시의 의미는 더 확장된다. 여태천의 몇몇 시에서 '우리'가 거의 연인에 가까운 '당신'을 포함하고 있다는 점과 함께 일상의 저녁을 함께 하면서 가계부를 함께 써나간다는 점을 고려해보면, 이 때 '우리'의 범주에 어떤 친밀한 '당신'을 포함시키는 것은 어렵지 않을 것 같다. 그러나 저녁 식단을 꾸리고 가계를 작성하는 일은 누구나의 일상에 스며 있는 지극히 보편적 사건이다. 시인은 '나비'와 '우리'를 분리시킴으로써 '우리'의 범주를 점층적으로 확장시킨다. 일상성의 한가운데로 진입하면서 '우리'라는 말의 뉘앙스는 어떤 공동체를 연상시킨다. 이처럼 그가 만드는 '우리'는 배타적 구역을 확정짓거나 익명성을 제안하기보다 오히려 익명에 매몰된 구체적 '이웃'으로서의 '우리'를 발굴하려는 노력에 가깝다. 여기에서 그의 시가 풍기는 기묘한 '다정함'이 생겨난다.

시는 결코 "오늘의 저녁을 책임질 수 없"다. 그렇다고 해서 과연 비루한 식단의 목록을 나열하고, 가난한 저녁 식단의 세목을 안타깝게 늘어놓는 것으로 인간의 삶을 한 치라도 개선하거나, 더 나은 영역으로 치켜 올릴 수 있는가. 옮길 수 없는 나비의 날갯짓같이 아름다운 운동곡선이 우리의 일상과 포개질 수 있는 가능성에 관해, 그 어려움과 "불편"함에 관해 시인은 '손을 꼭 쥐고', '진지하게' 토로한다. 저녁 하늘의 "색깔이 달라질 때마다" 자꾸 "마음이 생겼다 사라지"지만, 그래서 늘 "불충분한 물을 마시"고 "죽지 못할 표정"에 머물지만, 매일 저녁이 우리에게 특별할 것 없으면서도 꼭 필요한 행위이듯이, 그렇게 동일한 자세를 반복한다. 그 반복이 "부화의 기적"이 될지 "경험의 실증"에 머물지는 시인 자신도 아직 판단하지 못하고 있는 것 같다. 그러나 비록 "내 입에서 어제 죽은 / 나비의 고약한 냄새가" 진동하더라도 아마 시인은 이 행위를 멈추지 않을 것 같다. 온갖 기교가 난무하는 화려한 파티와는 달리 저녁 식탁에서 매일 만나는 음식처럼, 아주 단순하고도 투명한 어휘들로 구성된 그의 시편들은 이런 이유로 늘 나를 감싸주고 또 새로운 시를 기다리게 만든다.

# 비밀의 정치적 잠재력

비밀은 정치적이다. 이 말이 너무 난데없다면 '정치는 원래 비밀스럽다'는 말에서부터 출발해보자. 정치의 개념을 권력을 획득하고 유지하며 행사하는 모든 활동으로 넓게 바라본다면 정치에 있어서 비밀은 필수조건이다. 특히 권력의 단위가 커질수록 정치에서 비밀이 차지하는 역할도 더 커진다. 단순히 사법기관의 판단에 의해 결정될 수 없는 수많은 이해관계들이 정치의 영역에서는 주로 '정치적 합의consensus'에 의해 좌우되기 때문이다. 이해관계가 첨예하게 대립하다 보면 겉으로 노출된 정상적 과정을 통해 합의에 이를 수 없는 사태가 종종 발생하기 마련이다. 이때 비밀이 중요한 역할을 한다. 비밀은 마치 정치의 내연녀처럼 그것의 사각지대, 그 보이지 않는 부분을 항상 따라다닌다. 정치와 비밀, 그 두 가지가 뗄 수 없는 관계에 있다는 것은 알겠지만 그렇다고 비밀이 정치적이라는 말이 증명된 것은 아니다. 우리는 이민하의 시를 통해 마지막 의문을 해결할 것이다.

나는 옆집 아이의 태생의 비밀을 알고 있다

그 애 아빠의 정치적인 비밀을 알고 있다
왜 그들은 내게 입막음을 안 하나

하루아침에 미용실 여자가 미인이 된 까닭을,
편의점 남자가 시인이 된 까닭을, 그들이 손잡고 구청에 간 까닭을,
석 달 후 남자 혼자 구청에 간 까닭을 나는 알고 있는데

여자의 머리색이 남자의 정치색과 어울려
신발 속에 감춰진 짝짝이 양말처럼 아무도 모르게 호들갑을 피우는 오후

선박처럼 무거운 귀를 잠시 멈추고 잠이 오는 의자에 앉아
문맹인 나는 머리색을 바꾸고
색맹인 애인은 이별의 편지를 바꾸고

내 귀를 타고 밀입국한 사람들은
어떻게 빠져나온 것일까 반대편 귀를 향하여
얼굴을 뒤집고

지하철 남자의 의족이 지상의 물결 위로 떠오를 때
인어공주가 되는 이야기
아름다운 두 다리의 침묵에 대하여

진위 논란으로 시끄러운 세상에 대하여

칼의 입맞춤 대신 물거품이 되어 바다에 녹아 버린
성전환자의 슬픈 동화 속에서
목소리를 가로챈 마녀의 기술처럼

목사의 안수기도에 섞이는 어떤 성분들
이를테면, 앞 못 보는 어둠의 눈을 번쩍 후려치는
어떤 선언들

늙은 소녀들은 아직 사랑이 넘치고
구걸하는 남자들은 눈물이 넘쳐서
기울지도 침몰하지도 않는
어떤 세계에서

흩어진 나의 비밀들은 어느 귀를 타고 흘러가는가
내가 같은 남자와 백 번째 헤어진 날에 대해

당신은 지금 내 비밀 하나를 보관 중이다
혀처럼 얇게 저며진 물결 하나가 귓속으로 들어갔다
의도하지 않아도

언젠가 귀를 기울이는 쪽에서
당신도 모르게 식은땀이 흐를 것이다

—이민하, 「세상의 모든 비밀」 전문

비밀을 다루는데 이민하는 누구보다도 능숙하다. 이전의 많은 시에서 그는 우리 모두의 관계들 속에서 비밀이 움직이는 자취에 관해 날카로우면서도 은밀하게 속삭여왔다. 최근 이민하의 시적 언어는 더 부드럽고 우아해졌지만 나태한 일상 속에 내재한 비밀의 잠재적 속성을 바라보는 시선은 훨씬 더 섬뜩해졌다. 어떻게? '나'는 옆집 아이의 비밀과 그 아빠의 비밀을 알고 있지만 그들은 굳이 내게 입막음을 하지 않는다. '나'는 그 외 다른 이들의 사소한 비밀들도 알고 있지만 아무도 상관하지 않는다. 왜? 내가 "문맹"이기 때문에. 의족을 지닌 지하철의 남자처럼 불구와 같은 '나'는 비밀을 옮길 수 있는 파급력을 지니지 못하고 있기 때문에. 세상에는 '나'와 비슷한 사람들이 넘쳐난다. '사랑이 넘치는 늙은 소녀'나 '눈물이 넘치는 구걸하는 남자들'도 마찬가지다. 이들의 사랑과 눈물은 아름답지만 그들의 입은 언제나 침묵한다. 모든 사소한 존재들에게 비밀은 더 이상 위력을 발휘하지 못한다.

그런데 이 시에는 무서울 정도로 날카로운 잠재력이 내재되어 있다. 무엇이 "마녀"처럼 이들의 "목소리를 가로"채는가. 바로 "목사의 안수기도에 섞이는 어떤 성분들 / 이를테면, 앞 못 보는 어둠의 눈을 번쩍 후려치는 / 어떤 선언들". 섬뜩하게 우리의 의식을 후려치는 이미지들은 시의 마지막 부분에서 "당신은 지금 내 비밀 하나를 보관 중이다 / (…중략…) // 언젠가 귀를 기울이는 쪽에서 / 당신도 모르게 식은땀이 흐를 것이다"라는 도발적인 문장으로 연결된다. 한나 아렌트는 합의의 개념을 부정하면서 의견이 다른 여러 개인이 복수의 공동체를 이루며 정치적 권력이 생성된다고 말한 바 있다. 이민하의 시는 마치 아렌트의 '탁자'처럼 우리를 부지불식간에 침묵하게 만드는 것들을 드러내고 더

불어 개인의 사소한 비밀들이 자라서 "당신도 모르게 식은땀"을 흐르게 만드는 위력을 지닐 수 있다는 사실을 보여 준다.[11] 오늘날 사소한 비밀은 이런 식으로 정치적이 된다. SNS의 확산은 이런 현상을 더 가속화한다. 비록 추문도 함께 난립하겠지만, 이제 세상의 모든 비밀, 익명의 개인들의 사랑과 눈물이 담긴 사적 영역private sphere은 더 힘을 얻을 것이다. 그리고 아마도 이민하는 그것을 더 선명하면서도 아름답게 우리들에게 보여 줄 것이다.

11 한나 아렌트와 관련된 내용은 주로 다음 책을 참조하였음을 밝혀둔다. 사이먼 스위프트, 이부순 역, 『스토리텔링 한나 아렌트』, 앨피, 2010.

# 성숙의 감각, 그 부드러운 풀림

## 모호한 풀림, 또는 영혼

밤은 왜 그토록 부드러운가. 망막에 사물들을 새기는 빛이 저물고 어둠이 들어차기 시작하면 주위는 한결 부드러워진다. 뾰족했던 연필이 닳아 종이 위로 미끄러지며 사각거리는 소리가 분명해질수록 피부에 닿는 종이의 감촉도 더 상냥하게 느껴진다. 연필이 스치는 리듬을 따라 생각이 천천히 보폭을 찾기 시작한다. 털실처럼 얽힌 생각의 뭉치가 고요함 속에서 차차 비례와 순서를 만든다. 불안에 억눌려 갈팡질팡하던 마음도 점차 일정한 속도와 간격을 획득한다. 이러한 과정 속에서 마침내 높은 파도에 휩쓸리던 사유의 편린들이 조금씩 윤곽을 드러낸다.

살갗과 종이가 만나는 소박한 감각에서 촉발된 부드러움이 연필의 지속적인 동작으로 바뀌는 과정을 지켜보자. 더불어 이토록 분명한 물리적 움직임을 둘러싸고 어떻게 마음이 부풀었다가 잦아드는지도 함께 살피자. 긴장으로 가득한 마음의 상태가 수축했다가 점점 이완한다. 이러한 풀림의 진행 속에서 미묘한 차이가 떠오른다. 익숙한 감정과 평범한 사물들은 이름표를 떨어뜨리고 낯선 사유를 따라 흐르기 시작한다. 이때 부드러움은 하나의 감각을 넘어 운동방식이 되고 나아가 한없이 펼쳐지는 사유의 동력이 된다.

조가비 같아 불이 꺼진 상점들은
어둠을 달팽이의 집처럼 이고 손을 흔드는 엄마
조랑말들은 회전 속에 표정을 묻는다
나는 말의 목을 껴안고
플라스틱 목덜미가 휘어진다
빈 방에서 고백을 시작하는 말더듬이처럼
가만히 흔들리는 커튼들
사물 위로 영혼을 벗어 놓는 사람들
폐장한 놀이공원에서
밤새 그림자를 박음질한다
실패에 감긴 실은 모두 풀려 나갔는데
영혼은 공기보다 모호하다

—심지아, 「회전목마를 타고」 부분

어떤 시인들은 화자의 어투에 부드러움을 담는다. 독특한 시적 어조 속에서 부드러움은 다정한 감정을 생성한다. 부드러움이 형성한 분위기는 친숙하고 따뜻하게 여기저기를 맴돌면서 주변의 대상을 끌어당긴다. 반면 심지아의 시에서 부드러움은 어둠에 잠긴 밤의 고요 속에서 피어난다. 상점에 불이 꺼지고 사람과 사물들이 동작을 멈추는, 침묵의 정적 그 중심에서부터 회전하면서 바깥으로 멀리 퍼진다. 밤에 폐장한 놀이공원에서 회전목마의 목을 껴안고 있는 장면은 작동을 멈추고 닫힌 세계의 내부에서 마침내 바깥으로 풀려 나가기 시작하는 부드러움의 자취를 잘 보여 준다.

*위치*

폐장한 동물원이다

*경계*

가장 부드러운 영역은 너무 똑똑한 고래를 낳고
슥 묻었다

*관계*

이름들이 녹는다 큰물새장은 통과되는 새들만 사는데 하마 우리로 들어간 고양이가 하마가 되어 주었다가 이동하자마자 타조가 된다 올빼미로 읽히는 새끼 고양이 다섯, 수족관 공기의 학명은 펭귄, 옆 유리창은 흐려진 악어, 사슴 색의 먼지는 사슴의 종류,

나는 불곰과 밤

—안미린, 「세계와 사이」 부분

안미린의 "폐장한 동물원"에서도 "폐장한 놀이공원"과 유사한 감각의 변화를 감지할 수 있다. 마찬가지로 작동이 멈춘 세계, 그 고요한 밤의 중심에서 부드러움의 자질이 생긴다. 모호하고 쉽게 정체를 알 수 없는 것들이 부드럽게 번지면서 모든 경계와 관계들이 불투명하게 바뀐다. 딱딱하게 굳어진 이름들은 녹슬면서 연성軟性을 지니게 되고, 그런 변화가 깊어질수록 대상과 성질은 더욱 유연해진다. 밤의 고요함 속에 우두커니 잠긴 대상들은 차이를 잃어버리며 함께 섞이고 스미다가 마침내 부드럽게 변화하는 양상 그 자체가 된다. '관계'에서 처음에는 고양이가 하마가 되었다가 이동하는 속성을 통해 타조가 되지만, 이후에는 공기와 펭귄이 함께 놓이고 나중에는 사슴과 색과 먼지처럼 대상과 재질과 속성이 한데 어우러진다. 부드러움의 감각은 특정한 속성으로 대상과 사물을 가르는 경계를 녹이고 낯선 관계의 결합을 시도한다. 이토록 부드럽게 스미는 연접의 진행 양상을 파악하지 못하면 "나는 불곰과 밤"이라는 말은 전혀 엉뚱하게 들릴 수밖에 없다.

## 생물의 심장

불 꺼진 상점의 어둡고 고요한 중심에서 기이하게 부드러운 감각이 번진다. 사소한 감각에서 시작한 부드러움은 조금씩 자라면서 흐름의 동력을 이룬다. 문 닫힌 세계의 완강함은 이런 작용 속에서 차츰 힘을 잃는다. 경직된 관계들이 천천히 와해되면서 미결정의 분화가 시작된다. 경계는 얇아지고 딱딱한 마음은 녹는다.

안미린의 시어들은 공기의 입자처럼 투명하게 철제의 단단한 재료들을 산화酸化시킨다. 시인은 "어린 동상銅像들의 닳아버린 뺨"에서 "녹슨 것"을 포착한다.[12] 그는 "녹스는 손톱들을 조심"[13]하면서 단단한 것이 갑자기 깨지지 않도록 주의를 기울인다. 조금씩 다른 대상들은 천천히 서로 섞이면서 반응하기 시작한다. 미세한 차이들은 부드러운 결을 지니게 되고 그것이 반복되면서 "너와 나의 내밀한 비례"[14]가 드러난다. 이때 부드러움은 감각을 넘어 하나의 작용이 된다.

"우산의 안"에 "서 있는 새"나 "흐린 기린"의 "다른 다리"를 지켜보면 대상과 언어가 서로 기대면서 닮아가는 과정을 함께 느낄 수 있다.[15] 각기 서로 다른 네 개 시편의 제목을 이런 식으로 함께 놓아도 근사한 리듬이 형성된다. 발화의 유사성을 딛고 함께 놓인 대상들은 마찰과 간섭을 넘어 기묘한 마술적 부드러움을 자아낸다. 부드러움은 이처럼 단단한 마음과 깨지기 쉽고 여린 마음 사이를 지나며 전혀 다른 관계의 접점을 만드는 자질이 된다.

어린 로봇아 이리 와

12 「초대장 박쥐」, 『현대문학』, 2013.1.
13 「우산의 안」, 『세계의문학』, 2012.봄.
14 「뼈미로」, 『문예중앙』, 2012.겨울.
15 「서 있는 새」와 「흐린 기린」은 「우산의 안」과 동일한 지면에 실려 있다. 「다른 다리」, 『현대시』, 2012.11.

너를 이해해 줄게
오후엔 성별을 물어봐 줄게
비스듬한 거울 속에선 여자애였어
앨리스의 앞치마를 물고 있었어
노인들이 목말라 다가왔지만
네 손은 단순한 호주머니에, 너의 심장에

(…중략…)

이름을 붙이지 않은 아기에겐
부드러운 발음의 가능성

—안미린, 「무생물」 부분

첨단 공학은 생물학적으로 영감을 받는 감각운동의 기계를 만들기 위한 시도를 멈추지 않는다. 지각하는 기계에 관한 소망은 거꾸로 몸을 일단의 물리적인 반응에 따라 행동하는 기계라는 생각에 이르게 만든다. 이런 관점은 우리에게 몸을 객관적으로 바라볼 수 있는 시각을 열어 준 것도 사실이다. 나 자신의 몸을 마치 외부에서 보는 것처럼 바라볼 수 있는 시선을 통해 '신성한 나'라는 존재의 아우라는 벗겨진다.

한편, 이와 반대편에서 객체인 몸, 경험되는 사물로서의 몸에 관한 인식은 구체적인 행위자로서의 몸과 행위 그 자체인 몸짓 언어에 관한 사유가 더 분명하게 뻗는 계기가 된다. 우리는 과학과 자본의 톱니바퀴 속에서 체계를 따라 배열되는 감각들 사이에서 끊임없이 부드럽게 유동하는 감각의 운동방식을 발견한다. 미결정인 상태로 세계와 접촉하는 몸의 감각을 발견하는 것은 제한된 몸의 한계를 벗어나는 수많은 가능성들을 잉태한다.[16] 「무생물」은 이런 사태의 한가운데에 놓인 우리의 처지를 잘 보여 준다.

이 시는 노인 앞에서 호주머니에 손을 넣고 있는 아이의 무심함을 배후에 두고 있다. 성별과 연령 같은 관계 규정의 지표들은 이곳에서 무력하다. 이 어린 로봇은 여자아이가 흔히 지닐 수 있는 상냥함과 거리가 멀다. "여자애"의 흔적은 "비스듬한 거울 속"에서 희미하게 비칠 뿐. 시인은 아기에게 억지로 이름을 붙이지 않고 오히려 "부드러운 발음의 가능성"으로 남겨둔다. 이 아기는 무럭무럭 자라서 언젠가 낯선 감각으로 충만한 "여자애"가 될 것이다.

안미린의 시어는 불확정성을 가득 품고 온갖 가능성의 접점들 사이를 부드럽게 흐른다. 그는 '너'의 이름을 불러주려는 시도 대신에 '너'의 심장이 닫힌 세계와 접촉하며 스스로 뛸 수 있도록 어루만진다. 자신도 모르는 사이에 우연한 이름으로 불리게 되어 어리둥절한 "여자애"들은 "부드럽게 만져봤을 때 / 누구든 가라앉게 해주었을 때"[17] 비로소 몸 속 깊은 곳에서 비밀스럽게 뛰고 있는 박동을 느낄 수 있게 될 것이다. 무생물처럼 굳어진 몸과 마음이 함께 움직이기 시작할 것이다.

---

16 로봇공학의 배경 속에서 몸에 관한 인식이 변화하는 양상은 다음 책을 참조하였다. 숀 갤러거 · 단 자하비, 박인성 역, 「로봇의 몸과 생물학적 몸」, 『현상학적 마음』, 도서출판b, 2013.3.

17 「종이 비행」, 『시와반시』, 2013.봄.

## 열린계系로서의 이웃

깨진 계단에서 멈췄다

깨진 건 차갑지 않은 적 없어
계단은 청회색 기계로 굳혀놓은 것
깨진 계단은 청회색 점선의 이전(以前)

두루마리 휴지를 굴려 길을 만들어야지
가능한 한 펼쳐지는 칸칸의 골목,
점선을 건널 때마다 층이 접힌다
여름에 여름의 밑이 생긴다
오늘은 오늘의 결이 생겼다
청회색 기계로 가볍게 얼린 것들도
점자를 아무렇게나 번역한 걸음걸이도
모래 위에서 다가가는 발자국
다가오는 발자국
망설이며 다가서는 리듬과
멀지만 아늑한 벌집, 비슷하게 기웃하는 이웃
벌들의 질긴 말풍선들도

더없이 흔들리는 소식과 함께
네가 고장 난 냉장고를 밀고 와

흰 것이야, 속삭였을 때
벌들이 알몸의 그림자를 쏘아댔을 때
휴지를 돌돌 말아 길을 거두면
손바닥에 배어드는 부드럽고 씩씩한 속도

깨진 계단에서 굴렀다
깨진 건 구르지 않은 적 없고
씻어낸 공간처럼 흔들린 잠깐,
이후(以後)는 사이다에 녹여 본 안개라는 것

—안미린, 「점선들」 전문

누군가 깨진 계단 앞에 멈춰 있다. 때때로 관계는 수없이 늘어선 계단을 거치는 것처럼 막막하게 느껴진다. 도대체 우리는 서로에게 다가가기 위해 얼마나 복잡한 단계를 거쳐야 하는 걸까. 또 그 과정은 때로 얼마나 차갑고 딱딱한가. 마치 "기계로 굳혀놓은 것"처럼. 이처럼 시의 전면에 드러난 것은 오직 깨진 '계단' 뿐이지만, 그것은 우리가 '계'를 따라 오르내릴 수 있는 계기가 된다. 앞서 "다른 다리"를 기억한다면, 더불어 이 시에 "비슷하게 기웃하는 이웃"과 같은 부분을 눈여겨봤다면, '계'단이라는 단'계'를 타고 차가운 기'계'처럼 바뀐 관'계' 사이로 미끄러지는 것이 더 수월할 것이다.

깨진 계단 위로 두루마리 휴지를 굴리는 장면은 그래서 꼭 상처에 붕대를 감는 것처럼 느껴진다. 딱딱한 계단의 깨진 상처 위로 휴지가 덮이는 장면을 상상해보자. 심지아의 「딱딱함과 부드러움」에는 "아이들은 더 부드러운 붕대에 감기고 싶어 해요. 아픈 아이 둘레로 앓고 싶은 아이들이 돌돌 말린 붕대 위에 편지를 씁니다"[18]라는 구절이 나온다. 흰색의 색감을 공통적으로 지닌 채, 붕대와 휴지는 풀리고 감긴다. 그 운동감각 속에서 부드러움의 자질들이 근사하게 어우러진다.

새로운 단계로 나아가면서 생긴 상처는 휴지가 덮이면서 부드러워진다. 계단이 만드는 완강한 실선은 일정한 간격으로 놓인 휴지의 점선으로 바뀐다. 점선이 접히면서 생긴 층系은 단계와 단계 사이에 유연함을 불어 넣는다. 이와 같은 층을 바탕으로 우리의 관계는 더 다채로우면서도 입체적으로 바뀌지 않던가. 풍성해진 층, 그 완충의 지역을 디디며 우리는 다시 서로에게 다가갈 수 있는 용기를 얻게 된다.

다시 깨지지 않도록 "망설이며", 조심스럽게 "다가서는 리듬"과 "기웃"하는 자세 속에서 "이웃"의 가능성은 새로운 계기를 마련한다. 비록 지금 서로에게 다가가는 발자국은 모래 위의 자취처럼 또 언제 흩어질지 알 수 없다. 그래서 '너'의 속삭임은 "이후以後", 언젠가는 "사이다에 녹여 본 안개"처럼 사라질지도 모른다. 우리의 생은 금방 끊어지고 녹아 사라질 휴지를 펼쳤다가 다시 "돌돌 말아" 거두는 과정의 무수한 반복과도 같다. 그러나 시 속에 감춰진 '나'는 아랑곳하지 않고 "부드럽고 씩씩한 속도"로 휴지를 감는다. 그리고 다시 안개와 같은 그 다음의 세계로 구르기를 주저하지 않는다.

수많은 틈을 지닌 점선들이 만드는 자취야말로 미궁에 빠진 관계를 연결하는 힘인 동시에 증거가 된다. 휴지가 만드는 부드러운 감각은 이

---

18 『세계의문학』, 2010.봄.

처럼 경계에 틈을 내며 일정한 리듬과 간격을 형성한다. 그 틈을 따라 우리의 닿을 수 없는 관계는 계속 굴러 가면서 새로운 가능성의 지평을 형성한다.

이토록 우아하게 펼쳐지는 점선의 자취를 따르는 것만으로도 이 시의 선율을 충분히 향유했다고 할 수 있다. 그렇지만 그 선율의 "밑"과 "결"에는 또 다른 배음들이 함께 하모니를 이루고 있다. 청회색 기계의 서늘함과 뜨거운 여름의 이미지가 함께 배치되고 있다는 사실을 떠올려 보자. 꿀벌들은 벌집을 적정 온도로 유지하기 위해 그들의 날개를 퍼덕이면서 물을 뿌리고 살균작용을 하는 꽃가루를 퍼트린다고 한다. 벨기에의 Artesis대학의 연구팀은 최근 꿀벌과 벌집의 원리를 이용하여 증발 냉각기를 만들고 그것을 음식 부패를 줄이는 냉장고로 활용하는 기술을 개발했다고 발표했다. 시의 처음 부분에서 두드러졌던 기계적인 차가움은 벌의 날갯짓과도 같은 "속삭임"과 함께 놓이며 적절한 온도를 확보한다. '너'와 '나' 사이의 뜨거운 열정은 이미 식었지만, 마치 심장을 단 로봇처럼 딱딱하게 굳어진 감정은 이제 새로운 조절 방식을 체득하게 된다. 이 시인이 감정을 다루는 방식은 확실히 "갓난애 눈물을 굳혀 만든 양초"[19]와 같이 기묘한 속성을 지닌다. 투명한 액체와 딱딱한 고체의 불투명한 감각 사이를 유동하는 시인의 독특한 자질을 '반투명의 감각'으로 부르면 어떨까.

19 「반투명」, 『세계의문학』, 2012.봄.

## 세계의 끝으로 퍼지는 피리소리

시를 다 읽고 난 후에도 여전히 벌들의 날갯짓 소리가 맴돈다. 윙윙거리는 소리를 따라 춤추는 벌의 무리들이 그리는 비행곡선의 자취들이 떠오른다. 위르겐 타우츠는 꿀벌이 사람과는 전혀 다르게 꽃을 지각한다고 설명한다. 붉은 양귀비꽃으로 뒤덮인 들판은 꿀벌에게는 검은 색으로 얼룩져 보일 수 있다는 것이다. 그는 꿀벌은 붉은 색에 민감하지 않은 대신 인간이 감각할 수 없는, 꽃잎이 반사하는 자외선의 다른 파장의 무늬를 받아들인다고 주장한다.[20] 또 린다우어는 벌의 춤과 그들의 날갯짓 소리가 하나의 암호처럼 그들 사이의 의사전달과 정보교환의 수단이 된다는 사실을 밝힌 적 있다. 그는 실제로 꿀벌의 8자 춤의 각도는 벌집 밖에서의 비행과정을 축소해 보여 주는 것이며, 벌통이 어두워도 날개 소리의 지속 시간을 통해 비행 거리를 알 수 있다고 주장한다. 벌들은 이처럼 춤벌의 움직임과 소리를 매개로 집단적인 의사결정을 내린다는 것이다.[21]

심지아와 안미린의 시어들은 밤의 어둠 속에서 벌들의 비행이 만드는 날갯짓 소리처럼 퍼진다. 이름을 붙일 수 없는 소리가 모여서 만드는 비행곡선의 부드러운 감각은 딱딱하게 굳어져서 깨지기 쉬운, 불안에 휩싸인 우리의 마음을 맴돌며 감각의 결을 고르고 미분화한다. 이름을 붙이지 않은 아이에게 남은 "부드러운 발음의 가능성"은 이처럼 "손

---

20 위르겐 타우츠, 유영미 역, 『경이로운 꿀벌의 세계—초개체 생태학』, 이치사이언스, 2009.

21 토머스 D. 실리, 하임수 역, 『꿀벌의 민주주의』, 에코리브르, 2012.

이 이루는 / 부드러움의 세계"를 생성한다. 이 부드러움의 감각을 타고 우리는 빨갛게 익어 가는 토마토의 배후에서 무럭무럭 자라는 파란 토마토들의 맛을 느낄 수 있다. "비슷하게 기웃하는 이웃"들의 상태와 자세와 태도로 한발 더 나아갈 수 있다.

따라서 부드러운 성숙의 감각을 단순한 순응의 자세로 오해해서는 곤란하다. 그동안 여러 시인들은 감각의 날을 벼르며 미학의 전위에서 '나'와 '타인' 사이의 단호한 경계와 격렬하게 충돌했다. 그러나 뚜렷한 경계가 사라지고 나서 대립은 더 심화하고 갈등은 증폭된다. 다채롭게 분화한 낯선 감각이 갈등을 소화하기보다 오히려 분쟁을 촉발하는 계기가 되는 경우도 있다. 이런 현실 속에서 오히려 커다란 담론에 관한 그리움이 다시 고개를 들기 시작한다.

우리는 격렬한 이념 대신 온갖 혼종의 문화적 뉘앙스에 파묻혀 유행처럼 굳은 담론의 꼬리를 쫓기보다 구체적인 일상의 리듬을 미적으로 개척하는 성숙의 감각을 발굴하려는 노력에 더 귀를 기울여야 한다. 지금, 이렇게 담론의 외곽에서 우리의 감각은 무르익고 있다.

-

> 염소 무리 속에 앉아 깊은 해류처럼 구름이 흐르는 것을 본다. 하늘의 물결을 읽는 새들 더러는 비늘을 떨어트린다. 손끝으로 비늘을 어루만지면 번개의 고동이 심장에 새겨진다. 아주 넓은 여백처럼, 여백에서 불어오는 북소리처럼 우리의 몸을 벗어나 펼쳐진다. 세계는 유배지처럼 고독하고 무성하다.
>
> 한 마리의 새끼가 태어나고 오래된 어둠과 빛이 새끼의 작은 그림자 속에서 태어난다. 새끼의 숨결은 우리가 동굴 속에 두고 온 늙어 가는 연인의 목

소리처럼 부드럽고 습하다. 우리의 귀는 들리지 않는 소리를 더듬는 귀머거리처럼 고요하고 절박하다.

초식동물의 어금니 사이로 해가 뜨고 해가 진다. 눈꺼풀을 깜빡인다. 기억들은 나비의 날개처럼 공기를 흔들고, 공기는 우리의 살갗으로 스며든다. 오랫동안 말이 빈 목구멍으로 뜨거운 공기가 흘러나간다. 우리는 우리가 부르는 노래를 알지 못하지만, 우리의 피리 소리는 아름답고 염소들은 잠든다. 피리 소리는 지평선과 수평선을 넘어가는 새처럼 깊은 잠 속에서도 눈을 뜨는 사람의 적막함으로 흘러 들어간다. 우리는 조금씩 사람의 울음 소리에서 멀어지고 차가운 정수리에서 속이 빈 뿔이 돋는다.

—심지아, 「목동」 부분

목동의 피리소리를 듣는다. 이 피리소리는 동화 속 피리 부는 사나이의 피리소리처럼 염소를 한쪽으로 몰아넣지 않는다. 또 푸른 초장이나 잔잔한 물가로 인도하지도 않는다. 목동은 염소를 이끄는 것이 아니라 그저 염소의 무리 속에 섞여 있을 뿐. 피리소리의 리듬 때문에 무성한 유배지로 향하는 것만 같은 우리의 고독한 여정은 더 선연해진다. 민감해진 우리의 감각은 손끝에서 심장으로 깊어지고 마침내 몸을 벗어나 먼 곳까지 펼쳐진다. 이처럼 감각이 멀리 펼쳐지는 경험을 통해 우리는 사유와 인식의 지평에 "넓은 여백"을 지닐 수 있게 된다.

케네스 레이너드는 한나 아렌트의 전체주의에 관한 분석을 예로 들면서 이웃 관계를 파괴하는 것은 주체가 타자와 적절한 관계를 유지하는, 숨 쉴 공간이 제거되기 때문이라고 설명한다.[22] 같은 이념으로 들끓던 동지가 적으로 바뀔 때, 열렬한 연인이 갑자기 낯선 타인으로 돌변할 때 우리의 심장은 으깨지고 관계는 산산조각이 난다. 이들의 시는 '네 이웃을 내 몸과 같이 사랑하라'고 강요하는 대신에 우선 상처 난 우리의 심장을 어루만진다. 더불어 피리소리의 리듬은 비늘이 떨어진 살갗으로 스며들어 우리를 잠들게 하고 다시 그 깊은 잠 속에서 눈을 뜨게 만든다. 아마 피리소리는 다른 새끼들이 태어나도 그치지 않을 것이다. 우리가 귀머거리와 같은 절박함으로 들리지 않는 소리를 계속 더듬는 한. "조금씩 사람의 울음 소리에서 멀어지"는 우리와 함께 계속 흐르기를 멈추지 않을 것이다.

22 케네스 레이너드 · 에릭 L. 샌트너 · 슬라보예 지젝, 정혁현 역, 『이웃』, 도서출판b, 2010.

06

# 언어의 다양한 자질

오늘의 권력은 교묘한 규율을 통해 사람이 스스로 자신을 감시하도록 은밀하게 강제한다. 이런 구조 속에서 마음의 상처를 입은 사람들은 '치유'라는 말을 따른다. 그렇지만 멘토에 의해 치유받기를 기다리며 동정의 위로에 머무는 것으로는 마음 속 깊은 고통을 직면하기란 거의 불가능하다. 시인의 말이 천천히 번식하면서 만드는 펼침의 리듬은 우리의 고통과 정체를 알 수 없는 감정에 새로운 동력을 형성한다. 스스로 감각하는 주체가 되어 짓눌린 마음이 몸과 접촉하는 시적 경험이야말로 진정한 치유라고 할 수 있을 것이다.

회전하는 목소리
배교의 신성함으로 끓어오르는 연금술의 방언
마음의 진동은 시의 리듬을 타고
감정의 색조와 음향
번식하는 말, 그 끝없는 펼침

# 회전하는 목소리

세상은 초현실적인

문장처럼 눈부시고 어둡습니다

지구가 회전하듯이

온 세상의 그림자들이

고요히 회전하고 있죠

—「목소리」 부분

목소리들이 들린다. 허공을 맴도는 목소리들. 목소리들이 한데 몰려 날아오른다. 마치 "바람의 속삭임"(「산체스 벨퀴레」)을 닮은 목소리의 비행飛行. 서대경의 시에 가득한 여러 목소리들은 확실히 기이한 동력을 지니고 있다. 그것은 대기에 스며들어 진동하고 회전하면서 스스로 자취를 만든다.

'목소리'라는 말이 어떤 오해를 불러올 수도 있을 것 같다. 그의 시

속 목소리는 과거 서정시에서 들리던 뚜렷한 주체의 '고백'과 전혀 다르기 때문이다. 그렇다고 해서 '익명의 중얼거림'이라는 말로 규정하던 최근의 목소리와도 차이를 지닌다. 서대경 시의 목소리는 마치 하나의 사물이나 풍경을 구성하는 성분과도 같다. 발화의 주체를 예상하기 힘든 이 소리들은 그저 생겨나서 때로는 격렬하게 때로는 잔잔하게 진동하다가 어디론가 사라진다. 무언가를 지시하거나 가리키지도 않고 누군가를 이끌지도 않는다. 그래서 이 목소리들이 만드는 자취는 누군가에게 초현실적으로 느껴질 수 있다.

시집의 여러 갈피에서 원숭이와 늑대와 박쥐와 같은 동물들이 자주 출몰한다. 이들은 꿈과 현실의 경계를 지우며 몽환적인 분위기를 자아내는 데 한몫을 한다. 가령, "어느 날 나는 염소가 되어 철둑길 차단기 기둥에 매여 있었고, 아무리 생각해봐도 나는 염소가 될 이유가 없었으므로, 염소가 된 꿈을 꾸고 있을 뿐이라 생각했으나 한없이 고요한 내 발굽, 내 작은 뿔, 저물어가는 여름 하늘 아래, 내 검은 다리, 내 검은 눈, 나의 생각은 아무래도 염소적인 것이어서, 엄마, 쓸쓸한 내 목소리, 내 그림자,"(「차단기 기둥 곁에서」)와 같은 대목은 분명히 "내 방과 내가 사는 동네"(「요나」)에서 "꿈으로 가는 입구"(「여우계단」)를 마련한다. 그러나 동화의 세계처럼 보일 수 있는 환상적 장면들은 아름답게 조립한 것이 아니라 오히려 '토하는 것'(「가을밤」)과도 같다. "술집 화장실에서 원숭이를 토"하면서 비로소 '나'는 안온하고 평화로운 엄마나 '성기를 빳빳이 세운 채 고함을 지르며 달려오는' 아버지로부터 벗어난다. 술집에서 태어난 피투성이의 원숭이야말로 요나의 강박에서 벗어나 비로소 냄새나고 더러운 현실 세계에서 잉태한 산물이다.

기묘한 색채에 휩싸인 동물들 곁에는 서커스와 광대가 있다. 더불어 연인들과 눈 내리는 마을도 함께 있다. "변두리 도시의 지저분한 거리 위로 눈이 내린다. 좁은 도로 양 옆으로 낡고 더러운 간판들이 다닥다닥 붙은 상가 건물들이 늘어서 있고, 건물 사이 좁은 골목으로는 붉은 깃발을 내건 무당집과 세탁소, 전당포 들이 어둡게 웅크려 있다. 허공엔 추위, 그리고 어지러이 얽혀 뻗어가는 전깃줄의 소리."(「목욕탕 굴뚝 위로 내리는 눈」) 연인과 동물, 악사와 서커스와 눈 내림의 모티프들은 샤갈을 연상시킨다. 서대경의 시어는 지저분하고 파편화된 마을과 공장지대에 곧 녹아 사라질 눈발처럼 흩날린다. 흩날리는 눈과 진동하는 목소리는 시시때때로 '집결을 알리는 사이렌'(「집결」)이 울리고 '무장한 경찰들이 다가오는'(「검문」) '검문과 집결의 세계'에 빛과 소리로 이루어진 무늬와 리듬을 조성한다.

리듬이 확장되면서 목소리는 산문적인 형태를 지니기도 한다. 실제로 시의 어떤 부분만을 따로 떼어놓고 보면 지극히 핍진한 소설의 묘사처럼 보이거나 연극의 대사처럼 보일 수 있다. 그러나 부분적으로 확장되는 리듬은 대개 어떤 소리의 감각으로 수렴한다.

> 내 할머니의 영혼은 다락방에 머물고 있다. 내가 혼자 저녁을 먹고 설거지를 마친 후 창가에 팔꿈치를 괴고 앉아 있노라면 그것은 쥐가 돌아다닐 때처럼 바스락거리는 소리를 낸다. 사실 할머니의 영혼은 쥐를 닮긴 했다. 사람들은 왠지 영혼이라 하면 밝거나 투명한 어떤 빛의 덩어리 같은 걸 떠올리는 것 같다. 나도 그렇게 생각했다. 그런데 할머니의 영혼은 검고 앙상하고 털이 나 있다. 피터 아저씨는 그건 그냥 쥐일 뿐이라고 말한다. 하지만 할머니

가 마지막 숨을 거두는 순간 할머니가 누운 침대 밑으로 그것이 나오는 걸 나는 보았다.

(…중략…)

커다란 북을 둥둥 울리며, 안나—안나—안나 속으로 속삭이면서. 나도 눈을 감고 안나—안나—내가 모르는 그녀의 이름을 불러본다. 다락방에서 바스락거리는 소리가 들려온다. 물건들이 쓰러지는 소리. 다락방 창문이 깨지는 소리. 깨진 틈으로 백야의 열기가 밀려드는 소리. 할머니의 영혼이 헐떡이는 소리. 안나—안나—안나—할머니의 영혼이 속삭이는 소리.

—「상트페테르부르크의 여름」 부분

인용한 시의 첫부분에서 '소리'는 하나의 비유에 해당하지만 시의 후반부로 갈수록 풍경은 사라지고 시적 공간 속에는 오직 소리의 감각만 남는다는 것을 알 수 있다. 할머니는 이미 세상을 떠나고 없다. '나'는 저녁 식사를 마치고 창가에 앉아 할머니의 영혼을 떠올린다. 그것은 처음에 쥐의 비유를 거치며 무척 선명해지는 것처럼 보인다. 그러나 단정하게 놓인 언어들은 시의 후반으로 치달을수록 점점 진동하다가 마침내 파열하기 시작한다. 소리를 만들어내는 주체는 이미 사라지고 없지만 텅 빈 공간을 울리는 온갖 종류의 소리들이 반복되면서 감각적 실체를 만든다. 진동하는 사물들이 저마다 토하는 목소리들로 인해 다락방이라는 공간은 열린다. 시간의 결절을 넘어 '나'는 마침내 실존하는 할머니와 조우한다. 그저 기억 속에 자리한 과거는 이런 식으로 지금 여기의 세계로 도래한다. 어쩌면 이것이야말로 정말 '영혼'이라 이름 지을 수 있는 것 아닐까.

> 어둠에 갇힌
> 사막의 고함소리
> 나는 안다
> 내 삶이 저들로 이루어져 있음을
>
> —「그들이 말한다」 부분

시인은 회색빛 공장지대와 남루한 생의 현장들을 날리는 눈발이 발산하는 빛을 섞어 환상적으로 그린다. 변신의 과정을 거치며 너저분하고 어두운 현실의 세계는 꿈의 세계와 연결된다. 이런 장면은 그 자체로 아름답지만 또 특별할 것도 없다. 동물들의 모습은 사실 상징적이기보다 오히려 대단히 핍진하게 느껴질 정도다. 묶여 있는 염소의 쓸쓸하고 수줍은 태도는 얼마나 현실적인가. 쥐도 마찬가지. 조심스럽게 움직이는 할머니의 태도나 자세와 그대로 겹친다.

서대경의 시적 매력은 글자들 사이의 간극을 흔들어 사물들이 저마다 진동하며 목소리를 갖게 만들 때 가장 충만해진다. "어둠에 갇"혀 그림자를 뒤집어 쓴 사물들. 시인은 우두커니 세상의 골목과 모퉁이에 숨어 있는 모든 존재들이 "고함소리"를 낼 수 있도록 북돋운다. 결국 "내 삶이 저들로 이루어져 있음을" 알고 있기 때문에.

이렇게 발굴한 목소리들은 함께 얽히고 부딪히며 섞인다. 잿빛의 대기는 이 목소리들의 회전이 만드는 리듬에 의해 미적 생기를 얻는다.

**마르크 샤갈**(Marc Chagall), **〈도시 위에서**(Au-dessus de la ville)**〉**

이것은 단순한 소리 감각의 채집과 전혀 다르다. 고통스런 사연들을 끄집어내 공표하고 각자의 주장을 한데 모으는 역할은 결코 시인의 사명이 아니다. 시는 거리에 나가 그들의 말을 듣는 것이 아니라 "그들이 말한다"는 것을 온 몸으로 느끼는 것에 더 가깝다. 우리의 말과 우리의 언어가 함께 섞이면서 어떤 비행곡선을 그리는 것에 훨씬 더 가깝다.

한데 섞여 자유롭게 공중을 날고 있는 샤갈의 연인들이 떠오른다. 그중에서도 〈도시 위에서〉[23]와 같은 작품의 시선들. 무표정의 연인이 기

---

23 〈도시 위에서(Au-dessus de la ville)〉, 캔버스에 유화(Huile sur toile), 139×197㎝, 1914~1918.

묘한 곡선을 이루며 대기를 부유하는 장면. 그들의 무한한 시선과 기묘한 자세까지.

요 며칠 인적 드문 날들 계속되었습니다 골목은 고요하고 한없이 맑고 찬 갈림길이 이리저리 파여 있습니다 나는 오랫동안 걷다가 지치면 문득 서서 당신의 침묵을 듣습니다. 그것은 당신이 내게 남긴 유일한 흔적입니다 병을 앓고 난 뒤의 무한한 시야, 이마가 마르는 소리를 들으며 깊이 깊이 파인 두 눈을 들면 허공으로 한줄기 비행운(飛行雲)이 그어져갑니다 사방으로 바람이 걸어옵니다 아아 당신, 길들이 저마다 아득한 얼음 냄새를 풍기기 시작합니다

―「벽장 속의 연서」 전문

# 배교의 신성함으로
# 끓어오르는 연금술의 방언

## 기도에서 방언으로

기도하는 사람을 오래 지켜본다. 가만히 가슴에 포개진 양손. 눈을 감고 고개를 숙인 명상의 자세. 고요를 뚫고 낮익은 고백이 입술 바깥으로 뚜벅뚜벅 걸어 나오기 시작한다. 일정한 형식 속에서 차곡차곡 쌓이던 말들이 격렬하게 흔들리는 순간이 있다. 비등점에 다다른 것처럼 끓어오르는 감정들. 이미 기도하는 사람은 지각의 한계를 벗어난 어떤 종류의 혼돈에 휩싸인다. 그토록 다양한 형식과 진지한 태도로 수없이 파헤쳐졌지만 여전히 인지의 영역을 벗어나는 불안. 어쩌면 기도는 불안 앞에 사람이 단독으로 마주설 수 있는 가장 초보적이고도 직접적인 형식일 것 같다.

기도는 인간의 행위다. 각각 떠올리는 신의 모습은 다를 지라도 사람의 언어가 기도를 이끈다는 사실은 똑같다. 초월적 존재를 수신자로 삼고 있는 사람의 발신 행위는 늘 일방적일 수박에 없다. 비상과 추락, 절망과 희망이 복잡하게 엉킨 기도가 종종 강렬한 이기심으로 치닫는 것도 이상하지 않다. 신은 온데간데없고 제멋대로 출현한 커다란 타자가 폭력에 가까운 욕망을 드러낼 때, 신의 언어를 알 길 없는 가련한 사람은 두려운 괴물로 돌변한다.

욕망의 파도에 휩쓸리던 마음은 어떻게 반성의 고요함으로 되돌아가는가. 혼돈으로의 탈주를 막기 위해 사람은 기도의 규칙을 만든다. 기도문의 양식은 이처럼 기도를 더 기도답게 만들기 위해 생겨나지만, 결국 특정한 문법의 테두리에 기도를 다시 가둔다. 기도문의 법을 벗어난 기도가 극단화되면 주술이 된다. 접신 상태의 주술자는 인간의 언어에서 벗어나 그저 정념 없는 소리, 음향적 울부짖음을 내뱉게 된다. 양식이 사라진 자리에 단순하고도 무책임한 기복의 욕망이 무성해진다.

이제 한 배교자의 간절한 기도에 귀를 기울여보자. 당신은 기도가 방언의 지경으로 나아가는 광경을 지켜본 적이 있는가. 일정한 도입부로 시작하여 판에 박힌 종결부로 마무리되는 기도들이 계속해서 기도의 형식을 공고히 할 때, 조연호는 마치 세상에서 처음 듣는 기도, 비루한 인간의 언어들이 신비의 화로 속에 녹아들어 신성함으로 새로 끓어오르게 만드는, 연금술의 방언과도 같은 소름끼치는 소리를 우리에게 들려준다.

신비주의에 심취한 사람들의 헛된 소문과는 달리 방언은 주술과 전혀 다르다. 극도의 몰입 상태에서 뿜어져 나오는 방언의 표출 양상은 일반인들이 도저히 말소리의 진의를 파악하기 힘들지만, 그 의식의 한가운데는 분명한 방향성, 어떤 지향의 에너지가 넘친다. 또 그것은 여전히 언어의 테두리 안에서 지속적으로 반복되면서 어떤 형식을 만들어낸다. 그러니까 기도와 비슷한 태도와 자세에서 그 몰입의 에너지가 어떤 한계치를 넘을 때, 그 자신이 온전한 일상의 사고로 감당하기 어려운 지경을 돌파하는 순간, 쏟아져 나오는 것이 방언이라 할 수 있다. 방언은 일반적인 기도의 양식을 흔들고, 아니 그것을 의식할 겨를도 없이 심연에서 터져 나와, 언어와 언어가 아닌 것 사이에서 독자적인 에너지를 분출한다.

## 미아의 탄생

과거의 서정시에서 주체의 시선은 시를 이해하기 위해 중요한 요소였다. 시적 자아는 자신의 새로운 경험 속에서 세계를 낯설게 인식하고 그것을 언어로 재구성한다. 주체의 위치는 고정된 채 시선이 움직인다. 사물들은 시선의 움직임에 따라 다시 발견된다. 마치 기도가 신의 관점으로 지상에 속한 사람의 행동양식을 재편하는 것처럼, 시적 자아는 사물들을 관찰하고 응시하면서 자신만의 위계를 만든다.

오늘날 어떤 시인들은 자아와 세계를 구분하려 하지 않는다. 이들의 시 속 주체들은 경험에 낯선 충격을 주는 것을 넘어서 새로운 주체로 변신을 시도한다. 인칭의 배후에 있는 자아를 아랑곳하지 않는 주체들은 때로는 아이의 목소리로, 때로는 소년-소녀의 목소리로 발화한다. 이들은 특정한 시적 전략에 따라 다성적인 목소리를 내기를 주저하지 않는다. 이런 시도가 극대화되면 마치 주술의 접신 상태와 같은 지경에 이른다. 오늘의 시인들은 더 이상 거룩한 신의 음성으로 세계를 재구성하려 하지 않는다. 심지어 '나'는 하나의 사물이나 감각 그 자체가 된다. 시선은 미분화되어 수평적인 대상들에게로 전이된다.

이런 식으로 분화된 주체가 다른 목소리로 수많은 '너'들을 호명하고 다정하게 말을 건네는 방식의 위력을 우리는 잘 알고 있다. '혼성주체'라고 명명되었던 황병승 시의 주체나 '익명적 중얼거림'이라는 말로 인용된 김행숙 시의 주체를 떠올려도 좋다. 그런데 이들의 시도가 성공할 수 있었던 가장 중요한 요소들 중 하나가 문장의 규칙을 철저하게 존중했기 때문이라는 사실을 기억할 필요가 있다. 언어를 재료로 삼고 있는 시가 문법을 벗어나, 도상적 이미지나 순수한 음성적 자질 자체가 되려는 시도가 얼마나 공허한 실패를 초래할 수 있는지 이들은 누구보다 잘 알고 있다. 함부로 문법을 벗어나려는 시도들이 자칫 신비주의에 몰두한 주술적 의식과 같은 공허한 메아리에 그치고 마는 경우가 많기 때문이다.

조연호의 시에서 주체를 파악하는 것은 거의 불가능하다. 그의 시는 호명하지도 않고 누군가에게 말을 건네지도 않는다. 특별한 목소리를 일관되게 유지하지도 않는다. 물론 우리는 그의 시의 특정 부분에서 어떤 주체를 상정할 수 있다. 그러나 문법적으로 설명이 불가능한 배치 속에서 그런 시도는 곧 무화된다.

> 절임을 씹는 그 밤은 따뜻했다
> 엄마의 피투성이 채소를 씹는 밤은 따뜻했다
> 포자의 밤 던져진 돌에게로 나는 떠나가고
> 경건이 뭔지도 모르는 이 기도가 나를 담임하고 있다

내겐 진짜 대자연이 아래층에서 비닐봉지를 쓰고 기다렸다
양초 옆에 엎드린 파라핀이라는 걸 긍지 삼던 밤에
거세된 소녀의 꿈은 강복(降福)하다고 말할수록 부랑하게 후퇴하는 숲
창백하게 절임을 씹는 그 밤은 따뜻했다
아름다운 미아의 모습을 하고 꺾어 따낸 꽃에게로
버려지는 정중히 헤엄쳐간다

—「무영등(無影燈) 아래」 부분

태어나는 순간에 관해 이야기한다는 것은 도대체 가능한가. 물론 자신의 탄생을 회상한다는 것은 원래 불가능하지만 어떤 상상적 자아를 상정하는 것은 어렵지 않다. 새로운 목소리를 내기 위해서 오늘의 시들은 불가능한 주체로 자주 변신하니까. 그러나 이 시에서 목소리의 일관성은 전혀 유지되지 않는다.

1행과 2행의 "그 밤은 따뜻했다"라는 진술은 회상의 시점을 지닌다. 그러나 그것은 4행에서 "경건이 뭔지도 모르는 이 기도가 나를 담임하고 있다"라는 식으로 막 태어나고 있는 아이의 시점으로 바뀐다. 서로 다른 목소리는 계속 교차된다. 인용하지 않은 5연에 이르면 "태어난 아기도 적을 찌른 낮의 업적을 저토록 잘 이해하고 있는데"라는 진술이 등장한다. 이 진술의 주체는 상상 속의 어린 '나'도 아니고, 다 자라고 나서 회상하는 '나'라고 볼 수도 없다. "태어난 아기"는 완전히 다른 시선에서 포착된다. 이처럼 '나'라는 인칭은 한 자리에 머물지 못하고 계속해서 엇갈리고 비켜나간다.

시선의 향방을 명확히 할 수 없는 이유는 시인이 정상적인 어순을 뒤

틀거나 각종 문법적 규칙들을 변형시키기 때문이다. 주어의 자리가 불분명해지면서 서술어들도 따라서 바뀐다. 그 사이에 배치된 대상들도 당연히 특정한 현실적 배경을 지니기가 거의 불가능해진다. 이 시에서 그나마 명확한 장면을 만들어내는 것은 수술실의 무영등뿐이다. 여러 사물들은 문법 구조 내부의 강력한 연관에서 벗어나서 다른 리듬을 따라 맴돈다. 소유격이 무화되거나 품사적 기능이 희박해지면서 은유적인 결합도 느슨해진다. 이 위험한 상태의 모험에서 무엇을 얻을 수 있을까.

차가운 수술대 위에 그림자도 남기지 않는 조명을 떠올려 보자. 기계적인 조명 아래 땀에 절어 피투성이가 된 엄마가 있다. 희미하지만, 엄마의 배후에는 거세된 소녀의 꿈도 숨어 있다. 시를 익히겠다며 목관악기를 사온 아버지의 발길질이 관계의 한 축을 형성한다. 지극히 짧고 암시적으로 제시되어 있을 뿐이지만, 간통은 둘 사이의 대립을 촉발한다. 이와 같은 관계의 맥락을 형성하는 변형체들 속에서 태어난 아이의 근원은 더 분명하게 조명을 받는다. 부권 살해라든지 모성 유착과 같은 개념들이 미처 설명할 수 없는, 버림받은 자의 운명은 "자기 주검을 긁개로 만드는 것으로 채탄장을 깊게 파내려간 한 시기의 무영등無影燈 아래"에서 완성된다. 깊은 하강의 운동성은 몰락의 분위기를 강화하지만, 희생의 구조는 반대편에서 어둠을 몰아낸다. "아름다운 미아"는 이렇게 탄생하며, 수술실의 차가운 조명이 켜진 '그 밤'은 이런 식으로 따뜻해진다. 후렴구처럼 반복해서 울리는 "밤은 따뜻했다"라는 부분은 반어가 아니다. 성스러움이라는 부권의 축복, 커다란 타자라는 문법과의 연관을 끊고, 파편화된 언어, 간통의 자질 속에서 태어난 아이는 처음부터 미아일 수밖에 없다. "버러지의 혜엄"이 정중해질 수 있는 이유도 이와 같다.

## 스스로 꿇어 엎드리다

날 때부터 거룩한 신성에서 추방된 아이. 배교의 운명을 몸에 새긴 미아의 기도는 어떻게 간절해지는가. 고요한 기도의 자세는 점차 뜨거워진다. 격렬한 달아오름에 무릎을 꿇고, 마침내 바닥에 엎드리는 자의 음성에 귀를 기울여보자. 그의 기도에 알 수 없는 말들, 세상에서 처음 듣는 목소리가 섞여 나오는 사태를 주의 깊게 들추어보자.

품은 무릎은 부화를 앞두고 있었다

모녀의 지는 등(燈)은 근시가 되어 허공을 착유(搾乳)합니다
밖을 구분 못하는 어버이들은 이번에도 공황하기로 결심한 것이 됩니다
아이들의 수의사는 잘 감춰온 뿔로 아이들을 꿰뚫었습니다
수탉에서 암탉으로 이틀이나 달린 사람을 위한 벙어리가 필요하게 됩니다

빼버린 발톱은 균형이 맞지 않는 하루의 한쪽 발에 괴어 놓았다

물결이 자기 외침과 그랬던 것처럼 나의 방파제 아래 구더기 끓면
어부가
어부를 빠뜨리고 바늘로 입을 꿰었다

여름이

여름을 함께 설사할 아픈 짝이 되었다

위대함을 증오한 남자들을

'저 선천독(先天毒)에게도 나를 잊게 할 쓸쓸한 이바지들이 있다'고 고백케 하며

빈손에

빈손은 긴 빙하기를 감고 있었다

물 아래쪽에 방공호를 짓는 것, 모두의 밤이 두근거리는 것 따위가

유치원 마당 한가득 황제를 몰락시켰다

아련한 감탄 속에 위인이 되던

뱀과 그의 아내의 진정한 무정

그로써 나는 금전 손실에 고통 받는 괴물의 부기(附記)에

나의 정숙이 적히는 것에 실패해왔다

먼 것을 이룩케 할 때의 달빛이 나를 일사병에 쓰러지게 합니다

수심(水深)의 여러 종류가 너를 구타했던 사람이기를 반복합니다

피조물 전체를 필요로 한 이 종두법(種痘法)을 얼굴로 감싸고

고요히 엎어놓은 마지막 아이가 윤락 여성의 각오로 빛나고 있습니다

품은 알은 죽은 개로 크게 자라 있었다

서로를 깔아뭉개던 어버이가 껍질을 깬 것은 알의 마지막 업적이었다

머리맡이 흔들리는 노래를 불렀지만 잠은 신생아의 고독을 넘지 못했다

서서히 뿔을 밀어내며 아아 천장을 나선으로 비틀어버린 이 달팽이는
기쁨에게로 나아갑니다, 부르터오는 잎 뒤로, 다른 계절을 걸식을 하러

—「꿇어 엎드리는 자 장(章)」 전문

시는 가사 없는 음악이 음가의 배열로서 스스로 미적 자질을 만들어나가는 힘을 동경한다. 마치 악기처럼 리듬을 만들어나가는 문장에 대한 꿈은 고정된 의미 앞에서 끊임없이 좌절된다. 그래서 어떤 시인들은 음성적 유사성을 바탕으로 전혀 다른 단어들을 연결하기도 하고, 또 다른 시인들은 언어 자체를 분절하여 완전히 성분을 바꾸기도 한다. 그러나 조연호는 그런 시도와 오히려 동떨어져 있다. 단어를 하나의 음가로 취급한다면, 그는 개별 음가에 관한 존중을 거의 잃어버리지 않는다. 그가 어순을 뒤틀고 하나의 성분으로서 단어의 역할을 파괴하며, 격이라는 단어의 고정된 활용 방식을 뒤흔든다고 해서 언어의 본래 가치를 함부로 여기고 있다고 오해하면 곤란할 것 같다. 때때로 그가 해명하기 힘든 사태가 벌어지도록 문장을 구성하는 것은 오히려 단어가 품은 의미의 다른 가능성들을 새로운 리듬 속에서 끌어내려는 시도라고 할 수 있다.

"품은 무릎은 부화를 앞두고 있었다"는 1연을 보면서 문장 자체의 의미를 문법을 토대로 곱씹어도 얻을 것이 별로 없을 것이다. 대신 단지 1행으로 툭 던져진 이 낯선 음가가 어떤 리듬으로 느려지고 빨라지다가 다시 7연에서 "품은 알은 죽은 개로 크게 자라있었다"라고 변주되

는지에 초점을 맞추는 것이 훨씬 낫다. 눈 밝은 사람이라면 아마도 두 문장 사이에서 무엇이 반복되고 무엇이 차이 나는지를 벌써 파악했을 것이다.

한 곡의 아름다운 음악은 이처럼 낯선 음에서부터 시작한다. 부화의 에너지를 가득 품은 문장은 순식간에 자라서 죽은 개가 된다. 부화되기도 전에 죽어 있는 개는 태어나는 순간부터 이미 길을 잃은, 미아와도 겹쳐진다. '무릎이 어떻게 부화할 수 있느냐'는 질문이나 '개가 어떻게 알에서 태어나느냐'는 의문을 먼저 들이밀면 조연호 시를 이해하기는 거의 불가능해진다. 그보다는 언어의 내부로 파고 들어가서 고정된 음가의 내용만으로는 취득할 수 없는 어떤 작용에 관해 몸을 맡겨야 한다. 아니 먼저 입을 맡겨야 한다고 말하고 싶다. 당신의 몸을 악기로 바꾸어 소리내보기를 권하고 싶다. 조연호는 읽는 행위가 감각으로서의 소리를 잃고 그저 머릿속의 어떤 작용에만 포박되는 것을 끊임없이 경계하고 뒤흔들기 때문이다.

행위 이전에 어떤 사태가 먼저 제시된다. '−있었다'로 끝나는, 오직 한 행으로 툭 던져진 1연의 리듬은 2연에서 '−합니다'와 '−됩니다'라는 리듬으로 확장된다. 이 리듬은 다시 6연에서 '−합니다'와 '−반복합니다'로 되풀이된다. 일정한 길이로 네 번씩 울리는 2연은 1연의 리듬을 건네받아 3연으로 확장시키지만, 6연은 오히려 5연의 리듬을 이어받아 7연의 한 문장으로 수렴하도록 이끈다.

어버이들은 여전히 공허한 채로 남아 있다. 영락한 존재들, 성스러운 세계의 작동 방식에서 쫓겨난 존재들은 조연호의 여러 시편들에서 조금씩 다르게 그려지지만 거의 질환을 앓거나 불구의 처지에 놓여 있다.

벌레의 운명을 지니고 태어난 아이는 자라서 벙어리, 부랑자, 맹인, 짐승이 된다. 그렇지만 고칠 수 없는 질환, 악의 기운에 자기도 모르게 시달리는 이들의 태도는 저주와 원망에 사로잡혀 있지 않다.

지혜롭지 못한 어버이는 "서로를 깔아뭉개"지만, '어부'는 "어부를 빠뜨리고 바늘로 입을 꿰었다". 또 '여름'은 "여름을 함께 설사할 아픈 짝이 되었다". 길어졌다 짧아지는 4연의 배치에 초점을 맞추어보자. 불결한 세계의 세목은 구체적으로 나열되지 않는다. 비밀을 품은 개별 음가들은 리듬의 흐름 속에 우두커니 앉아 있다. 그 속에서 우리는 툭 던져졌다가 조금씩 늘어나고, 진동을 거듭하다가 결국 잦아드는 미적 흐름이 스스로 입을 꿰고, 아픈 짝이 되는 것을 목격한다. 세계의 폭력을 누구의 탓으로 돌리기보다 빈손으로 독백을 던지는 존재들의 자취와 마주한다.

짐승이 된 아이들의 "수의사"가 "잘 감춰온 뿔로 아이들을 꿰뚫"을 때, 아이들이 선택한 것은 바로 "물 아래쪽에 방공호를 짓는 것". 이것이야말로 강요된 경건함, 치유를 가장한 폭력에 대해 버림받은 자가 취할 수 있는 가장 시적인 태도가 아닐까. 진동하던 리듬은 이 부분에서 악센트를 찍는다. "유치원 마당"에 가득한 "황제를 몰락시"키고, 아이들이 "위대함을 증오한 남자"의 위대함을 헤아릴 수 있도록 돕는다. 비속한 것들이 만드는 배교의 의식은 이런 식으로 경건함과 신성함의 의미를 갱신한다.

## 풍등의 비상

기도는 더 격렬해진다. 알 수 없는 말의 도취와 일정한 지향이 계속 교차된다. 자신을 다스리는 힘과 자신으로부터 벗어나는 힘들은 함께 섞인다. 가장 만족스런 상태의 황홀경은 엄격한 자기반성만으로 얻을 수 없다. 계속 아래로 굴러 떨어지는 과정의 어느 순간에 문득 떠오르는 것들이 있다. 보편적인 규준으로는 거의 도달하기가 불가능한 어떤 순간. 그때 비로소 기도가 완성된다. 아름다운 생의 곡선은 거의 이런 식의 흔들림과 교차를 거치면서 자기 나름의 운동성을 지니게 마련이다.

다시 협동조합이 되려 한다 불 밝힌 곳에 의무실을 두고 온 나는
가뢰를 모아야 할 통에 부상병을 가두고 밤을 작목하는 것이거든
재회의 반대편 손상된 것 속에서 가장 큰 선(善)과 겨뤄야 했거든
성가 합창 구절마다 마부들이 고삐 매는 걸 구경해야 했거든

(…중략…)

키클롭스가 맞이한 인간의 동화가 그의 눈에게 의미했던 바처럼 조각배쯤은 환호로 여겨버린 밤과 낮의 향기를 물 밑에 넣기 위해 힘찬 목소리는 얼굴 한가운데 화살처럼 박혀 있었다 개는 뛰뛰며 슬픈 자기 애호를 문질러 버린 서커스가 돌로 나를 덮어주지 못한 것을 안타까워했다 이쪽 끝에 공존하려는 다른 끝의 찬동이 기근에 도취된 난민의 레몬이지 않았다면 수윤(秀

潤)한 이 살인귀의 잠이 자기를 빨아 모르는 꿀벌로부터 눈앞이라는 무아경이 달콤해질 수 없다는 걸 몰랐어야 했거든

너의 배는 나의 멍울에 해수(海獸)를 낳으리라 그리하여 발등으로밖에 미아는 더 많은 선물을 보관하고 있지 않으리라 그러므로 나는 비참함이 아니며
켜의 나
초벌의 저물녘을 두 발 묶인 짐수레꾼이 되게 해야 했거든

음악 대신 만년(晩年)을 불러버린 가수를 사랑하느라 레일은 오늘의 손톱 길이를 멀어지는 차창에 대어본다 길짐승 몰이 속에서 내게로 오고 있는 기적적인 남자들이 아내에게 바칠 검정색을 낳을 때마다
풍등처럼 날았다
갈라진 발가락에서 사냥 나팔이 울린다 티끌에 밟힌 머리를 향해 방파제를 세우고 나는 나를 외치는 외교에 불과했으니 돼지 목동의 애도 속에 나의 꼽추가 늙어갈 때마다
풍등처럼 날았다

안 저물지도 모르는 저녁이 떠 있거든
밝아질수록 별 사이의 내가 하찮거든
황금 행세를 하느라 내 안의 간질 병자가 앓을 수 없었거든

—「풍등처럼 날다」 부분

앞서 두 편의 시를 읽은 당신에게 이미 이 시의 첫 연은 그렇게 낯설지 않을 것 같다. 일정한 비례의 간격으로 늘어서서 '-ㄴ'음을 반복하면서 시작하는 시의 첫 부분을 보자. '불 밝힌 의무실'에서 당신은 '무영등'이나 '수의사'를 떠올릴 수 있을까. "부상병"은 불구의 몸을 가진 존재들의 변형이다. 물론 "가뢰"와 같은 단어는 우선 낯설게 느껴질 수도 있다. 그러나 그것이 해충, 곧 벌레의 일종이라는 사실을 알게 되면 앞서 나온 '버러지'와 금방 연결할 수 있을 것이다.

이런 어휘들은 많은 사람들이 조연호의 시를 읽는 일을 고통스럽게 느끼도록 만드는 것 같다. 금방 인지되지 않고 감성의 고통을 유발하는 말들. 돌연한 한자어들. 들뢰즈는 비밀을 숨기고 감성에 고통을 끼쳐서 사유가 강제로 그 비밀에 대한 탐색에 나서게끔 하는 것들을 '기호' 또는 '상형문자'라 말한 적 있다. 조연호는 쉽게 탐색되지 않는 단어들을 배치하면서 불쾌한 고통을 유발한다. 그러나 그 어휘들은 무책임하게 내뱉어져 있는 것이 아니라 어떤 종류의 리듬에 실리면서 음악적인 쾌감을 형성한다. 한 편의 시 뿐 아니라 조연호 시의 전체 목록에서 이런 말들은 조금씩 차이를 이루며 반복되어 그만의 사전을 이룬다. 경험적 현실에서 벗어나면서 이 말들은 점점 신비한 의미의 결을 획득한다. 말이 가지고 있던 기원은 희미해지고 비밀스런 암시들이 무르익는다.

끓어 엎드리는 하강의 운동성으로 다시 돌아가 보자. 깊은 곳 아래로 굴러 떨어지는 느낌은 하나의 행으로 길게 늘어진 3연에서 극대화된다. 이 모든 목록들은 계속 쌓이다가 4연에서 "켜의 나"라는 짧고 간결한 리듬으로 압축된다. 중첩된 의미들을 켜켜이 짊어지고 있는 '나'는 "두 발 묶인 짐수레꾼" 같다.

고통스런 하강의 과정이 지속되는 정 가운데에 풍등이 떠오른다. 긴장과 이완이 교차하며 집중되다가 분산되면서 하강의 운동성을 드러내던 리듬의 진동수는 여기에서 최대로 증폭된다. 상승의 운동성을 발판으로 시적 공간은 순간적으로 확장된다. 상승과 하강이라는 이질적 운동성의 리듬은 5연에서 극단적으로 대비를 이룬다. 고통이 심화될수록 극점에서의 상승은 더 빛난다.

5연은 똑같은 방식이 두 번 반복되는 구조를 지닌다. "풍등처럼 날았다"라는 말 바로 앞에는 두 번 다 "–할 때마다"라는 표현이 있다는 사실에 주목할 필요가 있다. 무한한 반복의 구조는 문장의 내부와 외부에 함께 있다.

시간이 세 개의 단계(과거 / 현재 / 미래)로 구분할 수 없는 일체라는 사실은 이미 고대의 여러 신화에서 잘 드러난다. 예벤크 족이 시간을 사람이나 동물, 아니면 인체의 일부라고 생각했다는 사실은 재미있다. 몸의 일부분이 상실된 채로 정상적이고 완벽한 생을 지속할 수 없다는 것은 지극히 당연하다. 신화의 세계 속 사람들은 종종 '바람의 동산'에서 쫓겨나면서 시간의 운용자와 마찬가지로 온 세상을 한순간에 받아들일 수 있는 능력을 상실하게 된다. 변화를 유발하는 바람의 기운에 의해 등불이 날아오른다. 이 풍등이 어디로 향하는지, 또 망망대해와 같은 공간이 어떻게 구체화되는지 우리는 도저히 알 길이 없다. 다만 대조적인 기운이 형성하는 리듬과 운동의 감각을 느낄 수 있을 뿐이다.

드러난 것은 그저 "풍등처럼 날았다" 뿐이다. 이 순수한 운동방식을 어떤 욕망으로 읽어서는 곤란하다. 가령 '나는 풍등처럼 날고 싶다'와 같이 해석해서는 안 된다. 풍등의 상승에는 어떤 인공적 추진력도 없다. 우리는 끊임없는 하강의 한가운데에서 문득 솟는, 상승의 희미한 감각을 먼저 느껴야 한다. 자꾸 되풀이되는 자취들을 '맨발'로 '배회'하다 보면 "매춘부들이 전원과 뒤섞이는 그런 교회"라는 말이나 '배교의 신성'이라는 말이 주는 희박한 느낌이 더 분명해 질 것이다. 나아가 「聾者들의 음악」과 같은 시에서 "귀를 잃은 아이가 오직 물고기를 물이게 할 수 있었던 것처럼"과 같은 표현들에도 스스럼없이 스며들 수 있다. 어쩌면 당신과 내가 모두 "손가락의 이 稀薄 사이 / 怪物誌와 따뜻한 義足을 나"눌 수 있을지도 모르겠다. 그렇게 우리가 "협동조합"을 만들 수 있다면, 일체의 경험적 묘사를 거부하고 확인 가능한 통사구조를 벗어나 절뚝거리는 불구의 문장들이 혼돈과 공허, 유치한 낙관주의나 엘리트적 점잖음에서 떨어져 나와 스스로 사랑을 성숙시키는 체험이 가능하리라 기대한다.

## 고귀함에 관하여

시인은 회중 앞에서 선언하기에 앞서 골방에서 기도하기를 먼저 내세워야 한다. 회중을 대표하여 기도하는 사람이 빠지기 쉬운 갖가지 유혹을 떠올려 보자. 말쑥하게 차려입고 더 화려한 수사로 기도문을 치장하기에 여념이 없는 사람들. 그들 중 일부는 구태의연한 형식들이 덕지덕지 덧붙을수록 기도문이 더 세련되고 우아해진다고 믿는 듯하다.

진부해진 기도는 심지어 주술보다 위험하다. 프레이저는 주술이 합리의 맹점을 가볍게 건너뛰어 더 구체적으로 현실과 포개질 수 있는 가능성을 교감주술이라는 말로 표현한 적 있다. 행운을 기대하는 주술사는 단순히 우매할 뿐이지만, 진부한 기도를 반복하는 사람은 교활하다. 주술은 그저 서투른 방식으로 부조리한 세계를 가까스로 견디려는 몸부림이지만, 진부한 기도는 세련의 가면을 쓰고 억지로 성스러움을 강요한다. 또는 진부한 기도의 형식 자체가 기도하는 자를 잡아먹기도 한다. 스타일의 힘이 주체를 집어 삼키는 꼴이다.

조연호는 '관찰하는 자'로서의 시인의 태도를 아예 포기한다. 서정의 익숙한 전언과 포즈가 적절히 완성될 때, 파편화된 세계에 속한 사람에게 어떤 위안을 주는 것은 분명하다. 그러나 그는 위안에 몸을 맡기기보다 "지평선을 끊고 평등의 악취를 오지 않는 빛에 비춰"(「풍등처럼 날다」)보기로 결심했다. 더불어 그는 '키치'로 가득 찬, '가짜'들의 세계를 까발리려는 시선에도 아랑곳하지 않는다. 그는 마치 밝혀내려다가 먹히고 마는 사태를 충분히 지켜보았다고 말하고 있는 듯하다. 오늘날 어떤 재능 있는 시인들이 이처럼 현대시사의 중심에 있는 낱말을 딛고 자신만의 경계를 형성하려 할 때, 그는 거꾸로 완전히 주변에서부터 중심을 형성하는 강력한 에너지를 표출한다.

현대시는 기존의 통사구조를 적절하고도 다양한 시적 전략으로 넘어선다. 그러나 오늘의 많은 시들은 여전히 문법이라는 테두리의 자장에서 무의식적인 도체가 되어 이끌린다. 물론 이 부분이 文의 法을 파괴하는 것이 시적 진리에 이르는 지름길이라는 오해로 이어지지는 않으리라 믿는다. 나는 문장의 법 안에서 감각을 벼르고 윤리의 지평을 넓히는 시인들의 고투와 우아한 행보를 누구보다도 아끼고 사랑한다.

조연호의 탈주는 모든 자발적 복종, 무의식적 고개숙임에 관한 전도의 에너지로 가득 차 있다. 분노가 광기로 치닫지 않고 역동적 자질을 획득할 수 있는 것은 그가 그만의 문법을 완성하고 있기 때문이다. 절뚝거리는 문장들은 그대로 맹인과 농자, 행려자의 몸이다. 계속 갱신되는 리듬으로 끝없이 선회하는 고통의 언어들은 비정형의 불협화를 이루지만 반복적으로 굴러가면서 자신만의 새로운 몸을 완성한다. 진정 추악한 것은 불구의 몸이 아니라 사람을 불구로 만드는 세계의 작동 방식이다. 또 억지로 성스러움을 강요하면서 규준에 포함되지 않은 것은 모두 바깥으로 내모는 사람의 이기심이다.

고귀함은 실제로 어디에서 오는가. 익숙한 고귀함의 덕목들은 진부함 사이에서 은폐되고 산산이 부서진다. 오직 껍데기만 남은 치장의 형식은 비슷비슷하게 재생산되기에 이른다. 문학은 널리 만연된 경건함을 반박하여 생생한 소통과 공감을 완성하는 임무를 지닌다. 다만 우리는 그러한 반박이 냉소와 투정으로 가득 차 있거나, 감상과 자기연민에서 벗어나지 못한다면 어떤 위력도 지닐 수 없다는 사실도 함께 기억해야 한다. 아마도 성실함이야말로 고귀함의 가장 중요한 덕목 중 하나일 것이다. 우리는 "결코 解讀을 잃고", "亡人앞에 生肝처럼 앉아"(「聾者들의 음악」)있는 사람의 간구를 듣는다. 이것은 단순한 회개나 영탄의 고백이 아니다. 자꾸 악에 사로잡히는 불구의 처지를 외면하지 않으면서도 그것을 세계의 탓으로 돌려 증오에 머물지 않고 끝없이 미적인 리듬으로 전환하려는 태도야말로 시와 문학의 가장 오래되고 근본적인 의의라는 사실을 새삼스럽게 덧붙이는 것도 좋겠다.

# 마음의 진동은 시의 리듬을 타고

빛나는 가시를 세우고 너에게 갈게.

보고 듣는 것이 죄악이어서 무엇도 유예하지 못하고 부서져 완전해진 무늬가 되어 헤엄칠 때. 우리가 나눠가진 입자들 일제히 진동한다. 지느러미를 펼치니 너와 나의 그믐.

어쩌면 이렇게 단단하고 빛나는 것을 몸 안에 담가두었니.

뼈, 거품 속에서 떠오른 얼굴. 그 얼굴은 심장에서 가장 먼 곳에 있어 네가 머물던 자리에 다른 비참이 들어선다. 서로를 흉내내다가 서로에게 흉凶이 되는 순간. 늑골을 숨기고 촉수를 오래 어루만지면

우리는 두 개의 날카로운 비늘. 아름다운 모서리가 남겨졌다.

아직은 목젖을 붉게 적시며 구체적인 오후를 꿈꾸고, 잃어버린 세 번째 아가미를 찾아 돌아올 수 있을 거야. 그렇다면 깊이 고인 맹목도 헛된 문장만은 아닐 것.

그러니 함께 멀리로 가자.

아름다울 몫이 남아 있다.

—이혜미, 「투어鬪魚」 전문

물고기들의 싸움이다. 그 격렬함의 한가운데 날카롭게 빛나는 가시가 있다. 예리하게 돋아 상대를 찌르는 가시의 단단함은 사실 누구나 깊숙한 곳에 간직한 본성이다. 무르고 상처 나기 쉬운 피부 아래 감춰져 있는, 몸 안 깊숙이 자리 잡은 뼈. 때때로 우리는 이런 단단함을 잊는다. 상대를 처음 만나 온갖 종류의 달콤함에 취해 있을 때는 특히 더 그렇다. 그러나 미처 자각하지 못하는 어느 순간 단단함은 외부로 돌출되고 점점 더 날카롭고 예리하게 빛나게 마련. 그때는 입에서 나오는 모든 말이 가시가 되고 상대를 쳐다보는 것마저 고통스럽다. 그야말로 "보고 듣는 것이 죄악"이 된다. 튀어나오는 것들을 잠시만 "유예"하려고 마음을 먹을 때쯤엔 이미 양쪽 다 산산이 부서져 있다. 격렬한 "진동"만이 남는다.

말 속에 뼈가 있다는 말도 있고 또 말 속에 가시가 있다는 말도 있다. 이 시가 초점을 맞추고 있는 상황은 오히려 싸움의 격렬함이 지나간 이후다. 시인은 이미 부서질 대로 "부서져" 거의 형체를 잃고 파편과도 같이, "완전해진 무늬"만 남아 허우적댈 때와 그런 허우적거림이 막 하나의 헤엄으로 바뀌는 순간을 포착하고 있다. 그러니까 격렬함이 극에 달하고 난 직후와도 같다고 할 수 있겠다.

한참 거품을 물고 난 후, 격렬함이 지나가고 난 후에 새삼스럽게 상대의 얼굴을 쳐다보게 되는 때가 있다. 심장이 시키는 말과는 전혀 다른 표정을 짓고 있는 얼굴들에는 비참함만이 남는다. 상대에게 지지 않기 위해 "서로를 흉내내"며 더 날카롭게 들이밀던 가시들은 보기 싫은 흉이 된다. 늑골을 찌르는 통증이 가라앉을 무렵에는 모두 부서져서 무늬만 남은 것들이 모여 날카로운 비늘을 이룬다. 가시의 날카로움은 이런 식으로 뼈의 단단함과 연결되었다가 격렬함 속에 분해되고 나서 비늘의 날카로움으로 연결된다. 그 사이에 격렬하게 찌르는 말과 다툼의 진동이 있다.

시인은 왜 날카로움을 기준으로 가시와 비늘을 연결시키고 있는가. "두 개의 날카로운 비늘"은 어떻게 "아름다운 모서리"가 되는가. 그 답은 바로 다음에 제시되어 있다. "아직은" 꿈꾸는 오후가 있고 잃어버린 아가미를 찾을 수 있을 거라는 바람이 남아 있기 때문. 붉게 젖은 목젖은 따뜻한 심장의 기운이 남아 있을 것이며 그 기운을 찾아내면 호흡이 곤란할 정도의 허우적댐 속에서 아가미를 찾을 수 있을 것이다. 원래 "함께" 헤엄친다는 것은 이처럼 "맹목"적인 것 아니던가. 격렬하게 진동하면서 끝이 보이지 않는, 아름답게 먼 곳을 찾아 헤매는 것. 그런 여행에 함께 동참해 달라고 제안하는 것. 그래서 두 물고기의 싸움인 '투어鬪魚'는 결국 '투어tour'가 된다. "너에게 갈께"라는 고백은 이처럼 '날카로운 가시'가 '아름다운 비늘'로 바뀌는 과정을 통해 "함께 멀리로 가자"는 제안으로 마무리된다.

> 한 무리의 사슴이 한가로이 풀을 뜯고 있다 어린 사슴 늙은 사슴 살찐 사슴 야윈 사슴 모두 사슴 탈을 쓴 사슴이다 오른쪽 어금니로만 풀을 씹는 사슴 늑대처럼 하늘을 올려다보는 사슴 들소처럼 발톱으로 땅을 파헤치는 사슴 엇박자로 여기서 저기로 깡충깡충 뛰어다니는 사슴 이들은 모두 총체적으로 사슴이기 때문에 사슴이다 사실 나는 사슴이란 말을 모른다 모르지만 저것은 분명 사슴이다 사슴은 왜 사슴인가 그러니까 사슴에게 너는 왜 사슴이냐 묻는다면 사슴은 친절하게 설명해 줄 것인가 사슴은 내가 사람이라는 것

을 알기는 알까 사슴은 어쩌면 저렇게 까맣고 촉촉한 눈망울을 가졌을까 사슴은 죽어서도 사슴일까 다시 사슴으로 태어나서 사슴처럼 또 일평생을 순하게 풀만 뜯다가 사슴으로 죽는 것일까 그런데 나는 지금 왜 여기서 이런 생각을 하고 있을까 사슴 사슴 생각할수록 입에 착착 감기는 발음이다 귀를 쫑긋 세우고 듣는 애인의 첫눈 밟는 소리를 닮았구나 이렇게 기민한 이름이 세상에 또 있을까 한 명의 사람이 슬기롭게 사슴을 관찰하고 있다

—김산, 「슬기슬기사람」 전문

이혜미가 동음이의의 유사성을 기반으로 격렬한 진동과 파편화된 비늘의 아름다움을 그려낸다면 김산은 동일한 형태의 '표지mark'를 일정한 리듬으로 반복하면서 소리의 진동과 함께 마치 비늘처럼 배치된 시각적 무늬를 만들어낸다. 이혜미는 인상주의자들이 그렇듯이 물고기라는 형체를 전부 그리는 것 대신에 날카로운 가시를 뽑아내고 뒤흔들어 격렬한 무늬를 만든다. 이 과정에서 감정들은 펼쳐졌다가 다시 축소되고 마침내 하나의 날카로운 비늘로 수렴된다. 반면 김산은 우선 단어 자체에서도 'ㅅ'음이 반복되는 '사슴'을 뽑아낸다. 초성에 쓰이는 'ㅅ'은 혀끝을 치조와 경구개에 거의 붙여서 숨이 날카로운 공간을 비집고 나오며 마찰되게 발음한다. 무엇보다도 시인은 '사슴'이라는 말에 들러붙어 있는 의미의 맥락을 크게 고려하지 않고 시를 시작하는 것처럼 보인다.

2음절의 반복은 시가 흘러감에 따라 반복의 길이와 속도를 조절하면서 새로운 리듬을 형성한다. 첫 문장에서 사슴은 '한가로움'과 결합되면서 딱 한 번 제시된다. 그러나 바로 다음 문장에서 반복의 속도는 '어

린, 늙은, 살찐, 야윈'과 같은 동일 음절의 수식어와 결합되면서 빨라진다. 그 다음 문장에서는 수식어의 길이를 약간 늘이면서 '사슴'이라는 음가가 배치되는 간격을 더 넓힌다. 이런 식으로 길어졌다 짧아지는 간격과 함께 '사슴'이라는 음가가 울리는 빠르기에 귀를 기울여보라. '사슴'이라는 기표를 하나의 '상징symbol'으로 먼저 취급하지 말고 하나의 음가音價로, 나아가 반복되는 프레이징의 단위로 들어보자.

입과 소리의 조응을 거쳤다면 이제 당신에게 인쇄된 글자를 바라보는 시선을 조금 더 멀리해보기를 권하고 싶다. 물론 여전히 'ㅅ'이라는 표지를 상징적으로 생각하려고 마음을 고쳐먹을 필요는 없다. 이번에는 'ㅅ'을 두 개의 선이 양쪽으로 갈라진 하나의 회화적 이미지로 바라보자. 무슨 얼룩이나 점이라고 취급해도 좋다. 그것들이 홀로 놓여 있다가 급하게 반복적으로 늘어나다가 다시 뜸해지는 화면이 눈에 들어오는가. 실제 회화 작품에도 시각적 리듬이 있다. 한가로이 풀을 뜯는 사슴이 이런 무브망(동세)의 형식을 거치며 기묘하게 격렬해졌다가 다시 사그라지는 과정을 천천히, 조금 오랫동안 지켜보면 더 좋다. 김산은 신인상주의라는 말로 규정되곤 하는 쇠라가 그러했듯이 특정한 표지의 회화적 반복으로 기하학적 무늬를 만들어내고 거기에 앞서 언급한 음악적 리듬을 겹쳐 놓는다. 이제 서서히 마음의 영역으로 다가가기 위한 준비가 어느 정도 끝났다. 급할 필요는 없다.

모든 과정을 거쳤다면 이제 '사슴'이라는 말의 앞뒤에 배치된 언어들을 함께 읽어보자. 하나의 무리를 지어 있는 사슴들. 각각 어리고 늙고 살찌고 야위었지만 또 제각각 땅을 파고 하늘을 올려다보는 특징을 지닌 사슴들. 그들 모두는 각각 개성을 지니고 있지만 또 "총체적"이다.

무리지어 있는 사슴들. "나는 사슴이란 말을 모른다"는 화자의 고백처럼 우리 또한 그런 사슴을 규정할 도리가 없다. 제각각 다른 사슴이 총제적인 이유를 알 수 없는 것처럼 사람에 관해서도 마찬가지다. 우리와 사슴이 모두 사슴을 설명할 수 없는 것처럼 사슴 또한 자기 자신과 사람을 모두 설명할 수 없을 것이다. 이처럼 '사슴'이라는 '상징'은 설명할 도리가 없다. 우리에게 남는 것은 하나의 음가나 얼룩으로서의 사슴뿐. 그러나 설명할 수 없는 것들이 만들어내는 리듬은 얼마나 우리의 마음을 움직이는가. 또 그 배후에 비치는 사람의 흔적들, 총체적일 수밖에 없는 우리의 모습들도 원래 이렇게 설명할 수 없는 것 아니던가. "귀를 쫑긋 세우고", 가만히 '사슴'이 흘러가는 자취를 "관찰"하는 자세야말로 결코 총체적일 수 없으면서도 또 총체적이 되고 마는 우리들에게 허용된 "슬기"가 아닌가. "슬기롭게 사슴을 관찰"할 수 있는 "한 명의 사람"의 전망을 우리에게 열어 보이는 시인의 태도와 솜씨가 지극하고 절묘하다.

# 감정의 색조色調와 음향

두근거리는 마음을 어떻게 표현해야 할까. 두근두근. 심장의 박동을 흉내 낸 이 말을 사전에서는 놀라움이나 불안함을 나타낸다고 설명한다. 언제나 보편을 향해 서 있는 사전의 입장을 이해한다고 해도 만족스럽지 못한 것은 어쩔 수 없다. 놀라움이나 불안함이라는 말은 작거나 너무 커서 흐릿한 채 머물러 있는 것 같기 때문이다. 무엇보다도 이런 설명으로는 누군가에게 온통 마음을 빼앗겨서 점점 가슴이 빨리 뛰거나 누군가를 증오하는 감정이 폭발할 것처럼 달아올라 피가 끓어오르는 것과 같은 마음의 움직임을 포착하기가 거의 불가능할 것 같다.

내면의 소리에 민감한 시인이라면 이런 마음의 상태를 한층 다양하게 그릴 것이다. 그는 우선 그런 상태일 때의 자신과 타인의 변화에 주의를 기울일 것이다. 붉게 달아오르는 표정이나 찌푸린 눈썹 같은 것들에 주목할 수도 있겠다. 그가 여러 가지 변화의 징후들을 다른 각도에서 관찰하고 적절한 비유로 돌려 말하면 마음은 분명히 좀더 우리에게 가까워질 것이다. 더 감각적인 시인들이라면 대상을 다른 방향에서 바라보는 것을 넘어서 특별한 느낌을 발굴할 것이다. 가령, 희박해지는 공기의 밀도와 점점 가빠지는 호흡 같은 것을 나타낼 수도 있겠다. 이들은 세밀한 감각의 촉수를 동원하여 마음의 움직임을 어떤 말의 상태로 배열한다. 몸과 마음이 함께 조응하는 이 느낌의 세계에서 감정은 더 친숙하고 생생해진다.

한편, 김산을 비롯한 몇몇 시인들은 특정한 감각을 만들기 위해 말의 고삐를 죄지 않는다. 이들에게 말은 감정을 담기 위해 해체-조립되는 도구가 아니다. 이들은 특정한 경로로 말을 몰아넣기보다 말의 고삐를 느슨하게 풀어놓고 그들이 정말로 말馬처럼 뛰놀도록 내버려둔다. 이런 이유로 이들의 시도는 때때로 말놀이처럼 여겨지지만 그것과는 또 다르다. 말놀이가 음운의 유사성과 차이를 적극적으로 탐구하면서 지시 대상들 사이의 충돌을 통해 새로운 의미와 웃음을 유발한다면, 이들은 말을 지배하는 일반적 원리에 크게 신경을 쓰지 않는다. 스스로 질주하는 말의 행보는 역동적으로 변화한다. 단지 시인은 거기에 활기를 불어넣고 끊임없이 그것을 동요시킬 뿐.

> 주황 책을 읽는다 명랑하게. 주황에서 주황 종소리가 난다. 종소리는 부서지고 책은 찢겨지고 주황은 외따로이 주황주황 훌쩍인다. 신작로에는 하얗고 노란 주황들이 맹인처럼 서 있다. 선글라스와 선글라스 사이로 주황들이 흩날린다. 그리고 계속 주황은 어디론가 빨려 들어간다 저돌적으로. 활자가 주황을 버리자 주황은 책갈피 속에서 난분분하다. 주황이. 종소리가. 선글라스 속으로. 아무런 대사도 없이 지문 속에서 파열한다. 백 살이 넘은 태아가 주황의 배를 냅다 걷어찬다. 엄마의 주황이 하혈을 한다. 없는 아빠가 애타게 주황을 부르지만 주황은 태초에 없다. 주황은 색이 아니다. 색은 주

황의 미라. 주황은 너의 이름 너의 이름은 주황. 모든 주황은 네가 죽였다. 주황주황 죽어서 지금 너의 옆에 있다. 전근대적으로 새근새근 잠들어 있다. 우리 모두 주황의 이마에 키스를. 주황의 피사체가 반짝인다.

—김산, 「두근두근 주황」 전문

주황은 상징의 세계에서는 부차적이다. 빨강이나 노랑이 강한 정체성을 드러낸다면 주황은 그 사이에서 양쪽의 대립을 연결하면서 미묘한 조화와 섞임을 만들어낸다. 색채를 마술적으로 부리던 마티스는 주황이

**앙리 마티스**(Henry Matisse), **〈삶의 기쁨**(Le bonheur de vivre)**〉**

지닌 연접의 흥겨움에 착안하여 '주황—노랑—빨강'의 색조로 〈삶의 기쁨〉을 표현한 적이 있다.

한마디로 주황은 변화의 색이다. 새빨갛다거나 샛노랗다는 말은 있어도 주황의 농도를 표시하는 말은 없다. 주황은 항상 변화하고 있기 때문이다. 마치 우리의 마음이 단번에 어떤 상태로 바뀌지 않듯이, 주황은 빨강과 노랑 사이를 항상 유동한다.

주황 책을 읽는다. 책은 곧 찢기고, 책을 읽는 명랑한 종소리는 갑자기 외로운 훌쩍임으로 바뀐다. 선글라스를 끼고 맹인처럼 서 있는 사람들은 주황의 미묘한 변화를 눈치채지 못한다. 명랑함과 외로움 사이를 유동하는 주황의 차이는 선글라스 사이에서 흩어지지만 주황이 지닌 저돌적인 힘은 여전하다. 활자를 벗어나도 난분분하다. 언제나 밖으로 표출될 기미로 가득 차 있다. 마치 백 살이 넘은 태아처럼 항상 잉태되어 있지만 때때로 불쑥 엄마를 걷어차기도 한다. 그렇지만 변화의 상태 그 자체인 주황은 원래 계통이 없다. 빨강이나 노랑처럼 원천의 색이 아닌 주황은 이름은 있지만 오히려 이름에 포획되기 이전의 감각과도 같다. 도저히 이름 지을 수 없는 색과도 같다. 그래서 이름을 짓는 순간 주황은 죽지만 그것의 피사체는 항상 우리의 옆에 있다. 빨강과 노랑의 어느 사이에 미묘하게 잠들어 있다.

주황의 속성처럼 이 시는 중심점이 존재하지 않는다. 주황은 관형어의 자질을 지니고 있다가 주어가 되었다가 걷어차이는 사물이 되고 마침내 실체를 잃어버린 미라, 피사체로만 환기되는 반짝임으로 남는다. 활자마저 벗어나 있다는 점에서 이 시의 주황은 들로네 작품의 자질을 더 많이 가지고 있다. 들로네도 마티스와 마찬가지로 '빨강—주황—노

**로베르 들로네**(Robert Delaunay), **〈삶의 환희**(Joie De Vivre)**〉**

랑'의 색조로 〈삶의 환희〉를 표현했지만, 사물의 형태보다는 색채의 역동적 자질이 품은 리듬에 주목한다.

주황이 변화하는 동안 감정은 명랑해졌다가 찢기고, 외로워졌다가 저돌적이 되었다가 분분해지고 마침내 새근새근 잠든다. 주황이라는 말은 갖가지 음향과 스펙트럼에 실려 그대로 마음이 움직이는 자취가 된다. 실제로 두근두근하는 감정은 명랑함에서부터 시작해서 한껏 달아올랐다가 마침내 잠잠해지는 변화의 전 과정을 가지고 있지 않은가.

정말로 우리는 변화무쌍한 마음의 속성과 그 차이에 관해 선글라스를 낀 것처럼 무감하지는 않던가. 우리의 관계는 그 무감함 속에서 얼마나 딱딱하게 굳어지는가. 시인은 이런 방식으로 항상 깨어날 수 있는 잠재력을 지닌 감정의 미묘한 피사체를 우리 앞에 내민다. 시는 놀람과 불안에 관해 어떤 충고도 제시하지 않지만 우리는 역동적으로 움직이는 그의 말에 올라타고 일상에서 미처 정체를 파악하기 힘든 감정의 움직임에 더 가까이 다가갈 수 있다. 이제 막 첫 시집으로 묶인 김산의 문장은 종종 목적을 잃고 무의미에 다가가는 시도로 읽히기도 한다. 때때로 윤곽을 건너뛰는 말들에 담긴 음향과 색조에 더 주의를 기울여보자. 규정할 수 없는 우리의 모든 시시콜콜한 감정이 흩어졌다가 모이면서 서서히 총체적으로 변해가는 리듬에 몸을 맡겨보자. 갖가지 변화의 과정을 품고 있는 주황이 강렬한 생의 충만함으로 두근거릴 때까지.

# 번식하는 말, 그 끝없는 펼침

## 0

기이한 감정들에 관해 떠올린다. 이를테면 관계가 무너진 후에 남은 것들은 어떤가. 미처 파악할 수 없어서 받아들이기 힘든 마음의 움직임 같은 것들. 슬픔이나 미안함이라는 말로는 도저히 담을 수 없는 파탄의 느낌들. 기형도는 "사랑을 잃고 나는 쓰네"[24]라는 문장으로 이런 마음의 상태를 노래한 적 있다. 그는 '쓰다'라는 말로 맛의 감각과 행위의 동작을 함께 품는다. 그러나 더 정확히 말하자면 그는 맛이 '쓰다'는 감각만으로 표현할 수 없는 마음의 상태에 관해 '쓴다'. 지나간 사랑을 환기하는 모든 이미지들을 "빈집"에 남겨둔 채, 문을 잠그고 바깥으로 나온다. "장님처럼" "더듬거리"는 그는 내면적 반성introspection을 거쳐 마음 안쪽을 들여다보려는 시도를 포기한다. "가엾은 내 사랑"은 그저 빈집에 갇혀 있을 뿐. 기형도는 그곳을 텅 빈 상태로 비워 둔 채 계속 쓴다. 오직 쓴다는 행위와 말이 남는다.

24 기형도, 「빈 집」, 『입속의 검은 잎』, 문학과지성사, 1994, 81쪽.

「빈 집」은 내면이 더 이상 데카르트적인 주관적 경험의 영역일 수 없다는 사실을 잘 보여 준다. 그러나 잠긴 채로 남은 그 빈 공간은 여전히 은밀한 사적 영역일 수밖에 없다. '나'는 "가엾은 내 사랑"을 분리시켜 놓고 불가능한 관찰을 지속한다. 일관된 목소리로 분리된 내면에 주의를 기울인다. 한편 더 민감해진 오늘의 시인들은 다양한 목소리를 낸다. 이들에게 마음은 더 이상 잠긴 공간이 아니다. 이들은 '나'라는 인칭이 지닌 고유한 화법에 기대지 않고 다른 '나'의 목소리를 발굴한다. 이들의 다정하면서도 이상한 익명의 화법 속에서 사적 공간은 개방되고 다른 '나들'의 목소리가 출현한다. 타인의 마음을 훨씬 가깝게 끌어당기면서 또 다른 공동체를 만드는 이 목소리들은 '우리'라는 관계의 범주에 독특한 매력을 불어 넣는다. '나'이기를 거절하는 '나', '나'인지 알 수 없는 '나'와 같은, 다른 '나'는 '나'와 '너' 사이의 경계를 넘어 기존의 서정시가 다가갈 수 없었던 감각들을 발견한다. 다른 느낌 속에서 '우리'는 점차 무르익는다.

다시 헝클어진 관계 이후로 돌아가자. 분분하게 마음을 맴도는 감정은 아무리 반복되어도 쉽게 친숙해지지 않는다. 조각난 말들만 더 분명해진다. 쏟아 놓은 언어들. 불분명하고 희미하며, 도무지 상대에게 가닿을 길이 없는 나머지들. 잉여들. 말이 되기 이전의 것들을 상대에게 꺼내 줄 수는 없다. 말은 얼마나 자주 마음을 벗어나는가. 그것은 때때로 가다듬을 겨를도 없이 튀어나온다. 끝없이 솟구치는 충동들은 신중함과 다투고 충돌한다. '나'는 순식간에 '나'도 모르는 움직임들에 사로잡힌다. 어떤 시인들은 이와 같은 이상한 마음의 움직임을 탐구한다. 이들은 사물을 바라보는 시선이나 화법에 주목하기보다 막힌 말과 몸 속 깊숙한 곳에서 메아리처럼 울리는 것들에 귀를 기울인다. 동시에 그것이 섞이고 부딪히고 미끄러지면서 만드는 자취를 추적한다. 이들에게 말은 감정을 담기 위해 해체-조립되는 도구가 아니다. 이들은 특정한 경로로 말을 몰아넣기보다 말의 고삐를 느슨하게 풀어놓고 그들이 정말로 말馬처럼 뛰놀도록 내버려둔다. "들판이 아니라 들판에 대한 상상"[25]에 의해 달리는 말의 궤적, 그 감정의 무늬는 그대로 하나의 몸짓이 된다.

## 1

새는 알을 남기고 간 것이다.
나는 알을 처음 본 게 아니지만
곧 태어날 새는 어미를 전혀 알지 못한다.
알 속의 혀가 입술의 위치를 짚어보는
그런 명장면.

—유계영, 「에그」

정말로 "새는 뜻하지 않게 키우게 된 것이다". 둥글고 딱딱한 껍질에 둘러싸인 채, 움직이지도 않는 알이 있을 뿐인데 어느 순간 거기에서 새가 태어난다. 껍질 속에서 응집된 가능성은 이런 식으로 예측하지 못한 순간에 튀어나온다. 마치 내부에서 무르익는 말이 그렇듯이 새는 껍

25 이제니, 「처음의 들판」, 『아마도 아프리카』, 창비, 2010, 91쪽. 이후 발표 지면을 따로 표기하지 않은 이제니의 시는 모두 같은 시집에서 인용하였다.

질을 뚫고 바깥으로 돌출하여 잠시 머물다가 곧 날아간다.

새는 날아가고 다시 알이 남는다. 알이 새가 되는 과정에는 도대체 무슨 일이 일어나는 걸까. 같은 방식으로 이 질문을 '말은 어떻게 형성되고 발화되는 걸까'로 바꾸어도 무방할 것 같다. 잉태의 기운을 가득 품은 알은 겉으로 보기에는 아무런 변화가 없다. 마찬가지로 고요한 침묵에 싸인 우리의 내부도 들여다볼 수가 없다. "알 속의 혀가" 입술을 움직이는 바로 그 순간, 말이 막 터져 나오기 직전까지는 아무도 태어날 새에 관해 알 수가 없다.

"알 속의 혀가 입술의 위치를 짚어보는" 것처럼, 말은 마음의 언저리, 그 고요한 경계에서 계속 맴돌면서 섞인다. 말의 형성 과정을 알 수는 없지만 확실히 말이 태어나는 과정에는 껍질이라는 외벽, 몸의 바깥쪽 경계와의 접촉이 있다. 알 속에 담긴 어떤 물질은 어미를 모르지만 계속 움직이면서 껍질을 긁어낼 것이다. 껍질을 뚫고 스스로의 몸을 완성하기 위해. "바깥으로 통하는 문이 녹을 때까지".[26]

유계영은 말이 태어나기 직전의 상태에 관해 고민한다. 그는 "바퀴 달린 의자"[27]처럼 멈춤과 움직임 사이의 엉거주춤한 자세로 말이 생겨나는 과정의 마음의 변화에 골몰한다. "기분에 비해 너무 작은 입으로 / 무슨 말을 남길 수 있을"[28]지에 관해 더 신중한 태도를 취한다. 그러나 이 신중함의 곁에는 충동적인 발랄함이 함께 놓여 있다.

26 유계영, 「아이스크림」, 『미네르바』, 2012.봄.
27 유계영, 「잠속의 잠」, 『시와사상』, 2012.봄.
28 유계영, 「모형」, 『현대시』, 2012.1.

너희 내면은 어디로든 갈 수 있는 긴 다리로 가득해
스케이터의 발끝처럼 멀리 더 멀리 미끄러지는
불이야

소년아 소녀야
지붕의 모양을 확인할 수 있는 방법은
높이 더 높이 올라가 보는 것뿐이다
너흰 가장 오래 지속되는 감정을 찾을 때까지 떠돌아야 한다

—유계영, 「불이야」 부분

아무리 높이 올라가도 지붕의 모양을 확인할 수 없는 것처럼 내면의 공간, 의미가 형성되는 마음 속 그 은밀한 자리는 도달할 수 없다. 찾을 수 있는 것은 감정들뿐. 내면은 "다리"를 통해 비로소 지면과 접촉한다. 더불어 멀리 미끄러지는 운동의 감각이 경계를 만든다. 이때 다리는 내면을 실어 나르기 위한 도구가 아니다. 오히려 내면은 미끄러지는 움직임의 궤적을 따라 몸을 얻는다. 고유한 '나'로부터 벗어나 다른 '너'와 섞일 수 있는 가능성을 지니게 된다.

유계영의 시는 어떤 미적거리는 자세를 지니고 있다. 그는 바퀴 달린 의자처럼 달아나는 움직임과 멈추는 정지 상태의 경계에서 말을 붙잡고 있다. 화법의 측면에서도 마찬가지다. 「불이야」에서 번지는 불은 분명한 화자의 외침에 실린다. 날개를 달고 알에서 나온 새는 금방 사라지고 알과 그것을 바라보는 나의 시선이 남는다.

날개가 없는 새는 날개를 찾아 없는 날개를 팔락거린다. 날개는 자꾸 공중의 저편으로 날아가고. 날개가 없는 새의 몸통이 날개를 찾아 산과 바다를 횡단한다. 날개가 없는 새가 앉아 있던 나뭇가지는 바야흐로 고요하고 거룩하다. 소년은 검정 스케치북 위에 검정 크레파스로 날개가 없는 새의 날개를 그린다. 검정 스케치북을 나뭇가지 위에 걸어두고 휘리리온 휘리리온 휘파람을 분다. 스케치북의 검정이 스케치북 밖으로 날갯짓을 한다.

—김산, 「검정 감정」 부분

김산은 더 과감하게 경계를 탐색한다. "날개가 없는 새"는 어떻게 "없는 날개를 팔락"거리는가. 날개 없는 새는 새가 아니(라고 우리는 생각한)다. 날개는 새의 정체성과도 같다. 그러나 더 생각해 보면 새의 정체성은 나는 행위에서 비롯한다. 그러니까 날개가 없으면 당연히 날 수 없으므로 날개는 새에게 중요하다.

이 시는 날개 없는 새의 비행을 그린다. 날개가 없는 새는 없는 날개를 팔락거리다가 기어코 "날개를 찾아 산과 바다를 횡단한다." 날개는 없는데 나는 행위는 있다. '날개'라는 말은 '없다'는 말 사이에서 반복되면서 어떤 리듬을 형성한다. '날개'라는 말은 계속해서 흐르고 섞이면서 "날갯짓"을 만들고 마침내 "날개가 없는 새의 몸통"이 도래한다.

마음을 둘러싸고 흐르는 감정이란 어쩌면 날개 없는 새의 몸짓 같은 것이 아닐까. 고요한 곳에서 문득 솟는 느낌, 끝없이 유동하고 변화하는 그것에 날개를 달아 주려는 시도는 마치 "검정 스케치북 위에 검정 크레파스로" 날개를 그리는 것과 같다. 이런 시도가 무모하게 느껴지는가. 휘파람 소리에 나뭇가지에 걸린 스케치북이 날갯짓을 하는 것처럼 조금씩 변화하면서 반복되는 시어의 음성적 자질에 귀를 기울여 보자. 새카만 '검정'이 어떤 '감정'으로 바뀔 때까지. 우리의 닫히고 어두운 마음이 더 먼 곳으로 열려 낯선 영역으로 횡단하게 될 때까지.

## 2

말이 어긋나고 서로 충돌하면서 마음은 새카맣게 변한다. 감정은 어떻게 검은 색조를 띠게 되는 걸까. 날개를 달고 한없이 부푸는 마음은 말의 격렬함 속에서 급격히 위축된다. 찢어지고 산산조각 난 관계를 앞에 두고 망연자실한 모습을 떠올려 보자. 내면을 지켜보는 '나'는 온데간데없다. 마음은 폭발할 것만 같은 분노의 감정과 수치스럽고 비참한 감정 사이에서 커지고 작아지기를 반복하며 점점 무게를 더한다. 마음의 무게가 늘어날수록 또 말은 얼마나 더 짓눌리는가. 미안함과 같은 감정들은 잔뜩 달아오른 마음에 떠밀려 쉽게 바깥으로 나오지 못한다.

> 개를 끌고 가는 내가 있고 발이 무거운 네가 있다. 거리는 여러 갈래로 갈라진다. 어제의 태양이 머리 위로 떨어진다. 너는 손바닥 안에 사과를 숨기고 있다. 사과는 둥글고 사과는 붉다. 달콤한 과육은 희고 긴 벌레들의 속죄양. 벌레의 미래는 과즙으로 출렁이겠지. 나의 귀는 너의 사과를 향해 열려 있다. 사과 속의 사과는 천천히 사라져간다. 나의 귀에 너의 사과가 도착하기까지는 아직 시간이 남아 있다. 상상해본 적 없는 점선의 궤적을 그려볼 시간. 이를테면 죽음을 향해 떠나는 개미의 이동경로를 상상해볼 시간. 일개

미 여왕개미 소년개미 소녀개미. 내 손바닥 위에서 끝나기도 하는 개미의 일생에 대해. 나의 개는 발이 아프다.

—이제니, 「나의 귀에 너의 사과가」 부분

"상상해본 적 없는 점선의 궤적"을 만들어내는 "개미"는 갑자기 나온 것이 아니다. '개'와 그것을 끌고 가는 '나me'의 결합이 이미 '개미'이기 때문이다. 그런데 '개미'를 구성하는 '개'와 '나' 사이에는 '끄는' 운동 방식이 놓여 있다. '나'의 입장에서는 '개'를 '끌고 가는' 것이지만 '개'의 입장에서는 아마 '끌려가는' 것이리라. 질질 끌리는 운동 방식은 '무거움'을 낳는다. '나'에게 무언가 사과를 해야 하는 입장에 놓인 것 같은 '너'의 발은 그래서 무거워진다. '너'는 금방 사과를 하지 못하고 질질 끈다. 그 지루한 시간의 경과가 개미들의 행렬을 낳는다. 그러니까 '(먹는) 사과'의 달콤한 과즙을 향해 끝없이 늘어진 개미들의 행렬은 그대로 '(잘못에 대한) 사과'를 하지 못하고 미적거리며 '나'에게 끌려 다니는 '너'와 겹쳐진다.

사과는 간결합니다. 악수를 하지 않아도 사과는 투명하고 세상의 모든 사과를 파는 상점 앞에서 우리는 부끄러운 손을 내밉니다. 무당의 사주를 점치는 사과. 사과를 드로잉하는 사과. 신들의 방언을 방언하는 사과. 사과 상점의 권리금이 일제히 치솟습니다. 어제는 이별을 고하는 사과를 판 상점 주인이 과일 상가에서 퇴출되었습니다. 파란 사과 빨간 사과 멍든 사과 여문 사과들이 비닐봉지에 담겨 저녁의 골목으로 사라집니다. 우리는 사과를 기다리고 사과의 취향을 존중합니다. 사과를 깎던 두툼한 손 아래로 두꺼운 사과의 껍질이 떨어집니다. 사과의 달콤한 향이 밤의 미로 위로 뭉게뭉게 피어오릅니다. 정중한 사과 한 알을 들고 악력을 다해 반을 쪼갭니다. 사과 속에는 팔랑팔랑 나비의 화석이 잠을 자고, 사과의 씨앗은 폭염의 대지 위에서 꿈틀꿈틀 기지개를 켭니다. 사과는 무럭무럭 자라나고 사과는 주렁주렁 매달립니다. 나비 한 마리가 가을로 겨울로 최선을 다해 약진합니다.

—김산, 「약진하는 사과」

긴 개미의 행렬처럼 도착할 줄 모르고 늘어지던 사과는 껍질이 벗겨지면서 달콤한 향이 더 살아난다. 사과는 원래 그런 것. 꺼내기 힘들지만 일단 바깥으로 나오면 그야말로 간결하고 투명하기 이를 데 없는 것. 우리가 사용하는 모든 말이 그렇듯이, 사과의 말은 대개 마음의 복잡한 움직임을 담지 못한다. '미안해'와 같은 말은 너무 짧고 분명해서 속살이 드러나기 전까지는 도대체 아무런 맛과 향을 느낄 수가 없다.

충분하지 못한 사과들. 우리는 상점에 흔하게 널린 사과를 구입하듯이 "부끄러운 손"을 내밀어 금방 사과를 구한다. 더불어 쉽게 구한 사과의 위력을 과대평가한다. 무당의 사주도 봐줄 수 있고, 신의 말도 넘어설 수 있을 것처럼. 그렇지만 사과 상점의 권리금이 치솟을수록 사과의 위력은 약해지고 품질도 떨어지게 마련이다.

충분하지 못한 사과가 손쉬운 권리의 행세를 할 때, 그것은 이미 사과라고 할 수 없다. 감정 따위에는 아랑곳하지 않는 사과, 정형화된 방식으로 "이별을 고하는 사과를 판 상점 주인이 과일 상가에서 퇴출"되는 것은 자연스럽다. 우리들의 복잡한 마음처럼 다양한 사과들은 취향에 따라 각각의 손에 들려 골목으로 사라진다. 우리는 그것의 맛을 상상하면서 천천히 그리고 정중하게 껍질을 벗긴다. 마침내 속살이 드러나고 급기야 쪼개져서 그것의 내부가 훤히 드러났을 때 우리는 사과의 충만한 맛을 느낄 수 있을 것이다. 그것이 품고 있는 씨앗이 새로운 열매를 맺는 잠재적 힘을 지니고 있다는 사실을 비로소 깨닫게 될 지도 모른다.

단순하고 간결한 두 음절의 말일 뿐인 '사과'는 이런 식으로 무르익는다. "최선을 다해 약진"하면서 불분명하고 불만족스러운 감정을 어루만진다. 사과라는 말이 과육의 향기와 복잡하고도 오묘한 맛을 획득하는 과정에는 이처럼 기다림의 시간과 흐르는 리듬이 필요하다. 단순한 사과만으로 덮을 수 없는 미궁의 생은 말이 순환하면서 스스로의 몸과 접촉하는 궤적 속에서 풍요로워진다. 짓눌린 말은 "꿈틀꿈틀 기지개"를 켜고, 붉게 달아오른 마음은 부드럽고 흰 속살을 드러낸다. 이런 순간이야말로 우리에게 몸과 마음을 분리하는 문법적 허구를 넘어서 올바른 인간적 관점을 회복할 수 있는 가능성을 열어 준다. 생의 감각적 본질과 마주할 수 있는 계기를 마련해 준다.

## 3

막힌 채 흐르지 못하는 말 때문에 마음은 더욱 흔들린다. 불충분한 사과 때문에 미안한 마음은 자꾸 쌓인다. 들끓는 마음속에서 솟구치는 분노의 감정을 떠올려 보자. 미처 말이 되지 못한 것들. 가쁜 호흡과 거친 숨결과 같은 것들. 제어하기 어려운 마음의 움직임은 우리의 감각을 무디게 만든다. 감각의 둔화가 반복적으로 지속되면 하나의 증상이 된다.

비트겐슈타인은 '나'의 통증에 관해서는 반성적 능력을 통해 직접적으로 알 수 있지만, 타인의 통증에 관해서는 그의 행동을 관찰하여 원인을 추론할 수밖에 없다는 데카르트주의의 관점을 오류라고 주장한다. 그는 감각어가 작동하는 방식이 공적으로 관찰 가능한 사물을 명명하는 경우와 마찬가지라는 주장을 부정한다. 예컨대 '아픔'은 '나무'가 그런 종류의 대상을 지칭하는 것과 같은 방식으로 사적인 감각을 지칭할 수 없다.[29] 우리가 일상어의 차원에서 '아프다'고 말하는 것은 통증 자체를 기술하는 것이 아니라, 단지 그것을 겉으로 표현해 주는 역할을 할 뿐이다. 더불어 그는 우리가 고통으로 몸부림치는 누군가를 볼 때 그 사람의 아픔을 추론하는 것이 아니라 오히려 직접적으로 아픔을 본다고 말한다. 물론 그 사람이 통증을 가장하고 있다고 의심할 수도 있다. 그렇지만 그런 거짓말도 일차적으로 '통증'이라는 말의 의미를 습득한 후에야 가능하다.[30]

오늘의 어떤 시인들은 다양한 '나'를 발굴하여 감각을 확장한다. 이들은 일관된 시선으로 세계를 관찰하고 내면을 반성할 수 있다는 믿음에서 탈피하여 사적인 공간에 갇혀 있던 감각을 타인과 나눠 갖는다. 반면 이 글에서 주로 다루고 있는 시인들은 오히려 외부와 연결하는 자신의 감각을 더 차단한다. 무디어진 감각이 마침내 어떤 증상처럼 바뀌는 과정 속에서 감정은 더 섬세한 결을 드러낸다. 이런 변화의 흐름을

---

29 G. Pitcher, 박영식 역, 『비트겐슈타인의 철학』, 서광사, 1990, 329쪽.

30 비트겐슈타인, 이영철 역, 『철학적 탐구』, 책세상, 2006. 이 책의 '타인의 마음 문제'에 나타난 내용을 다음 책의 해설을 참조하여 정리하였다. 뉴턴 가버, 이승종 역, 『데리다와 비트겐슈타인』, 민음사, 1998; P. M. S. 해커, 전대호 역, 『비트겐슈타인』, 궁리, 2001.

따라 말이 천천히 번식하기 시작한다. 이런 종류의 시어들은 발화되는 것이 아니라 하나의 몸짓이 되어 스민다.[31] 일상어의 단단하고 무심한 틈으로. 몸과 마음, 말과 의미의 이분법적인 간격 사이로.

> 누군가의 얼굴이 뭉개지고 있었다
> 녹색 식물의 입이 흔들리고 있었다
> 녹색의 감정이 흘러내리고 있었다
>
> (…중략…)
>
> 분별 없는 심장이 그것의 감정을 녹색으로 물들였다
> 내게서 가장 멀리 있는 것은 바로 나 자신이다
>
> —이제니, 「녹색 감정 식물」 부분

"녹색 감정 식물"은 어떻게 탄생하는가. 이 시는 "식물이 말라죽는 밤이었다"로 시작한다. 그런데 5행에 이르면 죽음의 기운으로 가득한 밤의 어둠 속에서 "어두운 식물이 자라나고 있"다. 이것은 세상이 온통 어둠에 잠길 때 비로소 번성한다. "누군가의 얼굴이 뭉개지고", 일상적인 감각이 마르는 순간에 녹색 감정은 가장 강렬하게 번진다. '식물'이라는

---

31 마루야마 게이자부로는 줄리아 크리스테바가 올레롱 P. Oléron의 "몸짓 언어란 단순하게 말일 뿐만 아니라 행위이기도 하고, 또한 행위에 가담하는 것이며 더욱이 사물에 가담하기도 하는 것"이라는 부분을 인용하는 맥락을 통해 시적 언어의 개념 중 하나로 발화와 관련된 말과는 다른 '몸짓과 깊이 관련되어 있는 말'을 제시한다. 마루야마 게이자부로, 고동호 역, 『존재와 언어』, 민음사, 2002, 126쪽.

말, 보통의 식물은 혼자 있을 때 시들지만, “분별 없는 심장”이 ‘감정’을 연결고리로 ‘녹색’을 덧붙이면서 다시 생생한 녹색으로 물든다. 이런 식으로 말은 마음의 움직임, 그 방향을 알 수 없는 흐름과 동행한다.

‘동행’이라는 표현처럼 이런 움직임은 사물을 따라가는 시선의 이동과 다르다. 이런 시들은 정신의 지향을 추적하지도 않지만 그렇다고 해서 몸에 ‘대해서’ 쓰지도 않는다. 말은 ‘의미’를 담는 기호도 아니며 동시에 무의미를 시도하는 사물도 아니다.

개미의 심장이 버섯 위에 놓여 있다
버섯은 백색 송로버섯이다

정오의 태양
나는 배가 고프다

배고픔의 미래
배고픔의 밀실

배고픔이 개미를 떠밀고
나를 송로버섯 쪽으로 끌어당긴다

나는 끌리고 나는 밀린다
밀리고 끌리다가 허리가 부러진 사람

송로버섯 곁에는 개미의 심장이
개미의 심장 곁에는 어제의 황혼이

—이제니, 「개미의 심장」 부분

몸 한가운데서 멈추지 않고 뛰면서 고루 피를 퍼트리는 심장心臟은 그 성격 때문에 종종 마음心腸의 은유가 된다. 저 조그마한 개미에게 심장을 달아 주다니. 그야말로 의미심장深長하다. 의미심장한 개미의 심장은 버섯 위에 놓여 있다. 그런데 그 버섯은 백색 송로버섯. 난데없는 버섯의 출현에 당황하기보다 우선 송로버섯의 깊은 향에 몸을 내맡겨 보자. 은밀하고 미묘하게 스며드는 맛과 향. 와인을 즐기는 사람들은 '송로Truffles'를 매우 포착하기 어려운 와인의 향을 이르는 용어로 사용한다는 사실을 떠올려도 좋겠다.

향과 맛, 그 깊고 무한한 지경으로 향하다 보니 어느새 '나'는 배가 고프다. 배고픔이라는 일상의 물리적 절박함은 '나'를 버섯 쪽으로 끌어당긴다. 상실의 슬픔에 휩싸여도 때가 되면 끼니를 따르게 되는 법. '나'는 이처럼 속절없이 "끌리고" "밀린다". 또 우리는 종종 그렇게 "밀리고 끌리다가 허리가 부러"질 것만 같지 않던가. 끊임없이 무리지어 이동하는 개미처럼.

심장과 버섯. 말과 의미. 물리적 작용과 정신적 움직임은 이토록 긴밀하게 연결되어 있다. '나'는 심장과 버섯 사이에서 밀리고 끌리며 어긋나고 교차하다가 포개지는 과정을 거치며 마침내 '사람'이 된다. 그러니까 심장과 버섯 사이에는 이동의 통로送路가 있다. 시인은 심장과 버섯이라는 말 사이에 송로를 설치하고 마치 개미가 땅 밑의 복잡한 통로를 다니듯, 버섯이 미로처럼 땅 밑으로 뿌리를 내리듯, 의식과 무의식, 말과 의미 사이를 끝없이 배회한다.

마음을 대변하는 심장은 처음에 버섯 '위'에 놓여 있다. 그러다가 '(개미의) 심장→송로→버섯'과 같이 '송로'라는 말을 거치면서 결국 "송로버섯 곁"으로 내려온다. 위계를 가지고 말을 지배하는 것처럼 보이던 의미는 말의 '곁'으로 내려온다. 말이 무한하게 반복될수록 의미는 점점 희미해진다. 아마도 시인의 시적 행보는 결국 심장 '곁'으로 다가가려는 무한한 움직임 같은 것. 한 줄로 늘어선 개미의 행렬은 이처럼 기존 의미에 포착되지 않은 미지의 영역으로 향한다. 이런 노력은 정오의 태양이 아니라 어두운 밤의 기운을 타고 마치 포자처럼 날아가 그늘 아래 은밀하게 돋아난다. 이런 과정 속에서 '버섯'이라는 말은 독특하면서도 그윽하고 이상하면서도 미묘한 맛과 향을 지니게 된다.

확실히 이 기묘한 감정의 무늬로 빚어낸 세계는 뚜렷한 의식의 시간과 망각을 배경으로 삼고 있는 잠의 세계 사이에 위치한 것처럼 보인다. 그의 시는 명확한 의식과 꿈의 경계를 끊임없이 넘나드는 불면의 에너지로 가득 차 있다. 완전히 잠들지 않았지만, 의심할 바 없이 명백한 의미를 추구하는 것도 아닌 상태로의 이동을 그는 "사몽의 숲"으로 가고 오는 과정이라 이야기한다. '비몽사몽'에서 '비몽'마저 떼어낸 숲은 "끝없는 공허"와 "적막의 언덕"으로 이루어져 있다.(「사몽의 숲으로」)

그렇다고 해서 그의 시에 등장하는 '밋딤'이나 '홀리', '뵈뵈'와 같은 낱말들을 그저 '사몽'의 상태에서 내뱉은 하나의 음성적 자질에 불과하다고 치부할 수는 없다. 가령, "밋딤으로 다가가기 위해, 밋딤으로부터 멀어지기 위해 / 나는 남몰래 마음속으로 양을 세었다 // 양 한 마리,

양 두 마리, 양 세 마리, 양 네 마리 / 무한히 커지는 속삭임 한번, 무한히 작아지는 속삭임 한번"(「밋딤」)과 같은 구절은 꿈속의 어떤 신비한 세계, 알 수 없는 지경으로 나아가기 위한 반복의 선율로 읽기만 해도 아름답다. 그렇지만 거기에 "갑스울과 에델과 야굴과 기나와"로 시작하는 여호수아 15장의 21절에서부터 끊임없이 이어지는 이름들이 "광야에는 벧아라바와 밋딤과 스가가와 닙산과 염성과 엔게디니"로 마무리되는 맨 마지막 부분인 61절까지의 맥락을 떠올린다면 끝없이 양을 세는 불면의 고독과 "길쭉하게 진동하는 소립자의 호소처럼"이라는 시속의 리듬을 더 절실하게 느낄 수 있게 될 것이다.

언어 철학자들이 지시하는 바가 없는 순수 표상에 대한 후보로 원시종교와 꿈의 언어들을 내세웠던 것 같이 이제니는 "시대에 대한 그 모든 정의는 버린 지 오래"되었고 "영원히 되찾을 수 없는 언어의 심연"(「별 시대의 아움」)을 찾아 떠난다. 말들은 아무리 잘라내도 끊이지 않고 계속해서 자라난다. '요롱이'라고 말하면 "나는 정말 요롱이가 되고 싶어"지는 사태에 관해 그는 진지하게 이야기하고 있는 중이다.(「요롱이는 말한다」) "이것은 문장으로 연습해보는 어떤 종류의 감정이다.(「모퉁이를 돌다」)" 그러므로 우리는 문법에 맞춘 받아쓰기가 아닌, "하나의 이름으로 둘을 부르는 일"(「그늘의 입」)과 같은 그의 시에서 딱딱하게 굳어져서 의식에 고정된 대상이나 예측 가능한 행위와 이미지 따위를 떠올리려고 해서는 곤란하다. 이런 시도 자체가 경험적으로 반복되는 의미의 검증 가능성을 강력하게 부정하고 있기 때문이다.

「아름다운 트레이시와 나의 마지막 늑대」와 같은 시는 말더듬이 소녀가 집을 나서고 자기 자신을 찾아가는 과정을 거쳐 결국 나무의 언어를 이해하는 사람이 되는 과정을 근사하게 만들어낸다. 늑대의 울음소리는 그 여정의 비장함과 음산함을 자아낸다. 얼음 같은 침착함으로 기침을 견디며 시원의 언어를 찾아가는 소녀의 모습 자체만으로도 이 시는 시인의 태도와 감정을 충분히 느낄 수 있게 해준다. 그렇지만 이 시집 곳곳에 보이는 "주기도문을 외우는 음독의 시간"(「밤의 공벌레」)이라든지, "손목에 그어진 열십자의 상처"(「그믐으로 가는 검은 말」)와 같은 여러 흔적들에 익숙한 우리는 유사한 상처에 휩싸여 있던 영국의 현대미술가 트레이시 에민Tracey Emin을 떠올릴 수도 있다. 우울증과 약물 중독, 그리고 끊임없는 자살 시도 속에서도, 많은 사람들이 묻어버리고 싶어 하는 치욕의 순간들과 버려진 물건들로 자신의 작품을 만들어냈던 그는 개념미술의 일원으로 유명하다. 개념미술이라는 용어에 포섭되는 구성원들은 이미 자명하게 세계를 채우고 있는 '자연'에 관심을 두지 않고 인공적으로 만들어낸 것—지극히 일상적인 것에서 대단히 추상적인 철학까지—속에서 매혹적인 아이디어를 만들어낸다. 흔히 뒤샹이 떼어낸 변기에서 시작되었다고 여겨지곤 하는 개념미술의 멤버 중 뉴욕의 화랑에서 늑대 한 마리와 3일 동안 퍼포먼스를 펼쳤던 독일의 작가 요셉 보이스를 떠올려 보는 것도 좋겠다.

말더듬이 소녀가 심은 나무의 이름을 시인의 표현대로 '기분 나무'라고 부르면 어떨까. 이 "기분 나무는 구름의 영토 서쪽 끝에 도열해 있"다. 그리고 그 "그늘 밑에는 알파카 나의 알파카가" 있다고 상상해 보자.(「알파카 마음이 흐를 때」) 알파카는 페루 안데스 산간지방에 사는, 라마를 닮은 동물이기도 하지만 동시에 그 동물의 털로 만든 실을 이르는 말이기도 하다. 왜 하필 서쪽 끝의 알 수 없는 나라에 있는 알 수 없는 동물을 소환하는지를 묻기보다 알파카 실로 짜내는 것과 같은 언어의 교직이 만들어내는 무늬를 주목해보자. 감정의 실타래가 여러 갈래로 방사되면서 펼치는 아라베스크의 리듬을 반복해서 발음하다 보면, 그가 '완고한 완두콩'의 세계, 직선과 면으로 이루어진 냉정하고 어두운 '모퉁이의 세계'에서 흔들리고 뭉개지면서 만들어내는 '녹색 감정'의 우미한 곡선의 궤적을 감지할 수 있을 것이다. 여기에 더 익숙해지면 '들판에 가득한 홀리(=호랑가시나무)'가 털실처럼 하늘거리면서도 수많은 가시를 지니고 있어서 상처를 낼 수밖에 없는 심정을 정말 '홀리holly'하게 받아들일 수도 있을지 모른다. 그리고 나면 "호랑이, 그것은 나만의 것 / 따뜻하고 보드랍고 발톱이 없는 것"(「아마도 아프리카」) 이라는, 알 수 없는 감정에도 한 발짝 더 가까이 다가갈 수 있을 것이다. 결국 당신은 이 시인이 야릇한 대상을 소환하며 물질적 실체를 부정하려는 것이 아니라 딱딱하게 굳어버린 물질과 마음의 이면에서 언제든 '액화'될 수 있는 속성을 한없이 응원하려 한다는 사실을 느끼게 될 것이다.

액화된 감정의 실로 엮은 무늬들은 유사성을 매개로 삼는 은유가 금세 굳어져서 죽을 운명에 처하게 되는 것과는 달리 쉽게 경화될 수 없다는 점에서 강한 생명력을 지닐 것이다. 상대방이 사과를 하지 않고 자꾸 미적거릴 때, 혹은 고백이 무참하게 거절당했을 때, 누군가가 냉정하게 선을 긋고 서로의 구역을 나누려 할 때, 도저히 가늠할 수 없는 감정 때문에 마음이 흔들릴 때, "울적 울적하게 줄어들며 달콤 달콤"(「고백을 하고 만다린 주스」)한 만다린 주스 한 잔을 당신에게 권하고 싶다. 아마도 나와 비슷한 흐름을 겪어왔다면 이 부드럽고 따뜻하게 부풀어 오르는 주스가, 아니 그런 주스의 '맛'과 같은 그의 시들이 얼마나 놀라운 치유의 힘을 지니고 있는지 새삼스럽게 경험할 수 있으리라 확신한다.

## 4

감정을 따라 녹색으로 물드는 말, 어두운 곳에서 은밀하게 번식하는 말은 바깥으로 퍼지면서 송로를 만든다. 지속적인 움직임이 만드는 궤적은 다수의 선분을 이루며 일상의 말을 둘러싸고 있는 경계를 허문다. 단순하고 텅 비어 있던 일상의 말들은 서로 스치고 얽히면서 무리를 지어 계속 먼 곳으로 향한다. 의식이 가닿을 수 없는 잠과 꿈의 영역, 그 깊고 먼 곳까지. 이런 과정 속에서 들끓는 마음은 가라앉고 한없이 위축되던 감정은 다시 부푼다.

> 덩어리지는 바퀴들의 연속, 그것의 몸으로 도로가 흘렀다 말라붙은 바퀴들의 연속, 그것의 몸으로 도로가 흐른다.
>
> (…중략…)
>
> 그것의 횡단에는 의지가 포함되지 않았다 그것의 횡단은 방향을 포함하고 있지 않았다 얼마 후부터 얼마 전 그것의 표정에는 얼굴이 없다
>
> —김성대, 「횡단」 부분

"덩어리지는 바퀴들의 연속"이라는 표현은 이들의 사유 방식을 근사하게 담는다. 일상의 감각을 잃고 "말라붙은" 바퀴들은 계속 구른다. 구르는 운동 방식에서 비로소 몸이 도래한다. 이때 증식하는 말의 움직임은 특정한 감정의 양태를 묘사하거나 어떤 감각을 드러내려는 시도가 아니다. 또한 발화하는 방식 대신 춤이나 어떤 동작을 흉내 내는 시도와도 전혀 다르다. 이 "횡단"은 고정된 의미를 담으려는 "의지"를 담고 있지 않다. 그것은 지속하면서 몸과 마음을 접촉하게 만든다. 이 과정 속에서 감정은 이런저런 변화를 겪고 감각은 동요한다. 마치 이것은 "의미sens라는 비육체적인 것으로 몸과 접촉하는 일, 그럼으로써 비육체적인 것이 접촉하도록 만드는 일, 그래서 의미가 하나의 터치une touche가 되도록 만드는 일"과도 유사하다.[32]

우리는 탁구대 위에서 탁구를 연습하고 술을 마시기로 했다 그의 예쁜 아내와

탁구알이 오갔던 소리는 작고 둥근 선분을 그리며 탁구대 위를 낙하하고 있었다

술은 한 모금 탁구알 같았다 우리는 낙하하는 선분을 바라보며 오늘로 갔다

그의 예쁜 아내는 탁구알처럼 웃었다 몸속을 돌아다니는 알들과 함께 우리는 가벼워질지도 몰랐다

술이 오르고 있었다 선분이 이울자 여음처럼 여러 개의 알들이 돌아오고 있었다

---

32 장뤽 낭시, 김예령 역, 『코르푸스―몸, 가장 멀리서 오는 지금 여기』, 문학과지성사, 2012, 14쪽.

어느 것이 오늘에 속하는 건지 알 수 없었다 그의 아내는 오랫동안 눈을 감았고 알들은 수런거렸다

우리는 술잔을 놓칠까 꽉 쥐는 손처럼 어둠 속에서 홀로 탁구알을 쥐고 있는 사람을 보았다

탁구대 위에서 오랫동안의 여름이 오고 있었다 그녀는 「탁구」에 머물러 있었다

—김성대, 「탁구」 전문

'나'와 '그'와 '그의 예쁜 아내'로 구성된 '우리'는 함께 탁구를 치고 술을 마신다. 동그란 "탁구알"은 '우리'들 사이를 오가며 소리를 낸다. 탁구알이 내는 소리의 자질은 반복해서 '우리'들 사이의 어떤 궤적을 만든다. 어쩌면 그 와중에 서로가 사소한 말들을 주고받았을 수도 있다. 그렇지만 실제 발화한 말은 시의 배후에 암시적으로 남아 있을 뿐, 실제로 시 속의 '우리'는 탁구알이 만드는 "작고 둥근 선분"으로 연결된다. '우리'라는 작고 소박한 공동체는 이처럼 다양하게 얽히는 선분을 매개로 서로의 몸이 접촉하면서 생긴다.

동그란 탁구알이 튕기는 소리가 선분을 그리는 것처럼, 한 모금 술을 넘기는 소리는 둥근 목젖을 타고 몸속으로 향한다. 운동과 알코올에 몸이 반응하는 것처럼 '우리'는 마음도 "가벼워질지" 모른다는 기대를 갖는다. 그러나 "술이 오르고" 함께 주고받던 감각이 사그라지자 "여러 개의 알들이 돌아"온다. "곧 태어날 새"(유계영, 「에그」)를 품은 듯한, "우리의 눈 속에서 자신을 응시하는 눈"[33]과도 같은 알들.

이런 장면은 "어느 것이 오늘에 속하는 건지 알 수 없"을 정도로 여

러 번 반복된 것 같다. 알을 깨고 나오지 못하던 말은 몸 깊숙한 곳에서 수런거린다. 운동은 시간 속에서 지속하면서 공동체 내의 변화를 초래한다. 비트겐슈타인의 말처럼 '우리'는, 아니 우리는 "술잔을 놓칠까 꽉 쥐는 손"을 본다. '아프다'는 말을 거치지 않고도 "어둠 속에서 홀로 탁구알을 쥐고 있는 사람"과 직접 마주한다.

어둠 때문에 우리는 "홀로 탁구알을 쥐고 있는 사람"의 표정이나 반응을 확인할 수 없다. 다만 불분명한 윤곽 속에서 꽉 쥐는 손의 긴장이 지속되면서 잠재적인 것들이 솟는다. '그'와 '그의 아내'라는 관계에서는 드러나지 않던 불안과 계속 평행선을 달리던 차이들은 '나'의 개입이라는 사건으로 비로소 새로운 지경으로 돌입한다. 각각의 특이성들은 잠재적인 것들과 상호작용하면서 실재성을 띠게 된다.

이 시는 달콤한 설득이나 강렬한 충고와 같이 의지에 휘둘리는 발화방식이 없이도 우리들이 어떻게 공동체를 형성할 수 있는지 놀라운 방식으로 보여 준다. 어쩌면 우리의 생은 작은 탁구대와도 같은 지평에서 함께 탁구알이 울리는 소리와 같은 감각을 나누는 행위를 끝없이 반복하는 것과도 같지 않을까. '탁구'라는 말은 하나의 기호를 넘어 소리가 만드는 궤적을 따라 '알'과 '대'를 거치며 시 속을 튀어 다닌다. 우리는 그저 그 말이 번식하면서 도래하는 몸의 궤적을 느낄 수 있을 뿐이다. 그러나 계속 섞이는 몸의 교차와 펼침 속에서 셋으로 늘어나는 공동체의 가능성이 무르익는다. 정체된 개별 주체의 관계가 새로운 국면으로 진입하는 것을 발견한다. 더불어 이 시는 함부로 합일의 상태로 나아가

---

33 김성대, 「2011－스페이스 아우슈비츠(*2011 －A space Auschwitz*)」, 『웹진문장』, 2011.7.

지 않는다. "오랫동안의 여름"이 오는 동안 "그녀는 「탁구」에 머물러 있"다. 이 소박한 공동체는 차이의 역능을 무시하면서 쉽게 통합을 주장하는 공동체의 폭력과 멀리 떨어져 있다.

## 5

사과 상점의 권리금이 치솟을수록 사과의 위력은 약해지고 품질도 떨어지던 상황을 다시 떠올려 보자. '권리'라는 이름으로 상품에 덕지덕지 덧붙은 자본이 상품의 생산과 밀접한 연관을 갖는다는 사실은 잘 알려져 있다. 나아가 자본은 상품의 생산에 영향력을 행사하는 것을 넘어서 끊임없이 우리 생의 형식을 디자인한다. 자본은 스마트하게 살기 위하여 어느 회사 제품의 매력적인 곡선 디자인을 소유해야 한다고 알려 준다. 그것은 금융이라는 말로 부드럽게 이름을 바꾸고 더 나은 생활을 위해 어느 곳에 주택을 마련해야 할지를 일러 주며 나아가 가진 돈의 권리를 넘어서 빚을 낼 수 있는 방법까지 친절하게 소개한다. 이런 점에서 자본은 상품을 통하는 것뿐만 아니라 명령과 권력을 통해서 우리의 생을 디자인한다.

오늘날의 권력은 전면에 나서서 몸을 구속하는 것이 아니라 규율을 통해 모든 인간이 스스로 자신을 감시하도록 은밀하게 강제한다. 이런 구조 속에서 우리는 아무도 시킨 사람이 없는데 초라한 지경으로 전락하는 자신을 목도한다. 부지불식간에 개인적, 사회적 관계의 파탄에 이른 사람의 마음은 이전보다 더 심한 변화에 시달린다. '치유'라는 말이 널리 퍼지는 사태는 이와 밀접한 관련이 있는 것 같다. '치유'는 '치료'라는 말의 의미에 심리적인 안정을 준다는 의미가 덧붙어 있다. 그렇지만 타인의 고백을 일방적으로 자극하거나 '나'의 고백을 쏟아 놓고 상대가 받아들이기를 강제하는 행위 같은 것들이 치유의 이름표를 달고 횡행한다. 사실 치유라는 말 자체의 속성에 이미 편향된 우열의 조건이 담겨 있다는 점에서 이런 사태는 당연한 것인지도 모르겠다.

동정의 위로는 쏟아 내기도 쉽고 찾기도 어렵지 않다. 우월한 '나'는 여전히 고유한 자리에서 열위에 있는 미력한 자의 멘토를 자처하지만 무용담과 같은 그들의 말은 수많은 '나들'에게 거의 스미지 못한다. 그들의 말은 오직 지극한 당위의 영역에서 딱딱한 직선으로 뻗어 나오기 때문이다. '치유'라는 말이 마음에 들지는 않지만 만일 진정한 치유라는 말을 가정한다면 그것은 몸이 섞이는 과정에서 발생하는 여러 현상 중 한 가지라고 규정해야 하지 않을까.

이 글에서 다루는 시인들은 종종 먼 바깥으로 향한다. 그래서 이들의 시 속에서 점점 희박해지는 경험이 한편으로 무책임하게 느껴질 수도 있다. 경험을 통해 해석할 수 없는 세계, 낯설고 때로는 이국적이며 심지어는 우주적 극지를 향하는 몸짓을 지켜보면서 당신은 문학과 시의 공적, 윤리적 위상에 잠시 의구심을 품게 될지도 모른다. 그러나 끝없이 현실의 경계를 선회하며 흐르는 말들이 계속 섞이고 부딪히면서 만드는 궤적에 함께 몸을 실어 보자. 이들의 말이 천천히 번식하면서 만드는 펼침의 리듬에 귀를 기울이다 보면 정말 정체를 알 수 없는 우리의 감정이 새로운 동력을 얻는 것을 경험할 수 있을 것이다. 더불어 어쩌면 누군가에 의해 치유받기를 기다리는 것이 아니라 스스로 감각하는 주체가 되어 미지의 영토를 구축하는 용기를 함께 느낄 수 있을지도 모르겠다. 짓눌린 마음이 몸과 접촉하며 한없이 펼쳐질 때, 비로소 우리의 관계를 형성하는 가능조건들이 하나씩 되살아날 것이다. 절대로 되돌릴 수 없다고 여기던 오해들도 한 발짝 앞으로 나아갈 수 있을 것이다. 이런 가능성을 꿈꾸며 미리 축사를 던진다. 진행하는 공동체를 위하여.

07

# '서정'을 주제로 한 소나타

'노래로서의 시'라는 전통적인 관점에서 시는 어떻게 변화했는가. 시간을 다루는 발화 방식을 중심에 두면 오늘날의 시들이 서정적 자아의 권위로부터 탈피하고 생생한 음가로서의 언어와 감각적 자질을 획득하게 되는 과정에 관한 이해에 통로를 제공할 수 있을 것이다.

# ‘겨를’의 시학

그리고 쌓임은 겨를도 없이 옮아간다

—「모래언덕」 부분

문태준의 시는 오래된 것들을 지니고 있다. 시인은 오래되어 이미 우리가 잃어버렸다고 여기거나 영영 잃어버릴 것 같은 것들을 생생하게 우리 앞에 꺼낸다. 그렇다고 해서 그가 과거의 특정한 정서나 풍경을 복원하고 있다고 생각하면 곤란할 것 같다. 그의 시에는 이전 시인들이 이 땅에 터전을 두고 있는 사람들의 의식 저 편에 기묘한 공명을 불러일으키던 호흡과 숨결 같은 것들이 녹아 있다. 그래서 그의 시를 읽으면 현대시사의 여러 시인들과 동행하는 기분이 든다.

「바위」를 읽으며 우리는 유치환부터 이어지는 어떤 자세를 떠올릴 수 있다. “풀리지 않는 생각” 앞에서 “묵중하게만 앉아 있”는 태도 같은 것. 이런 자세는 “나는 염소가 되어 / 한 마리 염소를 사귀리라”(「염소」)와 같은 부분과 겹치면서 비로소 태도를 넘어 하나의 호흡이 되기 시작한다. 병원을 시의 배후에 두고 있는 시들도 마찬가지다. 「사과밭에서」나 「사무친 말」을 읽으면 윤동주의 '젊은이의 병을 모르는 늙은 의사와 시련과 지나친 피로'를 금방 떠올릴 수 있다. 더불어 "나는 바람에 떨리는 너의 잎사귀를 읽는다"(「정야靜夜」)와 같은 부분에 이르면 '잎새에 이는 바람에도 괴로워하던' 사람으로부터 이어지는 숨결을 느낄 수 있다.

고요한 밤에 홀로 잎사귀를 바라보는 자의 초상은 누군가에게 위안을 줄 수 있다. 예컨대 한 마리 새의 비행을 천천히 지켜보는 것. 가난한 마음의 자취를 관찰하거나 어머니의 강건한 노래에 귀를 기울이는 것. 그 모든 것 사이로 느리게 움직이는 시선은 누군가에게 은총이 된다. 반대로 은총을 믿지 않는 자는 이런 것들과 더이상 공감하지 못한다. 이들에게는 "늦게 돌아오는 새를 기다릴"(「오랫동안 깊이 생각함」) 겨를이 없다. 이들은 회복을 꿈꾸기보다 다른 방식의 치유를 원한다. 말과 언어를 더 흔들고 뒤집는 것을 통해 망가진 세계를 끌어안고 고양시킨다. 몸과 마음이 가난한 타인에게 손을 내미는 것을 내면의 성찰을 완성한 후로 미루지 않는다.

'겨를'은 주로 '없다'라는 말과 짝을 이룬다. 원래 짧은 순간을 나타내는 이 말은 '없다'와 만나면서 오히려 '여유'라는 의미를 함께 지니게 된다. 말의 관계 속에서 어떤 간격을 지닌, 긴 시간의 전혀 다른 어감이 새롭게 덧붙는다. 이 아름다운 우리말은 시간을 대하는 우리의 관점이 얼마나 가변적인지를 잘 보여 준다. 동시에 문태준의 시를 이해하는데 도움을 준다.

많은 사람들이 그의 시 속에 담긴 속도에 관해 이야기한다. 아예 고정되어 있거나 천천히 느릿느릿 움직이는 자취를 통해 우리가 잃어버린 세계를 소환할 수 있다고 여긴다. 그러나 그 고요함의 한편에는 늘 다급한 마음이 있다는 사실도 함께 기억해야 한다. "나의 독촉에 일일은 가벼운 목례를 할 뿐"이지만 "나에게는 순간순간이 급한 화물"이다.(「일일」) "우리는 하나같이 균등하게 모래에 매여 있"고 "모래들은 쓸려 한데 쌓"이며 "그리고 쌓임은 겨를도 없이 옮아간다".(「모래언덕」) 시인은 매순간 겨를이 없다는 사실을 절감하면서 끊임없이 근심에 시달린다.

혼(魂)이 오늘은 유빙(流氷)처럼 떠가네
살차게 뒤척이는 기다란 강을 따라갔다 돌아왔다
이곳에서의 일생(一生)은 강을 따라갔다 돌아오는 일
꿈속 마당에 큰 꽃나무가 붉더니 꽃나무는 사라지고 꿈은 벗어놓은 흐물흐물한 식은 허물이 되었다
초생(草生)을 보여주더니 마른 풀과 살얼음의 주저앉은 둥근 자리를 보여주었다
가볍고 상쾌한 유모차가 앞서 가더니 절룩이고 초라한 거지가 뒤따라왔다
새의 햇곡식 같은 아침 노래가 가슴속에 있더니 텅 빈 곡식 창고 같은 둥지를 내 머리 위에 이게 되었다
여동생을 잃고 차례로 아이를 잃고
그 구체적인 나의 세계의, 슬프고 외롭고 또 애처로운 맨몸에 상복(喪服)을 입혀주었다
누가 있을까, 강을 따라갔다 돌아서지 않은 이
강을 따라갔다 돌아오지 않은 이
누가 있을까, 눈시울이 벌겋게 익도록 울고만 있는 여인으로 태어나지 않

은 이

누가 있을까, 삶의 흐름이 구부러지고 갈라지는 것을 보지 않은 이
강을 따라갔다 돌아왔다
강을 따라갔다 돌아와 강과 헤어지는 나를 바라보았다
돌담을 둘렀으나 유량과 흐름을 지닌 집으로 돌아왔다
돌담을 둘렀으나 유량과 흐름을 지닌 무덤으로 돌아왔다

—문태준, 「강을 따라갔다 돌아왔다」 전문

촉박함에 담긴 근심이야말로 시인이 강을 따라갔다 돌아오게 만드는 동력이다. 강을 따라갔다가 돌아오는 짧은 시간은 어떻게 일생이라는 구체적 공간이 되는가. 시인은 '가다'와 '오다'의 여러 변형을 반복하면서 시간에 대한 간격을 재편한다. 예컨대 우리는 같은 시의 "가볍고 상쾌한 유모차가 앞서 가더니 절룩이고 초라한 거지가 뒤따라왔다"라는 부분에서 오가는 '동안' 무엇이 달라졌는지 살펴야 한다. '가다'와 '오다' 사이의 간격, 그 반복의 과정 속에 새로운 관계가 형성된다. 그의 시에서 대상과 사물의 관계는 주체에 의해 결정되지 않는다. 다만 가고 오는 행위와 시선의 움직임이 있을 뿐.

시인은 과거의 잃어버린 풍경을 찾는 것이 아니라 오히려 잃어버릴 것만 같은 시간을 찾아 계속 방황한다. 오래된 것들은 방황의 겨를에 마련된 구체적 공간 속에서 새 옷을 입는다. "꽃들"이라는 "간단하고 순한 간판"과도 같은 말들이 만나고 헤어지면서 "야생의 언덕"(「꽃들」)이 펼쳐지는 것처럼, "이별의 말을 한움큼, 한움큼 호흡"할 때 비로소 "먼 곳이 생겨난다".(「먼 곳」) 그래서 그의 숨결을 따라갔다가 돌아오면

한참 먼 곳을 다녀온 기분이 든다. 근심 가득한 겨를에 영원이 내려앉을 때까지, 그의 "손길이 나의 얼굴을 다 씻겨주는 시간을"(「눈 내리는 밤」) 기다리게 된다.

# 생명의 감각으로 빚은 고요

장석남 시인의 『고요는 도망가지 말아라』는 분명하고도 절실한 화두話頭를 지니고 있다. 이 시집을 처음 펼쳤을 때 나는 그 지점에 금방 도달하지 못했다는 사실을 먼저 고백한다. 핑계거리는 물론 있다. 불교의 용어들과 함께 선문답을 닮은 부분이 종종 눈에 띄었고, 역사적 사실을 끌어온 장면도 보였기 때문이다. 언어를 버리고 사람이 도달할 수 없는 경지로 향한 몇몇 시인들이 잠시 떠올랐다. 그러나 시집의 갈피에 오래 머물면서 불안한 예감이 전혀 빗나갔다는 사실을 깨달았다. 안도가 고민으로 바뀌는 첫머리에 아래 인용한 '난감해하는 분홍빛'이 놓여 있다.

비단 마르고 꿈 곁에 또 꿈 이야기 적을 때에
주인 몰래 이야기 밖까지 날리는 꽃잎들,
—여기서는 뵈는군.
낮잠 든 개의 까만 코에도,
칼에도,
약사발에도 앉는,

시디신 신발에도……

꿈엔 숙주나 팽년 들과 놀았으나 그림엔 왜 한 사람도 없을까?

가도(可度)가 권한 적막일까?

분홍빛들이 난감해하네

—「축소 인쇄 안견의 〈몽유도원도(夢遊桃源圖)〉를 펴놓고」 부분

시인은 안평대군의 꿈 이야기를 듣고 안견이 그렸다는 그림을 바라본다. 비단 위에 퍼진 기이한 담채淡彩 사이로 뛰노는 선線의 흐름. 적막 속에 담긴 몽환적 신비와 생명력 넘치는 고요는 일본이 빼앗아 간 원작을 다시 내주지 않을 정도로 지극하여 축소 인쇄 속에서도 위력을 발휘한다. 시 속의 '나'는 마치 실제로 복사꽃잎이 날리는 듯 그림 속으로 빠져든다.

한편 원래 안평대군의 꿈 이야기에는 박팽년이나 신숙주가 함께 등장했다고 전해진다. 그러나 안견은 당시의 도원도 전통에서 탈피하면서까지 인물상을 과감히 생략하면서 더욱 환상적인 아름다움을 만든다. 이런 시도는 수많은 도원도 중에서 오늘까지 이 그림이 전해지게 되는 계기가 된다. 그러나 시인은 그것을 안견의 공으로만 돌리는 평가에 의문을 제기한다.

시인은 "도잠陶潛 선생 꿈의 〈체험수기體驗手記〉가 하필 / 상감上監의 꿈이 되었으니 / 너무 낮은 꿈이 되었지?"라는 부분을 통해 도연명에서부터 안견으로 이어지는 예술의 꿈이 단순히 정치적 의지로 추락하는 것을 경계한다. 더불어 인용한 부분을 깊이 살펴 보면 시인이 가도可度,

즉 안견 개인의 재주와 안목에만 주목하는 것이 아니라는 사실을 알 수 있다. 기묘한 적막함을 안견의 공으로 돌리려 하니 '난감해하는 분홍빛'이야말로 시인이 우리에게 보여 주려는 시학의 요체다.

장석남에게 내면은 더 이상 소란스런 세계로부터 벗어나기 위한 도피처가 아니다. 그는 외롭고 쓸쓸한 적막의 경지에 홀로 서서 자신만의 고독을 가꾸기보다 신비로우면서도 생명력 넘치는, 살아 움직이는 고요를 그린다. 전통이라는 용어에서 비키지 않은 채 서정의 영역을 갱신하고 있다고 평가되는 시인 중 한 명인 문태준이 고요와 소란, 적막한 근심과 맑은 평정 사이를 끊임없이 오가며 영원을 품은 시간의 겨를을 발굴하려 노력한다면, 장석남은 더 다채로운 감각을 동원하여 "조감도를 / 그린다".(「물과 빛과 집을 짓는다」) 고요함 쪽으로 더 가까이 붙어서 그것을 구체적인 생의 리듬으로 바꾸기 위해 진력한다. 감각으로 빚어낸 집은 결코 관념 속에 동떨어진 것이 아니다. 장석남의 시가 오늘 번잡하고 뒤죽박죽인 세계에서 우리를 움직이는 동력은 세속으로부터 벗어나려는 것이 아니라 오히려 온갖 소란과 번뇌로 가득한 생의 현장에 생명의 기운이 가득한 고요함이 거주할 수 있는 자리를 마련하겠다는 당당한 요청에서 비롯한다.

실제로 고요는 숲 속이나 오지에 따로 있는 것이 아니다. 고층건물로 둘러싸인 도시의 인파 속에서도 한없이 고독할 수 있는 것처럼, 울창한 밀림이나 적멸보궁의 뜰에서도 누구나 복잡한 소란에 시달릴 수 있다. 그러나 마음먹기에 달렸다는 투의 초월적 태도가 아니라 "마음이라는 것이 있는 건가요"(「들판에서」)라는 질문을 내세우며 "아파트엘 살아도 / (…중략…) / 동해 홍련암 마루 밑장에서처럼 / 들려오는"(「파도 소리」)

파도 소리에 귀를 기울이는 것, 구체적 시간의 공간에 몸을 내맡기는 것이야말로 장석남이 닿으려는 시의 미지未知이며 가능성이다.

> 밤은길었다어둠이멀리마을입구에서부터언덕들산그늘들을먹어들어왔다그리하여마당이사라진지오래였으나아직자정전이었으니생각하면밤은아주길고긴셈이다그동안어쩌면그렇게아무런소리도없었을까귓속에서피도는소리만윙윙거렸다방바닥이미지근했다날이무척차가운가보다벌써이렇게식어질리가없는데
>
> 문을열자얼굴이서늘했다어둠이맑았다별들이끊임없이주먹을쥐었다폈다그때마다손바닥이사금파리처럼빛났다손가락사이로쨍그랑거리면서빛들이산발했다마당에내려서자광대뼈가시렸다걸음을옮길때마다으드득으드득얼음이부서졌다불을붙여도아주갈게탈듯한소리다단아래로돌계단이내려갔다그리로얼음밟는내발소리들이데굴데굴굴러갔다계단마다떨어져부딪는소리가들렸다
>
> 무릎에대고삭정이들을부러뜨렸다소리들도또박또박부러졌다아궁이가환해졌다무릎에온기가왔다얼굴에도왔다광대뼈가녹았다뒷벽에내그림자가커다랗게생겨서는혼자두런대는것도장작더미를허물면서보았다어느장작개비의옆구리에서는파란관솔불이휘리리릭쏟아져나왔다누군가의부음같았다
>
> 밤은길었다
>
> 마을끝에서부터새파랗게언새벽이올것이고마당이밝아질것이고마당에발소리들이얼어붙어있을것이다방의아랫목은따뜻할것이지만간혹들르던사람이마침찾아온대도내다보는사람은없을것이다아궁이앞에뽀얀재가한

없이부드럽고부드럽게모여있을것이다마지막별빛이계단끝으로막풀리고
나서으드득으드득얼음길을걸어겨울밤은지나갈것이다

—「입적(入寂)」 전문

「입적入寂」은 유동하는 감각이 어떻게 생명의 기운으로 가득한 고요의 공간을 빚어내는지 잘 보여 준다. 밤의 어둠이 천천히 내려앉아 서서히 빛을 지운다. 저무는 빛이 만드는 그늘은 방바닥을 미지근하게 만들었다가 이내 서늘한 바람으로 바뀌고 마침내 마당에 서린 얼음의 시림으로 옮겨간다. 얼음을 밟는 발소리. 그 청명하고 차가운 소리의 감각이 삭정이를 부러뜨리는 소리가 되고, 부러진 여러 삭정이들이 마침내 아궁이로 들어가서 온기를 만들어내는 흐름에 주목하자. 아궁이의 뽀얀 재가 만드는 한없이 부드러운 감촉에 몸을 비비다 보면 '입적'이 열반의 세계로 향하려는 몸부림이나 죽음의 세계로 들어가려는 시도가 아니라는 사실을 충분히 느낄 수 있을 것이다.

아궁이 위에 올린 "솥에는 밥이 끓고 / 벗어놓은 신발 위엔 나뭇잎도 내린다".(「생활」) 다시 몽유도원도 속의 '분홍빛'으로 돌아가자. "주인 몰래 이야기 밖까지 날리는 꽃잎들"이 "칼"과 "약사발"과 "신발" 위로 내려앉는 장면을 지켜보자. 이야기의 주인은 이제 사라지고 없다. 권력과 욕망, 인간이 집착하던 모든 소란은 마치 한 편의 꿈처럼 소멸했지만, 분홍빛 잎사귀가 흩날리면서 만드는 색채와 무늬의 흔적은 오백 년이 지난 지금도 여전하다. 이제 시인이 관조하는 주체, 멀리 떨어져서 세계를 굽어보는 주체의 위치에서 벗어나 미적 자질들을 어떻게 구체적인 생의 운동곡선과 포개놓을지 더욱 궁금해진다.

# ‘온다’와 ‘간다’ 사이의 거리

우선, ‘분홍 빰에 난 창’을 열고 함께 들어가 본 뒤에 이야기하자.

> 나는 그녀의 분홍 빰에 난 창을 열고 손을 넣어 자물쇠를 풀고 땅거미와 함께 **들어가** 가슴을 훔치고 심장을 훔치고 허벅지와 도톰한 아랫배를 훔치고 불두덩을 훔치고 간과 허파를 훔쳤다 허나 날이 새는데도 너무 많이 훔치는 바람에 그만 다 지고 **나올** 수가 없었다 이번엔 그녀가 나의 붉은 빰을 열고 들어왔다 봄비처럼 그녀의 손이 쓰윽 **들어왔다** 나는 두 다리가 모두 풀려 연못물이 되어 그녀의 빰이나 비추며 고요히 고요히 파문을 **기다렸다**
>
> —장석남, 「빰의 도둑」 전문
>
> (강조는 인용자)

이 짧은 시가 사랑의 현장을 얼마나 능숙하고 재치 있게 표현하고 있는 지 설명할 수 있는 방법은 여러 가지가 있다. 시를 자세히 읽는 훈련을 특별하게 받지 않은 일반 독자라면 아마도 이 시에서 “분홍 빰에 난 창”이라는 비유적 표현에 관해 이야기할 것 같다. 그런 독자들은 ‘어쩌면 저렇게 표현할 수 있을까' 감탄하며 뺨에 홍조를 띨 지도 모르겠다.

앞선 독자보다 그 수는 적겠지만 더 훈련된 독자라면 창의 비유 바로 다음 부분에 주목할 것 같다. 사실 이 시가 비슷한 비유를 사용하고 있는 다른 시들보다 조금 더 나아가는 지점은 "(분홍 뺨에 난 창을) 열고"라는 부분에서부터 촉발되기 때문이다. '여는' 비유는 바로 뒤에서 "(자물쇠를) 풀고"로 한 발 더 나아갔다가 마침내 "훔치고", "훔치고", "훔쳤다"는 점층적 반복으로 귀결된다. 이러한 수사의 점층적 확장은 '가슴', '심장', '허벅지와 도톰한 아랫배', '불두덩'과 연관되면서 일정한 리듬을 형성한다. 이 리듬은 사랑의 행위가 지극해지는 '과정'의 세밀한 변화들—아득하게 벅차오르다가 사라져버릴 것처럼 활활 타오르는 등—을 섬세하게 드러낸다.

이론의 진화와 추상적 담론의 난해함이 문학의 내면을 황폐화시켰다는 주장에 관해 나는 주로 반대편에서 설득하는 입장에 설 때가 많다. 종종 이런 주장은 수많은 다른 진부한 주장들만큼이나 상투적으로 들리기 때문이다. 오히려 그렇게 이야기하는 사람들 중 상당수가 자기 자신이 이해할 수 없는 이론의 전개에 작품이 휘둘리는 비평을 읽으며 찬탄과 존경을 쏟아놓는다는 사실이 더 어리둥절하다. 낯선 외부의 개념들을 품고 있는 용어들을 지우고 나면 공소해지는 글과 마찬가지로 마치 마음에 들지 않는 연인의 트집을 잡는 듯한, 아니면 너무 마음에 드는 연인을 편집증처럼 일거수일투족 헤집는 느낌의 글도 매력이 없다. 작품을 자세히 읽고 그 세부의 뉘앙스와 맥락을 놓치지 않도록 노력을 기울이는 것은 당연히 중요하지만 그것을 통해 무엇을 밝혀낼 수 있고 무엇을 추구할 수 있는가는 그보다 더 중요하다.

시인이 무엇을 이야기하고자 하는가를 밝혀내고자 하는 몇몇 사람들은 '시 속의 '나'와 '그녀'가 주고받는 리듬이 고조되었다가 풀리는 과정이 지극한 두 주체가 주고받는 교감을 아주 실감나게 드러낸다'는 정도에 머무는 것으로 만족할 수 없다. '(들어)가고' 다시 '(나)오고' 또 다시 '(들어)오'는 과정이 진행되는 맥락을 눈여겨보라. 이 시에서는 특별히 이처럼 동사가 교차되는 갈피에 지극히 실질적인 행위에 대한 비유와 정신적 교감이라는 여러 결의 의미가 담겨 있다. 그러나 시인이 향하는 지점에 더 관심이 있는 사람이라면 '오고 가는' 사이에 날이 새고 고요히 파문을 기다리는 '시간'의 흐름에 집중하게 된다.

이 시집의 많은 시들을 효과적으로 감각하기 위해서는 '온다'와 '간다'라는 서술 형태의 다양한 무늬들을 이해하고 사이에 내장된 '시간'을 먼저 이해하는 것이 필수적이다. 정도의 차이는 있을지라도 이것을 이해하는 것은 다른 장석남 시에 대한 열쇠가 되기도 하며 심지어는 범주를 조금 확장시켜보면 한국현대시의 전통을 이해하는 데에도 꽤 유용한 수단 중 한 가지가 된다.

생각 끝에,
바위나 한번 밀어보러 **간다**

언 내(川) 건너며 듣는
얼음 부서지는 소리들
새 시(詩) 같은,

어깨에 한짐 가져봄직하여
다 잊고 골짜기에서 한철
얼어서 남직도 하여

바위나 한번 밀어보러 **오는** 이 또 있을까?
꽝꽝 언 시 한짐 지고
기다리는 마음
생각느니,

—「동지(冬至)」 부분

(강조는 인용자)

"(바위나 한번 밀어보러) 간다"고 말하기 이전에도 오랜 '생각'의 경과가 있다. 출발하고 나서는 얼어붙은 시내를 건너며 소리를 듣는 시간이 있고 또 골짜기에 머무르는 시선의 머무름이 있다. 마침내 바위에 도착하고 나서는 다시 "오는" 이를 "기다리는 마음"이 움직이는 시간이 있다. 그래서 이 시를 온전히 느끼기 위해서 감상자는 오가는 '동안'의 사물에 가닿는 화자의 '시선'과 거기에 머물러 생각이 뻗어나가는 '경험'의 자리에 함께 동참할 수 있는 '자세'를 갖추는 것이 필요하다.

준비 자세를 잘 갖추지 못하면 때때로 곤란한 상황이 발생할 수 있다. "이즘은 어둠이 귀에 익어 / 십리 안팎은 되는 듯 먼 데까지 / 귀는 나갔다 오고 나갔다 온다"(「어둠이 귀에 익어」)와 같은 부분은 그 부분만으로도 이해할 수 있을지 모르지만, 「마당을 쓸며」와 같은 시에서 시의 앞부분에 있는 "누가 희디희게 왔다 갔다"를 감지하지 못하면 그 뒤에 따라

나오는 "하, 빛질 자국 위로 / 또 누가 오실라 / 오실라 // 오신다"와 같은 부분에서 무엇이 '온다'는 것인지를 알아채기는 거의 불가능하다.

'온다'와 '간다'는 또 약간씩 모습을 바꾸기도 하면서 많은 시에서 반복된다. 「술래1」에서는 "꽃 속으로 (들어)간 매화 분홍"과 같은 식으로 나타나고, 「처서」에서는 "건너 산이 (건너)온다"와 같은 식으로 나타나기도 한다. 때때로 "어른 아이 할 것 없이 모여들 거야"(「그늘 농업」)와 같은 식으로 말의 배후에 숨어 있을 때에도 알아볼 수 있어야만 한다. 이미 눈치 챘을지도 모르겠지만 '온다'와 '간다'의 변형체 사이의 간격을 넓히는 방식은 우리에게 친숙하다. 소월의 여러 시편들에서도 이와 같은 방식을 금방 확인할 수 있다. 미당은 이를 더욱 심화시켜서 행간의 양식들 사이에 거의 영원의 우주적 시간을 소환하는 지경에 다다른다.

이미 앞에서 '시선'이라는 말을 사용한 적이 있다. 사물의 움직이는 상태를 가리키는 말인 '온다'와 '간다'는 그 방향성 때문에 반드시 관찰하는 주체의 위치가 문제될 수밖에 없다. 이런 시에서 시 속의 주체는 때때로 직접 움직이기도 하지만 실제로 거의 움직이는 법이 없다. 움직이는 것은 사물을 바라보는 주체의 '시선'일 뿐. 한시의 전통에서 '관상'이라 이르던 것을 떠올려 보는 것도 좋겠다. 두보가 "밤을 지샌 어부는 둥실 두둥실 돌아오고信宿漁人還泛泛 / 맑은 가을날 제비는 고향으로 훨훨 날아간다淸秋燕子故飛飛"(「秋興」 8수 중 3번째 시의 부분)고 할 때 우리는 '멀리' 보고 다시 '가까이' 보는 시선을 금방 감지할 수 있다. 순환적 우주관을 지닌 동양의 문화 속에서는 멀리 갔다가 가까이 돌아오는 시선의 이동과 경험은 매우 자연스러우며 또 이러한 과정에서 축적된 합일의 '순간'에 우주적 의식이 떠오르게 된다. 이는 작품 안에 특정한 초점을 설정하고 사물을 감상하는 최적의 시점을 임의로 설정하는 서구의 전통적 방식과 구별된다. 그러나 그 두 가지 방식 모두 '주체가 객체를 어떻게 인식하고 느끼는가'라는 공통의 관점을 유지하고 있다는 점은 일치한다.[34]

오는 것에 치중하여 가는 것을 놓치는 시인도 있고 정반대의 경우에 해당하는 시인도 있다. 어떤 시인은 때때로 그 사이에서 머뭇거리고 배회하기도 한다. 또 다른 시인들은 아예 초점이나 시선 따위에 아랑곳하지 않고 그 바깥으로 뛰쳐나간다. 장석남은 시선이 시작되는 주체의 위치를 확고히 하면서도 시선의 향방을 거의 늘 균형적으로 배치하는 전통적 수법에 능란하다. 오고 가면서 시적 화자는 끊임없이 '-일까?'라고 질문하고, '-생각한다'고 읊조리며 '-하리라'고 다짐한다. 오가는 길목에 세상의 수많은 사물들을 현대적 오브제로 낯설게 활용하는 태도도 잊지 않는다. 이 모든 과정을 수행하려면 오랜 '시간'이 필요한 것은 지극히 당연하다.

34 중국시의 전통을 설명하는 방식과 그것을 서구의 미학과 비교하는 부분까지는 다음 책을 참조하였다. 장파, 『동양과 서양, 그리고 미학-아름다움을 비추는 두 거울을 찾아서』, 푸른숲, 1999, 12장 · 여러 곳.

# '서정'을 주제로 한 소나타

## 서주

음악사에서 소나타라는 말은 기악곡의 발전과 관계가 있다. 이탈리아어로 '소나레sonare'에서 유래한 이 말은 '노래부르다'라는 말인 '칸타타'와 정반대쪽 개념의 지평에 놓여 있다. 이후 이것은 대조적인 리듬과 색채들을 조성적으로 연관시켜 서너 개의 악장을 구성하는 하나의 형식으로 자리매김하면서 지금까지 지속적으로 변화하고 있다.

'현대시가 음악의 고유한 형식을 잃어버렸다'는 지적 속의 시는 저 '노래로서의' 시와 연관이 있다. 오늘의 시는 과거 시들이 품고 있던 율격으로부터 여러 갈래로 벗어나 있다. 배후나 서두에 아무런 방해물을 상정하지 않은 음악이 추상적 경험을 만들어가는 것처럼 현대시들은 점점 더 지시 대상의 표상으로부터 벗어나 개별 언어들 자체의 음악적 자질을 깊이 실험한다. 이러한 실험은 현대시 연표의 거의 첫 자리에 있는 보들레르나 말라르메에서부터 지속되어왔고 오늘의 한국 현대시에서도 심화되고 있다. 그런 점에서 본다면 현재 시는 음악의 울림으로부터 멀어지고 있다기보다는 오히려 현대음악과 더 친숙해질 수밖에 없는 공통의 운명을 지닌다고 할 수 있다.

노래로서의 음악, 가사와 같은 이념의 반주로서의 음악에서 벗어나 하나의 '순수 음악'으로서의 자질을 실험하면서 음악은 자기 자신만의 정체성을 확보하기 시작했다. 물론 현대 시가 아무리 음악의 자질들을 내부로 끌어들인다고 해도 언어를 기반으로 삼고 있기 때문에 근본적으로 완전히 개념적인 것으로부터 벗어날 수는 없다. 더불어 완전히 추상적인 자율적 음들이 만들어내는, 형식적으로 완벽한 현대음악의 환상을 강조하려는 의도도 없다. 다만 오늘의 상황 속에서 음악과 시는 확실히 이미지들의 배후에 은거하는 경우가 많아졌다는 사실은 분명하다.

이미지들의 현란한 움직임과 그것의 파장에 관해 이야기하는 것은 주체로서의 화자가 분열되고 다성적인 목소리를 내는 현대시들을 이해하기 위해 꼭 필요하다. 더불어 지금 그 어느 때보다도 과거 압도적인 주체로서의 '서정'의 권위를 의심받는 처지에 놓인 현대시의 입장을 이해하는 데에도 중요하다. 그러나 이 짧은 글에서 그 모든 관계들을 자세히 탐문할 수는 없다. 따라서 이 글은 서로 다른 대조적 '서정'의 '리듬'을 바탕으로, 말놀이를 포함한 언어적 '색채'를 연관시키면서, 오늘의 시가 어떤 시적 자질을 보여 주고 있는지를 드러내는 데 초점을 맞추기로 한다. 더불어 원래 개념의 의미가 그렇듯이, 소나타가 이 글에서 그런 하나의 굳어져버린 형식을 넘어 개별 글자들 사이, 침묵의 쉼표들 사이에도 감지되기를 바란다.

## 1

박소란은 '노래로서의 시'라는 전통의 자리에 서 있다. "폐수종의 애인을 사랑했네,"라는 첫 행부터 "애인을, 잃어버린 애인만을 나는 사랑했네"(「용산을 추억함」)라는 마지막 행을 흐르는 리듬에는 과거 확고한 서정적 자아의 어조가 가득 담겨 있다. '걸었네' '새어나왔네' '있었네'와 같이 이 시의 전반에 지속적으로 흐르는 '-네'투의 마무리와 "오, 기어이 날개를 빼앗긴 한 마리 새처럼"과 같은 부분은 '노래하는 자'로서의 화자의 목소리를 상기시킨다. 물론 이 시가 시 속의 화자와 시인이 구분되는 현대시의 전통을 완전히 배반하고 있다고 오해하면 곤란하다. 시의 화자는 기본적으로 형식적 자아의 가면을 쓰고 있지만, 배후에 세계를 구성하는 주체의 목소리가 역력하다. 더구나 구체적인 지명과 실체적 묘사가 이를 뒷받침하고 있지 않은가.

일인칭 대명사의 강렬한 그림자에 휩싸여 있는 박소란의 최대 장점은 「지익」이라는 시에서 극대화된다. 실제 할머니의 언어를 그대로 옮겨놓은"야야 지익 묵구로 인자 고마 들온나,"에서 알 수 있듯이 '지익'은 일차적으로'저녁'과 직접 연결된다. 할머니의 언어이자 아버지의 언어인 '지익'은 '저녁'이라는 개념을 하나의 '소리'로 구체화한다. 이렇게 새로 태어난 감각적 자질은 "여문 땅거미가 낡은 신발 뒤축을 끌며 오는 소리"와 "상고 졸업반 아버지가 책보 대신 지게를 지고 마당문을 여는 소리"로 이어진다. 부산하고 정신없는 일상의 삶에서는 금방 자각할 수 없는 작고 나지막한 소리들은 화자의 세심한 '관찰'을 통해 이렇게 깨어난다.

소리의 감각을 통해 복원된 이미지들은 냄새를 타고 다시 아버지에 대한 기억의 한 장면을 생생하게 살려낸다.

> 내 아버지가 나고 자란 마을에선 저녁을 지익이라 부르지
> 야야 지익 묵구로 인자 고마 들온나, 할머니 정지 앞에 서 손짓하면
> 순하게 누운 하늘과 땅 그 맞닿은 속살 어디쯤에선가 지익- 지익-
> 여문 땅거미가 낡은 신발 뒤축을 끌며 오는 소리
> 상고 졸업반 아버지가 책보 대신 지게를 지고 마당문을 여는 소리
> 풀물이 든 교복 어깨 위 지고 든 한 짐 장작이
> 빈 아궁이 속 군불로 타오르고 굴뚝 위 녹녹한 연기로 피어오르고
> 여물 끓는 냄새가 어미소의 주린 배를 채우는 내
> 외양간 허물어져가는 흙벽에 등을 고인 아버지는
> 저 동산 너머 펄펄 고동쳐 가는 열차의 박동에 한없이 귀를 주곤 하였지
> 대처로 나간 어린 누이들 밤마다 재봉틀 위에 기워낸다는 순흑빛
> 꿈, 그 어슷한 기망을 곱싸박듯 읊조리곤 하였지
>
> —박소란, 「지익」 부분

한껏 민감해진 감각은 '여물 끓는 냄새'로 건너갔다가 다시 '열차의 박동'과 재봉틀 소리로 연결된다. 이 부분에서 재봉틀 소리는 직접적으로 문면에 드러나지는 않지만 열차의 박동과 긴밀하게 연관되면서 아버지와 누이의 그리운 마음을 역동적으로 섞이게 만든다. 그 마음의 순수하고 아름다운 감정은 '다른 빛이 섞이지 않은 순수한 검은 빛'인 순흑빛깔과 자꾸 어긋나는 마음을 재차 꿰매어 박는 읊조림 같은 것에서

느낄 수 있다.

이 시에서 아버지에 대한 기억과 토착적인 언어는 자연스럽게 어울리면서 빛과 소리의 감각적 요소들과 짝을 이룬다. 기억 속에 매장되어 있던, 주변부의 언어는 이처럼 새로 발굴되어 과거의 체험과 조응한다. 그런데 저녁이라는 뜻의 '지익'이 마침내 "뜨거운 빛"이 되는 이 빛나는 조응의 화음은 이미 언급한 것처럼 화자의 섬세한 관찰과 응시의 파장을 통과할 때 가능하다. 과거라는 무한의 기억을 헤집고 그 안에서 세밀하게 소리의 추억을 복원하려면 주체의 시선은 대단히 높은 전망을 필요로 한다. 바꿔 말하자면 이런 전망 속에서 기억의 무늬는 선명한 결로 빛날 수 있다.

유사하게 소리에 대한 감각으로부터 실마리를 잡아내는 「레게 듣는 밤」에서도 서정적 자아의 권위는 확고하다. 혼자 몸살을 앓고 있는 화자는 라디오에서 흘러나오는 밥 말리의 레게음악을 듣는다. 8행의 "카리브해의 달뜬 파도"에서부터 17행의 "야생의 대지가 뿜어내는 봉고리듬"까지의 거의 모든 이미지는 레게음악의 분위기를 형상화 한 것이다. 똑같이 소리의 자질을 이미지로 전환하고 있지만, 마치 영화 〈그랑블루〉의 한 장면과도 같이 방 안에 파도가 갑자기 차오르는 환상적 전환은 이질적이고 돌연하게 느껴질 수밖에 없다. 이 시의 화자는 여전히 관찰과 응시의 자리에 있기 때문이다.

환상의 영역은 사물이나 대상에 대한 집중과 섬세한 관찰로 에너지를 얻기 힘들다. 오히려 감각적인 것들이 스스로 유동할 수 있는 자리를 마련해주는 것이야말로 환상이 스스로 미적인 공간을 만들어나갈 수 있는 가능성이 될 수 있다. 8행부터 17행은 마치 꿈의 한 조각이 끼어들 듯이,

굳건한 주체인 '나'의 고백 안에 책갈피처럼 꼽혀서 그 외의 부분과 서로 따로 움직인다. '관찰되는 환상'이라는 말이 품고 있는 모순처럼 밥 말리의 음악과 사상은 어떤 위계를 형성하면서 언어들 위에 서 있다.

## 2

> 우주 정원 어디쯤에서 한 점 열로 피어나면서 떨고 있을 흑점, 그것이 내 생과 닮아 있다는 생각을 하면 눈물이 유성처럼 떨어져 내 몸 여기저기에 구멍이 난다 이런 날 나는 나에게 문병을 간다 울음의 온도를 높여 불온한 별들을 마음에 띄우는 것이다
>
> —김원경, 「이 별과의 이별」 부분

김원경 시의 '나'는 박소란의 그것보다 더 주관의 영역에서 벗어난다. 그의 시에서 '나'는 일종의 '체험의 대상'이 되(려 하)고 나아가 '물질적 감각'이 되기(위해 몸부림치기)도 한다. 「이 별과의 이별」의 첫 번째 문장에서 "우주 정원 어디쯤에서 한 점 열로 피어나면서 떨고 있을 흑점, 그것이 내 생과 닮아 있다"까지는 이전의 시들과 전혀 다를 바가 없다. 그러나 "그것이 내 생과 닮아 있다는 생각을 하면 눈물이 유성처럼 떨어져 내 몸 여기저기에 구멍이 난다"를 바로 뒤에 붙이고, 또 "이런 날 나는 나에게 문병을 간다"라는 문장을 이어놓으면 사태는 달라진다. 문병을 가는 '나'와 문병을 받는 '나'가 분리되면서, '나'는 새로운 '관계' 속으로 돌진한다.

여기서 중요한 점은 분리된 각각의 '나'들이 서로를 의지하지 않고는 독자적으로 존립할 수 없다는 사실이다. 그런데 시 속에서 분리된 둘 중 하나의 '나'는 과거 시에 흔히 등장하던 압도적인 '나'의 풍모와 닮았다. 그러니까 이 시는 분화된 '나'들 사이의 갈등을 전면화하고 있으면서도 동시에 객관적 시각에 대한 '의지'를 다른 한 편에 오롯이 간직하고 있다.

과거 서정적 자아의 권위는 이 시에 여전히 강하게 남아 있다. "가슴 한켠 별들을 띄우는 일은 이 별의 생태에 어긋나는 일이다"와 같은 문장들이 별처럼 군데군데 섞여서 이를 반증하고 있다. '의지'는 어떤 상태로 나아가고자 하는 마음이다. 현상의 저울추는 어느 쪽으로 기울지 않았다. 아니 차라리 거의 움직이지 않았다거나 아주 조금 기울었다고 표현하는 것이 더 적절하다. 관찰하는 주체와 감각하는 주체는 시의 여기저기에 혼재한다. "우리는 그 누구도 자신이 낸 울음소리를 듣지 못할 것이다 우리는 우는 것이 아니라 울음 그 자체이기 때문이다"라는 마지막 문장은 이를 잘 증명해준다. '우리'라는 말에 서로 다른 '나'는 모두 포섭되는 것 같지만, 그것을 '울음 그 자체'라고 규정하고 있는 이는 뚜렷한 과거의 '나'다.

「자연사自然死를 쓰다」에서 우리는 이러한 '의지'와 '관계'의 구도가 더욱 뚜렷해지는 것을 확인할 수 있다. 문면에서도 쉽게 알 수 있듯이 시의 처음부터 끝까지 반복되는 '당신'은 다른 '나'의 변형이다. 이별과 부재에 대한 지극하고 고통스러운 마음을 형상화 한 이 시에서 '당신'의 존재는 온통 불분명하고 쉽게 잡히지 않는다. "눈이 멀어 더듬거려야 읽을 수 있는 당신"이 만들어내는, 그런 '당신'의 연쇄와 분열의 이미지들이 잘 조화를 이루지 못하는 것은 이런 점에서 어쩌면 당연하다. “그러고 보면 당신은 달빛의 억양을 닮았다”는 말은 앞서 나온 창밖의 달빛으로 보아 이해한다고 해도 바로 다음 문장에 “당신을 부르면 아직도 내 입에서는 강물냄새가 난다”가 나오는 것을 자연스럽게 느낄 수 있을까. 물론 부자연스러울 만큼 정신없는 상태가 이 시의 주제에 해당하지만 그렇다고 해서 이별과 부재가 더 지극해지는 것은 아니다.

명확하게 화자를 ‘베이비시터’로 변신시키는 「어린이 퀴즈」도 거의 유사한 처지에 놓여 있다. 어른들의 세계, 표상과 인칭과 대명사 주어의 세계를 이해하지 못하는 어린아이의 심정은 그 자체로 독자적이기보다는 과거의 ‘나’가 가면을 뒤집어쓰고 어린이들의 말을 흉내 내는 국면에 머물 수밖에 없다. 이러한 사정 때문에 의도된 “함량미달”의 문답인 어린아이의 목소리는, 너무도 쉽게 의도가 드러나지만, 반복과 차이의 역동적 리듬을 만들어내지 못한다.

분화된 ‘나’의 처지는 말놀이와도 관련이 있다. 띄어쓰기로 갈라진 ‘이 별’과의 ‘이별’은 “허수아비처럼 허수虛數로만 서 있었다”나 “그 기도 때문에 기도가 막혀서 죽을 것이다”와 같은 방식으로 재생된다. 최근 이런 말놀이는 시인들에게 하나의 경향이 된 것 같다. 심지어 특정 어구의 형태는 시인들 사이에 직접적인 영향 관계를 형성하는 경우도 있다. 여기서도 안현미 시인이 ‘이 별의 재구성 혹은 이별의 재구성’이라는 시에서 보여 준 문맥을 우리는 금방 떠올릴 수 있다. 언어의 다채로운 자질을 실험하는 시가 하나의 음악적 형태로서 각각의 음가들을 의심해보고 뒤틀어가면서 확정하는 과정은 그 자체로 재미있고 또 의미가 있다. 그러나 이러한 시도가 형식과 내용 모든 측면에서 잠재적 가능성을 지니지 못하면 그저 세간의 재치와 변별되지 않거나 아주 공허한 지경으로 추락할 수도 있다.

## 3

김승일은 시 속의 '나'와 시인 사이의 사선을 뚜렷하게 설정하는 여러 시인들 중 한 명이다. 그의 시 속의 '나'는 과거 시에 등장하던 '나'의 권위에 전혀 의지하지 않는다. 오히려 그는 그런 예속으로부터 아무렇지도 않게 뛰쳐나온다. 이렇게 뛰쳐나온 사람들이 모여서 '우리'가 된다. 그는 命名의 세계, "이름을 불길해하는 사람들"이 모인 "캠프"(「대명사 캠프」)로 들어가기를 주저하지 않는다. 「대명사 캠프」는 분명한 사선을 긋겠다는 일종의 선언이다.

이 시에서 대명사는 특정한 인칭이나 개념에 귀속되기를 거부한다. 갈대와 바람의 차이가 '그것'이라는 말에 의해 묶이고, 동일한 '그것'들이 반복되는 기분, 그런 "주문을 웅얼거리는 기분"의 쾌적한 말놀이가 이 시의 전면에서 감각적 리듬을 형성한다. 사실 그런 리듬은 우리에게 대단히 낯선 것이 아니다. '우리'가 모여서 소리 내는 웅얼거림은 마치 집단적이며 초개인적인 민요의 화자를 연상시킨다. 관찰과 응시보다는 저 혼자서 돌아다니면서 자유롭게 "윤곽"을 만드는 흔들림에 몸을 맡겨야만 비로소 우리는 이 시를 느낄 수 있다. 이름을 제거당한 여배우에게는 이런 말이 "사형선고"가 될 수밖에 없다.

불특정의 대명사로 분리되는 '우리'는 다른 시에서 '소년소녀'로 모습을 바꾼다. 「생생한」과 같이 특정 감각의 형태가 표제—거의 표제이기를 거부하고 있지만—로 내걸린 시도 압도적인 주체의 시선을 따라 읽으려고 하면 괴로워진다. "고추를 단 소녀"를 무슨 '괴물' 정도로 오해하는 사태가 발생할 수도 있다. '고추'와 '소녀'는 소유격으로 볼 것이 아니라 거의 동격, 혹은 대립적인 자질의 음가로 이해해야 한다. 시의 핵심은 '불알친구'가 되지 못하는 갈등에서 비롯된다. 이러한 혼란과 갈등은 아직 남성성을 굳건하게 지니지 못한 성기인 '고추'와 여성성의 전단계인 '소녀'가 함께 섞이는 양상을 낳는다. 같은 캠프의 사람들에게 속삭이는 듯한 어투와 결합된 말의 리듬이 만들어내는 이 갈등 양상의 갈피에서 우리는 어떤 소외와 따돌림의 감정과 같은 것들을 떠올릴 수 있다. 그러나 이 시는 그것을 주문하지 않는다. 오히려 감정에 앞서 있는 '생생한' 감각들을 전면에 내세운다.

> 소녀들이 불을 피해서 물속으로 들어간다.
> 미끌미끌한 물풀이 발에 감길 거야. 물풀은 숭숭 뽑히고 물풀은 아무데나 움켜쥔다. 기억하렴.
> 너희가 물풀이 되면, 몇몇은 표면에 조개껍질을 달고. 몇몇은 테두리에 가시를 만들겠지. 발목에 집착할 거야.
> 너희는 하천 모래바닥에 누워 있다. 서로를 문질러 주렴. 이젠 안심이니까.
> 천천히 수면 위로 상단(上端)을 내밀고. 억새들이 스르르 녹는 것을 지켜보았어. 우리들이 지른 불이야. 한 소녀가 말했다. 얘, 반성하려고 물풀이 된 건 아니잖아. 불은 둑을 따라 달려 나가네. 모래는 한강을 다 태우고 수요일에

는 퐁네프까지 잿더미로 만들 거야.

소녀들이 서로의 귀에 불어를 속삭였다. 근사해, 근사하구나, 하지만 너 흰물풀이잖아. 물풀이 숭, 숭, 뽑히고 있어. 아무 데나 움켜쥐는 물풀의 가시는 날카롭지.

물에서 나는 탄내는 무서운 것이었다. 냄새가 몸에 배일까 봐.

—「초록」 부분

이러한 감각은 「초록」이라는 시에서 가장 반짝거린다. 속삭이는 어투와 함께 매우 돌연한 두 대상인 불과 물을 '물－하천－한강－퐁네프－불어－불'의 연쇄적 흐름으로 미끄러뜨리는 감각은 말놀이를 단순 재치에서 벗어나게 만든다. 이렇게 연결된 불과 물의 이미지는 가장 순수하면서도 또 마녀적인, 아주 연약하면서도 유독한 것에 몸을 던지기를 주저하지 않는, 마리아와 악마, 유령과 요정을 감싸고 있는 우아함의 장막을 거침없이 벗길 줄 아는 소녀의 속성을 근사하게 한 편의 시로 만들어낸다. "우리들이 지른 불"을 지켜보면서도 "반성하려고"하지는 않는 소녀의 속성은 붉은 색으로 타오르는 불과 푸른 색으로 깊게 흐르는 물의 이미지를 함께 지닌다. 어쩌면 불협화처럼 보일 수도 있는 마찰이 만들어낸 생생한 감각이 바로 "초록"이다. 시 속의 소녀들은 마치 한 편의 드라마 속의 배역들처럼 말하고 행동하며 이처럼 기묘한 초록의 감각을 빚어낸다.

## coda

주체의 권위로부터 탈피하면서 생생한 음가로서의 언어, 유동하는 음악적 자질로서의 언어를 개발하려는 일군의 시인들의 고투는 놀랍고 매력적이다. 그러나 불특정의 대명사로 만들어내는 윤곽이 너무 뚜렷해져서 그들이 모인 캠프가 본래의 의도에서 벗어나 "캠프의 대명사"(「대명사 캠프」)가 되면 역동적 에너지는 힘을 잃고 초라해질 수밖에 없다. 그런 구도 속에서 감각들은 생생하지도 않으면서 관찰과 응시의 힘도 잃어버리는 이중의 난처함에 빠지기도 한다. 그런 점에서 2009년에 박소란과 김승일이 함께 출현했다는 점, 각각 아름다운 두 작품인 「지익」과 「초록」을 함께 볼 수 있다는 점은 축복처럼 느껴진다. 또 이 모든 작품들을 하나의 소나타, 끊임없이 변화하고 있는 새로운 소나타로 들을 수 있다는 사실은 즐거운 일이 아닐 수 없다.

지금 이 문맥이 과거의 압도적인 서정과 낯선 서정 사이의 갈등과 투쟁으로 오해되지 않기를 바란다. 세 악장의 변화하는 흐름과 논리 속에서 그런 의도가 어느 정도 증명될 수 있다면 좋겠다. 우리는 항상 미적인 자질들이 얼마나 역동적인 에너지를 얻을 수 있느냐 하는 질문을 먼저 내세워야 한다. 시적 리듬이 위계의 자리에서 벗어나 끊임없이 경계를 돌파하려는 역동성을 확보할 수 있을 때, 우리는 단순한 환상에서 빠져나와 비로소 다른 유형의 시간과 공간을 구축할 수 있다. 유동하는 음악과 같이 배치된 아름다운 운동곡선이 우리의 일상과 포개지면서 형성하는 어떤 가능성이야말로 이미지들이 만들어내는 교묘한 폭격에서 확보할 수 있는, 거의 유일한 희망이 아니던가. 또 우리가 흔히 무력하고 고립되어 있다고 여겨지는 시에 기대하는 것, 앞으로 기대해야 할 것은 바로 그런 것이 아닐까.

# 음양오행의 교향을 청음하는 무심결의 시학

## 번지는 소리를 따라서

한 편의 시는 쓰이는 동시에 들린다. 마치 한 곡의 음악이 그렇듯이 때때로 시는 무심하게 우리의 귀에 스민다. 시의 언어가 품은 소리의 자질은 미처 그 의미를 파악하기도 전에 우리의 내부로 흘러들어 몸과 마음을 휘감는다. 유종인의 시는 무엇보다도 시가 들린다는 사실을 체감할 수 있게 만든다.

오늘날 어떤 시인들은 언어를 더 음악적인 상태로 몰아넣기도 한다. 그들은 때때로 한 개의 단어를 마치 악보 위의 음표처럼 다룬다. 감각하는 주체의 위력이 한껏 극대화한 이들의 시도는 의미의 저 편, 사람의 사유가 닿을 수 없는 불모의 지평을 향한 안간힘을 보여 준다. 이런 노력들은 가끔씩 놀라운 지경에 이르기도 하지만 공허한 소음에 머물고 마는 경우도 적지 않다.

유종인의 시는 이러한 극단적인 경우와는 분명한 거리를 두고 있다.

그의 시를 읽으면 우선 시각에 포박되어 있던 사물을 향해 귀가 열린다. 나아가 온 몸의 세포 하나하나가 세계의 크고 작은 파동에 얼마나 섬세하게 반응하는지 느낄 수 있다. 시인은 결코 사물을 지우고 언어만으로 세계를 구성하려고 시도하지 않는다. 그의 시에서 망막에 맺히는 빛의 일렁임과 소리의 진동은 함께 반응한다. 그의 시는 이와 같이 긴밀한 조응의 과정에 놓여 있다.

> 소나무숲 가까이 막 어두운데
> 처음 듣는 새소리가 허공에 돋는다
> 무슨 감정의 열매를 먹었기에
> 빛도 어둠도 반쯤 물린 데 번지는 소리의 돌,
> 그 새가 소리 한 수를 두고 사라지니
> 나는 내내 장고(長考)에 빠져 골똘해지는 돌,
>
> —「저녁의 포석」 부분

허공에 새소리가 울린다. 낯선 새가 내는 소리가 막 어둠이 깔리기 시작하는 숲으로 번진다. "돋는다"는 말은 일단 낮게 깔리는 어둠 속에서 공중으로 솟아오르는 기운을 느낄 수 있게 만든다. 적막에 휩싸인 숲의 저녁 공기는 이런 식으로 활기를 얻는다. 그런데 '울린다'나 '퍼진다'와 달리 '돋는다'는 말은 다른 상상이 가능하게 만든다. "무슨 감정의 열매를 먹었기에"라는 표현은 '감정이나 기색 따위가 생겨나다'라는 '돋다'의 다른 용례와 연결되는 것이다. 그저 단순한 새의 소리는 이처럼 시어를 감돌면서 놀라운 자질을 지닌다. 귀로 흘러든 소리는 피부에 소름을 돋게 만들고 나아가서 이상한 감정까지 이어진다.

철학자들은 나무가 쓰러질 때 듣는 사람이 아무도 없을 경우에도 소리를 내는지 질문을 던진다. 사람이 없다고 해서 소리가 나지 않는 것은 아니다. 나무는 수많은 숲의 생물들의 귀전에서 쓰러진다. 철학자들은 그 소리가 각각의 동물들에게 전혀 다르게 들린다는 사실에 주목한다. 음향을 연구하는 사람들은 이것을 감각 기관의 문제로 접근하지만 그렇다고 해서 그들도 그것이 심리로부터 완전히 벗어나 있다고 취급하지는 않는다. 소리가 단순한 진동과는 달리 마음의 영역과 깊은 관련을 지니고 있다는 사실은 생물학에서도 가장 주목하는 사실이다.

시의 언어는 우리 곁에서 이러한 사실들을 단번에 느낄 수 있도록 도와준다. "빛도 어둠도 반쯤 물린 데 번지는 소리의 돌"이라는 부분에서 귀에서 피부로, 피부에서 단순한 감정을 거쳐 깊은 마음으로 미끄러지는 소리의 움직임과 마음의 결을 함께 느낄 수 있다. 빛과 어둠, 동적인 새와 정적인 돌은 이런 식으로 맞물리면서 차분하면서도 무겁고, 단순하면서도 복잡한 사람의 골똘한 마음의 움직임을 포착한다.

시인은 풍경을 응시하며 묘사하기보다 마음의 작용과 반응하는 소리에 누구보다 민감하다. 실제로 시집의 거의 모든 갈피에서 다채로운 소리가 들린다. "까마귀 소리"(「새들의 시간표」)에서부터 "파도 소리를 듣는 망자들"(「소나무와 무덤과 잔디씨」)의 모습까지, 거대한 "사월 천둥소리"(「천둥과 밥」)에서 살짝 "허리에 감기는 밧줄소리"(「품」)까지. 시인은 "허공에 구첩반상을 차려도 넘치는 소리의 가짓수"(「새들의 시간표」)에 하나씩 귀를 기울이고 나아가 그것을 입 안에 넣고 '지긋이 깨물었다가 씹고 끓어 먹'(「새소리를 씹다」)기도 한다. 이 과정에서 사물들은 교향交響

하며 섞인다. 그저 악기에서 빠져나오는 공기의 진동이 음악이 아니듯이 전혀 어울릴 것 같지 않은 대상과 생각과 개념이 조금씩 어우러지며 울리는 관계의 맥락이야말로 단순한 단어와 문장을 비로소 시가 되도록 만든다. 유종인은 이런 식으로 한 편의 시가 쓰이면서 들린다는 것을 우리에게 증명한다.

## 무심결의 발걸음으로

허공을 울리는 새소리를 뒤로 하고 시 속의 '나'는 더 깊숙한 숲으로 들어간다. 시 속의 '나'는 숲을 변형하고 그것을 정복하려는 시도 대신 방랑자의 발걸음으로 숲의 이곳저곳을 지난다. 조심스러운 걸음과 고요한 침묵 속에서 미세한 소리의 감각은 더 살아난다.

내 왼편엔 호두나무가 내 오른편엔 붉나무가 있다
그리고 나는 박쥐나무를 바라고 섰다
저들은 모두 내 편인 적 없는 무심한 측근들,
계곡엔 아직 물소리가 가물고
참나무 줄기에 거꾸로 달린 청설모처럼
그대의 호기심 찬 눈빛도 아득한 것이 되었다
나는 한때 큰 말을 찾았으나
직박구리들의 수다조차 잠재울 말이 없어
내 몸은 가끔 몇 십 근의 침묵으로 걸어다닌다

—「숲의 방랑자 : 나의 측근들」 부분

'나'는 나무들 사이를 무심하게 걷는다. '나'는 박쥐나무를 '바라고' 서 있지만 나무들은 언제나 "내 편인 적 없는 무심한 측근들"로 남아 있다. '보다'는 말의 자리에 있는 '바라다'는 "무심한 측근들"에 관한 '나'의 마음을 대조적으로 드러낸다. '바라다'는 말에는 '보다'는 뜻과 함께 원하고 바라는 마음들이 함께 포함되어 있기 때문이다.

정면으로 바라며 욕망하지 않으면서도 언제나 무심하게 곁의 가까운 곳에 있는 나무들로부터 '나'는 '큰 말'과 '침묵' 사이의 거리를 느낀다. 사람이 나무와 같이 모든 집착과 번뇌로부터 완전히 벗어날 수는 없다. 그렇지만 침묵의 간격 속에서 커다란 말에 묻혀 들리지 않던 소리들이 돋기 시작하는 것을 느낄 수 있다. 강렬한 욕망에 가려 느낄 수 없던 희미하고 아득한 감정으로 더 바싹 다가갈 수 있게 된다.

편애에 관한 시인의 감정은 「벼루를 놓치다」에서 잘 알 수 있다. "먹 대신 묵액墨液이 대세인 세상에 / 벼루는 본차이나 이 빠진 접시라도 상관없지만 / 이상하게 벼루는 벼루였다 / 눈에 안 들면 아무리 고가高價라도 무일푼, / 한 푼어치의 사랑도 매겨질 수 없으니 / 내 눈독은 백치, 내 눈길은 색명이 완연하다"와 같은 부분에는 일단 눈독들인 것에 관한 지극함이 가득하다. 그렇지만 마음에 드는 벼루 한 짝을 얻고 나서도 욕망은 가라앉기는커녕 또 다른 곳으로 향한다. "아, 그러고도 내 사랑은 협곡처럼 깊어져 / 더 기이한 소리와 빛깔의 몸들을 찾았"다는 고백은 이런 정황을 잘 보여 준다.

숲가의 저 나무들
고요를 격동시키는 잎잎의 수런거림들
하나의 흔들림 속에
천수(千手)가 넘나든다

나무는
유심함을 다 알아버린 무심결이다

—「나무」 전문

'유심'이나 '무심'과 같은 말이나 '千手'를 고려할 때 불교의 개념과 사상을 떠올리는 것은 자연스럽다. 실제로 유종인의 시에는 불교를 포함하여 와카나 렌카의 시론이나 태도와 연결되는 지점도 보이며 나아가서 주역과 같이 더 넓은 동양적 사상의 맥락도 엿볼 수 있는 지점이 있다. 그렇지만 '돋는다'와 '바라다'의 예에서 알 수 있듯이 그가 쉽고 투명한 우리말을 발굴하여 그것으로부터 다양한 감각과 맥락을 만드는 정교한 과정에 주목하다 보면 굳이 그런 개념에 기댈 필요가 없다는 사실을 충분히 알 수 있게 된다.

마음이 없다는 말은 과연 가능한가. 집착을 비우고 일체의 욕망으로부터 벗어난 상태라고 이야기해도 별로 달라지는 것은 없다. 그런 상태는 사람이 접근할 수 없는 영역의 꿈에 불과하다. 오직 종교의 편에서만 설명이 가능하다. 반대로 사람이 아무리 정교하고 치밀하게 풍경을 그린다고 해도 마음의 움직임을 전부 포착하는 것은 불가능에 가깝다. 마음의 깊은 자리에 도달하려는 사람의 생각은 말로 결집되지만 그런 용어들은 만들어지는 순간 이미 정확한 의미를 잃는다. 생생한 감각과 맥락을 잃고 추상의 지경으로 내몰리기 때문이다.

"무심결"이라는 말은 유종인 시가 지닌 매력의 중심에 놓인다. 허공으로 번지는 새소리를 따라 무심하게 곁에 늘어선 나무들 사이를 걸으며 '나'는 복잡한 마음의 움직임을 느낀다. 침묵의 고요가 깊어질수록 오히려 잎의 수런거림은 더 크게 들린다. 그렇지만 어떤 목적에서 벗어나 무심한 상태로 나무들 사이를 거닐지 않으면 그 작고 미세한 소리는 들리지 않는다. 시는 우리가 이처럼 고요함 속에서 격동하는 리듬을 느낄 수 있게 만든다. 거대한 것과 작은 것, 복잡한 것과 단순한 것, 엉킨 마음과 텅 빈 마음이 하나로 연결되어 함께 작동한다는 사실을 체감할 수 있도록 우리를 이끈다.

유종인 시의 "무심결"은 결코 해탈이나 초월과 같은 정신적 경지나 마음의 상태를 이르는 말이 아니다. 그것은 "새벽 잠귀를 불러내는 / 소낙비 소리"(「산매山梅」)와 같이 잠든 감각을 깨우는 순간이다. 사랑이라는 개념을 둘러싼 마음의 지도를 헤매다가 "그대 등 뒤로 / 무심코 빗 하나를 넘겨받아 / 복숭아빛 빰의 시간을 빗어주고 싶"(「태풍과 머리카락」)은 마음이 깃드는 순간과도 같다.

## 끝없는 망설임을 품은 채 보폭을 고르며

불완전한 사람의 말은 고정된 몇 개의 개념 안에서 맴돈다. 사람의 말과 언어가 미묘하면서도 복잡한 마음의 무늬를 그리지 못할 때 좌절은 더 깊어질 수밖에 없다. 시의 언어들이 만드는 맥락과 리듬은 딱딱하게 굳은 말의 한계가 지닌 틈 사이에서 진동한다. 의미의 한쪽 편에 요지부동으로 앉은 말들을 뒤흔들고 깨워서 설명할 수 없는 감정들에게로 인도한다.

유종인의 시에서 '무심결'은 '마음이 없다'거나 '마음이 텅 비었다'는 식으로 이해해서는 곤란하다. 차라리 이것은 '무심하다'는 말 보다는 오히려 '무의식'이라는 말에 더 가깝다고 할 수 있다. '무심결'은 어지러운 마음 속 끝없는 망설임과 고요한 침묵의 고독 사이를 배회하던 사람이 문득 만나게 되는 순간이다. 시인은 알 수 없는 감각이 집결하여 하나의 몸을 이루는 그 순간을 놓치지 않기 위해 목소리를 낮추고 세계와 사물의 변화에 주의를 기울인다.

> 나는 나무의 오랜 흉내 같았다
> 어디쯤에서 나는 손을 떼야 할지
> 우리는 어느 때에 슬픔을 풀고
> 어느 쯤에서 흉내뿐인 사랑을 놓아야 할지
> 나무도 나도 서로 망설였다

―「연리지(連理枝)」 부분

연리지는 서로 다른 나뭇가지가 맞닿아 결이 통하여 함께 자라는 것을 이른다. 그렇지만 이 시에는 정작 함께 얽히는 순간에 대한 찬양보다 그렇게 되지 못하는 안타까움과 그렇게 될 수 없다는 것을 알면서도 흉내만 내고 있는 사람의 망설임이 더 간절하게 드러난다.

고요한 망설임의 시간이야말로 무심결의 시학을 이해하기에 적절하다. 우리의 일생은 무언가의 흉내에 머무는 경우가 많다. 다른 사람의 사랑에 비추어 사랑에 관한 관념을 끼워 맞추거나 만연한 가치에 떠밀려 생의 패턴을 결정하는 경우가 얼마나 많은가. 우리는 이처럼 관념화된 대상, 텅 빈 지점을 향한 욕망에 끊임없이 이끌리고 휘둘린다. 어느 순간 손을 떼야 한다는 사실을 알고 있으면서도 어쩔 수 없이 계속 모습을 바꾸는 욕망에 시달리는 것, 그런 끝없는 망설임 속에서 무심결의 순간이 도래한다.

호두나무는
고소한 생각들을 고르고 있다
허무를 웃길 만한 익살과 입담을 골라
생각의 가지마다 한 주먹씩 재미를 쥐고 있다
뇌의 주름이 많은가 슬픔이 자주 골탕을 먹을 만하다

—「나무 인상 사전」 부분

무심결의 순간이 도래하기를 기다리는 자세는 의지가 없는 상태와 다르다. 그것은 단지 계속 모습을 바꾸는 욕망으로부터 거리를 둔 채 억지를 부리지 않는 태도와 가깝다. "고소한 생각들을 고르고 있다"고 표현되는 호두나무를 보라. 사람의 뇌를 닮은 단단한 껍질 안의 과육은 슬픔이나 골탕과 함께 익살과 웃음을 지니고 있다. 유종인 시의 대부분은 이처럼 조용히 세계의 작용에 감각을 열고 흔들리는 몸과 마음의 반응을 살피며 기다리는 자취로 가득 차 있다.

"허공의 빛을 살뜰하게 물리친 때깔로 / 검고 단정하게 앉아 있"(「까마귀」)는 까마귀나 "사랑의 동굴을 놓친 노숙자"(「박쥐」)로 묘사하는 박쥐의 초상은 이러한 시 속 '나'의 자세와도 닮았다. "고요의 손"(「돌 밑의 손」)을 지닌 이 화자는 이제 "나는 헛말이 아닌 / 잔잔하게 흔들리는 속엣말로 부리리라"(「잔챙이 토란」)고 고백한다.

'나'는 지금 "다소곳이 햇살과 바람 속에 / 천천히 오지 않는 말馬을 기다리듯 / 가만히 흔들"리면서 "여름의 빛과 바람을 데려다 놀"(「버드나무에게로」)고 있다. 그렇지만 여름의 놀이와도 같은 미세한 움직임의 배후에는 격동의 힘이 자리하고 있다. "나의 여름은 물총으로 대기한다"라는 말로 시작하는 「물총」은 "그대 무릎을 쏘아 적시고 / 그대 뺨을 쏘아 목줄기를 타고 가슴골로 모이는 / 한때 사랑의 격류였던 물의 서늘함"을 품고 있다. '대기한다'는 말은 확실히 무심결의 순간을 더 잘 이해할 수 있게 도와준다. 시 속의 '나'는 지금 무심하게 대기 중이다. 억지로 목적지를 향하지는 않지만 헛된 생각과 불분명한 마음의 자취들이 "앵두 빛깔로 익을 때까지"(「앵두」) 보폭을 늘였다가 줄이며 만물의 변화와 흐름에 몸을 맡긴다.

보폭의 변화는 단선율로 흐르는 말에 리듬을 극대화한다. 시인은 음량을 조절하는 방식을 통해 단순한 멜로디를 자극하면서 다채로운 리듬의 변화를 만드는 방식을 자주 활용한다. 「물총」에 드러나는 격류의 흔적의 반대편에는 「가뭄」의 그림자가 드리워져 있다.

하루만에도 키가 준다

물 좀 다오,

그림자가 일어나 손을 내밀 듯이

이런 날에는 유난히 다 큰 난쟁이가 태어난단다
하느님의 슬픈 아이들,
스러지는 곡마단으로 걸어가
소리 나지 않는 웃음을
얼굴에 그리며 우는 난장이들,

—「가뭄」 부분

물기가 바싹 마른 답답한 상황을 짧아지는 그림자와 키로 형상화하고 있는 이 시는 이와 같은 묘사도 재미있지만 그 내부의 소리의 감각이 최소화되고 있다는 점이 더 놀랍다. 격류가 뿜어내던 소음의 볼륨은 그림자가 줄어들 듯이 점점 낮아지고 짓눌리다가 마침내 난쟁이의 "소리 나지 않는 웃음"과 같은 부분에 이르면 완전히 소거되고 만다. 밝은 태양이 저물고 따뜻한 기운이 사라지며 양陽과 음陰이 교차하는 순간을 시인은 여러 시편들 속에서 마치 아날로그 오디오의 볼륨을 조절하듯 자연스럽게 다룬다. "천둥이 치는데 / 나는 지하 쉼터에 내려가 저녁밥을 먹겠네"라는 말로 시작하는 「천둥과 밥」도 마찬가지다. 천둥이 치는데 밥을 먹는 별다를 것 없는 일상의 현장은 "천둥의 북채와 내 손의 수저를 맞바꾸고 / 오늘은 내가 밤 깊도록 / 그대 집 뒤란에 잠든 돌들을 꽃으로 깨우겠네"와 같은 부분에서 근사한 리듬으로 바뀐다. "약골의 역사"(「역사力士」)인 시인은 이런 식으로 거대한 천둥소리와 나지막한 적막 사이의 리듬을 조절하며 무심결의 순간을 계속 기다린다.

## 하모니를 이루는 순간을 향하여

시인의 발걸음이 지닌 속도와 폭의 차이에서 리듬이 생긴다. 이 리듬 속에서 너무 크거나 작아서 잘 드러나지 않던 세계의 사물들은 함께 유동하기 시작한다. 이런 흐름은 터질 것만 같은 마음의 격동과 알아차리기 힘들 정도로 미미한 변화들이 섞이며 서로 반응할 수 있는 여지를 마련해준다.

한편 시인의 발걸음 속에서 계절이 흐르고 그 속에서 생성하고 변화하며 자라고 사그라지는 시간이 응축된다. 시간의 저 편 먼 곳에서 가물거리던 기억은 오늘 지금의 순간으로 생생하게 당겨진다. 음량 조절의 리듬 속에서 음양과 오행의 변화들도 빨라지고 느려지는 것이다. 시집의 갈피에는 산매화가 피는 봄의 정경부터 물줄기들 가득한 여름을 건너 초가을의 청시와 늦가을의 낙엽들과 한겨울의 폭설들까지 다양한 시간이 자연스럽게 흐른다. 나무木와 물水이 함께 어우러지다가 "흙土 속에 말라버렸을 씨앗"(「대지의 등을 긁게 되다」)의 기운으로 모이기도 하고 다시 "불火길의 얼굴"(「물집」)을 거쳐 금金속성의 "양철지붕에 내려앉"(「양철지붕을 사야겠다」)기도 한다. 시인은 발걸음을 따라 이들의 만드는 소리의 리듬에 가만히 몸을 맡긴다. 바꿔 말하자면 유종인의 시는 이런 소리의 리듬 가운데서 태어난다.

> 세상에 나와 맞는 게 정말 있을까
> 때 아닌 걱정을 하게 됐을 때
> 전통 정원 뒤편의 대숲이 눈에 들어찬다

바람에 비스듬히 누웠다
다시 일어서는 푸르른 마디들
뿌리에서부터 마디의 간격은 넓어진다
그 중에 내 손 한 뼘에 딱, 맞는
대나무 마디도 있으리라
나의 한 뼘과 대나무 한 마디의 그 맞춤을
수평선이라 부를까
지평선이라 부를까
하늘과 땅, 하늘과 바다
서로 마음이 몸을 포개오는 마중을
기다려온 그대여
내 말 한 마디에 온 마음이 열리는 속도여
느리지도 빠르지도 않은
아무 섭섭할 거 없는 세월의 눈총이여

—「궁합」 전문

이 시는 지금까지 언급한 유종인 시의 특징을 거의 모두 담고 있다. "세상에 나와 맞는 게 정말 있을까"라는 복잡한 마음의 질문으로 시작하는 이 시 속의 화자는 바람에 비스듬히 누운 자세로 대숲을 바라본다. 오직 각기 다른 대나무들 사이로 부는 바람과 그것이 흔들리며 내는 다양한 소리에 가만히 몸을 맡길 뿐. 흔들리는 대숲과 진동하는 마음이 섞이는 와중, 그 무심결의 순간에 "나의 한 뼘과 대나무 한 마디의 그 맞춤"이 떠오른다. 의미의 지평 너머에서 비로소 구체적인 리듬을 지닌 하나의 몸이 육박한다. "서로 마음이 몸을 포개오는 마중을 / 기다려온 그대여 / 내 말 한 마디에 온 마음이 열리는 속도에"라는 시의 핵심 구절은 기다리는 자세와 속도의 변화 그리고 몸과 마음이 함께 섞이는 순간이라는 유종인 시의 중요한 자질들을 그대로 지니고 있다. 이러한 순간에 하늘과 땅과 바다, 광활한 우주는 하나의 시간으로 모인다. 늘어선 단어들은 문장의 구조와 갖가지 복잡한 비유의 원칙에서 빠져나와 새로운 현상이 된다.

이제 "모든 소리에 성감대를 가진 / 양철지붕을 올려야겠다"는 시인의 다짐을 다시 살펴 보자.

> 거울을 눌러 입힌 양철지붕을 그믐밤 고양이가 거닐 때
> 그 발자국에서
> 꽃들이 눌러 퍼지는 소리에 소스라치는 고양이여
> 겨울에도 한뎃잠을 자다 깬 꽃들이
> 양철지붕에 꿈속의 비명을 던져 올려도 좋겠네
> 한 무덤 방에 누워
> 부부가 동짓달 궁금한 입군것질거리를 구시렁거릴 때
>
> (…중략…)
>
> 키 높은 옆집 처마의 눈석임물이
> 양철북을 두드리듯
> 양철지붕을 두드려 먼가래 한 꽃들의 귀를 부르네

—「양철지붕을 사야겠다」 부분

양철지붕 아래 누운 사람을 떠올려 보자. 시인의 궁합은 단순히 우연의 소산이 아니다. 정해진 사주에 따라 사람의 운명을 나누는 일방적인 계산법과도 전혀 다르다. 그것은 "말간 근심과 엇갈리는 연애의 기척들"(「붉은머리오목눈이」)이 함께 몸을 부비며 내는 소리와도 같다. 시인은 지금 자신의 시에 양철지붕을 얹고 고양이의 발자국과 꽃들의 펴지는 소리와 꿈속의 비명 소리에 모든 감각을 열어놓고 있다. 그는 우리를 어디로 데려가려 시도하지 않지만 그의 시를 읽으면서 우리는 마치 양철지붕 아래 누운 것처럼 쌓인 눈이 속으로 녹아서 흐르는 소리를 함께 들을 수 있다. '너'와 '나'와 세계의 무수한 사물들이 함께 녹아 흐르는 리듬을 체감할 수 있다. 그러니 이제 더 천천히 주의 깊게 귀를 기울이자. 하모니를 이루는 무심결의 순간을 향하여.

08

# 웃음의 색채와 질감

우리 시의 현장에 드러난 웃음의 요소는 희귀하고도 소중하다. 웃음은 서로 다른 말의 리듬이 엇갈리면서 유발된다. 리듬이 강력한 에너지를 띄기 전에 조금씩 충돌하며 새롭게 반응하는 전조라고도 할 수 있겠다. 웃음은 하나의 선율로 흐르던 리듬의 액센트다.

# 자주색 유머

김민정은 유머 감각이 남다르게 뛰어나다. 그는 한국시의 전통에 비교적 희귀한 감각의 계보에 분명하게 자신의 자리를 마련했다. 『그녀가 처음, 느끼기 시작했다』에 관한 글에서 나는 그것을 "캄캄한 자조가 자주색 무늬를 이루는 과정"이라 이야기한 적 있다.[35] 당시 그의 시가 감지하기도 힘든 심연과 공허의 새카만 절망으로부터 조금씩 자줏빛 웃음을 드러냈다면 지금 그 색채는 더 강렬하고 뚜렷하게 빛난다.

구운 갈치를 보면 일단 우리 갈치 같지
그런데 제주 아니고는 대부분이 세네갈산
갈치는 낚는 거라지 은빛 비늘에 상처나면
사가지를 않는다지 그보다는 잡히지를 않는다지
(…중략…)
갈치의 원산지를 검은 매직으로 새내갈,
새대가리로 읽게 만든 생선구이집도 두엇 가봤단 말이지

35 장은석, 「자주색 하늘에 내리는 분홍 눈과 파랑 비」, 『시와사상』, 2010, 봄.

세네갈,

축구 말고 아는 거라곤

시인 레오폴 세다르 상고르가 초대 대통령을 역임했다는

세네갈,

그러니 이명박 대통령도 시 좀 읽으세요 했다가

텔레비전 책 프로그램에서 통편집도 당하게 만들었던

세네갈,

(…중략…)

갈치 먹다 알게 된 거지만 사실

갈치보다 먹어주는 게 앵무새라니까

세네갈산 앵무를 한국서들 사고 판다지

아프리카라는 연두

아프리카라는 노랑

아프리카라는 잿빛

삼색의

세네갈,

앵무새 앵에 앵무새 무

한자로 다들 쓰는데 나만 못 쓰나

鸚鵡

이 세네갈산

앵무야

「입추에 여지없다 할 세네갈産」은 이와 같은 김민정 시인의 빛깔을 잘 보여 주는 시 중 하나다. "구운 갈치를 보면 일단 우리 갈치 같지"나 "갈치는 낚는 거라지"와 같은 부분에서 '갈치'와 '같지'와 '거라지'의 라임을 활용하는 방식은 갈치의 원산지를 검은 매직으로 표시한 '새내갈'에 이르러 '세네갈'과 '새대갈'을 연결하는 정도까지 나아간다. 그렇지만 시인이 단순히 '세네갈→새내갈→새대갈'과 같은 방식의 음성적 유사성과 연쇄를 통한 말놀이에 머물고 있다고 생각한다면 곤란하다. 사실 "대통령도 시 좀 읽으세요"와 함께 생각해보면 이 부분은 상당히 풍자적으로 들릴 수도 있다. 그렇지만 그의 시는 단순히 풍자나 조소 또는 해학과 같은 기존의 개념으로는 전부 포착할 수 없는 신비한 색채를 띤다.

예컨대 당신이 상당히 긴 분량의 시를 거듭해서 몇 번 읽는다면 독립해서 하나의 행을 담당하고 있는 "세네갈,"이라는 부분에서 어쩌면 잠시 한숨을 토해낼 수도 있을 것이다. 빽빽한 글자들 사이에서 반복해서 울리는 "세네갈,"을 소리 내어 읽다 보면 이상한 기분이 들 수도 있을 것이다. 경제 규모도 작고 축구 말고는 딱히 떠오르는 것도 없는 세네갈의 자유로운 분위기와 새마을운동으로 겉으로 보기에는 부강해졌지만 "일편단심"과 "충성"을 '앵무새'처럼 읊조리기만 하는 분위기가 그 사이에서 계속 교차하며 대조되는 것을 느낄 수 있을 것이다. 부조리한 상황의 교차와 반복이 계속될수록, 또 그런 상황이 언짢고 불편하게 느껴질수록 점차 '세네갈'이라는 말이 마치 '제기랄'과 같이 들리는 것은 나만의 오해일까.

시의 언어는 말이 소리의 질감을 넘고 쓰인 글자 그대로의 의미망의 바깥으로 확산하며 은밀한 무늬와 빛깔을 지니는 가능성을 탐구하는 것이라 해도 과언이 아닐 것이다. 비루하고 비속한 것들을 비루한 말로 공격하는 것은 쉽지만 단순하며 별다른 효과도 지니지 못하게 마련이다. 그렇다고 해서 고상한 말로 점잖게 하는 말들은 생의 미묘한 진실에 밀착하지 못하고 겉으로만 떠도는 경우가 많다. 그런 말은 "한자로 다들 쓰"지만 실제로는 아무도 알아들을 수 없는 '鸚鵡'와도 같다.

김민정의 시는 늘 이 두 가지 감정들 사이에서 진동한다. 고상한 척하는 언어와 비속한 말들의 접경에서 진짜 우아한 말의 색채를 발굴하기 위한 고투를 멈추지 않는다. 그는 시를 '鸚鵡'와도 같이 쓰지 않지만, '제기랄'이라고 쓰지도 않는다. 그의 시어들은 그저 "이 세네갈, / 앵무"와 같이 모호한 자주색을 띨 뿐이다. 그것을 입가에 미소를 머금고 '이런 제기랄, 냉무'라고 읽을 것인지 여부는 당신에게 달려 있다. 이렇게 그의 시를 계속 읽다 보면 어쩌면 당신이 범람하는 세네갈産 갈치 중에서 빛나는 은빛 비늘을 지니고 18도의 물 온도에서 우아하게 헤엄치는 진짜 제주 갈치를 발견할 수 있는 눈을 지닐 수 있게 될지도 모르겠다. 입추의 여지없이 캄캄한 이 세계를 견딜 수 있는 "녹색 심장"을 지닐 수 있게 될지도 모르겠다.

# 생의 은폐된 비밀을 소환하는 교감주술

시인 오탁번론

## 1

시는 고백의 형식에서 시작한다. 서사문학을 대표하는 소설이 허구적 특성을 지닌 데 반하여 시는 내적 자기 고백의 성격을 가지고 있다는 점은 쉽지만 좋은 출발점이다. 고백이라는 말이 품고 있는 감각적 느낌에서 연상되는 것들을 떠올려 보자. 가령, 고백하는 자의 자세 같은 것들 말이다. 고백을 준비하면서 품게 되는 여러 갈래의 감정들이나, 마침내 오래 생각했던 고백을 쏟아놓고 나서 대답을 기다리는 사람의 또 다른 감정들. 그 감정의 결은 무언가 초조하면서도 아주 진지한 무늬로 짜여 있어야만 할 것 같다.

'고백'이라는 말 속에는 이미 그 고백을 받는 어떤 '상대'가 포함되어 있다. 고백이 이루어지는 순간은 고백을 받는 자와 고백하는 자 사이의 '기대'의 에너지가 최대로 충만해진다. 물론 그렇지 않은, 무모하고 순수한 고백도 전혀 없다고 할 수는 없겠지만 대개의 고백에는 그 고백의 대상인 상대방이 자신의 고백을 받아들여 줄 것이라는 기대의 감정이 담겨 있다. 고백의 성패는 고백의 양쪽에 놓인 자의 기대의 지평이 만나는 순간에 달려 있는 것이다.

기대라는 요소 때문에 고백하는 자는 고백으로 인해 상대에게 비춰질 자신의 태도와 자세에 관해 고민할 수밖에 없다. 고백 이후의 정황에 대한 고민은 고백 이전의 전략을 결정한다. 나의 고백이 상대방에게 어떻게 받아들여질 것인가를 사전 점검하는 것은 누구보다도 바로 나 자신이다. 고백의 효과와 진정성은 먼저 나의 승인을 거쳐야 한다. 그러나 때때로 이런 승인은 상대방에게 아무런 효용을 지니지 못하기도 한다. 성공의 예감을 가득 지닌 고백이 상대방에게 전혀 얼토당토않은 것으로 받아들여지거나 완전히 실패할 것 같은 고백이 예상을 넘어서 상대방의 기대를 충족시키는 경우가 있다. 작가와 시인은 두 경우의 갈피를 끝없이 배회하는 저주에 사로잡혀 있다.

한편 기대는 하루아침에 만들어지는 것이 아니다. 그것이 형성되는 지점을 단순히 특정한 시간과 공간으로 규정할 수도 없다. 그래서 특정 시공간이 만들어내는 역사적 좌표 속에 특정한 개인들이 맞물리면서 어떤 '계기'가 만들어지는 순간에 관해 작가와 시인들은 항상 귀를 세우게 마련이다. 가령, 소월시의 화자가 "나 보기가 역겨워 / 가실 때에는 / 말없이 고이 보내 드리우리다"라고 누군가에게 고백했을 때, '나'를 '역겨워'하는 대상, 직접적인 관계에 놓여 있는 그 연인에게는 아무런 말도 하지 않겠다는 저 굳은 다짐 뒤에 '말없이 고이 보내'겠다고 독백처럼 읊조리는 태도는 이 땅에서 살아가면서 그 고백을 듣는 많은 사람들에게 기묘한 공명을 불러일으켰다. 근대 이후로 외침과 전쟁, 그리고 분단으로 오랫동안 고통 받고 슬퍼하던 우리의 삶 속에 소월의 고백은 체념과 절망의 恨이라는 '계기'로 자연스럽게 형상화되었다. 많은 사람들에 의해 발아되고 성숙한 이러한 정서는 다채롭고 풍부하게 그 의미가 확장되어 이 땅에 터전을 두고 있는 사람들의 무의식 어느 한 구석에 단단히 자리를 잡고 있다. 이런 형편은 사회·문화적 조건이 크게 변모한 오늘날에도 크게 달라진 것 같지 않다. 비록 형식이나 구체적 표현 방식에 있어서는 차이가 있겠지만 여전히 여러 시인과 독자들은 엄숙하고 때로는 숭고하기까지 한 태도나 자세로 고백하는 것에 익숙하다.

그렇다고 해서 우리 문학 전통에 웃음의 요소가 전혀 없다는 것은 아니다. 사실 어느 나라의 문학도 마찬가지겠지만 우리의 경우도 향가의 처용가에서부터 판소리나 고전소설 그리고 무가와 민요와 작자를 알 수 없는 속담에 이르기까지 수많은 전통적 문학작품 속에 '웃음'의 요소들이 풍부하게 펼쳐져 있다. 구체적으로 살펴 보자면 조금 멀게는 춘향가와 같은 판소리에서 가깝게는 김지하나 신경림, 김광림, 유하, 송욱 같은 시인들의 시에서 그런 경향을 읽을 수 있다. 그러나 고백의 형식에서 시작한 현대시는 다른 장르의 문학작품들보다 더 엄숙하고 진지한 모습을 보여 주었던 것 같다. 또 현대시에 나타나는 '웃음'은 다양한 양상으로 표출되기보다 대체로 풍자諷刺적인 방향으로 수렴하는 경향을 보여 준다. 그로 인해 이들의 시는 그 정도의 차이는 있을지라도 공격적이거나 조소와 비난을 머금고 인간과 사회의 악덕과 부조리들을 고발하며 폭로하고 까발리는 적극적인 태도를 가진 경우가 많다.

## 2

오탁번의 시에는 이전 한국시의 경향과는 사뭇 다른 형태의 웃음이 나타난다. 굳이 용어의 힘을 빌리자면 풍자적 골계미보다는 해학성이 더욱 도드라지는 웃음이라고 할 수 있다. 해학은 풍자나 단순 기지와는 달리 대상과 대립하여 적대감을 드러내기보다는 대상 속에 자기 자신까지도 포함시키기 때문에 따뜻한 애정으로 그 대상을 감싸준다는 차이점을 지닌다. 그러나 오탁번 시에 나타나는 웃음의 성격을 이 같은 용어로 규정하는 것은 불가능하다. 개별 작품 속에서 그것은 구체적이고 다양한 양상으로 변용되며 인간 존재의 두려움과 슬픔, 나아가서는 죽음과 대등한 위치에 놓이면서 그것을 초월하려는 현대적 속성으로 드러나고 있기 때문이다.

다만 여기에서는 그것이 시에 드러나는 방식을 정리해볼 필요가 있다. 그의 시에서 웃음은 시적 태도와 장치라는 두 가지 요소를 통하여 유발된다. 아기가 옹알이를 하듯이 세계와 주변 사물을 인식하고 이해하며 나아가서는 시 속의 화자가 직접 아이가 되기도 하는 시적 태도가 그 하나이고, 새로 태어난 아이가 우리말을 배우듯 신선하고 독특한 시어를 구사하는 능력이 다른 하나이다. 그러나 이 두 가지는 시에서 동떨어져서 각각 별개로 작용하는 것이 아니다. 그의 시에 옮겨지거나 새로 발굴되어 시인만의 소리로 새롭게 울리는 어휘들은 마치 세상에 갓 태어난 어린아이가 배우는 말과 같고 시인이 가진 시적 태도는 이 같은 시어로 인하여 비로소 온전한 자세를 취하게 되기 때문에 이 둘의 관계는 어느 것이 먼저라고 할 수 없이 밀접하다.

오탁번의 시가 독특한 웃음을 견고하게 획득하게 된 것은 비교적 최근의 일이다. 1967년 중앙일보 신춘문예에 시 「純銀이 빛나는 이 아침에」로 당선되면서 시를 발표하기 시작할 무렵의 「굴뚝소제부」나 「라라에 관하여」를 포함한 초기 시들은 이채로운 이미지와 메타포들이 감각적으로 배치되어 비관적인 세계 인식을 낭만적이고 지적으로 형상화하고 있다. 이 시기의 시들은 낯선 외래적 모티프들을 내포하고 있기도 하고 다소 이질적인 이미지들을 과감하게 결합하여 오브제들간의 거리를 돌발적으로 늘이기도 하는 식으로 현실 인식의 지평을 확장한다.

이러한 경향은 1974년에서 1988년까지 줄기차게 소설을 발표한 이후 세 번째 시집 『생각나지 않는 꿈』(미학사, 1991)에서부터 조금씩 변화하기 시작한다. 앞서 정리한 바 있는 웃음의 두 가지 표현 요소 중에서 첫 번째가 이 시집에 실린 「토요일 오후」, 「너무 많은 가운데 하나」와 같은 시로부터 촉발된다. 그리고 두 번째 요소는 네 번째 시집 『겨울강』(세계사, 1994)의 「꼴뚜기와 모과」, 「로히트 분유」 등의 시편들에서 다듬어지기 시작한다.

그러나 이 시기 작품에서 웃음의 요소들은 여전히 초기시의 낭만적이고 주지적인 경향과 중기의 비판적이고 현실적인 경향이 섞여 있는 가운데 군데군데 흩어져 있고 드문드문 떠오르고 있어서 온전한 시작 전략으로 자리매김하지 못하고 있다. 그러다가 작가가 소설 창작을 거의 중단하고 시 쓰기에 전념하면서 다섯 번째와 여섯 번째로 출간한 시집 『1미터의 사랑』(시와시학사, 1999)과 『벙어리장갑』(문학사상사, 2002)에서 비로소 완결된 형식의 옷을 입고 안정적이고 조화로운 '웃음'의 모습을 확립하게 된다.

## 3

오탁번 시에 나타난 웃음의 성격을 파악하기 위해서는 아래 시에서부터 출발하는 것이 좋다. 이 시의 여러 가지 면모에서 이후에 살펴볼 다른 시들에서 드러나는 요소들을 거의 다 발견할 수 있기 때문이다.

따뜻한 봄날 꽃밭에서 봉숭아 꽃모종을 하고 있을 때 유치원 다니는 개구쟁이 아들이 구슬치기를 하고 놀다가 헐레벌떡 뛰어들어왔다 모종삽을 든 채 나는 허리를 펴고 일어섰다 아빠 아빠 쉬도 마렵지 않은데 왜 예쁜 여자애를 보면 꼬추가 커지나? 아들은 바지를 까내리고 꼬추를 보여주었다 정말 꼬추가 아주 골이 나서 커져 있었다

꼬추가 커졌구나 얼른 쉬하고 오너라 생전에 할머니께서 하루에도 몇 번씩 손자에게 말씀하시던 일이 생각나 나는 목이 메었다 손자의 부자지를 쓰다듬으시던 할머니는 무너미골 하늘자락에 한 송이 산나리꽃으로 피어나서 지금도 손자의 골이 난 꼬추를 보고 계실까

오줌이 마렵지도 않은데 예쁜 여자애 알아보고 눈을 뜬 내 아들의 꼬추를 만져보며 나는 정신이 아득해졌다 그럼 그렇구말구 아빠 꼬추도 오줌이 마렵지 않아도 커질 때가 있단다 개구쟁이는 내 말을 듣고 고개를 갸우뚱거렸다 그리고는 아무일 없었다는 듯 구슬소리 영롱하게 짤랑대면서 골목으로 달려나갔다 조그만 우리집 꽃밭에 봉숭아 꽃모종을 하려고 나는 다시 허리를 구부렸다

—「꽃모종을 하면서」 전문

따뜻한 봄날이다. 만물이 소생하고 온 세상에 새로 태어나는 사물들의 힘이 충만한 시기이다. 유치원에 다니는 아이를 아들로 두고 있는 화자는 꽃밭에서 꽃모종을 하고 있다. 이 때 아이가 헐레벌떡 집에 들어와서 갑자기 커진 꼬추를 보여 준다. 그리고 아빠인 화자에게 "쉬도 마렵지 않은데 왜 예쁜 여자애를 보면 꼬추가 커지"냐고 묻는다. 그런데 생애 처음으로 '발기'를 경험하는 아이의 질문은 아들의 질문이기도 하면서 동시에 과거에 할머니에게 묻던 화자의 질문이기도 하다. 이처럼 오탁번의 후기 시에서는 시적 화자가 옹알이 하던 어린 시절로의 순간적 전이轉移가 일어나는 경향이 자주 나타난다.

인간 심리를 심층적으로 연구하여 삶의 여러 국면에 의미 있는 성찰을 가능하게 한 외국의 어느 학자는 웃음을 유발시키는 것을 인간 독점의 특권이자 행복인 유머라고 하면서 웃음을 유머의 기본 요건으로 정의하였다. 또 그의 해석에 따르면 유머는 '잃어버린 유년시절의 웃음을 되찾으려는 성인成人들의 하나의 지적인 시도'에 해당한다. 여기에서 이야기하는 유년시절의 웃음이란 실로 아무 세속적 조건을 고려하지 않는 천진함을 배태하고 있다고 할 수 있다. 오탁번의 시적 공간은 바로 이러한 유아의 시간으로의 회귀와 전이의 순간에 형성된다. 이 공간에서 현실적이고 이성적인 가치 판단은 힘을 잃고 의식적이고 사회적인 의미는 배제되며, 모든 사물이 새로 태어나 날것의 가치를 부여받는다.

또 이 공간은 화자가 외부 세계로부터 아무런 압력을 강요당하지 않는 해방의 공간이며 순수의 가치가 옹호되는 자리이다. '발기'에 눈뜨는 현상은 이처럼 일체의 인과적 · 경험적 사고의 과정을 거치지 않은 인간이 '남성'을 떠올리는 것이며 따라서 이러한 공간은 규정된 인식의 세계를 넘어서는 일종의 '신화'의 공간이다. 이러한 공간으로 자연스럽게 이입되면서 우러나는 해방감은 현실 세계에 대한 환멸과 결절로부터 시인의 낭만과 순수를 보전하고 회복하는 수단으로 작용한다.

성적 욕망을 최초로 경험하는 장면은 일반적으로 창피하고 낯 뜨거워서 수치스럽게 마련이다. 그러나 이 시에서는 웃음을 통하여 삶의 근원적 유전성을 포착하여 성공적으로 그것을 극복하고 있다. 화자의 할머니는 질문에 대한 대답을 알고 있었지만 그저 '쉬가 마려'운 것으로 말을 돌려버렸었다. 마찬가지로 화자도 성인이 되어 아들의 질문에 대한 대답을 알고 있지만 아이에게 "아빠 꼬추도 오줌이 마렵지 않아도 커질 때가 있단다"라고 그 대답을 지긋이 은폐한다.

인간이 새로운 생명의 비밀에 눈뜨는 그 청명하고 아름다운 과정의 연속됨을 맞이하며 화자는 목이 메이고 정신이 아득해진다. 뿌리에 달린 흙까지 같이 떠서 새로운 토양에 옮겨지는 모종처럼 내가 옮겨진 분신인 아들이 새로 피어나는 것을 본다. 태어나고 피어나고 시들고 늙고 마침내 죽어서 돌아가는 생의 회귀와 전이의 순간은 이처럼 먹먹하고 아득한 것이다. 태어나서 자기의 자식을 남기고 죽는 것은 인간의 일상적인 자연스러움이다. 그러나 아이의 이 갑작스런 질문 때문에 화자는 그 거룩한 숙명의 움직임을 사사롭게 느끼고 현실적 공간에서 신화의 공간으로 건너간다.

아름다운 생의 옮겨심기는 또 다른 웃음의 흙(개별 시어들)으로 떠받쳐지고 있다. '부자지(불알과 자지)'는 성기를 직접 지칭하는 표현이다 일반적으로는 망측하고 야릇한 표현이지만 시의 맥락 속에서 그것을 천박하거나 자극적이라고 느끼는 사람은 아무도 없을 것 같다. 아들이 뛰어나가면서 '불알'이 '구슬'처럼 영롱하게 짤랑거리는 모습은 맑은 봄날 햇살 속 어느 '무너미골 하늘 자락'에 한 송이 '산나리꽃'과 함께 반짝반짝 소리를 내며 어울린다. 또 하필 아들은 구슬치기를 하면서 놀고 있지 않은가.

불알과 구슬은 그 생김새에서 연상되는 유사성 외에도 언어적 사용 형식에서의 유사성 때문에 더욱 그 의미 연관이 적절하다. 우리 속담에 '불알 두 쪽만 대그락대그락한다'는 표현이 있다. 이것은 아무 것도 가진 것이 없고 알몸뿐이라는 말로서 능력 없는 사람을 유머러스하게 비꼬는 의미를 지니고 있다. 여기에서 사용된 '대그락'이라는 소리말은 주로 작고 단단한 물건이 맞닿아 부딪치며 나는 소리를 묘사할 때 사용되며 구슬이 부딪히는 소리를 표현할 때도 흔히 쓰인다.

'골'이 난 '꼬추'를 보고 당황하던 화자와 할머니의 표정이 이 같은 시어와 함께 어우러져서 무너질 듯 아득하게 목이 메는 정경을 그려낸다. 비밀스런 대답에 어리둥절해 하는 화자와 아들의 갸우뚱거림의 동시적 중첩이 구슬과 불알이 촉발하는 웃음을 통하여 강화된다. 이렇듯 목이 메는 웃음, 시간을 넘어서 멀리 신화의 영역까지 맑게 울리는 '소리'의 웃음, 생의 은폐된 비밀을 소환하는 교감주술로서의 웃음이 시인 오탁번의 웃음이다.

## 4

드러난 비밀과 지긋한 숨김 사이에서 발생하는 웃음의 질감은 대단히 기묘하다. 그의 시를 읽는 독자는 대개 호쾌하게 웃음을 터트릴 수 없을 것 같다. 또 어느 국면에서 웃어야 할지도 명확하지 않다. 누군가가 '왜 웃긴가'에 관해서 이야기해 보라고 한다면 할 말이 없을 것만 같기도 하다. 그런 웃음의 정체에 관해 아래 시는 더 재미있는 관점을 열어준다.

바둑아 바둑아
이리 오너라
나하고 놀자
—국민학교 1학년 국어 시간

어미개 때려 잡아서
가마솥에 삶아 먹는
어른들
—국민학교 1학년 하교 길

제 어미가 죽은 줄도 모르는
바둑이가
몽당연필 따라
마분지 공책 위에서

깡종깡종 나하고 논다

—국민학교 1학년 국어 숙제

—「국민학교 1학년 오탁번 생각」 부분

아예 시 전체가 천진한 어린이 화자의 말로 구성되어 있다는 점에서 이 시의 문장들은 그대로 무척 재미있다. 그런데 이 화자는 현재의 어린이가 아니라 꽤 과거의 어린이다. 전체주의 교육을 상징하는 용어를 그대로 옮겼으며, 더불어 강제적으로 부여된 용어이기까지 하다는 점 때문에 이제는 사라지고 없는 '국민학교'를 다니던 어린이기 때문이다.

어린이 화자의 눈에 비치는 세상의 모습은 모순적이다. 교실에서 배우는 교과서에서는 친근한 동무였던 바둑이가 귀갓길에서는 가마솥에서 끓는 음식으로 전락한다. 바둑이와 어미개 사이의 간극을 극복할 수 없는 화자에게는 그 모순적인 장면이 그저 하나의 놀이가 될 수밖에 없다. 3연에서 '제 어미가 죽은 줄도 모르는 바둑이'와 놀고 있는 천진한 아이의 시선은 일차적으로 우습고 재미있다.

'국민학교'라는 말이 가져오는 시간의 경과로 인해 우리는 어린이 화자의 배면에 성인이 된 화자의 그림자를 떠올릴 수 있다. 그러니까 이 시에서 전면에 드러나는 것은 어린이 화자의 천진함이지만 그 배후에는 다 자란 성인 화자의 열패감 같은 것이 배어 있다. 이 감정 속에서 우리는 무언가 세련되지 못한 것에 대한 시선을 감지할 수 있다. '어미개를 때려 잡아서 가마솥에 삶아 먹는' 어른들의 모습은 지나온 근대화의 과정을 극복해야 할 대상으로만 여기는 관점에서 볼 때 대단히 부끄럽게 여겨진다. 조선시대 서민들이 고관들의 말을 피해 다니던 길이라는 뜻에서 유래했다는 '피맛골'이 집단적 기억의 더께가 쌓인 흔적들이 가득함에도 편리와 세련이라는 측면에서 함부로 훼손되거나, '천변풍경'의 기억이 새로운 옷을 입고 교교하게 흐를 수 있는 기회가 정치적이거나 사회적인 이해관계나 맥락에 따라 아무렇게나 매장되고 마는 장면들에서도 유사한 감정의 질감을 느낄 수 있다. 때로는 촌티 나게 보이거나 눈살을 찌푸리게 만들기도 하지만 그 시대를 살아온 사람들에게는 지울 수 없는 집단적 무의식 같은 것. 또 누군가는 부인하고 싶지만 그런 사람들의 혈맥을 흐르는 분명한 흔적 같은 것. 그 이중적인 감정의 간극을 그림자와 같은 성인 화자가 맴돌고 있는 것이다.

배회하는 성인 화자와는 달리 어린이 화자는 어떤 머뭇거림이나 얽매임 없이 '깡종깡종' 논다. 이런 놀이와 장난의 자세는 많은 사람들의 기억에 새겨진 어떤 장면들을 부끄러워하거나, 오늘의 관점에서 규정된 제약이나 관례에 얽매이지 않고 자유로운 해방의 감각으로 건너뛸 수 있도록 시인과 독자들을 북돋운다. 나아가 어린이 화자는 가치관과 시각이 굳어진 어른이 감각하지 못하는 것들을 완전히 새롭게 인지할 수 있는 조망을 열어준다.

여름내 어깨순 집어준 목화에서
마디마디 목화꽃이 피어나면
달콤한 목화다래 몰래 따서 먹다가
어머니한테 나는 늘 혼났다
그럴 때면 누나가 눈을 흘겼다
—겨울에 손 꽁꽁 얼어도 좋으니?

서리 내리는 가을이 성큼 오면
다래가 터지며 목화송이가 열리고
목화송이 따다가 씨아에 넣어 앗으면
하얀 목화솜이 소복소복 쌓인다
솜 활끈 튕기면 피어나는 솜으로
고치를 빚어 물레로 실을 잣는다
뱅그르르 도는 물렛살을 만지려다가
어머니한테 나는 늘 혼났다
그럴 때면 누나가 눈을 흘겼다
—손 다쳐서 아야 해도 좋으니?

—「벙어리장갑」 부분

기능과 효용이 강조되는 오늘날 손가락을 움직이기 어렵고 젖기 쉬운 솜으로 만든 벙어리장갑은 잊힌 물건이나 다름없다. 그러나 매끄러운 가죽으로 만든, 다섯 손가락이 각기 분리된 요즈음의 장갑에는 특별한 이름이 없다. 말을 하지 못하는 '벙어리'를 날래지 못하고 무딘 장갑의 이름으로 처음 결정한 것이 누구인지 알 수 없지만 그 명명관계야말로 오탁번 시의 웃음을 설명하기에 가장 적절하다.

그렇다고 해서 시인으로서의 오탁번의 자세를 박물화된 사물들을 한데 그러모으려는 것으로 오해해서는 곤란하다. 그의 시 속의 사물들이 대단히 감각적이고 구체적으로 직조된다는 사실을 주의 깊게 살펴볼 필요가 있다. 레비스트로스가 적절히 지적했듯이, 과학이 추상적 개념들을 이용해서 필연적 관계들을 설명한다면 신화는 구체적 이미지들을 사용하여 필연적 관계들을 설명한다. 따라서 신화의 공간은 모호하고 관념적인 항수로 규정될 때 그 힘을 잃는다. 소복소복 쌓인 상상력의 목화송이는 화자의 감각적 물레를 거치면 "된장독에 쉬 슬어놓고 / 앞다리 싹싹 비벼대는 파리"와 "거미줄 쳐놓고 한나절 그냥 기다리는 굴뚝빛 왕거미"(「사랑하고 싶은 날」, 『벙어리 장갑』)로 변화된다. 이 때 고향의 공간에 놓인 기억의 흔적들은 단순히 추억을 되새김질하는 물질적 대상이 아닌 비로소 인간과 교감하는 동일 유기체로 되살아나고 '만년 전 빙하기'를 훌쩍 뛰어 넘어 '태초 후 45억년'의 시간도 초월하는 우주적 영원성을 획득하게 된다.

아이의 육성을 거쳐 피어난 목화송이 속에서 '누나'와 '어머니'는 새로운 원형이 된다. 겨울에 손이 꽁꽁 얼까봐 혹은 손을 다쳐서 아야 할까봐 약하고 어린 화자를 혼내고 눈을 흘기던 누나와 어머니는 현재까지도 시인의 낭패와 고통을 이해하고 감싸준다. 경험의 세밀한 측면은 다르겠지만 우리 모두의 기억 속에서 '어린 볼기에 푸른 손자국 남겨 첫울음 울게 한 어머니의 어머니'와 '서늘한 손길로 손님이 든 내 뜨거운 이마 짚어주던 할머니의 할머니'(「백두산 천지」, 『1미터의 사랑』)는 원초의 시간 속에서 무한히 맥을 이어온 大母의 現身이다. 오늘의 관점에서 볼 때 그들의 어떤 태도는 세련되지 못하고 불합리하며 다른 한편으로는 망측하고 괴상하게 보일 수도 있다. 그러나 가끔은 미신으로 취급되는 그들의 태도에서 원초적이면서도 근본적인 가치를 발견하고 또 그것을 미적인 자질들로 건져낼 수 있는 것은 천진한 시선이 가지고 있는 다른 위력이다. 종종 경망스럽게 보이기까지 하는 아이의 놀이가 우스우면서도 금방 웃어야 할 지점을 찾지 못하는 이유는 드러난 말의 배후에 이처럼 복합적 요소들이 배어 있기 때문이다.

## 5

어린이 화자에게 여성이 '누나-어머니-할머니'로 이어지는 하나의 원형이 되는 반면 성인 화자가 전면에 드러난 시에서 여성은 연애 상대가 된다. 원시적 건강함을 내포하고 있는 性은 시에서 웃음의 소재가 되는 동시에 낭만적이고 순수한 가치와 잘 연결된다. 낭만성이 훼손되는 것은 문명적이고 물질적인 가치들에 의해 순수 가치들이 오염되기 때문인데 인간의 논리가 개입하기 이전의 성의식은 원초적인 생명력을 내장하고 있다는 점에서 초월의 의미를 지닌다. 오탁번의 시에서 연애 감정이 자주 소재로 사용되는 것도 같은 차원에서 이해할 수 있다. 건강한 성욕망은 필연적으로 연애로 이어지게 마련이며 시인에게 이것은 어긋난 현재의 가치체계 아래서 인간과 인간이 사회적 관계를 배제하고 전인격적으로 소통할 수 있는 유일한 방식이다. 따라서 그의 시에서 화자의 연애 방식은 오늘의 일반 기준에 비추어볼 때 다소 허황하고 터무니없게 보일 수도 있다.

나는 임금님이나 된 듯
찰락찰락 물결 이는 둠벙에서
홀로 낚시를 했다네
숫처녀의 볼에 입맞춤하듯

새색시와 첫날밤 살을 부비듯
외바늘에 콩알 떡밥 꿰어 예쁜 참붕어를 유혹했다네

우포늪의 물빛 아롱진
아홉 마리의 참붕어야
까마득한 내 전생에는 아홉 명의 애인이 있었던 게 참말이니?
알몸으로 나란히 뉘여놓으면 입술과 허리와 종아리가
정말 예쁜 아홉 명의 애인이
우포늪이 생긴 1억 4천만 년 전부터
내 전생에 살았던 게 참말이니?
—참말참말 참말참말
참붕어 아홉 마리가 지느러미 파닥파닥 대답했다네

—「임금님 낚시」 부분

자가운전하는 예쁜 여자가
내가 달리는 차선으로 얌체같이 끼여들기하고는
차창 밖으로 흔드는 하얀 손을 보면
무 베어먹듯 그냥 한 입 물고 싶다
눈 마주치면 눈흘레나 하고 싶다
(…중략…)
—지금쯤 고향의 억새밭 물녘에서는
무지개도 뛰어넘을 만한 힘센 황소가
녈비에 황금빛 털이 간지럽겠다

밤길에 잽싸게 끼어들기하고는

점멸등 깜박이며 달아나는 차를 보면

반딧불이가 반딧반딧 짝을 찾는 것 같다

나도 한 마리 반딧불이가 되어

하늬바람에 공중제비하고 싶다

(…중략…)

—지금쯤 고향 집 지붕에는

하얀 박꽃이 환하게 피어

은하수까지 다 물들이겠다

—「연애」 부분

민박집 주인이 우포늪에서 쪽배를 타고 그물로 잡아온 붕어들을 화자는 작은 둠벙에서 홀로 낚아 올린다. 위험한 물살을 타며 고생할 필요도 없이 쉽고 호젓하게 참붕어를 낚는 화자는 마치 임금님과 같은 기분이다. 외바늘 낚시를 드리우는 대로 예쁜 참붕어들이 딸려 올라오니 화자는 더욱 의기양양해져서 '숫처녀'와 '새색시'같은 참붕어들을 유혹한다. 이 때 낚시하는 화자와 붕어의 관계는 낭만적 공간 속의 어여쁜 애인과 매력적인 청년의 관계로 변화한다. 이 작은 둠벙에서 몸과 마음이 쇠락했다는 현재 시인의 현실적 조건들은 더 이상 효력을 발휘하지 못한다.

아름다운 남성의 매력에 끌려오듯 일생 처음 낚시터에 방류된 참붕어들은 차례차례 화자의 낚시 바늘에 걸려 올라온다. 화자의 낭만적 상상 속에서 계량적이고 과학적인 시간은 힘을 잃는다. 우포늪의 물빛 아롱진, 입술과 허리와 종아리가 아름다운 아홉 마리 참붕어들이 나란히 누워 지느러미를 '파닥파닥' 거리는 소리가 화자에게는 우포늪이 생긴 1억 4천만 년 전의 여인들이 '참말참말' 하고 대답하는 소리로 들리는 것이다. 엉뚱하고 장난기 가득한 웃음의 포즈는 최대로 강화되어 화자의 낭만과 순수는 으쓱한 태도로 힘을 얻고 고단한 현실의 공간은 온데간데없이 소멸하고 만다.

그러나 현실 상황이 항상 화자에게 호락호락한 것은 아니다. 오히려 계산적이고 이기적인 가치 체계에 의해 굴절되고 왜곡된 인간관계가 더욱 빈번하게 노출된다. 나란히 배치된 「연애」라는 작품은 시인이 이와 같은 상황에 대처하는 태도를 잘 보여 준다. 도시에서 자가용을 운전하다 보면 오랜 시간 동안 정체되어 시간을 허비하는 경우가 다반사이다. 또 사정은 마찬가지일 텐데 얌체같이 요리조리 차선을 변경하는 운전자들 때문에 스트레스를 많이 받기도 한다. 그것이 한밤중이라면 상황은 더욱 위험하여 화가 나는 경우도 종종 있다. 이 시에서는 이러한 상황의 감정 또한 "무 베어먹듯 그냥 한 입 물고 싶"고 "눈 마주치면 눈흘레나 하고 싶"은 태도를 통하여 각박하고 답답한 현실을 정답고 장난기 어린 장면으로 환치한다. 그런데 이러한 웃음의 자세는 과거 고향의 공간에 대한 기억을 통해 힘을 얻는다. 이미 **정지용**의 시에서 '해설피 금빛 게으른 울음'을 내던 '황소'의 이미지나, **백석**의 시에서 '박각시 주락시 붕붕 날아'드는 '바가지꽃 하이얀 지붕'의 이미지들로 우리에게 익숙하게 각인되었던 장면은 이처럼 현대적 상황 속에서 새롭게 태어난다.

현재 상황이 과거 혹은 순수가 옹호되는 다른 공간으로 자연스럽게 바뀌는 것은 이 같은 태도 이외에도 앞서 언급한 '불알'와 '구슬'의 관계와 같은 언어적 포에지의 유사와 감염 효과가 역시 중요하다. 깜깜한 밤중에 멀어지는 점멸등을 보며 반딧불의 이미지를 떠올리고, 그것이 은하수까지 다 물들이는 하양 박꽃으로 이어지는 식의 상상력은 「메롱메롱」(『1미터의 사랑』)이라는 시에서는 "까망 파씨와 종종종 병아리와 / 금빛 송아지와 ☆☆ 장수잠자리가 / 날마다 꿈마다 뜨고 내리"는 고향 길섶에 펼쳐지기도 하며 "배불러 친정에 온 작은 고모의 아랫배 같은 / 장독대의 간장독"(「태초 후 45억 년, 『벙어리장갑』) 속에서 숙성되어 마침내 시골 집 밤하늘에 "감잎 뒤에 숨은 풋감들이 / 배꼽 내놓은 조무래기들처럼 / 핼금핼금거리며 손사래"(「감나무」, 같은 시집)치는 감들을 '환하게 켜진 전등'으로 변화시킨다. 프레이저의 말을 빌리자면 '물리학에서 작용과 반작용이 같은 크기로 맞서는 것처럼' 크기와 소리와 질감의 교응이 마치 주술처럼 이루어진다.

시인의 우리말을 다루는 방식은 앞서 집단의 원형적 기억을 발굴하는 것이 단순한 채집으로 사물을 박물화시키는 지경에 머물지 않는 것과 동일한 층위로 이해할 수 있다. 일부 시인들은 상상력의 현대적 의미가 낯설고 이국적인 이미지들을 자기 본위로 결합시키는 것에서부터 발생한다고 착각하고 있는 것처럼 보이기도 한다. 물론 변화한 삶의 양태를 완전히 외면하고 정해진 어휘의 목록을 갱신하려는 시도 자체를 포기하는 것은 더 큰 문제다. 그러나 이들이 사용하는, 정체모를 어휘들과 허리가 잘리거나 뒤틀려진 문장들이 과연 도저히 우리의 말로는 표현할 수 없는 의미의 극단에 이르러 어쩔 수 없이 발생된 것인지 의심이 드는 경우도 많다. 심지어 소환된 말들이 기본적인 교응의 숙고를 거쳐 탄생한 것인지조차 알 수 없게 만드는 문맥들도 종종 발견된다. 오탁번 시의 어휘들에 관해 누군가는 어쩌면 작고 보잘것없으며 오늘날 세련되지 못하다고 여겨지는, 지나간 시대의 감각에 휩싸여 있다고 여길지도 모르겠다. 오히려 이런 시선 때문에 그의 시 속의 말들은 시간이 지날수록 새로운 기이함이 유발된다고도 할 수 있겠다. 더불어 그것이 시인의 주술적 교감을 통하여 사물들 사이의 신비로운 포개짐을 불러일으킬 때, 역사적 시간 속에 묻혀 있던 현재적 가치들은 더욱 명징해지고 나아가 새로운 역동적 추진력을 얻어 보편적이고 우주적으로 확장될 수 있다.

## 6

낭만적 연애와 우주적 상상력으로 다채롭게 형용되던 웃음의 모습은 죽음이라는 숙명적 한계 상황에 봉착하여 마침내 극점을 형성한다. 여기에서 웃음은 순수 가치를 보전하고 그것을 새롭게 회복하기 위한 의식적 방위 수단이 되거나 해방감에 이르는 자유로운 자세를 유발하는 단계를 넘어서서 두려움이나 슬픔의 감정과 동일화되며 인지 불능의 무의식적인 속성으로 표출된다.

1
왼쪽 머리가
씀벅씀벅 쏙독새 울음을 울고

두통은 파도보다 높았다
나뭇가지 휘도록 눈이 내린 세모에
쉰아홉 고개를 넘다가 나는 넘어졌다

하루에 링거 주사 세 대씩 맞고
설날 아침엔 병실에서 떡국을 먹었다
수술 여부를 결정하는 의사가
첩자처럼 병실을 드나들었다
수술 받다가 내가 죽으면
눈물 흘리는 사람 참 많을까
나를 미워하던 사람도
비로소 저를 미워할까
나는 새벽마다 눈물지었다

2
두통이 가신 어느 날
예쁜 간호사가 링거 주사 갈아주면서
따듯한 손으로 내 팔뚝을 만지자
바지 속에서 문뜩 일어서는 뿌리!
나는 남몰래 슬프고 황홀했다

다시 태어난 남자가 된 듯
면도를 말끔히 하고

환자복 바지를 새로 달라고 했다
—바다 하나 주세요
내 입에서 나온 말은 엉뚱했다
—바다 하나요
바지바지 말해도 바다바다가 되었다

언어 기능을 맡은 왼쪽 뇌신경에
순식간에 오류가 일어나서
환자복 바지가
푸른 바다로 변해 버렸다
아아 나는 파도에 휩쓸리는
갸울은 목숨이었다

—「죽음에 관하여」 전문

쉰아홉 살의 눈길 미끄러운 어느 날 화자는 그만 넘어졌다. 링거 주사를 맞으며 꼼짝 못하고 병실에 누운 화자는 넘어지다가 머리를 잘못 부딪친 모양이다. 낡고 고장 난 육신은 파도보다 높게 밀려드는 두통과 함께 화자의 절망을 부추긴다. 스무 살 무렵 '겨울 저녁의 無邊한 世界 끝으로 불리어 가 해 뜰 무렵에 눈을 뜨던 은빛 날개의 純白의 알에서 나온 작은 새'의 날개 소리는 어느새 왼쪽 머리에서 씀벅씀벅 울리는 쏙독새의 울음이 된다. 굳이 수술이 여러 가지 비극적 양상을 초래할 수 있다는 점을 상기하지 않더라도 화자의 남은 삶을 좌지우지할 수술 담당 의사의 드나듦이 두렵고 무서운 것은 지극히 당연하게 이해된다.

죽음을 가정하고 침대에 누워 지나온 삶을 돌아보니 서로 이해하지 못하고 미워하던 사람들 사이의 관계가 부질없게 느껴지고 눈물이 난다.

그러던 어느 날 예쁜 간호사가 링거 주사를 갈아주기 위해 화자의 팔뚝을 만지자 어수선하고 초라한 처지에 미처 의식하지 못하고 있던 남성의 뿌리가 문득 일어선다. 비참함에 잠겨 있던 화자는 새롭게 자신의 젊음과 과거의 낭만을 자각하며 면도도 말끔히 하고 지저분해진 환자복도 새로 갈아입기 위해 간호사에게 새 바지를 요구한다 : "바다 하나 주세요". 순간 화자는 처음 겪는 자신의 언어 장애에 놀라고 당황하여 마음을 가다듬고 다시 이야기를 해 본다. 그러나 화자는 젊고 아름다운 간호사 앞에서 병들어 초라한 노인의 제대로 말조차 할 수 없는 막막함만을 확인할 뿐이다.

예순 가까운 노인이 팔뚝을 만지는 간호사의 손길을 느끼고 불쑥 성기가 일어났다고 고백하는 장면은 그것만 따로 떼어놓고 생각한다면 주책스러워 감추고 싶은 일이 아닐 수 없다. 말쑥하게 차리고 간호사 앞에서 '바다'를 달라고 이야기하는 장면 또한 일반적인 측면에서는 재미있고 우습다. 그러나 이 시에서 이처럼 부끄럽고 난처한 상황을 두고 경망스럽게만 느끼기는 거의 불가능할 것 같다. 시간이 지나고 세월이 흐르면 인간은 누구나 늙고 결국에는 죽음에 이르는 것은 피할 수 없는 숙명일 것이다. 이 작품은 그러한 건강함과 병듦, 나아가서는 삶과 죽음 같은 근원적인 이야기를 '바지'가 '바다'가 되는 슬프면서도 황홀한, 이질적이고 잘 어울릴 것 같지 않은 정서적 마찰을 통하여 풀어내고 있다. 이것은 독자에게 웃을 수도 슬퍼할 수도 없는 감정의 충돌과 혼란 같은 규정할 수 없는 충격을 자아낸다.

서로 다른 형식과 낯선 정서적 체험이 구체적인 삶의 국면과 나란히 포개어져서 도저히 설명할 수 없는 어울림으로 드러나는 저 "슬프고 황홀한" 고백의 질감을 상기해보자. 쉰아홉의 화자는 마치 인과적 질서에 따라 말을 구분하지 못하는 어린아이가 언어적 혼란을 일으키는 듯한 곤란함을 경험한다. 이 시에서 어린이 화자는 전혀 겉으로 자신을 내보이지 않으면서 내부에서 웃음이 흐르는 방향을 미묘하게 조절한다.

## 7

소월 시 속 화자의 말없는 고백의 태도와 그것이 만들어낸 정서로 되돌아가보자. 소월이 형상화한 민족의 정서는 종종 외부인들에게는 '수줍음'과 '우울'과 같은 말들로 해석되곤 했다. 강렬한 감정을 배후에 감춰두고 상대에게 내색하지 않는 자세는 근대화의 지난한 여정 속에서 특정 측면에서는 비약적인 성과를 일구어내는 데 일정한 역할을 한 것도 사실이다. 불평 없이 밤을 밝히는 사람들의 희생적 태도는 편리와 세련의 외면적 가치 기준인 경제적 성장을 빠른 시간에 획득하게 만들어 주었다는 것도 부인할 수 없는 사실이다.

수줍고 무뚝뚝한 사람들이 평소에 억눌려 있던 것들을 표출하면 극단적이 되기 쉽다. 평소에는 소심한 것 같은 사람들이 화가 나면 무섭게 돌변하는 장면을 우리는 자주 목도한다. '말없이 고이 보내'겠다는 말의 바로 앞에 '역겹다'는 말이 함께 있다는 사실을 기억해보자. '역겨운'데도 불구하고 '말없이' 보내겠다는 말의 질감, 그 말의 내면에 담긴, 숨겨진 뉘앙스들은 때때로 두렵고 쓸쓸하면서도 그야말로 형용할 수 없는 감정을 불러일으키기도 한다.

자기표현의 절제와 억누름은 긍정적 효과도 있지만 내부에 부정적인 요소들을 축적시켜서 그 에너지를 폭발의 지경으로 몰아낼 위험을 키운다. 과거 정당성 없는 정권이 내세운 위압에 억눌렸던 우리 사회는 뒤늦게 그러한 위험성들을 곳곳에서 노출하고 있다. 낯설고 새로운 미디어의 출현과 변화는 그런 양상을 더욱 가속화한다. 장난기 가득한 놀이의 태도와 때로는 망측할 정도로 체면을 내던지는 제멋대로의 자세는 이러한 분위기와 근대의 편향된 시선에 묻혀 덜 조명되었지만, 시간을 바라보는 관점을 더 확장해보면 항상 우리의 정서의 다른 한 면에 담겨 있었다는 사실을 쉽게 알 수 있다. 이야기와 노래가 입에서 입으로 전해지던 시절부터 심술을 부리는 도깨비 이야기들이 들려주는 웃음기 속에서 삶의 지혜와 꾀를 발견해오던 우리들의 자취를 더듬어보자.

가장 구체적으로 인간의 삶에 밀착해 있어야 할 시가 철학적 외장으로 치장하고 정신적 도의 경지를 추구하거나 고만고만한 고백의 포즈만을 강화할 때, 반대로 전언만 무성한 메시지로 전락할 때, 그 처지가 더 곤란한 지경에 다다르게 된다. 마찬가지로 오래된 천변의 풍경을 말살하고 매끈한 대리석과 휘황한 불빛과 서구의 이름 모를 작가의 조형물로 그것을 감싼다고 해서 우리 삶의 구체적인 국면이 더 평온하고 만족스럽게 바뀔 수 없다는 사실도 명백할 것 같다. 이 문맥을 배타적인 태도나 이질적인 것을 거절하라는 협소한 의도로 오해해서는 곤란하다. '국민학교'라는 용어를 '초등학교'로 바꾸는 것 자체는 물론 중요하다. 다만 용어를 바꾸고 나서 그 용어의 상징적 의미에 걸맞게 내부의 체계를 조율하지 못하는 사태는 결국 치장의 형식으로 여겨질 수밖에 없을 것이다.

과거에 주로 기층문화의 소산이었던 웃음의 요소들은 오늘날 여러 분야에서 재조명되고 있는 것 같다. 서사를 내장한 많은 이야기들 속에서 절망과 비탄의 감정들은 웃음의 요소들을 통해 역동적이고 신명나는 에너지를 확보한다. 그러나 새로운 문화 코드가 보여 주는 웃음의 어떤 부분은 지나치게 파괴적이고 선정적으로 치닫는 것처럼 보인다. 일반화의 오류에 빠지는 것은 위험한 것임이 분명하지만 공정한 시선을 가다듬을수록 웃음을 가장한 뒤틀림과 타인에 대한 공격성의 냄새가 지독하다.

시의 경우도 그렇게 형편이 넉넉하지만은 않다. 실험이라는 미명 아래 우후죽순으로 전시된 언어들은 상처입고 파괴되어서 제 자리에 어울리는 밀도를 지니지 못하고 종이 위로 표류하는 사례가 발견되기도 한다. 때때로 온전히 그 위치를 점유하고 있는 것들도 너무 두려워하거나 깜깜하게 치장하고 있어서 읽는 이를 답답하거나 침울하게 만든다.

이런 점에서 오탁번 시의 웃음은 희귀하고 소중하다. 그 시편들에는 현대적이라는 이름표를 달기에 충분히 빛나는 이미지가 많이 걸려 있으면서도 그것을 이 땅에서 숨 쉬고 살아가는 사람들의 호흡에 딱 떨어지게 조직하고 있어서 명확하고 감각적이다. 그 속에는 얼핏 하잘 것 없는 것처럼 보이지만 되새길수록 소중하고 아름다운 인간의 원형적 체험이 담겨 있고 그것이 읽는 사람의 영혼을 따뜻하게 감싼다. 그렇지만 그 말하는 태도는 천진하고 발랄하여 듣는 사람을 건강한 웃음에 저도 모르게 감염시킨다. 이 웃음은 현실의 모든 고통과 슬픔과 부끄러움을 비웃고 비하하기보다 늠름한 자세로 그것을 극복하여 인간과 세계와의 갈등 관계의 전모를 드러내고 극복하는 지혜를 마련해준다. 그 노래를 듣고 있으면 누구라도 어린아이가 되어 옹알이를 하던 시절로 분해 · 전송되는 해방을 느낀다. 고백의 새로운 질감을 빚어내는 그의 시는 우리가 편향된 질서 속에서 억눌린 채 응축된 것들을 풀어내고 잃어버린 감각을 회복하며 새로운 행동 방식을 만들어낼 수 있는 가능성을 일깨워준다.

# White Humor

## 1

한국 현대시에서 웃음의 요소를 찾는 것은 쉽지 않다. 가장 가까이에서 웃음의 요소를 적극적으로 활용하고 있는 시인으로 먼저 오탁번을 들 수 있다. 그는 마치 심술을 부리는 도깨비 이야기들이 들려주는 웃음기 속에서 생의 지혜와 꾀를 발견하던 전통의 연장선에서 천진하고 발랄하면서도 에로틱한 요소를 활용하여 세계와 인간의 갈등 관계의 전모를 드러내고 극복하는 시적 자질을 개발한다. 더불어 김민정 시인을 떠올릴 수 있다. 그는 의외의 단어들을 결합하는 말놀이를 바탕으로 발칙하면서도 생기 있는 여성 화자의 어조를 동원하여 '덧없는 자조'의 독특한 웃음을 만들어낸다. "악마와 천사놀이"를 하는 시인이 만들어내는 "피해라는 이름의 해피"와도 같은, 이 덧없는 자조의 웃음을 나는 새카만 절망의 지경에서 빠져나왔다는 점에서 '자주색 유머'라 이야기한 적이 있다.

김희업은 이처럼 희귀한 전통의 계보에서 자신만의 독특한 웃음의 질감을 개발하고 있는 것 같다. 이 웃음은 매우 희미하고 잘 감지되지 않아서 쉽게 겉으로 드러나지 않는다. 그렇지만 우울한 정조와 고독한 심상이 주조를 이루는 시를 계속 읽다 보면 그 배후에서 특유의 웃음이 슬그머니 배어 나오기 시작한다. 그 구체적인 양상을 더 자세히 살펴 보자.

## 2

김희업의 시는 무엇보다도 매우 천천히 움직인다. 정확하게 말하자면 그의 시는 슬로우 모션과 속도의 차이를 적극적으로 활용한다. 이런 요소는 확실히 그의 시에 현대 문명과의 어떤 거리감을 형성하게 된다. "사람들은 공만 보면 무조건 차고 본다"(「공」)고 말하는 그의 시 속 화자는 "호주머니가 비어 있으면 / 뭐든 불룩이 채워넣어야만 하는 당신의 강박"으로부터 멀찍이 떨어져 있다.

「날짜를 세다」는 긴 시간과 순간이 교차하면서 만드는 시차를 잘 포착한다. 이 시는 약속을 기다리는 사람의 한없는 심정을 "날짜를 세다 지쳐"버리는 감정과 "빠르게 스쳐" 지나가는 "순간"의 교차를 통해 드러낸다. 마치 빠르게 달력이 넘어가는 영화의 한 장면처럼 순간은 빠르게 지나가지만 약속 날짜는 좀처럼 쉽게 다가오지 않는다. "미동도 없는 달력"이나 "소리가 없"는 순간이 이 차이를 더 분명하게 만든다. 약속을 기다리는 사람의 애타는 마음은 이런 속도의 차이 속에서 더 달아오른다. 그의 시에는 "화려한 수사처럼, 화려한 색채처럼 시대는 변했으나"(「통영」) 그 시대에 살면서도 자신의 속도를 고수하는 사람 사이의 시차가 발생한다.

프랑스 정원을 꾸며 놓았다
우리나라 땅이 그만큼 좁아졌다

가시가 심장이라는 말,
수작 부리지 마라 장미여
여럿 넘어간 것 다 안다

전하는바 저 장미가 아침이면 프랑스식으로 식사를 하였다고

늦은 봄에 겨울 장미를 생각해본 적 없다
한파에 표류하는 걸 떠올리는 것은 모두에게 불행한 일일 테니

장미를 다듬는 여자가 돋보였다면
순전히 장미 때문일 거다

새가 조른다
어서 프랑스로 가자고,
벌써 몇 며칠 장미를 찾아와서 허탕 치고 갔다

사람들 돌아가서 밤이 오면 장미는 프랑스 쪽으로 고개를 돌린다고 했다

혹시라도

장미야 멀리 떠나지 마라

향수병 걸리면 약도 없다 하더라

—「프랑스 정원에서 : 장미」 전문

장미와 꽃의 다른 의미에 관한 이야기는 일단 잠시 뒤로 미루자. 달력에 약속 날짜를 표시하고 한없이 약속을 기다리던 화자는 드디어 순천만의 장미 정원으로 간다. "수작 부리지 마라 장미여 / 여럿 넘어간 것 다 안다"와 같은 부분을 보면 장미가 말을 잘 듣지 않는 여성과 같은 층위에 놓여 있다는 사실을 알 수 있다. 시의 화자는 일정한 거리를 두고 장미의 "수작"을 지켜본다.

먼 이국인 프랑스의 정원이 한국으로 그대로 옮겨올 정도로 세계의 거리는 좁아지고 속도는 빨라졌지만 그 변화 속에서 화자는 더 천천히 자신의 속도를 유지한다. 성형에 중독되어 "아직 손볼 데가 남아 있다고 불만을 터뜨리는 당신"(「진화하는 당신」)의 모습과도 유사하게 장미와 같은 여성은 프랑스식으로 식사를 한다. 이 때 '조르는 새'의 등장으로 상황은 더 재미있게 바뀐다. 조급하게 장미를 조르는 새와 그런 새를 거부하면서도 밤이 오면 프랑스 쪽으로 고개를 돌리는 장미의 구도는 겉으로는 변화의 속도를 거부하는 것 같은 태도를 취하면서도 한편으로는 그것을 동경하는 사람의 이중적 태도와 아이러니를 잘 드러낸다.

마지막 연의 "혹시라도 / 장미야 멀리 떠나지 마라 / 향수병 걸리면 약도 없다 하더라"와 같은 부분에서 그 모든 과정을 천천히 바라보는 시 속 화자의 태도가 여실하게 드러난다. 마치 고대 가요나 시조의 어조를 닮은 이 부분은 장미의 이중적 태도를 여실히 비판하는 것도 아니면서 애인이 떠나지 않기를 바라는 애절한 마음도 함께 담겨 있으면서도 그렇다고 해서 적극적으로 나서서 그를 잡지도 않는 여러 겹의 미묘한 정서가 담겨 있다. 이 부분만을 본다면 '진달래꽃'의 정서와도 유사한 맥락을 지닌다. 상대를 공격적으로 조소하고 비판하는 것도 아니지만 그저 단순하게 웃으며 보내는 것도 아닌 마음, 좁아지고 빨라지는 속도의 시차에서 발생하는 상황의 아이러니에 대처하는 이 독특한 질감의 웃음이야말로 김희업 시만이 지닌 매력이다.

하루가 다하려면 몇 바퀴를 돌아야 되는지
어지럼증을 펴 나르는 나비가
하루를 세고 있다

수건돌리기 하듯
빠르게 간혹 느릿느릿 꽃 주위를 맴도는
나비는 수건을 놓고 갈 기회가 마땅치 않은 모양

팔랑거리며 방황하는 날개를 저도 어쩌지 못하는지
날개가 오후가 돼서 한꺼번에 무거워진다

어느 꽃에 자신을 수건처럼 슬며시 내려놓을지
의지는 전적으로 날개의 향방에 달려 있다

꽃이 아니라면 나비에게 아무것도 아닌
그리하여 평생 꽃에 마음 매달려 대롱거렸나
나비가 아니면 꽃은 이전의 꽃으로 돌아간다

가장 오랜 시간 나비가 머뭇거린 꽃이 해국이던가

저녁 어스름
꽃은 여태 수건을 찾는지
우두커니 앉아

나비가 떠난 줄도 모르고

—「방황」 전문

앞서 프랑스 정원에서는 시의 화자가 거리를 두고 '장미—새'의 구도를 바라보기만 했다면, 이번에는 직접 나비에 밀착하여 꽃과의 구도를 형성한다. 그러니까 '나비—꽃'의 구도는 화자와 나아가서 시인의 태도를 더 직접적으로 드러낸다. 슬로우 모션으로 움직이는 시 속 화자의 모습은 마치 나비의 비행을 닮았다고도 할 수 있겠다.

새가 장미에게로 빠르게 직접 날아간다면 나비는 춤을 추듯이 방황하며 "수건을 놓고 갈 기회"를 모색하는 사람처럼 "빠르게 간혹 느릿느릿 꽃 주위를 맴"돈다. 김희업의 시어는 이처럼 어떤 목적이나 의미를 향해 직접 접근하지도 않지만 그렇다고 해서 '산유화'를 바라보듯이 저만치 떨어진 채 홀로 피는 꽃을 바라보는 자세를 취하지도 않는다. 그의 시어들은 나비의 날갯짓처럼 여리고 부드럽게 꽃의 주위를 맴돌면서 다양한 리듬을 만들고 그 리듬 속에서 여러 가지 감정과 의미가 깃드는 타이밍을 계속 엿본다. "어느 꽃에 자신을 수건처럼 슬며시 내려놓을지 / 의지는 전적으로 날개의 향방에 달려 있다"는 말은 그의 시가 지닌 자질을 설명하는 핵심과도 같다.

그는 대상을 정하고 특정한 전략으로 그것을 풍자하거나 찌르려는 의지와 분명한 거리를 둔다. 그렇지만 꽃과 나비가 서로가 한쪽이 없이는 존재 가치를 잃는다는 사실도 분명하게 인지한다. 그의 시어와 문장이 목적론적 사고와 방법론에서 벗어나 세계를 계속 배회하는 동안 공간은 넓어졌다가 좁아지고 시간은 빨라졌다가 느려지며 특유의 시차와 우연한 불일치가 발생한다. 이런 불일치의 틈새로 감지하기 힘든, 이상한 웃음이 끼어든다. 연약하면서도 강하고, 애절하면서도 한편으로는 여유 있는, 서로 다른 질감의 정서가 포개지고 교차하고 섞이면서 그것을 바라보는 사람에게 자기도 모르는 웃음을 유발시키는 것이다.

저녁 어스름이 깔리고 나비가 떠난 줄도 모르고 우두커니 앉아 있는 꽃의 모습도 마찬가지다. 시의 마지막 부분 이전까지는 계속 나비가 꽃의 주변을 맴돌았다면 갑자기 나비가 훌쩍 떠나고 꽃이 홀로 남는다. 방황의 주체는 '슬그머니' 나비에게서 꽃으로 옮겨간다. 갑자기 홀로 남게 된 꽃의 어리둥절함, 그 반전의 상황의 배후에는 "항수병 걸리면 약도 없다 하더라"는 말과 유사한 어조가 흐른다.

## 3

김희업의 시에는 자주 비가 내리고 그늘이 든다. “결음을 막아설 작정을 하고 퍼붓는 비”(「실업」)와 함께 어두운 그늘이 덮히는 장면이 비극적인 세계의 일면을 그리고 있는 것도 사실이다. 그렇지만 시인은 자신만의 방식으로 “그늘에서 벗어나야 한다”고 되뇌이며 “소진될 게 뻔”한 “유랑”(「이끼의 질문」)을 멈추지 않는다. 「이끼의 질문」은 그 방식의 성격을 더 자세히 보여 준다. “태양마저 외면해버린 지금에 와서 / 이 세계를 초록으로 물들여야 할 명분이 아직 남아 있는지요”라는 첫 연과 “이 세계를 초록으로 물들이겠다는, / 이것은 선언에 불과하다”라는 마지막 연은 짝을 이루며 시인의 방식을 우리에게 보여 준다.

그의 시는 마치 이끼가 자라는 것처럼 천천히 공간과 시간을 만든다. 시인은 강렬한 태양빛이 생의 어두운 곳을 환하게 밝혀서 보지 못하는 곳을 조명하고 드러내는 방식을 취하지도 않지만 어둠으로 가득 찬 새카만 심연을 향해 정면으로 걸어 들어가지도 않는다. 잎과 줄기의 구별이 명확하지 않아서 잘 드러나지 않지만 바위나 그밖에 다른 것에 붙어서 조금씩 끈질기게 자신의 자리를 넓히는 이끼처럼 계속 초록의 기운을 확산한다. 그늘에 서식하면서도 빛을 자양분으로 삼으며 일상에 단단히 밀착한 이끼의 소리소문 없이 확산하는 모습은 그의 시와 여러 면에서 닮았다.

생의 여러 비극적인 순간들과 어두운 곳에 갇힌 고통스런 사람들은 천천히 빛의 기운을 머금으면서 “가질 수 없는 꿈”(「꿈」)을 꾼다. 비록 이 “초라한 꿈”(「꿈」)은 화려한 색채로 빛나는 어지러운 현실에 비해 보잘것없고 미미한 것처럼 보이지만 시인은 자신이 결코 "내비게이션을 따라잡을 수 없"(「달과 내비게이션」)다는 사실을 잘 알고 있다. 누군가는 느릿하고 잘 티가 나지 않게 계속 주변을 맴도는 시인의 태도를 마치 '수건돌리기'처럼 이제는 아무 흥미를 유발할 수 없는, 단순히 이전 시대의 잊힌 방식으로 여길 지도 모르겠다. 그렇지만 나비의 날갯짓이 만드는 그의 꿈속으로, "잠을 걷고 걸어 선명한 꿈속의 현실로"(「꿈」) 계속 들어가다 보면 빛과 그늘을 함께 머금은 이끼와 같이 퍼지는 그의 시의 독특한 질감을 느낄 수 있을 것이다. 그늘진 곳의 배후에서 은근하게 비치는 웃음을 함께 느낄 수 있을 것이다. 바닷가 바위틈에 작은 규모로 조밀하며 하얗게 핀 "해국"(「방황」)처럼 그의 하얀 유머가 막막하고 단단한 일상의 틈새에서 피어오르는 모습을 더 천천히 지켜보자.

09

# 낯선 힘

하나의 말이 출현하여 흔들리고 진동하면서 마침내 반응하는 양상은 마치 일종의 화학 작용처럼 느껴질 정도다. 어떤 시인들은 이러한 과정 속에서 말이 지닌 놀라운 가능성을 발굴한다. 나아가서 시간과 공간이 중력의 영향으로 휘는 것처럼 어떤 시들의 강력한 작용은 우리의 일상이 다른 차원으로 돌입하게 만드는 힘을 체험할 수 있게 한다. 뚜렷한 밀도와 질량을 지니는 쉽고 명확한 말들은 맥락의 리듬을 형성하면서 보편력이 지배하는 지평에 구멍을 내고 다른 감각이 깃들 수 있는 자리를 새로 만든다. 감각의 강도와 깊이의 변화를 체감하면서 우리의 고통과 괴로움과 같은 감정은 비로소 방향성을 얻는다. 시의 언어가 펼치는 가장 극단의 작용을 경험하는 과정에 접근해보자.

---

# 반복과 대립

## 말의 숲을 여행하는 몇 가지 보폭

### 말의 숲

지금 우리는 말의 숲으로 함께 여행을 떠날 것이다. 이 여행에는 제법 시간이 필요하다. 하나의 말이 자라서 새로운 공간을 만들고 다시 빽빽한 말들이 사라지면서 또 다른 자리를 만드는 과정에는 꽤 많은 간격이 있기 때문이다. 그러므로 무엇보다 여기에 동참하려는 당신이 지나치게 서두르지 않기를 바란다. 비록 주어라는 뿌리에서 시작하여 줄기를 뻗고 여러 갈래의 가지를 내는 문장의 생장 과정에 이미 익숙하다고 해도 이 숲의 면모를 파악하기는 만만치 않다. 익히 알려진 방식으로 조성된 숲을 떠올리면 오산이다. 평범한 나무들로 이루어진 것 같은 숲은 쉽게 길을 내보이지 않을지도 모른다. 때로는 나무들이 스스로 번성하면서 숲이 계속 움직이는 것처럼 보일 것이다. 어쩌면 당신은 숲의 희미한 윤곽만을 겨우 느낄 수 있을 것이다. 그렇지만 미리 길을 잃을 것을 두려워할 필요는 없다. 숲을 헤집기보다 숲을 따라 흐르는 방식을 터득하기를 먼저 권하고 싶다. 일단 몇 가지 보폭에만 익숙해져도 움직이는 숲의 이상하고 서늘한 기운이 오히려 쾌적한 매력으로 바뀌기 시작할 것이다.

## 너무 항상

말의 숲은 어떻게 자라는가. 이준규가 "몇 개의 문장을 더 쓰면 숲에 이른 문장을 보리라"[36]고 말한다면 김언은 "나무 한 그루 만들지 않고 숲이 되는 방식"[37]에 관해 고민한다. '더 쓴다'는 표현처럼 이준규의 말은 늘어나면서 공간을 만든다. 반면 김언 시의 공간은 말을 지우면서 생긴다. 그런데 이런 원리는 시의 내부로 깊숙하게 들어가면 두 시인 모두에게 함께 섞이고 있다는 사실을 알 수 있다. 이상하게 번성하는 숲에 다가가기 위해 더하기와 빼기, 합산과 감산의 원리에 주의를 기울여보자.

> …… 너무 적은 나의 새들 너무 적은 나의 커피 너무 적은 나의 노트 너무 적은 나의 운명 너무 적은 나의 겨울 하늘 (…) 너무 적은 나의 새들 너무 적은 나의 해 너무 적은 나의 달 너무 적은 나의 별 너무 적은 나의 대지 너무 적은 나의 겨울 너무 적은 ……
>
> —이준규, 「너무」 부분

36 이준규, 「문장」, 『네모』, 문학과지성사, 2014.2.
37 김언, 「말」, 『모두가 움직인다』, 문학과지성사, 2013.7.

나는 항상 실패한다. 나는 항상 시도한다. 나는 항상 물거품이다. 나는 항상 신비하고 절망한다. 나는 항상 이유다. 나는 항상 결론이고 거의 없다. 나는 항상 무한하고 있다. 나는 항상 결정적이고 온다. 멀어져가는 대상에 대하여 나는 항상 단정하고 대상이다. 나는 항상 불가능하고 없다. 홀로 던져져 있다. 나는 항상 마주하고 적이다. 흑이고 백이다. 더 많은 색깔이 필요하다. 더 많은 삭제가 필요하다.

—김언, 「나는 항상 실패한다」 부분

인용한 두 시의 표면에는 모두 '나'가 연속하고 있지만 실제 내부의 사정은 전혀 다르다. 말줄임표에서 시작하여 말줄임표로 마무리되는 「너무」는 '너무 적은 나의 □'라는 구조가 계속 반복된다. '너무'라는 과잉의 수사는 '적다'는 말 앞에 놓여 오히려 적음을 강조한다. 그래서 이런 구문이 무한하게 반복될수록 '나'를 형성하는 사물들의 존재감도 마찬가지로 더 희박해지는 느낌이 든다. 반복의 구조 속에서 '나'라는 말은 무한히 증식하지만 반대로 '나'의 존재감은 점점 더 희미해진다. '나'의 반복이 만드는 거대한 '나들'은 오히려 '나'를 가로막고 불투명하게 만든다. 나는 조금씩 멀어지고 자꾸 어딘가로 나아간다.

김언의 시에서 '나'는 대립한다. '나'는 여러 가지를 시도하지만 결국 실패하고 그 시도들은 물거품이 된다. '나'는 무한함과 함께 있다가도 다시 불가능한 쪽으로 기우고 만다. 이처럼 '나'는 시도와 실패, 이유와 결론, 있다와 없다 사이에 놓여 있다. 대립하는 작용들 사이를 진동하면서 '나'는 "항상 실패한다." 그렇지만 "항상 실패한다"고 말하는 '나'가 지속될수록 이상하게 '나'의 존재감은 더 뚜렷해진다. 실패하는

'나'와 그럼에도 불구하고 계속 시도하는 '나'는 '항상' 서로를 마주하면서 분명한 각자의 자리를 확보한다. 대립의 구조는 언제나 변함없이 확고한 '나'의 존재감을 오히려 점점 더 부각시킨다. 나는 더 가까워지고 계속 다가온다.

## 그것과 이것

김언과 이준규는 이와 같은 반복과 대립을 통해 미래로부터 말을 끌어당기고 다시 밀어낸다. '나'를 포함한 모든 대상들은 정해진 문장의 구조 속에 고여 있는 것이 아니라 계속 움직이면서 다른 가능성으로 접근한다. 규격화된 문장의 규칙으로부터 벗어나 새로운 시적 리듬을 확보하면서 말의 숲은 생생한 신비로움으로 가득 찬다. 숲의 신비 속에서 주어를 따라 형성되는 관념들은 힘을 잃고 일정한 의미들도 빛이 바랜다. 대상들은 서로를 끌어당기고 밀어내면서 흩어지고 만난다.

> 나무가 없으니 숲이라고 썼다.
>
> 사람이 많아서 도시가 안 보이는 것처럼 터치가 많아서 으깨어놓은 나무와 바위와 미역 감는 여인들 남자들 그리고 그들의 일렁이는 자화상 흘러내리는 옷주름 정지해버린 사과와 배 굴러떨어지는
>
> 자신의 명성까지 소란스럽게 담아놓은 과일 바구니 시장바구니 닳고 닳은 셔츠 주머니에서 꺼낸 자신의 돋보기 안경조차
>
> 그는 이것으로 그렸다.

> "이것이 나의 그림이다." 그것이 대부분의 화가들이 추구해간 가장 구체
> 적인 추상화라고 남겨놓은 그의 일기가 위작으로 밝혀졌을 때도
> 화가는 이것으로 그림을 그렸다. 소설가는 이것으로 소설을 썼다. 나는
> 이것으로 한 번 더 그림을 들여다보고 몇 개의 문장과 단어를 덧칠한다.
>
> —김언, 「팔레트」 부분

"나무가 없으니 숲이라고 썼다"는 말은 어떻게 가능한가. 이 말은 숲을 보느라 나무를 보지 못한다거나, 나무에 집중하느라 숲을 가늠하지 못한다는 말들과 전혀 다른 지점을 만든다. 사람이 많아서 도시가 보이지 않는다는 말처럼 빽빽하게 들어찬 대상들은 오히려 시인의 사유를 방해한다. 일반적인 세계의 배열을 따르는 것에 계속 실패하는 그는 지금 "공허한 문장 가운데 있다". 이 결여와 침묵으로부터 그는 일정한 비례와 패턴을 이루는 일상의 기호화된 리듬에 균열을 낸다. "문법에 맞는 그를 찾는 것을 포기"하고 뻔한 "비유적 표현"으로부터도 벗어난다.[38]

이렇게 모인 김언의 문장들은 각기 서로 다른 에너지를 품고 마주 서 있다. 그 상태에서 조금씩 위치를 바꾸며 충돌하고 다른 자리를 찾아간다. 짝을 이루는 대칭과 대립의 구도가 변주되면서 그의 문장들은 천천히 숲을 이루기 시작한다. 세계의 사물과 대상들은 '나'를 거치며 계속 으깨지고 흘러내리고 굴러 떨어지며 조금씩 불편하고 거북한 상태로 돌입한다. 이런 식으로 우리가 익히 알고 있는 나무는 사라지지만 대신 다른 것이 새로 등장한다. 대상은 말에 실려 유려하게 나아가는 것이

38 김언, 「공허한 문장 가운데 있다」, 위의 책.

아니라 '말하는 이'에게 가까이 다가서서 오래 머물면서 확증할 수 없는 '이것'이 된다.

이것은 무엇인가. "이것이 나의 그림이다"라는 말과 "그는 이것으로 그렸다"라는 말이 함께 있는 것에서 알 수 있듯이 이것은 그림인 동시에 그림을 그리는 방식이다. 바꿔 말하자면 숲이라고 쓰는 방식 자체가 김언의 시에서는 숲을 이룬다. 바로 이것이 김언의 시다.

한편 김언의 시에 '이것'이 있다면, 이준규의 시에는 '그것'이 있다. "나는 있지도 않은데 썼다"[39]나 "없이도 갈 수 있었다"[40]와 같은 부분은 마치 앞서 나온 김언의 "나무가 없으니 숲이라고 썼다"는 말과 유사하게 들린다. 그렇지만 이준규의 시는 '말하는 이'에게로 끌어당기는 방식보다 '듣는 이'에게로 밀어내는 방식의 힘이 더 강하게 작용한다. 나무를 빼면서 나무들 사이의 간격을 조정하기보다는 나무를 더 늘이면서 나무들 사이의 더 다양한 간격을 만드는 셈이다.

처음에 "그것은 그럴듯하게 있다".[41] 그러다가 "그것은 반복하고 그것은 조금 옆으로 벗어난다. 그것은 그것의 그것을 한다. 그것처럼".[42] 그럴듯하게 놓여 있던 대상은 이런 식으로 반복의 과정을 거치며 그럴듯함으로부터 조금씩 멀어진다. 비슷하게 보이는 '그것'은 한 문장 안에서 주격에서 소유격으로, 소유격에서 다시 목적격으로 나아가며 낯설어지지만 반복되는 '그것'의 차이를 딛고 문장 전체는 '그것들'을 향해 나아간다.

---

39 이준규, 「우울」, 앞의 책.
40 이준규, 「없다」, 위의 책.
41 이준규, 「있다」, 위의 책.
42 이준규, 「그것」, 위의 책.

하나의 문장에서 시작한 그것은 다른 문장으로 건너가고 점차 여러 시로 확산한다. "그것은 파랗게 둥글다"[43]와 같은 부분에서 그것은 색채나 모양을 드러내다가 "그것은 붉게 누워 있다. (…중략…) 그것은 움직이지도 고정되지도 않는다"[44]에서 그것은 색채를 딛고 어떤 움직임의 가능성을 품는다. 그러다가 곧 "그것은 비스듬히 추락"하고 "나는 그것에 흥분한다".[45] '그것'은 여러 문장 속에서 반복되면서 다양한 성질과 상태를 지닌 대상들과 만나고 헤어진다. 이 과정에서 발생하는 차이를 통해 '그것'이 원래 지시하던 바는 점차 흐릿해지지만 '그것들'의 윤곽이 서서히 드러난다. "그것의 바깥은 그것의 바깥과 연결"[46]되면서 관계의 양상이 조금씩 드러나며 "그것을 꼭 나쁘다고 할 수는 없다"[47]와 같은 곳에서 '그것'의 가치는 새롭게 조망된다.

반복의 리듬은 '그것'이라는 말을 정해진 위치, 고정된 관념으로부터 더 먼 곳으로 밀어낸다. 실제로 '그것'은 견고한 주어의 위치에서 벗어나면서 더 다양한 층위로 돌입한다. '그것은'에서 빠져나와 '그것의'를 거치며 '그것에' 가닿다가 또 '그것을' 보여 준다. 그러므로 '그것은 무엇인가'와 같은 질문은 그의 시를 읽는데 별로 도움이 되지 않는다. 이런 질문으로부터 벗어나는 것, 바로 그것이야말로 이준규의 시이기 때문이다.

---

43 이준규, 「둥글다」, 위의 책.
44 이준규, 「붉다」, 위의 책.
45 이준규, 「그것」, 위의 책.
46 이준규, 「바깥」, 위의 책.
47 이준규, 「그것을」, 위의 책.

## 과정과 간격

'그것'이라는 말이 '듣는 이'를 고려하는 것에서 알 수 있듯이 이준규의 시는 소리의 자질로 충만하다. 반복이 진행될수록 그의 시는 어떤 목소리처럼 공간으로 퍼진다. "그것은 파랗게 둥글다. 그것은 파랗고 둥글다. 그것은 구멍을 가진다. 그것은 소리를 가지고 새를 부를 수 있다"[48]와 같이 진행하는 문장이 아니더라도 시의 도처에서 이것을 확인할 수 있다. 대상의 미세한 차이가 드러나면서 본래의 모습이 흐릿해진 자리에 이와 같은 소리의 자질들이 들어선다. 미세한 감각을 일깨우는 소리는 공간을 따라 퍼지면서 숲의 윤곽을 더 잘 느낄 수 있게 만든다. 반복될수록 "그것은 다시 흐릿하다". 동시에 "너는 하나의 소리가 된다".[49]

> 개는 짖는다. 개는 어디서든 짖을 수 있다. 개는 내 머릿속에서도 짖을 수 있고 내 발꿈치에서도 짖을 수 있다. (…중략…) 나는 개가 아니다. 그러나 나는 개에 대해 말할 수 있다. (…중략…) 나는 개에 대해 생각할 수 있고 쓸 수 있다. 개는 주인을 좋아하고 개는 대체로 영리한 편인데 지나친 기대는 하지 않는 게 좋다. 개와 아이의 유사점은 많다. 개도 치매에 걸리고 우수한 개와 열등한 개가 있는데 둘의 차이는 크지 않다. 개가 짖었다. 개가 짖어 여름밤의 외로움에 조금 다른 뉘앙스를 준다. 어떤 계절의 바람처럼. 이 골목에는 개가 많다. 모두 한꺼번에 짖을 때는 시끄럽다. 개는 짖는다. 꿈에서도 짖는 개를 만나고 싶다. (…중략…) 개는 짖는다.

48 이준규, 「둥글다」, 위의 책.

49 이준규, 「흐릿하다」, 위의 책.

—이준규, 「개」 부분

'나'는 개에 관해 말하고 생각하고 쓸 수 있다. 그렇지만 이 시를 읽다 보면 그것이 개에 관한 '나'의 분명한 관점으로 이어지지 않는다는 사실을 확인할 수 있다. 개에 관한 '나'의 생각은 소리의 자질들 사이에 간헐적으로 섞여 있을 뿐이다. 시어는 마치 밤의 적막함을 울리는 소리처럼 진행한다. 시를 읽는 과정에서 시어들은 반복되는 소리처럼 울리며 독특한 시적 공간을 만든다. 개에 관한 나의 인식이나 관념은 사그라지고 소리의 감각이 남는다. 이런 감각들 사이로 "조금 다른 뉘앙스"가 들어차는 것을 느낄 수 있다.

식물은 경청하고 있다. 말하는 방식으로. 한계에 다다를 때까지 또 말하는 방식으로. 무슨 소린지 하나도 알아들을 수 없는 감정으로.

청각은 과격하다. 귀는 예민하고 더 예민해졌다. 이파리처럼 길고 넓은 귀는 헌 이파리를 죽여가면서 새 이파리를 내보낸다. 줄기 하나가 단단해지고 있다. 신경은 더 가늘어지고 있다. 끝이 안 보이는 방식으로

성장을 미루고 있다. 성장을 동반하는 방식으로. 우울을 동반하는 방식으로 웃고 떠들고 욕하고 짐짓 반성하는 방식으로 방에 들어가서 문을 잠근다. 나는 경청하고 있다. 쫓겨나는 방식으로.

—김언, 「경청하는 개」 부분

반면 '이것'이라는 말이 '말하는 이'와 가까이 있는 표현이라는 것에

서 알 수 있듯이 김언 시의 여러 갈피에는 고요한 침묵이 가득하다. "그는 몸에 붙은 말을 털어"[50]내면서 계속 경청한다. 그러니까 그의 말은 경청을 위해 존재한다고 해도 과언이 아니다. 그의 시에서 뱉어진 말은 함부로 나아가지 못한다. 이준규의 문장이 소리의 자질로 나아가는 과정을 보여 준다면, 김언은 하나의 문장이 출현하여 소리가 되기 이전이나 이후에 초점을 맞춘다. 하나의 말은 대개 그와 대립하는 다른 말과 적당한 간격을 두고 짝을 이룬다. 제멋대로 자라는 말의 위험을 경계하는 이런 배치가 조금씩 자라며 느릿느릿 힘겨운 궤적을 만든다. 그러므로 "식물은 경청하고 있다. 말하는 방식으로"라는 말을 어떤 모순된 사태로 받아들일 필요는 없다. 미세하게 주의를 기울이며 경청하는 자세야말로 이 시인이 말하는 방식이다. 그의 시는 말하는 '나'와 '나'의 말을 경청하는 '나' 사이에 머물고 깃든다.

## 숲의 소리

때때로 말은 정말 스스로 자란다. 하나의 문장이 함부로 번성하면서 제멋대로 우거지는 사태를 우리는 일상에서 얼마나 자주 목격하는가. 말을 다스리는 규칙들은 뻗은 나무의 산만한 가지를 쳐내고 줄기를 보기 좋게 가다듬는다. 그렇지만 이렇게 조성된 숲의 정해진 산책로를 거닐면서 우리의 의지는 길들여진다. 리듬을 잃고 일정하게 굳은 보폭 속

50 김언, 「말 없는 발」, 앞의 책.

에서 내딛는 걸음의 감각과 힘은 자취를 잃는다.

말이 자라는 것처럼 이들의 숲도 계속 자란다. 숲의 신비로운 향을 느끼기는 아직 이르다. 정해진 길을 따를 수 없는 울창한 숲의 한 부분으로 이제 막 발을 들였을 뿐이다. 다행히 우리는 낯선 숲을 여행하는 몇 가지 보폭에 조금 익숙해졌다. 숲 속으로 자연스레 강이 흐르듯 말소리를 따라 흐르다 보면 어느새 깊은 숲의 한가운데에 도달할지도 모른다. 더불어 어쩌면 흐르다가 멈추고 다시 흐르는 시간의 간격 속에서 숲이 품은 고요와 침묵에 조금 더 다가갈 수 있을 것이다. 누군가 그렇게 숲에 익숙해지면 또 자신만의 보폭을 발견하게 될 것이다.

말이 반복된다거나 상반된 것들이 대립하면서 마주 놓여 있는 것 자체는 시에서 특별한 것이 아니다. 많은 시인들은 일상어의 의미로부터 벗어나기 위해 다양한 방식을 활용한다. 다만 이들의 시에서 반복은 음운이나 의미의 유사성과 별다른 관련을 가지지 않는다. 또 말은 어떤 감정을 따라 흐르지도 않는다. 따라서 이런 흐름을 따르다 보면 오히려 숲에 관한 이미지들이 변형되고 나아가 아예 숲이 사라지는 것처럼 느껴질지도 모른다. 그렇지만 이런 과정 속에서 어쩌면 경계가 없어지고 조금씩 사라지는 것 같은 숲이 내는 소리를 들을 수 있을 것이다. 숲의 소리, 말의 숲이 내뿜는 숨을 감지할 수 있을 때, 비로소 우리는 숨을 조절할 수 있게 될 것이다. 더 냉정하게 계속 자라는 말을 삼키고 곱씹는 다양한 방식을 체득할 수 있을 것이다. 숨의 결, 그 조용한 공기의 흐름을 느낄 수 있다면 더 깊숙한 숲 속으로 들어갈 준비로서 충분하다.

# 존재의 중심을 향한 소용돌이

손미의 시를 읽고 있으면 소용돌이의 중심으로 빨려드는 기분이 든다. 끊임없이 '속'으로 향하는 힘 때문이다. 강력한 구심력을 지닌 그의 시어들은 내부의 어떤 지점으로 계속 끌린다. 일단 이런 자장에 휩쓸리게 되면 걷잡을 수 없다. 소용돌이는 "당신을 통째로 삼켜"(「치통」)버릴지도 모른다. 어쩌면 당신은 양파처럼 "쪼개지고 부서지고 얇아"(「양파 공동체」)지다가 마침내 녹아서 액화된 채로 함께 섞이며 어딘가로 흘러들어갈 수도 있다. 천천히 발을 들이지만 점점 속도가 빨라질 것이다. 우리가 매일 '알 수 없는 나'와 '텅 빈 것 같은 내면'에 휩쓸리는 것처럼.

"우리, 언젠가 만난 적 있지? / 이 무덤 속에서?"[51](「후박나무 토끼」)와 같은 부분의 불길하면서도 서늘한 기운은 다른 시에서도 쉽게 발견할 수 있다. 가령 아이가 떨어져 죽은 "주인집에서 빌린 테이프 / 그 속에 녹음된 말"(「내림」)소리나 "덩굴같이 검은 창 속"(「고층 아파트 유리를 닦는 사람」)의 정경을 상상해보자. 이런 부분에서는 '속'으로 들어가는 것이 어둡고 차가운 세계의 어떤 내부로 들어가는 시선의 움직임으로 느껴

51 강조는 모두 필자.

질 수 있다. 그렇지만 "작아지는 양파를 발로 차며 속으로, 속으로만 가는 것은 올바른가"와 같은 부분에서 "여기 좀 있을께 / 네 속에"(「미끄럼틀」)와 같은 부분이나 "당신을 찾으러 냉장고 속으로 들어갔다"(「도플갱어」)와 같은 부분으로 건너가보면 '속으로 들어간다'는 것이 외부 세계의 어떤 곳을 절단하고 파고드는 행위만이 아니라는 사실을 알 수 있다. 이때 '속'은 알 수 없는 '나'의 비밀이고 궁금한 '너'의 존재 방식이면서 동시에 우리가 함께 섞이며 나아가는 목적지이다.

내부로 향하는 힘을 따르다가 그 중심에 도달하면 늘 사라짐과 마주하게 된다. 빨려드는 힘이 강해질수록 내재성의 지평은 점점 더 넓어지지만 그 중심은 오히려 고요하게 텅 비어 있다. "어서 와요 들어와"(「굿」)와 같이 다정한 권유를 따라 몸을 맡기면 이내 "너 없는 네 방에 들어"(「셋업」)가는 사태를 맞이하게 되는 것이다. '나'도 사라지고 '그'도 사라진다. 결국 텅 빈 내부만 남는다. 그렇지만 고요한 내부의 어떤 힘이 계속 무엇인가를 끌어당긴다. 마치 배고픔처럼. 확실히 그것은 "꽝. 꽝. 공복의 식탁을 치"(「물개위성」)는 힘과 닮았다. 이처럼 시의 갈피에는 잠잠한 "속에서 키우던 짐승"(「체스」)의 기운이 가득하다.

계속 사라지는 내부를 향해 끊임없이 파고드는 힘이야말로 손미 시의 동력이자 매력이다. 중요한 것은 목적지가 아니라 거기로 향하는 힘이다. 태풍의 중심과도 같이 고요한 '속'에는 침묵과 함께 저항의 힘이 작용하며 동시에 서로의 맨 몸이 뒤엉키는 욕망과 함께 그럼에도 불구하고 서로를 알 수 없게 되는 수수께끼의 힘이 발생한다. 이 힘은 "목에 걸린 못"처럼 주저하는 우리의 자세를 바꾸고 머뭇거리는 우리의 말을 휘감아 끈다. "점점 피 냄새가 / 없어지고 / 속을 파내면서 / 발버둥"(「못」)

은 과정을 함께 겪으며 마침내 "그곳에 박제된 모습으로 / 나를 기다리는 / 누가 있다"(「누가 있다」)는 사실을 감지하게 된다. 문득 '나'를 방문하는 '너'의 존재를 분명하게 체감하게 된다.

"너는 있었다. 은백양나무 위 정박한 수레의 모습으로. 빌려 입은 몸이 불시착한 협곡에, 하루 한 번 꼬리를 자르는 자오선에." 「방문자들」(84쪽)[52]은 소용돌이의 한가운데에서 빛나는 '너'의 존재감을 눈부시도록 아름답게 그려낸다. 인용한 부분은 손미 시의 특징을 잘 담고 있다. 대상의 모습은 시시각각 바뀌지만 그 지평은 확산한다. 이토록 불분명하고 의문투성이로 변모하는 세계로부터 우리가 서로를 알아보고 함께 리듬을 만드는 경험을 위해 시인은 계속 속으로 우리를 끌어당기고 뒤흔든다.

너는 있었다. 은백양나무 위 정박한 수레의 모습으로. 빌려 입은 몸이 불시착한 협곡에. 하루 한 번 꼬리를 자르는 자오선에.

바퀴의 진흙을 털었다. 흙에 찍힌 표식을 따라
수레를 끌던 남자와 짝짝이 벙어리장갑과 팔꿈치가
사라졌다. 언젠가 나무에서 꼬꾸라진 딱지들

왜 끌고 가지 않는가. 둥근 것을 끌고 싶은 사람들을.
내가 사랑하는 것은 콩자루를 짊어진 등.

52 『양파 공동체』에는 「방문자들」이라는 제목을 가진 시가 두 편 있다.

사랑하는

너의 말을 나는 알아들을 수 없다.

끌려간다. 은백양나무 아래에서 바퀴가 움직이면 땅이 출렁인다.

'없다'와 '끌려간다' 사이에서 작동하는 힘이 있다. 그것은 천천히 바퀴를 움직이다가 나아가 땅을 출렁이게 만든다. 알아들을 수 없는 말 위로 그들이 마찰하면서 내는 소리가 번진다. 그 소리의 궤적을 따라 함께 끌리는 것이야말로 한 편의 시가 우리에게 보여 줄 수 있는 힘과 자질이다. 또 이제 막 "이야기를 시작하려"는 시인에게 우리가 끌리게 되는 이유다.

# 점성粘性의 언어와 시적 화학 반응

이영주의 시를 읽으면 피와 뼈가 떠오른다고 쓴 적이 있다. 확실히 과거부터 이미 그의 시는 감각의 최전선인 피부를 뚫고 들어가려는 날카로움이 있었다. 감각으로 사유하는 오늘의 시인들이 피부에 몰두할 때, 그는 오히려 그것을 벗겨야 드러나는 뼈와 그 안으로 흐르는 피의 흐름 같은 것에 주목했다. 달라붙은 것들을 다 뗀 곳에서 단단하게 빛나는 뼈와 끈적하게 흐르는 피는 복잡한 감각과 혼란스런 감정의 안쪽에서 천천히 유동하는 것의 가치를 우리에게 보여줬다.

"축축하게 썩어 들어가는 안쪽을 언니라고 부르고 싶어"(「언니에게」)라고 했던 문장의 매혹은 『차가운 사탕들』에도 이어진다. 난만한 수사의 가능성을 끝까지 발라낸 문장들은 배후에 죽음의 기운을 품고 흰 돌처럼 빛나고, 그 사이에 붉고 뜨거운 자취들도 여전하다. 그런데 이번 시집에서 단단함과 축축함, "고체가 되는 꿈"(「영월」)과 "뜨끈하고 이상하고 끈끈"(「관측」)한 기운은 함께 섞이고 스미면서 기묘하게 반응한다. 마치 이전의 시인이 '나는 단단하게 존재하고 천천히 움직인다'고 말하는 것 같았다면, 그 사이에서 잠재된 가능성으로 존재하던 점성粘性은 점점 더 번성하여 하나의 이상하고도 새로운 감각이 탄생한다.

"나는 피가 돌지 않아 자라기를 멈춘 / 딱딱한 물체를 주무릅니다 이 다리 안에서 이제 / 무엇이 흐를까요"(「엎드려서」)에서 알 수 있는 것처럼 시인은 피가 돌지 않아 단단하게 굳은 다리를 천천히 쓰다듬고 주무른다. 이처럼 섬세하고 조심스러운 내부의 마찰 속에서 조금씩 점성이 강화된다. 그의 언어는 함부로 타인에게 다가서거나 급하게 당신을 끌어당기지 않는다. 「연인」의 "함께 비를 맞고 수건으로 머리카락을 터는 밤 투명한 물은 바깥으로 흘러가고 우리는 서서히 부식되어가는 어깨를 맞대고 있다 이렇게 젖어가는데 너와 나는 순서가 바뀌잖아 (…중략…) 넓게 퍼지면서 손을 잡는 너와 나는 / 덩어리가 된다 썩은 꿀과 같이 시큼달콤하게 녹아내리는 손"과 같은 부분은 이런 특성을 잘 보여준다.

절망적인 세계에서 조금씩 부식되는 어깨를 가만히 서로 맞대고 있는 연인. 이들은 차가운 사탕처럼 녹아내리는 손을 잡고 반응하기 시작한다. 서로 다른 성분의 두 물질처럼 이들은 함께 섞이면서 번지고 퍼진다. 한편 이처럼 매혹적인 점성은 바람이 섞이면서 완성된다. "바람을 타고 가야 할 텐데"(「오늘」)나 "소년의 심장을 악기처럼 불며 바람은 지나갑니다"(「주술사」) 또는 "살과 피를 가지고 공중을 흘러가는 계절풍은"(「영월」)과 같이 시집의 여러 갈피에 바람이 스민다. 점성은 액체에만 있는 것이 아니다. 실제로 점성은 액체뿐만 아니라 적지만 기체에도 있다고 알려져 있다. 동시에 액체는 온도가 올라가면 점성이 약해지지만 기체는 온도가 올라가면 점성이 높아진다. 이 시집에서 이영주는 "몸 안으로 들어가 깃털 사이로 빠져나오는 가느다란 감각으로"(「점심 시간」) 점성의 마찰력과 결속력을 조절한다. 뜨거움이 가라앉으면 액체의 점성은 약해지지만 대신 바람의 점성은 높아진다. 이것이 상호작용하며 마침내 "바람 안에서 태어나는 사람"(「공중에서 사는 사람」)과 "바람이 사람을 증식하는 시간"(「미라의 잠」)이 출현한다. 일종의 물질주체라고 할 만한 이들이 이러한 반응을 거치며 점점 덩어리를 이루는 시적 화학 작용이야말로 이 시집에서 우리가 체험할 수 있는 놀라운 시적 가능성이며 나아가 시가 아니고서는 만들 수 없는 경험이다.

무엇이 이들을 "만나고 떠나고 다시 만나도 어떻게 매번 새롭지?"(「연인」)라고 말하게 만드는가. 만약 이제 이런 질문이 가능하다면, 다음과 같은 질문으로 연결할 수도 있을 것이다. 무엇을 통해 우리는 뜨겁게 타올랐다가 금방 식는 일상의 반복을 갱신할 수 있는가. 우리의 피로와 공동체의 실망감은 왜 역사적으로 연속되는가. 이영주 시의 언어들이 만드는 점성은 이런 의문에 관한 반응 양상과도 같다. "가만히 방구석에 앉아 어떤 물질을 만지고 있으면 공기가 꽉 찬다"(「자라나는 구석」)와 같은 부분에서 알 수 있듯이, 단단한 것들이 조금씩 녹아서 천천히 흐르다가 마침내 함께 섞이며 자라는 과정에 함께 참여해보자. '어떤 물질'의 성분은 알 수 없지만 그것이 만드는 정교한 작용을 느껴보자. 도저히 알 수도 없고 이해할 수도 없는 너와 내가 함께 반응하기 시작할 때까지.

# 감응하는 주체와 정념의 숙성

재난이 발생하고 난 후 시인에게 공동체를 위로하고 구제할 수 있는 시를 산출하도록 기대하는 것은 적절하지 않다. 특히 커다란 비극과 마주했을 때 이런 기대는 더욱 부각된다. 가령 차가운 물 밑으로 깊이 가라앉은 배와 그 안에 갇힌 사람들의 경우도 마찬가지다. 차마 상상할 수조차 없었던 국가적 재난의 충격은 공동체를 뒤흔들어 들끓게 만든다. 한꺼번에 쏠린 시선들이 어지럽게 교차하면서 사태는 더욱 복잡해진다. 사건의 부면으로 파고드는 말의 힘이 강력할수록 오히려 총체적 조망은 더 어려워지고, 정황은 진실에 쉽게 접근하지 못하며, 사소한 사실들조차도 여러 가지 의혹과 불신에 휩싸이게 된다.

사람의 말과 언어가 깊은 혼란과 고통 속에서 허우적댈 때, 일상의 언어가 육중하고 단단한 슬픔의 갈피에 채 닿지 못할 때, 서로의 언어가 꼬이고 격렬하게 부딪치며 엉켜서 사태를 투명하게 드러내지 못할 때, 누군가는 시의 언어가 날카롭게 그 틈새를 파고들기를 원할지도 모르겠다. 그렇지만 심지어 한 사람의 기자에게도 기대하기 힘들어진 일을 시인에게 요구할 수는 없다. 물론 때때로 한 편의 시가 자명하게 여기던 사태의 이면을 들추고 그 배후에서 다른 진실을 발굴하는 경우가 없는 것은 아니지만, 먼저 그런 의도에 강하게 이끌리는 시는 목적을 달성하지 못하는 경우가 대부분이다. 오히려 시적 진실은 이런 시도로부터 물러난 자리에서 천천히 무르익는다.

유사한 의미에서 진혼곡과 같은 시를 당연하게 요구하는 것도 바람직한 일은 아니다. 물론 한 사람의 시민으로서 자발적으로 비극적인 기억을 공동체의 역사에 각인하는 것은 자연스럽다. 다만 뒤엉킨 분노의 감정 속에서 오히려 언어들이 딱딱하게 굳거나 미묘한 뉘앙스를 잃어버리고 단순한 푸념이나 막연한 촉구에 머무는 것을 이미 여러 번 목격한 적 있다는 사실을 떠올릴 필요가 있다. 만일 어느 시인이 씻김굿처럼 구원의 힘을 확신한다면, 그의 시는 이데올로기에 휩쓸리는 특정 단체나 열망으로 달아오른 집단의 발언과 유사하게 바뀔 위험이 높다. 편향된 요구와 기대가 누구보다 감응하는 시적 주체의 민감한 감각을 뒤흔들 수 있기 때문이다.

밤이 사람을 데려간다 더 먼 쪽으로
죽은 사람의 곁에 누워 밤새 이름을 불러 본 적 있다
그 밤을 얘기할 수 없다 물도 물의 규율도
알지 못하니까

발밑을 흐르는 구름
육교와 가로수를 잊고 온도와 뼈를 버렸다
흔한 노래를 듣고 같은 식사를 반복했다

물속에서 평생을 보내는 바다 생물들

몸은 물주머니인데
익사할 수 있다니 불가해하지 않니

오래된 기억을 꺼내 말하기, 거의 없는 것처럼 희박해지기, 다른 방향을 바라보기, 왜 그랬니, 침묵하기

—백은선, 「동세포 생물」 부분

죽은 사람의 곁에 누워 밤새 이름을 불러 본다고 해서 그 밤을 얘기할 수 있는 것은 아니다. 사람은 물에 속한 존재가 아니므로 우리는 직접 물속으로 뛰어들어 그 속에서 호흡을 유지할 수 없다. 잠수부가 산소통을 짊어지고 물속으로 뛰어드는 것처럼 시인은 직접 물속으로 들어갈 수 없다. 그렇지만 우리는 감응하는 시적 주체의 언어들 사이로 조금씩 공기가 희박해지는 것을 느낄 수 있다. '나'의 자취가 희미해질수록 감응하는 주체는 민감해진다. "발밑을 흐르는 구름"이나 "온도와 뼈를 버렸다"라는 표현은 특정한 묘사나 선언으로 이해하려하면 점점 더 곤란해진다. 시어들 사이를 메우고 있던 공기의 압력이 빠져나가면서 높이는 축소되고 단단한 것들은 조금씩 힘을 잃는다. 마치 깊은 바다 속을 유영하는 바다 생물들처럼, 언어들이 시 속을 헤엄칠수록 감응의 긴장성은 점점 증가한다. 이런 긴장 속에서 물의 규율을 알 수 없는 우리의 잠재된 감성은 조금씩 정념의 가능성을 획득하기 시작한다. 이런 식으로 시어들은 하나의 몸이 되고, 몸의 매개를 거치며 비로소 감응하는 주

체가 태어난다. 그러므로 "거의 없는 것처럼 희박해지기"의 방식이야말로 우리가 조작된 세계를 넘어 불가해한 감각으로 나아가는 통로를 제공한다. 배타적이고 폭력적인 인간의 말과 그것에 의해 왜곡된 사태에 휘둘리지 않고 함께 감응할 수 있는 "동세포 생물"이 탄생한다.

눈을 기다리고 있다
서랍을 열고
정말
눈을 기다리고 있다
내게도 미래가 주어진 것이라면
그건 온전히 눈 때문일 것이다
당신은 왜 내가 잠든 후에 잠드는가
눈은 왜 내가 잠들어야 내리는 걸까
서랍을 안고 자면
여름에 접어 두었던 옷을 펴면
증오를 버리거나
부엌에 들어가 마른 싱크대에 물을 틀면
눈은 내게도 온전히 쌓일 수 있는 기체인가
당신은 내게도 머물 수 있는 기체인가
성에가 낀 유리창으로 향하는, 나의 침대맡엔
내가 아주 희박해지면
내가 아주 희미해지면
누가 앉아 있을까

마지막 애인에겐 미안한 일이 많았다

나는 이 꽃을 선물하기 위해 살고 있다

—성동혁, 「리시안셔스」 부분

성동혁의 시들은 희박해지는 방식을 잘 보여 준다. 그는 희박함에 대해 예민하다. 한마디로 그의 시는 희박함이 이루는 세계와도 같다. 그의 시어들은 희박한 상태에서 천천히 움직이고 작동하는 것들을 드러낸다. 가령 호흡과도 같은 것. 희박한 상태에서 비로소 가빠지는 것.

애인에 대한 미안함과 그리움으로 가득한 이 시에는 별다른 움직임이 겉으로 드러나지 않는다. 특별히 시간적 배경이 나타나지는 않았지만 잠이 든다는 말과 유리창에 성에가 끼어 있다는 말을 통해 밤의 고요함이 시를 지배하고 있다는 사실을 감지할 수 있다. 쉽게 잠들지 못하는 '나'는 침대 맡에서 눈을 기다린다. 서랍을 열기도 하고 여름옷을 꺼내어 펴 보기도 하며 부엌에 들어가 싱크대에 물을 틀기도 한다. 고요한 밤에 생각에 잠겨 잠을 이루지 못하고 이곳저곳을 서성이는 것이 시 속 내용의 전부다.

잡을 수 없는 기체처럼 '나'를 빠져나가는 '당신'처럼 '당신'에 관한 기억과 '증오'도 '나'로부터 천천히 빠져나간다. 눈이 녹아서 물이 되고 그것이 다시 기화하듯 '나'의 의식 속 기억들도 점점 몽롱한 잠의 세계로 진행한다. 시간이 지날수록 밤이 깊어지고, 고요함이 짙어질수록 모든 것이 희박해진다. 이처럼 "성에가 낀 유리창"처럼 불분명한 상태로 꽃의 향기가 발산한다. 시어들이 호흡을 따라 모호한 상태로 돌입하는 순간 향기는 유리에 맺히는 성에처럼 돌연하게 생기고 퍼지면서 구체적인 시적 공간을 형성한다. 결정結晶을 맺을 가능성으로 빛나는 눈雪의 가능성을 품은 채로 향기는 확산한다.

숨을 참고 눈을 뜨지 않는 것
팔다리를 가지런히 놓고 꼼짝하지 않는 것
내가 연습한 죽음의 구체
냉장고 속에서 아무도 모르게 상해 가는 밑반찬들
그런 걸 떠올리면 되겠다

누군가 나를 흔든다면
엎드려 자는 가축의 네 다리처럼
갑자기 나타나 보여 주는 것
혓바닥의 모래처럼 뜨거워지는 것
안경알을 찌르는 빛이 되는 것

수면 위로 올라가
천연덕스럽게 눈을 뜨고서 이렇게 말하는 것이다
나를 아는지
우리가 연습한 놀이의 이름을
알고 있는지

—유계영, 「눈천사가 지워진 자리」 부분

희박한 상태를 감지하는 것, 우리의 의식과 호흡이 점차 어두워지는 세계 속에서 조금씩 잦아드는 것을 먼저 느끼는 것이야말로 한 사람의 시인이 지닌 중요한 가치인 동시에 한 편의 시에서 우리가 기대하는 대부분이라고 해도 과언이 아니다. 이러한 희박함은 욕망이나 탐욕이 제거된 자리에서 드러나는 탕진의 자취가 아니다. 확신할 수 없는 말들이 난무하고 그 후에 누구의 말도 믿을 수 없는 허망함과도 전혀 다르다. 그렇다고 해서 이것을 절제나 아량과 같은 초연함과 같은 영역에 둘 수 없는 것은 물론이다.

유계영은 이와 같은 자세를 잘 보여 준다. 이들은 희박한 상태에서 숨을 헐떡이는 것이 아니라 오히려 "숨을 참고 눈을 뜨지 않는 것 / 팔다리를 가지런히 놓고 꼼짝하지 않는 것"과 같은 자세를 취한다. 그렇지만 이들이 낮은 온도를 유지하며 천천히 조금씩 움직인다고 해서 내부에 잠재된 향기가 완전히 사라졌다고 여겨서는 곤란하다. 오히려 이들은 누군가 흔들었을 때, "혓바닥의 모래처럼 뜨거워지"고 "안경알을 찌르는 빛"을 내뿜기 위한 "연습"을 하고 있는 중이다. 호흡을 낮추고 감성의 촉수를 최대한 민감하게 가다듬으면서 그것이 언젠가 수면 위로 떠올라 뜨거운 정념으로 결집되어 분출하기를 기다리는 중이다. 그 속에서 마침내 "뒤끓는 액체보다 뜨거운 도자기 잔의 표면처럼 / 아무 손쓸 수 없는 사람"(「한 줄로 서기」)이 완성된다.

붉다 라는 말이
소년의 나라에선
아름답다 라는
말로도 쓰인다

나를 보는 소년의 눈이 그랬다
그리도 참혹하게 빛날 수 있는 것인가
묻고 싶었다
매섭고 얕은 발자국을 피해 다니는 것
나는 그것을 춤이라 칭하고 있다
요란한 사랑은 너무나도 조용하게 사라진다
쉽게 우는 사람은 쉽게 슬픔을 잊는다
식물원에서 태어난 나무들은 뿌리가 깊지 않다 그러나
발을 잊고 광장으로 모이는 소년들
굳건하고 청결하게
소년들은 우뚝 서 있었다
지휘대로 움직이지 않아도 아름다운 발을 보았다
그리도 참혹하게 빛나는 눈을 보았다
마지막 태양이 소년들의 눈에 나눠 박혀 있었다
크라스나야
크라스나야
붉다와 아름답다 중 무엇을 먼저 떠올려야 하는지 몰랐다

—성동혁, 「붉은 광장」 전문

뜨거운 정념, 혁명의 기운이 넘실거리는 붉은 광장은 어떻게 조성되는가. 이 광장에는 넘실거리는 깃발의 물결이나 군중의 함성이 없다. 울분을 가득 품고 여기저기로 내뱉어지는 사람의 말들도 찾아볼 수 없다. 대신 "참혹하게 빛나는" 소년의 눈이 있다. 참혹한 눈을 지닌 소년은 광

장을 마구 가로지르며 자신의 고통을 아무렇게나 토하는 것이 아니라 그저 그 어딘가에 "우뚝 서 있"다. "굳건하고 청결하게". 소년은 격렬하고 빠른 발자국을 버리고 천천히 조용하게 움직이다가 자신의 자리를 찾는다. 마치 요란한 사랑이 금방 사라진다는 것을 아는 것처럼.

이 시에는 요란한 함성과 어지러운 발자국 대신 참혹한 눈빛을 간직한 소년의 고요한 발자취들이 가득하다. 누구의 "지휘대로 움직이지 않아도 아름다운 발"의 자취야말로 광장을 잃어버린 시대에 뜨겁고 붉은 기운 가득한 정념을 불러낸다. 붉은 광장은 러시아 말로 '크라스나야 플로시차지'라고 발음한다. 그런데 옛 러시아어인 '크라스나야'는 '붉다'는 뜻과 함께 '아름답다'는 뜻도 함께 가지고 있다고 한다. 반복해서 울리는 '크라스나야'처럼 아름다운 발자취가 향기와 같이 퍼진다. 소년에게서 '나'에게로, 또 '나'에게서 또 다른 '우리'에게로 점점 번지는 감성의 기질이 함께 섞이면서 비로소 정념이 형성되기 시작한다. 그 "마지막 태양"의 뜨거운 기운이 "소년들의 눈에 나눠 박혀 있"는 장면에서 정념은 뜨겁게 달아오른다. 아마도 이 소년들은 결코 쉽게 울지도 않을 것이며 금방 슬픔을 잊지도 않을 것이다.

시인을 봉기의 선두에 세우는 것은 가혹하다. 어두워지는 것, 조금씩 숨이 차오르는 것, 호흡이 가빠지고 점차 존재감이 희박하게 흐려지는 것과 같은 세계의 미묘한 변화에 누구보다 민감한 시인에게 깃발을 들린다고 해서 별다른 효과를 얻지 못할 것은 분명하다. 비록 거대한 참혹과 일상의 구체적인 슬픔 앞에 우리의 혀가 딱딱하게 굳어가는 것은 사실이지만 그렇다고 해서 시인에게 구호를 요구할 수는 없는 노릇이다. 더불어 그들에게 단순한 기록을 맡기는 것도 시인에게나 우리 모두에게 가장 좋은 일이 될 수 없다.

때때로 그들의 말이 처음에는 먼 나라의 어떤 알 수 없는 말처럼 들릴지라도, 우리의 참혹한 현실을 직접 손가락으로 지시해주지 않아서 처음에는 불편하게 느껴질지라도, 아름다움을 품은 '크라스나야'가 조금씩 반복되면서 우리의 굳은 몸짓을 "춤"으로 바꾸는 경험에 동참해보자. 견고한 비극의 틈으로 스미는 시어들이 마침내 뜨거운 정념으로 끓는 붉은 광장을 만드는 과정에 함께 발을 들이자. 이제 "모든 선실에 음악이 가득하고 / 돛이 없어도 수백 개의 대양을 떠돌 수 있는 / 그 배"(강지혜, 「무정박 항해」)를 타고 함께 미지의 미래를 향해 항해를 떠날 준비를 해야 한다. 시를 읽는다는 것은 그야말로 누구의 지휘를 따르는 것이 아니라 잠재된 말의 가능성에 함께 감응하는 것과도 같다. 두려움이 가득하지만 깊은 바다와 같은 타인의 심연을 향한 이 항해를 결코 멈출 수 없는 것과 같다.

# 휨

## 감각의 강도와 깊이에 관하여

### 구멍들

알 수 없는 타인에 관한 의문은 특정한 시대에만 속한 것이 아니지만 지금 그 질문을 둘러싼 피로는 어느 때 못지않다. 사소할 것이라 여겼던 사태가 하나의 사건이 되어 지속하는 동안 또 다른 사건들이 발생한다. 사건들이 적체되는 동안 실망의 감정은 분노로 이어지다가 기한 없는 시간에 내몰리면서 피로로 바뀐다. '분노하라'는 말은 도처에 있지만 정작 그 대상의 정체는 파악하기가 쉽지 않다. 하나의 사건은 검증할 수 없는 말과 부푼 소문으로 파고들면서 작고 분명했던 신뢰마저 흔든다.

정보가 스스로 재생산되는 상황은 가치에 대한 판단을 흐리고 당연하다고 생각했던 관계를 모호하게 만들지만 그보다 더 심각한 것은 주체적인 인식의 차이가 사라지게 만든다는 사실이다. 자가 증식하는 정보는 다양성이 분화하는 것처럼 보이지만 폭발하는 속도와 압도적인 양으로 말을 짓누르고 옥죄면서 그들 사이의 미묘한 차이를 지운다. 사람에 관한 정보는 그 어느 때보다도 넘치고 누구나 그것을 쉽게 구할 수 있지만 그 과정에서 내 앞의 은밀한 타인은 사라지고 구획되고 범주화된 누군가만 남는다. 압도적인 정보의 위력 앞에서 이전에 기댈 수 있었던 이념이나 진영의 논리마저 힘을 잃는다. 피로가 누적될수록 함부로 대상화된 타인에게 다가갈 용기도 점점 더 희미해진다.

방대한 정보에 관해 이야기하자면 김현의 시를 빼놓을 수 없다. 한 편의 시에 머물 수 없게 만드는 그의 각주들은 개별 시편에 끊임없이 구멍을 내고 통로를 만든다. 마치 하이퍼링크를 통과하는 것처럼 각주에 각주에 각주를 타고 넘다 보면 실제인 것처럼 가공된 가브리엘과 쿠버와 재키 챙을 만날 수 있다. 이들이 때때로 'CHAV'[53]와 같은 자세로 어두운 공원을 헤맨다든지 거기서 뒤샹과 함께 앤디 할아버지의 노래를 듣는다는 것은 재미있지만 정작 주목할 만한 지점이라 보기는 어렵다. 시인은 정보들을 상당히 정교한 픽션으로 손질하고 있기 때문에 그 정보에 밀착할수록 그것을 움직이는 동력으로부터 이탈하게 될 수밖에 없기 때문이다. 예컨대 누군가는 그것으로부터 어둡고 소외된 자리에 있는 소수자들에 대한 알레고리를 떠올릴 수도 있지만 또 누군가는 그것을 그저 지금 여기의 현실과 동떨어진 이국 취향의 탐닉으로 치부할 수도 있다.

이처럼 독특하고 예외적인 그의 시집에서 바흐의 리듬이나 보르헤스의 기법이 비트 세대의 배경 인물들과 어떻게 결합하는지 살피는 것

---

53 원래 '아이'를 뜻하는 19세기 집시 언어 'chavi'에서 비롯했다고 알려진 이 말은 2000년대 중반부터 영국에서 유행하면서 누로 농촌 하층 계급 출신의 일탈 청소년들의 복장이나 차림 또는 행동 방식과도 같은 문화적 특성을 일컫는 의미로 사용된다.

도 흥미롭지만 역시 그보다 더 흥미로운 것은 그것들 사이에서 동요하는 감각이다. 특히 한 권의 시집으로 묶이면서 이런 힘은 더 강해졌다. 개별 시편들에서 조금씩 감지되던 에너지가 응축되어 끝이 보이지 않는 검은 구멍이 생긴다. 메타픽션의 거대한 블랙홀과도 같은 이 구멍으로 비천하고 지저분한 것들과 매끈하고 숭고한 것들이 함께 빨려든다. 『글로리홀』은 기본적으로 차곡차곡 구획되어 견고하기 이를 데 없는 격벽에 작은 구멍이라도 내고 싶은 사람의 결핍을 품고 있다. 그렇지만 황병승이 상처와 흉터를 계속 긁어대면서 에로틱한 자질들을 만들어낸다면 김현은 주체의 긴장을 유지한 채 그저 빛이 빨려드는 것을 지켜본다. 시 속의 '나'는 온갖 세계의 구석구석을 활보하고 그것을 끌어당기는 것이 아니라 작은 구멍들 사이로 흘러들고 다시 흘러나간다. 끈적하고 미끈거리는 구멍,[54] 그 이상한 깊이로 빨려들면 사람의 무게를 잃고 사람의 말이 향하는 지점이 아득해진다. 일정한 주기에 갇힌 시간의 간격이 일그러지고 떠들썩하던 온갖 소음들이 조금씩 사라져 고요해지고 보편적인 중력장에 갇힌 공간이 끝없이 축소되거나 넓어지는 느낌을 받는다. 직선으로 완강하게 구획된 칸막이의 압력에서 벗어나 다른 작용에 이끌리는 인간의 모습이란 어떨까.

"늘어난 인간은 꿈틀거리고, 사라지는 인간의 혀들은 더듬거리고, 변신한 인간은 한결 자연스러운 움직임을 갖고, 멈춰 있습니다. 욕조의 수면이 밤의 수면까지 밀려갑니다 // 돌아온 밤 고공은 기중기처럼 깊습

54 '글로리홀(glory hole)'이라는 말의 어원은 정확히 밝혀진 바 없지만 1800년대 처음 그것이 무질서하게 쌓아놓은 장소의 개념을 뜻할 때 이미 'to make muddy'라는 의미에서 처음 시작되었을 것이라는 견해를 참조한다면 질펀하고 탁하며 끈적거린다는 의미가 이후 섹슈얼한 의미로 사용될 때에도 연관된 것은 아닐까.

니다. 인간들은 각자의 생활을 발견합니다. 인간들은 인간적으로 따로 놉니다. 인간이 곁에 없는 인간의 말은 뜻 없습니다. 인간들은 조용합니다. 침묵합니다. 그림자 없이 농성을 시작한 한 유령이 집으로 들어와 촛불의 노동을 밝힙니다. 인간 인간 인간은 마침 표 사라집니다."[55]

## 휘는 세계선

동요하는 감각은 김소연에게 이르면 구체적인 조사의 층위를 얻는다. 김소연은 질문이 줄어드는 시대에 시가 감정이나 관념의 방식을 벗어나도 질문의 형식이 될 수 있다는 사실을 잘 보여 준다. 그의 시는 다양한 애도의 장면들을 품고 있다. 그래서 그의 시를 읽다 보면 다양한 슬픔과 분노, 간절함과 두려움들이 여러 갈래의 무늬를 만드는 장면에 자연스럽게 참여하게 된다. 그렇지만 그의 시는 구체적인 상황과 맞닿아 있으며 그것이 읽는 사람에게 여러 감정과 연결될 수 있는 여지가 있다는 것에 머물지 않는다. 『수학자의 아침』은 '투신하는 농부의 절규'나 '해고된 채로 농성을 하고 있는 시간'에 관한 기록에만 의지하지 않는다. 손쉬운 연대에 관한 섣부른 희망에서 조금 물러서서 '반가움'과 '두려움'을 함께 지닌 채 그들을 애도하고 사랑하는 진정한 방법이 무엇인가에 관해 묻는다.

"번번이 / 질 나쁜 이방인이 되어 함께 밥을 먹었다"[56]라는 고백에는

---

55 김현, 「비인간적인」, 『글로리홀』, 문학과지성사, 2014.7.
56 김소연, 「여행자」, 『수학자의 아침』, 문학과지성사, 2013.12.

함께 분노하고 슬픔을 나누었던 사람이 낯설게 여겨지는 복잡함이 담겨 있다. 김소연의 시는 공동체의 전혀 낯선 타인과 나의 관계에 가로놓인 한없는 평행을 이루는 직선의 경계를 가장 가까운 사람들과의 관계로 끌어온다. "할 수 있는 고백을 모두 나눈 연인의 두 눈엔, 알 수 없는 참혹이 한 글자씩 새겨져요"[57]와 같은 부분에서 해고 노동자와 '나'의 관계는 연인으로 전이한다. 또 다른 부분에서는 가장 가까운 부모와의 관계로 이동하면서 다양한 접점을 만든다. "도무지 묶이지 않는 너무 먼 차이"들 사이에 늘어나는 변곡점을 따라 시인은 "세계지도를 맨 처음 들여다보는 어린아이의 마음으로"[58] 걷고 또 걷는다.

아버지가 말씀하셨다
그러지 마라

(…중략…)

빨랫줄에는 아버지의 양말만 뒤집힌 채 걸려 있다
동굴처럼 멀고 어둡다
허름해진 아버지의 노여움이 펄럭인다

어머니가 말씀하셨다
내가 언제 그랬니

---

57 김소연, 「격전지」, 위의 책.
58 김소연, 「걸리버」, 위의 책.

그러자 어머니의 한숨이 날아와 이마에 머문다
그러지 않은 걸로 하면 도무지 그랬을 리가 없어진다

—김소연, 「풍선 사람」 부분

아무리 해고 노동자와 밀착하여 여러 가지 경험을 함께 나누었다고 해도 그것이 부모를 이해하는 것과 같을 수는 없다. 그렇지만 시인은 그것이 과연 전혀 다른 것인지에 관해 질문을 던진다. 이 시에는 모든 고백을 나눈 연인의 참혹함과 유사한 질감의 흔적이 담겨 있다. 인식의 틀이 자리 잡기 훨씬 전부터 가장 가까이에서 생의 궤적을 함께 엮어온 '아버지'와 '나' 사이에는 분명한 믿음 대신 선명한 빨랫줄이 놓여 있을 뿐이다. 동굴처럼 멀고 아득해지는 거리감을 채우고 있는 것은 격렬한 대립과 분노가 아니다. 오히려 격렬할 것 같은 전선에는 아버지의 명령은 더 이상 아무런 힘을 지니지 못하고 있다는 사실, 그 "허름해진 아버지의 노여움"만 걸려 있다.

이 시는 바람 빠진 풍선 인형과도 같은 아버지와 한숨만 내쉬는 어머니의 초상과 함께 "그러지 마라"나 "내가 언제 그랬니"와 같은 완강한 어조가 함께 담겨 있다. 팽팽한 직선의 빨랫줄을 두고 '나'의 심정은 더 복잡해진다. 경험적 사고만으로 더 이상 세계를 감당할 수 없는 부모에 관한 안타까움과 더불어 어떤 말로도 그것에 접근할 수 없다는 답답함과 그럼에도 불구하고 그것을 그저 단순하게 받아들일 수만은 없다는 마음이 함께 평행선을 이루며 계속 길어진다. 이와 같은 복합적 감정은 오늘날 우리 사회가 직면한 곤경의 내밀한 속살과도 같다.

세계의 속도 변화가 가속화되면서 축적된 경험만으로는 넘어설 수 없는 사태와 직면하게 된 이전 세대의 구성원들은 더 이전 세대와 비교하여 판단의 자신감을 잃어버렸지만 보이지도 않고 가능할 것 같지도 않은 모호한 개념에만 빠져 있는 것 같은 이후 세대와는 더 분명한 선을 긋는다. 이런 '노여움'들이 새로운 형태로 결집할수록 갈등은 증폭되고 불신의 강도는 한없이 높아진다.

> 사람의 숨결이
> 수학자의 속눈썹에 닿는다
> 언젠가 반드시 곡선으로 휘어질 직선의 길이를 상상한다
>
> —김소연, 「수학자의 아침」 부분

결코 정지 상태로 멈추지 않는 발걸음을 기억하자. 여러 다른 층위로 돌입하면서 개별적인 관계가 만드는 지점들은 조금씩 다른 힘에 이끌린다. 직선으로 구획된 좌표에 뚫린 구멍들은 단일한 중력을 향한 평행선들을 구부린다. 운동의 방식으로 휘어지는 세계선의 자취와 가능성들은 직관과 합리성으로 도달할 수 없는 잠재적 가능성을 만든다. 그러므로 이것을 어느 수학자의 이상적 논리나 비현실의 공리로 섣부르게 취급해서는 곤란하다. 알 수 없는 이국의 어느 등장인물들을 끌어왔다거나 노동의 현장의 실제 인물들을 인용했다는 사실보다 그것이 개별 주체들을 끊임없는 긴장을 촉발하며 그 속에서 휘어지는 자취가 다른 감각의 지평을 개척한다는 사실에 더 주목할 필요가 있다. "언젠가 반드시 곡선으로 휘어질 직선의 길이를 상상"속에서 이마에 머무는 "어머니의 한숨"이 조금씩 "사람의 숨결"로 바뀐다.

## 시간의 둘레

휘는 세계의 작용 방식에 누구보다 민감한 시인으로 김행숙을 빼놓을 수 없다. 『이별의 능력』에서부터 그는 이미 보편적인 중력과 다른 힘이 작동하는 감각에 예민하게 반응했다. 서로 다른 힘들이 섞이면서 일상의 시공간은 길어졌다가 다시 짧아지고 먼 곳으로 확장되었다가 다시 축소된다. 구획된 공간들이 다른 힘에 의해 휘어지며 이전에는 알 수 없었던 시공간을 만드는 순간을 감지하는 시인의 감각은 탁월하다.

> 연못가에 쪼그리고 앉아 있으면 세계의 차원이 바뀌는 순간이 온다. 친구여, 식물세계에서 약을 찾는, 제약회사에 다니는, 밤잠이 줄어드는, 점점 줄어들어서 언젠가 없어지는 순간이 올 거라고 말하는.
>
> 인간은 정원을 만들고, 연못을 파고, 두 개의 삶 중에서 하나는 숨기고, 하나는 수면에 젖는 종이배 같은.
>
> 무역회사에 다니다가, 보험회사에 다니다가, 집에서 노는 친구여, 연못가에 쪼그리고 앉으면 눈빛이 몽롱해지는 친구여, 우리는 제한적이다, 저 잉어가 그리는 삶의 둘레처럼. 그러므로 비밀이 필요한 우리는 서로의 혀를 깨문다.
>
> 연못을 한 바퀴 돌고, 하릴없이 다시 한 번 연못가를 거니는 동안, 세계가 변했거나, 내가 바뀌었거나, 보이던 게 안 보이고, 안 보이던 게 보인다. 이를

테면 수면에 뽀글거리는 저 기포들, 구멍들, 누구, 누구의 입술이 밤새 끓고 있는가?

—김행숙, 「연못의 관능」 전문

다른 차원의 세계는 이상한 환상 속에 있는 것이 아니다. 휘는 힘을 느끼기 위해 당신은 낯선 곳으로의 여행을 감행할 필요가 전혀 없다. 그저 "연못가에 쪼그리고 앉아 있"는 것으로 충분하다. 시공간의 질서가 상대적이라는 사실은 이미 과학의 영역에서도 입증된 바 있지 않은가. 김행숙은 단순히 감각의 차이를 구분하기보다 감각의 강도가 변화하는 양상을 포착하는 솜씨가 남다르다. 더불어 그것을 설명하기 위해 낯선 풍경과 생경한 사물을 동원하는 법이 없다. 그는 이러한 시간과 공간의 변화가 우리의 일상에 언제나 밀착해 있다는 사실을 일관되게 보여 준다.

친구와 '나'는 그저 연못가에 쪼그리고 앉아 있을 뿐이다. 그러다가 연못을 한 바퀴 돌기도 한다. 친구라는 개념으로 얽힌 타인조차 '나'는 실제로 아는 것이 별로 없다. 그에 관한 '나'의 이해는 무슨 회사에 다닌다는 것이나 밤잠이 줄었다는 것 또는 이제 그 회사를 그만두었다는 것 정도에 머물 수밖에 없다. 그러므로 서로에 대한 우리의 이해는 "제한적"일 수밖에 없다. 그렇지만 그 속사정들을 다 털어놓는다고 해도 아마 마찬가지일 것이다. 타인에 관한 몇 가지 정보가 늘어났다고 해서 결코 우리가 그를 더 잘 알 수 있다고 말할 수 있는 것은 아니니까.

어쩌면 인간은 이처럼 뻔한 "삶의 둘레"를 함께 맴돈다는 사실을 숨기기 위해 자기만의 비밀이 필요한 것은 아닐까. 비록 그 비밀의 내용이 보잘것없는 것이라 할지라도 "수면에 젖는 종이배"와 같이 다 드러나는 위태로운 생의 궤적의 안쪽에 숨겨진 무엇인가가 필요한 것은 아닐까. 이 시에는 이렇게 다 풀어놓으면 시시하게 바뀌는 은밀함이 담겨 있다. 확인할 수 있는 것은 오직 수면 위로 드러난 기포들과 구멍들뿐. 보이지 않는 수면 아래에서 드러나지 않는 비밀들이 함께 끓는다.

당신은 어쩌면 아직도 부족하다고 느낄지 모르겠다. 정말로 그저 연못가를 걷는 것만으로 충분한지 여전히 의문에 사로잡혀 있을지도 모르겠다. 만약 그렇다면 당신은 더 따져 묻게 될 것이다. 그렇지만 그와 비슷한 취향을 발견하고 그가 지닌 조건의 모양새와 나의 것을 맞춰보는 것과 그를 아는 것 사이에 별다른 관계가 없다는 사실을 새삼스럽게 발견할 수도 있을 것이다. 연못에 뛰어든다고 해서 연못을 더 잘 알 수 있는 것은 아니다. 타인의 깊은 심연을 감지한다는 것은 때로 이처럼 함께 거니는 단순한 궤적과도 같다. 모든 감각을 연 채 천천히 연못의 주변을 거닐 때 비로소 수면의 물결과 그 아래 깊은 곳에서 움직이는 힘을 느낄 수 있을 것이다.

## 기울기

일정한 중력에서 벗어나 다른 공간으로 진입하는 순간의 감각은 혼란을 겪는다. 이때 발생하는 현기증은 파탄에 이른 말이 풍기는 피로감과 다르다. 이런 어지러움은 알 수 없었던 타인과 나 사이에 다른 시간과 공간이 들어서는 것을 감지할 수 있게 만드는 제6의 감각이다. "이

곳의 중력이 이해되지 않는다"[59]고 말하는 성동혁도 이런 작용을 감각하는 능력이 남다르다.

시집 『6』은 '하양과 빨강의 명도'(「흰 버티컬을 올리면 하얀」)를 잘 조절하면서 "처절하고 아름다운 말"(「망루」)을 우리에게 보여 준다. 주로 눈이나 구름과 같은 재료와 결합되는 흰색의 이미지는 조금씩 기화하면서 붉은 정념으로 달아오른다. 마찬가지로 통증과 상처에서 흘러나오는 붉은 피는 흰색이 섞이면서 묽고 맑게 정화된다. 강렬한 빨강과 텅 빈 하양은 시집의 도처에서 함께 섞이면서 말과 감정을 민감하게 조절한다. 그렇지만 이러한 이미지들이 섞이는 과정은 함께 시적인 작용 속에서 가속도를 얻는다는 사실도 중요하다.

붉은 주전자가 있다

창문을 열고 밑을 내려다보면 기운다 방이 한쪽으로
내가 거울까지 허공이 입김까지

투명한 비탈끼리 부딪치며 생긴 뿌리들이 서랍 안으로 뻗어가면
일요일이 멈춘다
나는 서랍 안에서 서랍 밖을 생각하며 자란다

가지가 전선을 넘어 자라고 화단이 심장까지 올라오면

---

59 성동혁, 「유기」, 『6』, 민음사, 2014.9.

한 발자국 더. 를 외치며
차례를 기다리지 못하고 불행은 모두 함께 껑충껑충 웃자란다
찻잔 안에서 숨을 고른다

—성동혁, 「血」 부분

이런 시에서 기우는 감각은 분명한 공간을 만들만큼 아직 뚜렷하지 않다. '피'라는 제목과 붉은 주전자의 희미한 연관성 사이에 어지러움이 조금씩 생겨난다. 창문 밖으로 몸을 기울이는 행위와 주전자로 물을 따르는 행위의 연관성에서 발생하지만 현기증이 발생하지만 그런 생각들은 분명한 맥락 속에서 구체적인 공간을 만들기보다는 서랍 안에 갇힌 채 희미한 상태로 남아 있다. 그렇지만 허공으로 확산하는 입김과 같이 퍼지는 미세함이야말로 성동혁의 시만이 지닌 매력이다. 희박한 호흡을 따라 흐르는 기체 상태의 자질들은 은은한 꽃향기처럼 퍼지다가 마치 '유리에 성에가 끼는 것'[60]처럼 그 모습을 드러내면서 구체적인 시적 공간을 형성한다.

창은 기운다 하지만 찌르진 않았다

관절을 잊어 가는 뱀
내 안에서 혈액이 쏟아져 나올 때
차분하게 빨라지는 것들

60 성동혁, 「리시안셔스」, 『6』, 민음사, 2014.9.

날카롭게 하늘

창은 기운다 하지만 찌르진 않았다

동상이 입으로 떨어진다
포크를 줍는다
사람들이 소리와 함께 탁자 밑으로 기운다

창은 기운다 하지만 찌르진 않았다

베일을 찢고 튀어나온 죽은 사람들의 이를
다시는 창이라고 부르지 않는 것처럼

나를 누르며 가는 금속들을
다시는 창이라고 부르지 않는 것처럼

창은 기운다 하지만 찌르진 않았다

야윈 이웃들이 나를 교훈처럼 살게 했다
온화한 카펫처럼
입을 닫고 부풀고 있었다

—성동혁, 「기둥 안에서」 전문

어지러움을 유발하던 '기운다'는 말은 시적 물리 작용을 거치며 잠재된 가능성으로 부푼다. '기운다'는 말은 원래 어떤 사물이 비스듬하게 한쪽이 비뚤어지거나 마음이나 생각이 어느 한쪽으로 쏠리는 것을 나타낸다. 여기에 해와 달이 진다는 뜻이나 형세나 병이 악화된다는 뜻으로도 쓰며 두 대상을 견주어 비교할 때 쓴다. "창은 기운다"는 말은 이와 같이 일상적 공간을 구성하는 용례로는 온전히 포착할 수 없다.

창은 어떻게 기우는가. 이런 작용은 혈액이 쏟아지면서 시작된다. 「血」에서 시의 배후에 암시적으로만 남아 있던 붉은 색의 피는 '안'에서 '바깥'으로 쏟아지면서 다양한 감각들이 비로소 결정을 맺는다. 의식과 신경은 뱀처럼 흐물거리면서도 차분하게 가라앉지만 한편으로 점점 속도가 빨라지면서 급기야 날카롭게 바뀐다. 포크를 떨어뜨리게 만드는 혼란, 가속화되는 어지러움 속에서 찢고 튀어나오려는 힘은 더 강해진다. 거꾸로 말하자면 이런 힘이 공간을 답답하게 좁히고 마치 기둥 안에 있는 것과 같은 느낌으로 나를 옭아맨다. 창은 이런 협소함과 날카로움의 집약체다. 날카로움이 더 심해질수록 '나'는 누군가를 찌르고 싶은 마음에 시달린다. 그렇지만 '나'는 이미 "야윈 이웃들"의 고통을 지켜보면서 '다시는 그러지 않을 것'이라는 교훈을 체득했다. "창은 기운다 하지만 찌르진 않았다"라는 말은 반복되면서 날카로움이 조금씩 기울며 오히려 분명한 다짐으로 바뀐다.

사람이 기둥 안으로 직접 들어갈 수는 없다. 그렇지만 한 편의 시는 우리가 기둥과 같이 협소한 곳에 갇혀 살아가는 것과 같은 일상의 수많은 작용들을 우리에게 펼쳐낸다. 그의 시는 직선으로 이루어진 수평의 감각이 기우는 순간 예민하게 달아오르는 마음을 보여 주는 동시에 비탈을 치닫는 경사의 날카로움이 조금씩 기울며 무디어지는 과정을 보여 준다. '나'의 기분은 사각의 좁은 서랍을 빠져나와 이웃들에게로 기우는 과정에서 정념의 향기가 확산한다.

### 나선의 자취

사람들 사이를 선형으로 오고 가는 말의 익숙한 교환 속에서 관계의 양상은 일정한 패턴으로 구획되고 역할 모델로 고착되며 점점 분노의 감정과 피로만 늘어난다. 새로운 기술이 놀랍도록 낯선 사물을 만드는 동안 얼마나 많은 말이 생기는가. 나타났다가 사라지는 생성소멸의 주기가 빨라질수록 사전에 담을 수조차 없는 말들이 매일 태어나고 사라진다. 이런 말들에 의지하여 알 수 없는 사람의 심연과 가능한 존재 조건을 탐색한다는 것은 마치 별자리에 의지하여 운명의 상대를 찾는다는 자세만큼이나 부박하고 순진하다.

시간과 공간이 중력의 영향으로 휘는 것처럼 어떤 시들은 우리의 일상이 다른 차원으로 돌입하게 만드는 힘을 체험할 수 있게 한다. 이런 시들은 야릇한 말에 기대어 대중적 호기심을 끄는 분위기를 조성하려는 시도들과 분명한 거리를 두고 있다. 뚜렷한 밀도와 질량을 지니는 쉽고 명확한 말들은 맥락의 리듬을 형성하면서 보편력이 지배하는 지평에 구멍을 내고 다른 감각이 깃들 수 있는 자리를 새로 만든다. 감각의 강도와 깊이에 변화를 체감하면서 고통과 괴로움과 같은 감정은 비로소 방향성을 얻는다. 막연한 분노와 실망이 분명한 정념으로 바뀔 수 있는 가능성으로 무르익기 시작한다.

아마 누군가에게는 이처럼 낯선 힘의 작용을 경험하는 것이 어렵게 느껴질 것 같다. 때때로 이런 경험은 수영을 하지 못하는 사람이 물속에 들어가는 것처럼, 지상에 단단히 고정시켜 줄 중력이 사라진 우주 공간을 부유하는 것처럼 부자연스러울 수도 있을 것이다. 그렇지만 그럼에도 불구하고 우리는 발걸음을 멈출 수 없다. "왜냐하면 우리는 우리를 모르"[61]기 때문이다. 우리는 모두 불가해한 세계의 속성을 함께 나누어 가지고 있기 때문이다. 지금, 알 수 없는 사람의 목소리가 나선의 자취를 만든다. "다시 돌릴 수 없는. 다시 들을 수 없는. 음이 이어진다. 다시 이어지다 끊어지고 다시 이어지다 끊어진다. 들리는가. 이 음들이. 너에게로 나에게로 전해지는 이 사물의 무수한 진동이. 사라져가며 다시 울리는 이 끝없는 존재의 증명이. 매순간 처음처럼 울리는 이 거대한 침묵이."[62]

---

61 이제니 시인의 시집 제목.

62 이제니, 「나선의 감각－음」, 『왜냐하면 우리는 우리를 모르고』, 문학과지성사, 2014.11.

10

# 공감할 수 없다고 말할 수 있는 것

공감할 수 없다고 말할 수 있는 순간 비로소 공감은 시작된다.

---

# 가장 침착한 좌절의 자세

## 불편하고 이상한 자세

임승유와 유계영의 시에는 모두 어떤 이상한 '자세'가 담겨 있다. "마지막 포즈를 정하지 못하고 굳어 버린 신발들이 / 말을 아낀다"(유계영, 「코」)는 부분으로 대변할 수 있는 자세는 유계영의 여러 시편들에서 쉽게 찾아볼 수 있다. 시 속의 사람과 사물은 분명하지 않고 어딘지 "엉거주춤"(유계영, 「잠 속의 잠」)하게 "불편한 자세를 유지"(유계영, 「뛰는 사람」)하고 있다. "우린 언젠가 같은 종류의 울음을 나눠 가진 적이 있"다는 문장을 지닌 임승유의 「주유소의 형식」에도 "길가에 웅크려 앉은 자세"가 등장한다. 털썩 바닥에 주저앉아서 방향을 잃은 채 멈춰 있는 자세는 유계영의 그것과 유사하다. 이들은 무언가 불편하고 이상하지만 아무렇게나 흐트러지지는 않은 채, 계속 그런 자세를 일정하게 유지하고 있다.

자세라는 말은 태도나 마음가짐을 이르는 경우에도 많이 사용하지만 무엇보다 직접적인 몸의 움직임이나 모양을 가리킨다. 한 사람이 어떤 자세를 취하는 경우를 떠올려 보자. 처음의 자세는 의도적이면서도 보여 주기 위한 몸짓과 더 연관이 있다. 그렇지만 그런 자세를 계속해서 끝까지 유지하기란 대개 쉽지 않다. 부자연스럽게 설정된 자세는 점차 무너지기 시작하고 더 자연스러운 쪽으로 바뀌게 된다. 머릿속에서 구상했던 하나의 포즈는 이처럼 시간의 흐름에 따른 몸의 변화에 맞춰 조금씩 모습을 달리하면서 거의 자세를 취했다는 의식이 사라지는 단계에 비로소 분명한 형태로 자리를 잡게 마련이다.

짧게 요약했지만 내보이는 자세가 자리를 잡게 되는 과정은 험난하다. 알 수 없는 '나'의 모습은 대개 '남이 바라는 나'와 '내가 바라는 나' 사이에서 격렬하게 흔들리며 혼란을 겪는다. 더 엄밀하게 말하면 '나'라는 지평의 양쪽 모서리와 같은 이 두 가지는 언제나 완전히 분리된 것도 아니다. '나'의 욕망은 타인의 욕망과 계속 맞닿고 부딪히며 형성되기 때문이다. 이런 혼돈 속에서 '나'는 어떤 자세를 취해야 할지 가늠할 수 없어서 더 엉거주춤해진다.

자세를 잡고 포즈를 취하는 것은 오늘날 더 중요하게 여겨진다. 이름표를 떼고 얼굴마저 사라진 익명과 가상의 시대를 살아가는 구성원들은 자신만의 자세를 통해 자신을 드러내고 증명한다. 자꾸 왜곡되는 자신의 포즈를 스스로 지켜보면서 조금씩 자신의 자리를 찾아가는 것은 모든 사람이 겪는 변화 과정이다. 그 과정 속에서 어느 정도 자세가 과장되는 것은 자연스러운 일이다. 다만 익명과 가상의 환경이 정체를 알 수 없게 된 개인에게 더 분명하게 자신의 포즈를 내보이도록 강요하는 힘이 이 과정을 부자연스러운 지경으로 벗어나게 만든다. 이런 힘은 아직 어떤 자세를 취해야 할지 미처 파악하지 못한 사람들에게 폭력적으로 작용할 수밖에 없다.

잘 알 수도 없는 자세를 취해야만 하는 사람의 처지는 이데올로기를 강요하는 시대에 속한 사람들보다도 더 난처하다. 이러한 상황은 오늘날 계층과 세대 간의 갈등을 심화하는 중요한 요인 중 하나에 해당한다. 이데올로기가 분명한 시대에는 이것 아니면 저것이라는 자세의 명확한 모델이 있었다. 이쪽에 반대하는 사람은 저쪽의 포즈를 분명하게 취할 수 있는 것이다. 그렇지만 이쪽과 저쪽의 경계가 사라지고 어느 쪽도 일관되고 명백한 자세를 보이지 않는 시대에 특정한 자세만을 취하기를 요구받는 상황이야말로 더 곤란하게 느껴질 수밖에 없다. 예컨대 소위 성공이라는 역할 모델이 구체적으로 자리 잡고 있던 시절에는 그것을 추구하는 '나'의 욕망이나 그것을 가리키는 타인의 욕망도 분명하다. 그렇지만 무엇도 신뢰할 수 없는 시기에는 모든 욕망들도 함께 불투명해진다. 가담할 진영이 사라진 상황에 직면한 사람들은 그런 상황을 구체적인 다양성을 확보할 기회로 삼기보다 오히려 함부로 선을 긋고 성급하게 모호한 진영을 나눈다.

이러한 경향은 정치적이거나 경제적인 맥락을 넘어서 다양한 사회적 현상으로 드러난다. 소수자나 여성의 경우도 마찬가지다. 기존의 가치 기준이나 개념의 경계가 흐려지면서 소수자나 여성에 관한 요구나 대우가 변화한 것은 사실이지만 그로 인하여 이들의 사회적 근거가 더 분명해지기보다는 오히려 정작 어떤 자세를 취해야할지 알 수 없는 불안이 더 가중된다. 외면적으로는 성별을 떠나 공동체 구성원의 한 사람으로서 동등한 취급을 하는 것처럼 진보한 듯이 보이는 구조 속에는 여성에 대한 교묘하고 모호한 강요들이 숨어 있다. 그런데 그런 강요는 과거와 달리 분명하게 겉으로 드러나지 않아서 이제는 쉽게 파악할 수조차 없다. 이럴 때 개별 구성원들의 자세는 엉거주춤하고 불편할 수밖에 없다.

유계영과 임승유의 시집에 담긴 이상하고 불편한 자세에서 이러한 상황을 엿볼 수 있다. 이들 시집의 화자는 처연하면서도 푸근하고 안타까우면서도 모성적인 전통적 여성상과 별다른 연관을 지니고 있지 않지만 강렬한 현대적 여성성의 조건들을 수집하지도 않는다. 그렇다고 해서 최근 많은 여성 시인들처럼 여성이라는 구별을 전혀 느낄 수 없는 차원에서 세계를 바라보지도 않는다. "예뻐지고 싶"(유계영, 「생일 카드 받겠지」)으며 "내일 아침엔 검은 원피스를 입을 것"이라고 말하거나 "나는 원피스를 좋아하는데"(임승유, 「원피스」)라고 분명하게 말하는 화자들은 굳이 여성의 자리에서 벗어나서 객관적인 시선을 유지하려 애쓰지 않는다.

바로 이 지점에서 두 사람의 시집은 문제적이다. 오늘날 어떤 여성 시인들이 정작 에로스의 무한한 깊이에는 미치지 못하면서 에로틱한 요소를 동원하는 손쉬운 자세를 취하거나 또는 완전히 여성의 흔적을 지운 채 구별 없는 언어를 구사하는 것과는 달리 이들은 여성이라는 자세가 사라진 시대의 여성이 공동체의 한 구성원으로 살아가는 자세를 자연스럽게 표출한다. 이들은 결코 특정한 자세에 휘둘리지 않으며 이처럼 불편한 자세를 침착하게 받아들인다. 이것은 마치 주디스 버틀러의 "젠더는 육체의 반복되는 양식화이다"라는 말이나 "젠더를 표현한 것 뒤에 젠더 정체성은 존재하지 않는다. 정체성은 그것의 결과라고 말해지는 바로 그 표현들에 의해 수행적으로 구성된다"는 표현을 연상시킨다. 바꾸어 말하자면 이 두 시인은 자신의 시라는 무대에 의식적으로 여성을 출현시키거나 배제하지 않지만 그들의 언어에 의해 젠더는 구성된다.

## 사라진 '나'와 알 수 없는 '나'

복잡한 용어에 기대는 것보다 예컨대 앞서 언급한 "예뻐지고 싶은" 마음 같은 것을 떠올리는 것은 이런 자세를 이해하기 위한 직접적인 통로가 된다. '예뻐지고 싶은 마음'이야말로 자세를 설명하기에 가장 적절하기 때문이다. 얼굴이 사라진 시대에 예쁘다는 개념은 더 복잡해졌다. 내면의 아름다움과 같은 달콤하면서도 근엄한 말이 더 이상 통용되지 않을수록 예쁘다는 개념은 더 미궁에 빠진다. 그 개념을 비슷하게 꾸며져서 구별하기 어려워진 외모로 표현할 수 없는 것은 당연히 말할 것도 없다.

예쁘다는 개념은 과거에도 그랬지만 이제 단순한 외모를 넘어 어떤 자세와 더 밀접한 연관을 가진다. 유계영의 「생활의 발견」과 같은 시는 그런 연관성을 시인 특유의 '서늘한 발랄함'으로 포착한다. "너는 영원을 믿어서 난처한 사람 / 불편한 믿음을 간직한 사람 / 천사의 왼 다리를 우려 마시면 / 지긋지긋한 수족냉증도 / 영원토록 따뜻해질 거라 믿는 / 순진무구한 팔다리로 / 영원히 우족탕이나 휘저을 사람"으로 시작하는 이 시의 뒷부분은 "가짜 진주알로 만든 천사의 의치 속에서 / 쨍그랑 깨지는 말실수"와 같은 부분이 함께 놓여 있다. 시 속의 '너'는 '나'에게 어떤 자세를 직접 강요한 적이 없다. '너'는 그저 그런 불편한 믿음을 가지고 있을 뿐이다. '너'의 순진무구한 태도 앞에서 '나'는 천사의 행세를 하지만 종종 그것은 깨진다. 그래서 자꾸만 "나는 나를 밀어내"(「위하여」)고, "사나운 인상의 나머지 얼굴을 잠가두"(「룰루는 조르제트의 개」)기도 한다.

임승유의 시에서도 유사한 상황을 발견할 수 있다. "친척 집에 다녀와라 / 가족 중 하나가 그렇게 말해서 여자아이는 집을 나섰다"로 시작하는 「모자의 효과」에서 "웃는 이가 된다 / 젖은 웃는 이가 된다"와 같은 부분은 "가짜 진주알로 만든 천사의 의치"를 가진 사람의 미소와 잘 어울린다. "이상해요 / 달콤한 당신을 보면 / 나는 당신의 두 손을 만져보고 싶어져요 / 혼자 뒤뜰에서 벙그러지는 / 아름다운 꽃들처럼 / 속임수는 견딜 수 없게 아름다워요"라는 문장 다음에 "내 치명적인 약점은 아름다움을 믿지 못한다는 거예요"(「그러나 나는 설탕은 폭력적인 것이라고 생각한다」)라는 문장을 함께 배치하고 있는 임승유 시의 화자는 더 어수선한 마음에 시달린다. "사람들이 돌멩이를 들고 쫓아올거야"(「원피스」)와 같은 의식은 심지어 "식구들이 나를 알아보지 못하게 하고 싶었다"(「결석」)는 말까지 이어진다. "아무도 두 손을 보여주지 않는 세계"에서 '몰래 손톱을 기르는'(「스피어민트」) 이 화자에게는 비극적인 초연함까지 느껴질 지경이다.

표현하는 방식은 다르지만 끝없이 예쁜 자세를 취하기를 강요받으면서도 그것이 무엇인지 알 수 없어서 불편해하는 태도는 두 시집의 여러 부분에서 호응한다. 두 시인은 각자의 방식으로 '이런 것은 예쁘다고 여기지 않을지도 몰라'라는 의식에 시달리는 사람의 자세를 계속 환기시킨다. 이들은 예쁘다는 관념의 장막을 침착하게 들추고 실제로 거기에는 아무 것도 없다는 사실을 우리가 실감할 수 있게 만든다.

예쁜 것에 관한 찬양은 도처에 넘친다. 아름다운 것은 압도적인 위력을 지니고 일상의 구석구석을 점령한다. 그렇지만 스테레오 타입의 아름다움보다 정체를 알 수 없는 아름다움이 위력을 발휘하는 것은 더 놀랍고 두렵다. 잘 관리한 외모로 취업을 더 잘 한다거나 좋은 인상과 매력적인 태도로 더 나은 기회와 재화를 확보하게 된다는 소문보다 자세나 태도가 좋지 않다는 모호한 이유로 좌절을 경험하는 경우는 훨씬 더 많다. 스펙과 조건과 같은 것들이 실질적인 능력을 추월하는 사태를 경험한 사람에게 그처럼 객관적이고 자본주의적인 지표를 넘어서는 정체불명의 불투명한 장벽이 있다는 사실은 도저히 넘어설 수 없는 좌절감으로 느껴질 수밖에 없다.

> 나는 언제 사라진 걸까요
>
> —임승유, 「오래 사귀었으니까요」 부분

> 내가 누구인지 모르겠어요
>
> —유계영, 「온갖 것들의 낮」 부분

작품의 세세한 면면을 자세히 살필 수 없는 이 짧은 글에서 이 두 개의 핵심 구절을 내세울 수밖에 없다. 예쁘게 보여야 한다는 관념에 짓눌린 사람들의 예는 도처에서 쉽게 찾아볼 수 있다. 조작한 사진과 가공한 이미지에 깔려 있는 사람이야말로 가장 가련하다. 물론 처음에는 익명의 가면을 통해 그의 내부에서 어느 정도의 으쓱함과 자신도 몰랐던 용기를 끄집어낼 수도 있었을 것이다. 예쁘다는 관념을 열심히 따르면서 어느 정도 사회적인 관계 속에서 약간의 이득을 취할 수도 있을지 모른다. 그렇지만 조작한 '나'의 모습이 점점 구체화되어 마침내 스스로 자라게 되면 현실의 '나'는 더 위축되고 초라한 기분에 갇힐 수밖에 없다. 그러니까 취향이 평면화된다거나 유행을 추종하다 보니 고유성이 사라진다는 말은 말하기도 이해하기도 쉽지만 사실 별 의미는 없다. 유행 안에서도 개별적인 차이는 계속 분화하게 마련이다. 누구나 독자성을 추구하기 때문에 비슷한 범주 안에서도 남과는 다른 자신만의 무언가를 보여 주려는 욕망이나 경쟁에 늘 시달리기 때문이다.

이미지로 가공된 포즈는 아무렇게나 흩날리는 것처럼 보이지만 사실은 더 정교하게 배치되고 자리를 잡는다. 그것은 유행을 따라 떠도는 것처럼 보이지만 파편화되는 것에 머물지 않고 연속성을 지니며 심지어는 분명한 일관성을 지닌다. 그렇게 스스로 자라는 포즈는 결국 현실의 그들을 짓누르고 억압한다. 이미 다양한 소셜 미디어에서 가공할 만하게 조작된, 세련되고 섹시하며 아름다운 '나들'의 틈바구니에서 비참한 현실의 '나'는 감히 낄 틈을 찾지 못하는 사례를 얼마든지 찾아볼 수 있다.

인용한 부분은 이 모든 상황을 거친 사람의 고백이다. 아름다움에 관한 소문은 도처에 넘치고 그것은 예뻐지고 싶은 마음을 자꾸만 자극하지만 그것을 추종할수록 현실의 '나'는 점점 더 초라해진다. "말할 수 없는 문제"(유계영, 「상온을 기준으로」) 때문에 "증상 없는 병"(유계영, 「호랑의 눈」)에 시달리는 '나'는 때때로 "닦을 게 없어질 때까지 닦는 기분"(임승유, 「볼일」)에 사로잡힌다.

이처럼 난처한 상황을 맞이하여 두 시인은 가장 침작한 좌절의 자세를 보여 준다. 이들의 엉거주춤한 자세는 그러므로 무기력의 발로나 짓눌린 자의 절망과 전혀 다르다. 유계영의 "찜통 속의 흰 빨래처럼 / 시끄럽게 구는 법을 잊"(「큰소리로 울어라」)고 "놀이를 포기한 애들"(「사과나무에서 떨어지고 있는 중이야」)의 초상에서 어떤 좌절감이 느껴진다면 그가 "나는 언덕을 오르는 빨간 점퍼 // 무질서에 딱 맞는 우리라는 조각들" 이라고 선언하는 부분을 함께 읽어보자. 아무렇게나 규정된 아름다움과 조작된 '나'는 이런 국면에서 산산조각난다. 그는 뻔한 자세를 취하지 않기 위하여 불안하고 불편한 자세를 기꺼이 유지한다. 알 수 없는 '나'를 인정하고 "아무 이름도 붙일 수 없는 것"(「아이스크림」)을 감지하고 아직 부화하지 않은 "알 속의 혀가 입술의 위치를 짚어 보는 / 그런 명장면"(「에그」)을 발굴하기 위해 끝없이 불안한 자세의 균형을 잡는다.

질주하는 시들이 있다. 열기를 잔뜩 품은 시어들. 문장들은 들썩이며 종이의 빈 곳으로 나아간다. 이런 문장의 펼침은 마치 멈출 줄 모르는 화물열차처럼 느껴진다. 레일과 마찰하며 규칙적으로 울리는 바퀴의 소리와 불규칙적인 진동이 형성하는 리듬은 매력적이다. 가끔씩 기적 소리가 터지며 악센트를 이루기도 한다. 이런 시들은 문장이 움직이며 먼 곳으로 뻗는 동력을 지닌다는 사실을 우리가 쉽게 알 수 있게 만든다.

역동하는 리듬으로 가득한 시는 매력적이다. 또한 그 자체로도 시의 자질을 지녔다고 하기 충분하다. 그렇지만 그 리듬이 지나가고 난 후에도 여전히 그 자취가 마음을 맴도는 경우는 흔치 않다. 일상의 언어가 표면의 의미에 초점을 맞추고 있다면 시는 행간의 배후에서 전혀 다른 인식이 배어나온다는 사실은 당연하면서도 중요한 특징이다. 사실 시의 언어가 리듬이 되는 것도 이러한 이유 때문이다. 한 곡의 아름다운 음악처럼 펼쳐지는 문장은 감각을 북돋고 뒤흔든다. 이런 출렁임 사이의 쉼표, 그 간격들 사이로 새로운 인식이 틈입할 수 있게 되는 것이다.

자신의 시를 지극한 음악적 상태로 몰아가려는 시도들이 여간해서는 쉽게 성공을 거두기 어려운 이유가 여기에 있다. 이것은 스타일의 문제가 아니다. 리듬의 종류와 음악의 아름다움은 별개의 것이듯 시도 마찬가지다. 시행이 길고 복잡하다거나 짧고 단순하다는 것은 아무 상관이 없다. 단지 한 곡의 음악이 소리의 울림과 소리없음의 일정한 반복과 조화를 거치며 황홀함에 다다른다는 사실을 모두가 염두에 둘 필요가 있다. 단어 이후, 문장의 사이, 시가 시작하기 전과 끝난 후의 시간들이야말로 시의 진가를 알 수 있게 만든다.

임승유는 이런 시의 진가를 누구보다 잘 알고 있다. 무엇보다도 그의 시는 한 편의 시가 끝나고 난 이후의 시간, 그 빈 공간에서 더 여러 가지 힘을 느끼게 만든다. 이런 점은 쉴 틈 없이 열기에 들떠서 질주하다가 멈추고 나면 공허해지는 시편들에게서 쉽게 느낄 수 없다.

빙 둘러앉아서 수건 같은 걸 돌리고 있다가 한 사람이 일어났으므로 따라 일어났다. 일어나면서 어지러웠는데

사과라면 꼭지째 떨어지는 기분이었을 것이다. 이게 시작이라는 걸 모르는 채

흙먼지를 일으키며 버스가 지나갔고 그게 영동에서의 일인지 빛을 끌어

모아 붉어진 사과의 일인지

이마를 문질러도 기억은 돌아오지 않았다.

한 사람을 따라갈 때는 어디 가는지 몰라도 됐는데 한 사람을 잃어버리고 부터는 생각해야 했다. 이게 이마를 짚고 핑그르르 도는 사과의 일이더라도

사람을 잃어버리고 돌아가면 사람들은 물어올 것이고

중간에 무슨 일이 있었는지 설명할 수 없는 나는 아직 돌아가지 못하고 있었다.

—임승유, 「야유회」 전문

시적 정황은 간명하기 이를 데 없다. 그저 "빙 둘러앉아서 수건 같은 걸 돌리"는 일상적 야유회의 풍경이 전부다. 온갖 인유와 문화 기호들로 치렁치렁 장식한 흔적 따위는 찾아볼 수 없다.

계속 빙빙 돌아가는 운동의 방식은 어지러움을 유발한다. 빙글빙글 돌아가는 것 가운데 돌연한 어지러움이 이 시가 우리에게 보여 주는 전부다. 시인은 단순하고도 명확한 정황과 그때의 감각을 포착하여 우리 앞에 내놓는다. 어지러움 속에서 화자는 "꼭지째 떨어지는 기분"을 느끼며 과거를 떠올린다. 어지러움 때문에 과거의 기억은 잘 돌아오지 않는다.

어지러움을 느끼며 어찌할 바를 모르는 화자의 태도야말로 임승유

시의 핵심적인 자세다. 갑자기 어지러워서 어떻게 해야 할지 모르는 사태는 어디로 돌아가야 할지 알 수 없게 만든다. 그러므로 이 시는 "한 사람이 일어났으므로 따라 일어났다"는 부분과 "한 사람을 따라갈 때는 어디 가는지 몰라도 됐는데 한 사람을 잃어버리고부터는 생각해야 했다" 사이의 짧은 순간을 다룰 뿐이다.

우리가 자기도 모르게 누군가를 따르게 되는 경우는 얼마나 흔한가. 정확한 계산과 계획에 따라 자신이 분명하게 원하는 사람과 함께하게 되는 사람은 과연 얼마나 될까. 우연한 순간에 우리는 어떤 생의 궤도에 올라선다. 그리고 천천히 조금씩 상대방에게 길들여진다.

갑자기 그 사람을 잃었을 때의 상실감과 어지러움은 어떤가. 생활방식과 습성까지 여러모로 길들여진 사람이 어느 순간 사라졌을 때. 그때의 설명할 수 없는 어리둥절함과 어찌해야 할지 알 수 없는 곤란함은 얼마나 자주 우리를 사로잡고 괴롭히는가. 이 시는 우선 이처럼 난처한 상황에 몰린 사람의 기분을 우리 모두가 함께 느낄 수 있도록 도와 준다. 물론 그것만으로도 한 편의 시로 충분히 성립한다. 그렇지만 이 시는 오히려 시가 끝나고 난 이후, 그 다음의 순간에 더 많은 것들을 우리가 생각하게 만든다.

"사람을 잃어버리고 돌아가면 사람들은 물어올 것이고"와 같은 부분에 주목하자. 상실 이후로 닥칠 타인의 질문과 그 따가운 시선이 떠오른다. 실제로 누군가의 질문이 시에 구체적으로 드러나지는 않았다. 이미 시는 끝났지만 화자의 상실감과 고통은 안중에도 없고 오직 책임만을 추궁하는 타인의 말과 그것이 폭력으로 작동할 가능성이 시가 끝나고 난 이후에도 계속 시를 나아가게 만든다. '그의 사라짐이 과연 나 때문인가'나 '그를 잃은 것이 정말 나의 책임인가'와 같은 질문들이 계속 꼬리를 물고 의식의 다른 편에서 일어나게 만든다.

그러니 이것은 정말로 즐거운 야유회野遊會인가. 아니면 그저 야유揶揄를 위한 회동인가. 별다른 야유나 거친 언동을 늘어놓지 않고도 이 시는 쏟아지는 야유의 무게와 처절함을 자아낸다. 또한 함부로 야유를 보내는 시선이야말로 상실감보다도 더 무거운 폭력이 될 수밖에 없다는 사실을 우리가 절실하게 인식할 수 있게 만든다.

「역말상회」와 같은 시의 "골목 끝까지 달려 나가 뒷목을 잡는 손"에서 느껴지는 "파국의 고요"도 눈여겨보기를 권하고 싶다. 그는 지금 "한 번도 생각해보지 않은 자세를 배우"(「태영칸타빌」)는 중이다. 마침내 그는 이 어색하고 불편하게 보이는 자세를 비로소 자신의 것으로 받아들이기 시작했다. 과연 우리는 어떤가.

# 혼혈 소녀의 피아노

너는 실패자들의 누이이자 부정한 유부녀들의 형제

—「누오피아」 부분

## 1

소녀의 노래는 무엇으로 만들어졌을까?[63] "노랠 부르는 소녀의 동그란 혓바닥 속"(「불행의 접미사」)으로 천천히 들어가자. 보드랍게 빛나는 피부와 가늘고 여린 다리를 지닌 채 인형을 들고 왕자님을 꿈꾸는 그들의 보편적 이미지를 뚫고 은밀함의 장막을 들추자. 확실히 소녀라는 말에는 어떤 비밀스러움이 담겨 있다. 여자인 동시에 아이이며 또 어리지도 않지만 여인이라고도 할 수 없는 소녀들은 "수줍음을 무기로" 지니고 있으면서 한편으로는 "신이 내린 마지막 감정에 오래 반항"(「목만 남

63 영국의 동요 〈마더 구스의 노래(Mother Goose's Melody)〉 중 "소녀들은 무엇으로 만들어졌을까? 설탕과 향신료와 온갖 멋진 것들"이라는 부분을 떠올렸다.

은 자들」)한다. 시인은 어두운 구석에서 혼자 오랫동안 이야기를 중얼거리던 소녀를 끄집어낸다. 온갖 판타지와 왜곡된 동화의 음모로부터 빠져나온 소녀는 비로소 연약하면서도 동시에 유독한 자신의 본래 매력을 무한히 발산한다. 시인은 자신을 "소녀의 몸에서 태초의 음을 꿈꾸었지만 실패한 자"라고 고백했지만, 그 어둠 속 이상한 고백의 선율로부터 오히려 우리 모두가 잃어버린, 진짜 "소녀가 걸어나온다".(「피아노」)

## 2

"평생 인형의 얼굴을 파먹으며 / 배고픔을 달래는 아이"(「대화의 방법」)의 초상에서 어떤 기이함만을 느끼고 있다면 당신은 아직 소녀의 진면목을 안다고 할 수 없다. 죽은 아이와 같은 인형을 안고 대화를 나누는 소녀의 자장가에는 죽음을 부정하거나 어떻게든 그것을 자신에게 밀착시키려는 모든 성인의 노력을 뛰어넘는 무구함이 있다. 두려움이나 잔인함과 직면하여 그것을 훌쩍 넘어설 수 있는 부드러움이 있다.

움직이지 않는 인형과의 대화를 꼭 무슨 동화 속 한 장면처럼 여길 필요는 없다. "죽은 아이를 사랑한 적 있지 // 잠의 목덜미를 쏟아내며 / 누군가를 부르는 증상"(「물의 호흡」)과 같이 함부로 접근하기조차 어려운 문장들을 발견할 수 있기 때문이다. "너는 죽었다 검은 구멍만을 열어둔 채"라고 시작하는 「태몽」에서 믿을 수 없는 악몽과도 같은 기억들은 보통의 감정과 말을 지나 수면 아래 깊은 침묵으로 잠긴다.

아침은 붉고 연못은 파르스름했다.

다리가 젖을수록 치마는 부풀어오르고 하나씩 떨어져나가는 이목구비들

많은 방이 나타났다 무릎을 당기면 사방이 사라지는, 굴절되는 천장 소리 죽은 아가일 무늬

너의 손을 잡고 꽃을 꺾었지 산 자가 죽은 자를 닮고 죽은 자가 산 자의 모습에 취해

깊은 곳으로 침잠하는 파사의 주소

이 야만은 무엇인가요 얼굴을 휘감는 수초들의 무표정, 문을 두드리면 인기척이 흩어지는

동공을 부수는 한 뼘의 빛

—「수련」 부분

형언할 수 없는 상태로 죽은 아이를 바라보는 침묵의 극점에 「수련」이 있다. 아침의 붉고 뜨거운 기운이 파르스름한 연못의 차가움에 반응하는 것처럼 차가운 물속으로 뜨거운 피가 번진다. 차가운 것에 의해 내 몸속에서 뜨거운 것이 떨어지는 순간 세계는 사라졌다가 나타나고 점멸하며 굴절된다. 격렬한 혼미함의 마지막 순간에는 산 자와 죽은 자의 차이도

사라지게 될까. 살아 있는 몸을 통해 죽음을 느낀다는 것은 어쩌면 실제로 사람이 죽음에 가장 가까이 다가서게 되는 접점이 아닐까.

모든 것이 수포로 돌아가는 순간은 잠깐의 꿈처럼 짧지만 사라짐의 흔적, 그 "파사의 주소"는 침잠하여 마음의 깊은 곳에 자리를 잡는다. "손을 내밀면 / 가만히 떠오르는 그 무엇"처럼. 아무 일도 없었던 것처럼 평온한 연못의 풍경 때문에 야만의 흔적은 더 강렬해진다. 문면에 드러난 풍경이 고요할수록 행간 깊은 곳에 잠긴 감정들은 더 끓는다.

> 한 다발의 아스파라거스를 가지고 너를 찾아간다 내가 죽으면 네가 내 인형이 되어줄래?
>
> 한 소녀가 사내의 손에 이끌려 사라진 오후 꽉 움켜진 소녀의 손에서 벌거벗은 개구리의 신음이 흘러내렸지만 아무도 그날을 기억하지 않는다
>
> 소리만 남은 감정들 문을 열면 기이한 인사가 맴돌고 낡은 변소에선 아이들이 비명을 질렀지만 상처 입은 고양이의 눈이 두려움으로 밤을 키우듯 갈라진 손톱에도 싹이 트고 잎이 자랐다
>
> (…중략…)
>
> 자장가를 부르는 너의 몸짓은 뒷걸음질치는 아이처럼 친밀하다 밤바람에 굽이치던 머리칼이 어깨를 감싸고 수많은 별자리가 밭은 세월만큼 왔다 사라지는 동안 품속에는 잠들지 못한 아이가 남은 별들의 이름을 만지작거리

고 손에는 두 개의 동전이 밤새 빛나고 있었다

—「아스파라거스로 만든 인형」 부분

인형을 안고 있는 소녀의 구도는 아이를 안은 엄마의 모습과 포개진다. 사내의 폭력, 그 잔인함은 배후로 잦아들고 "개구리의 신음"과 같은 소리의 감각이 시의 전면에 울린다. 잔인함으로부터 파생된, 죽음을 향해 치닫는 비극의 감정들은 이와 같은 소리의 감각을 따라 흐른다. "내가 죽으면 네가 내 인형이 되어줄래?"라는 작은 속삭임은 신음과 비명을 거치다가 짤랑거리는 동전 소리로 수렴한다. 아이를 달래는 자장가의 리듬처럼 조금씩 잦아드는 소리의 감각들 속에서 갈라진 손톱에 싹이 트고 잎이 자라기 시작한다.

소녀의 주문과도 같은 읊조림이 인형에게 생기를 불어넣듯이 시의 리듬은 죽음의 기억을 아이의 생명력으로 변화시킨다. 더불어 아이의 두 손에서 빛나는 동전의 짤랑거림을 거치며 아기에서 엄마까지의 먼 길을 걷는 중인 소녀의 발걸음의 궤적이 드러나기 시작한다. 한 사람의 아이에서 또 한 사람의 여인이 되는 과정에 놓인 소녀의 자취가 비로소 조금씩 펼쳐진다.

## 3

가랑이 사이로 피를 흘리고 나서야 비로소 소녀는 특정한 나이와 시기로부터 구출된다. 이제 시 속의 소녀들은 자신을 억누르던 견고한 굴레를 스스로 깨고 우아함의 베일을 벗어던진다. "완벽한 혈통에 실패한 여자"는 "자신의 배를 찢고"(「날마다 부적이 필요했다」) 조작된 세계의 음모에 맞서기를 주저하지 않는다. 그들은 자신들이 이미 야만의 세계에 인질로 잡혀 있다는 사실을 잘 알고 있다. 인형의 몸을 죽음에게 내어주는 협정을 통해 그들은 성녀의 베일을 벗고 마녀적인 혈통을 감지한다.

혈통은 계보 형성의 가장 중요한 요건이다. '이것은 나의 피. 받아 마시라'는 신의 말에서 인간은 상징과 뉘앙스를 잘라버리고 껍데기만 받아들였다. 순혈주의의 이념은 모든 학살과 전쟁의 맨 앞에 놓인다. 이때 생명을 운반하고 사람의 심장을 뛰게 만드는 피는 도저히 섞일 수 없고 섞이는 것을 용납할 수도 없는 배타성의 끈적거리는 액체로 바뀐다. 가장 순결한 액체인 피를 나눈다는 것은 사람을 묶는 가장 엄숙한 의식인 동시에 타인을 배제하는 가장 완벽한 방식이 된다.

피부와 근육 아래, 몸속 깊은 곳에서 빠르게 흐르는 피처럼 순혈에 대한 강박은 공동체의 구석구석에 만연해 있다. 때때로 하나의 공동체에서 피의 가치는 믿음이나 신뢰와 같은 것보다 훨씬 더 귀하게 숭배된다. 심지어 사랑이라는 지극히 복잡하며 섬세하고 변덕스럽기까지 한 개념에 넌더리를 내는 사람이 간단히 혈통에 복속하는 경우도 쉽게 찾아볼 수 있다. 월경을 시작하면서 한 사람의 여자아이는 오염되지 않은 피의 암묵적 덫에 걸린다. 순수한 피를 지키고 보존하는 임무는 마치 여성성의 상징처럼 여겨진다.

시의 리듬 속에서 소녀는 마침내 완강한 가족로망스의 보이지 않는 사슬을 끊는다. 야만적 침탈 앞에서 상처 입은 자가 오히려 아무런 소리도 내지 못하는 현실의 주홍글씨를 찢어버리고 혼혈의 운명을 당당하게 받아들인다. "어머니 나의 미토콘드리아 모든 일은 그렇게 될 수밖에 없었지 당신의 웃음과 다정함을 닮은 아이가 창녀가 되었다"(「미토콘드리아」)라는 말은 생이 우리에게 꾸며낸 생물적 음모에 맞서는 선언이다. 그렇지만 이 선언에는 그런 구도가 계속 반복될 수밖에 없는 세계에 대한 비탄도 동시에 담겨 있다. 이것을 이해한다면 같은 시의 "당신의 가랑이 속에서 충혈된 사내들이 자신의 어머니를 찾고 사내들의 눈 속에서 두 다리를 웅크린 나를 보는 것 분열은 분열을 낳고 분열에 분열을 낳고 어딘지도 모르는 태초의 곳에서 당신을 닮은 아이를 잉태한다"와 같은 부분과 "족보도 없이 할머니 엄마 두 딸이 / 한 남자를 사랑한 시절"(「시리아 사람」)과 같은 부분이 함께 놓인 것이 완전히 어리둥절하지만은 않을 것이다.

혼혈의 소녀가 연주하는 피아노의 선율에는 이처럼 어떤 비탄의 덧없음이 흐른다. "밤을 감아요 손가락을 타고 흐르는 시간들을 엮어 국적을 만들어요"와 같은 리듬 사이에는 야만을 저지르는 사람과 그것에 피 흘리는 사람 모두를 함께 감고 도는 마력이 있다. 덧없는 마력의 리듬은 야만의 상처를 부끄러워하지 않고 "오직 순정한 혼혈의 자세"(「대니 보이」)를 취하면서도 이념의 폭력에 속수무책으로 무너지는 모든 존재들을 휘감고 어루만진다. 배타적인 경계를 넘어서 조금씩 서로에게 스미는 흐름이야말로 소녀의 리듬이 지닌 중요한 성분이자 힘이다.

어머니와 아이가 나쁜 혈통의 유전적 동일성을 나눠 가지면서 소녀라는 말은 무한한 시간을 품게 된다. 이제 소녀는 생의 비극적이거나 빛나는 한 순간에 관한 이름이 아니라 내부에 감춰져 있지만 언제라도 발현할 수 있는 하나의 감각이 된다. 숨기는 자와 드러내는 자, 성녀와

창녀를 함께 품은 소녀의 감각은 이승과 저승, 내부와 외부, 빛나는 태양과 영혼이 움직이는 어둠을 향해 동시에 열려 있다. 이런 소녀는 정지한 상태의 대상이라기보다 잠재된 관계를 머금은 계열체와도 같다. "죽은 쥐를 가지고 노는 손"(「조감도」)을 지닌 그들은 늘 그늘진 장소인 "움브리아"에서 "작고 천박한 꽃"(「꽃들은 어디에 있을까」)을 찾으면서도 "어둠을 뚫"(「미토콘드리아」)고 "서로의 심장을 쓰다듬는"(「풍등」)다.

그러니 "장롱 속"에 있는 "작고 연약한 집을 가진 아이"에게 "너는 조숙한 연인인가 앙큼한 악마인가"(「역류하는 밤으로」) 묻는 것은 중요한 질문이 아니다. 무구하고 대담한 그들은 악마와 마리아, 유령과 요정들을 함께 불러모은다. 따라서 시의 전반에 등장하는 고아와 맹인, 버려진 짐승의 새끼들과 기형의 아이들은 모두 소녀의 잠재성이 구체적으로 발현된 단위들이라 할 수 있다. 상처를 입거나 어떤 불구의 모습을 지니고 있는 대상들의 선천적 결함은 오히려 놀라운 감각을 보인다.

> 칠월에 태어난 맹인의 발음은 아름다웠다 실의와 살의가 섞여 목구멍을 넘어가고 한 방울의 피가 온몸 붉게 물들이는 계절, 구멍가게에선 식은 우유와 사슴벌레가 뒤뚱거리고 무자비한 징조들이 아이들의 염통을 파고들었다 맹인이 자신의 무죄한 눈을 어루만진다 저 맹인을 보라 어디로 가는지 모르면서 불구의 숙명을 향해 가는 자를, 자신 속에 오래 웅크려본 자만이 볼 수 있는 절벽을, 맹인이 가부좌를 틀고 제 귀가 끓는 소리를 듣는다
>
> —「맹인의 발음」 부분

태어날 때부터 맹인인 자의 아름다운 발음을 듣는다. 결함은 결코 과

오가 아님에도 불구하고 이들은 그를 보는 자들의 탄식을 견뎌야만 한다. 자꾸 죄를 지은 것만 같은 기분에 사로잡힌다. 그런 실의 속에서 살의가 싹튼다. 그렇지만 죽음에 바짝 다가서는 마음은 결코 무자비한 야만의 자세와 다르다. 그렇다고 해서 결코 속죄의 자세도 아니다. 그는 "끝까지 속죄하지 않"(「태초에 우리는 배에서 만났네」)을 것이다. 절벽 앞에 웅크려 앉아 끓는 소리에 더 귀를 기울일 것이다. "속죄는 또다른 죄의 / 수태를 위해 제 피를 쏟는 것"(「하마르티아」)이기 때문이다.

## 4

다시 앞서 나온 "소리만 남은 감정"으로 돌아가자. 파르르 수줍게 떨리는 침묵의 입술이나 분방하게 유독한 것을 향해 뛰어들기를 서슴지 않는 태도도 각각 매력 있지만 소녀의 진짜 매력은 그것을 구분할 수 있는 섬세하고 예민한 감각에 있다. 실의와 살의의 차이는 부끄러움으로부터 당당함을 뽑아내고, 폭력적인 야만과 그것에 대한 반항을 구별한다. 장롱의 작은 틈새만 있어도 어둠을 엿볼 수 있는 것처럼 그들의 "뜨거운 귀"(「봄밤의 연인들」)는 아주 작은 소리들까지 포착하여 잘 구분되지 않는 미세한 것들을 단번에 갈라내고 결국 내적 진실에 이르게 만든다. 「육식 소녀」는 이와 같은 매력을 잘 포착한다. 오리나무 아래 깊고 달콤한 잠에 빠진 소녀의 입에서는 밤마다 가시덤불 같은 어금니가 자란다. 빛나는 어금니를 지니고 식칼을 든 '육식 소녀'의 날카로움은 언제나 "인간적인 급소"를 겨냥한다.

벼랑은 매일 죽을 수 있다고 자신한다

이것은 보이지 않는 환영이거나
돌아올 수 없는 물결의
밤과 꿈 사이

앳된 너의 얼굴이 보이지 않는다

라벨의 음악을 좋아하니
그건 어둡고 갈데없는 영혼들의
마지막 레이스 같은 거라고

한 마리의 새가
장미를 물고 투신한다

사라진 뉘앙스들

물위에 번지는
피의 일렁임을 보았다

내 검열되지 않은 상상 속에는
사랑에 굶주린 아이들이
흉기를 들고 노래하는데

흩어진 파열음들

음악은 거꾸로 흐르고 있었다

눈을 뜨면
고양이가 잠든 침대

한없이 가까워지며
침묵하는

—「라벨의 즈음」 전문

벼랑의 위태로움은 자신감과 함께 놓인다. 죽음의 두려움에 감염되지 않고 그것과 평온하게 대면할 수 있는 자신감이야말로 소녀만이 지닌 능력이다. “눈을 뜨면 / 고양이가 잠든 침대”라는 시의 뒷부분을 보면 전반적인 시의 내용이 몽환적인 이유를 알 수 있다. 따라서 어떤 분명한 현실의 장면이 떠오르기를 기대하며 시를 읽는 것은 적절하지 않다. 박은정의 많은 시들은 마치 물위에 번지는 일렁임의 자취와 그것이 퍼지며 이루는 물결의 리듬과도 같기 때문이다.

상실의 기억을 기록하려는 수많은 시도들은 때때로 얼마나 헛된 지경에 머무는가. 자신만의 기억 속에서 뒤죽박죽으로 채색된 대상은 종종 변명과 위안으로 부풀려진다. 이별의 고통은 많은 경우 이런 식으로 아름답게 가공되고 윤색된다. 또 그때의 감정은 얼마나 과장되는가. 시인은 이런 식으로 감정을 복원하는 것으로부터 분명한 거리를 둔다.

"앳된 너의 얼굴"을 그리는 대신 보이지 않는 채로 그것을 내버려둔다. 이 시에서도 마찬가지로 한 마리 새가 중요한 것이 아니라 그것의 '투신'에 초점을 맞출 필요가 있다. 한 마리의 새보다 그것의 '투신'에 초점을 맞출 필요가 있다.

실제 대상의 모습은 사라지고 시의 내부에는 벼랑 아래 까마득한 어둠 속으로 투신하는 침강의 흐름이 가득하다. 시인은 겉으로 드러난 고통이 가라앉고 마침내 뉘앙스들마저 사라지고 난 후의 흔적, 그 미세한 심연의 일렁임을 포착한다. 고요함이 짙어질수록 파문은 그것과 대비를 이루며 더 강렬해진다. '사랑에 굶주린 아이들의 노래'는 이런 식으로 터져 나온다. 계속 가라앉으며 속도와 음량이 잦아들던 시의 리듬은 이 국면에서 격렬하게 진동하며 흩어진다. 이 시는 잠잠해졌다고 믿었던 마음의 어느 표면에서 불쑥 번지는 파동이 얼마나 우리를 뒤흔드는지 실감할 수 있게 만든다.

## 5

시집을 펼치면 여러 갈피에서 서로 다른 여러 "소녀가 걸어나온다". 작은 여자아이에서 엄마, 맹인에서 고아, 상처 입은 고양이에서부터 검은 황소까지 다양한 스펙트럼으로 분광하는 대상들에게서 분명한 소녀의 초상을 발견하기가 쉽지 않을 것이다. 어쩌면 그들 사이에서 계속 모습을 내비치는 소녀의 실체가 불분명하게 느껴질 수도 있다. 흔히 기대하는 소녀의 일반적인 이미지와 겹치지 않기 때문이다.

시에 자주 출몰하는 소녀들은 때로는 여인의 모습으로 때로는 천진한 아이의 모습으로 바뀐다. 소녀의 실체가 명확하게 드러나지 않아서 어리둥절하다면 그들이 만드는 리듬에 귀를 기울이자. 여러 소녀들의 노래가 조금씩 잦아들다가 진동하고 깊은 침묵에 잠겼다가 다시 먼 곳으로 뻗는 과정에 몸을 맡기자. 심장이 들려주는 박동 소리가 심장의 실체는 아니지만 심장의 건재함을 증명하고 나아가 다른 장기들과의 관계를 알 수 있게 만드는 것처럼 이런 리듬은 특정한 판타지에 매몰되어 규격화된 소녀의 이미지로부터 잃어버린 소녀의 감각을 우리 앞에 되살린다.

"너를 부르면 모든 게 피아노가 되지"(「피아노」)와 같은 부분을 어떤 환상적인 장치나 효과로 받아들일 필요는 없다. 「피아노」는 다양한 양태로 변화하는 대상들이 관계 속에서 하나의 스타일, 곧 음악적인 리듬을 만드는 박은정 시의 스타일을 잘 보여 준다. 예컨대 "피아노가 되지 책상이 되고 스탠드가 되고 악보가 되고 소파가 되고 방문이 되고 초인종이 되고 이제 일어났니 귀여운 머리띠를 한 피아노야 잠옷을 입은 피아노야 성큼성큼 걸음을 걷는 피아노야 노인처럼 하품을 하는 피아노야"와 같은 부분이나 "네 무덤 같은 피아노가 여기 있고 거대한 동굴 같은 피아노가 여기 있고 아이의 비명 같은 피아노가 여기 있고 미친 남자의 자위처럼 서러운 피아노가 여기 있고 모든 배음을 끄집어내 침묵을 종용하는 피아노가 여기 있고"와 같은 부분에서 '되고'와 '있고'를 사이에 두고 서로 다른 대상들이 변화하는 양상을 지켜보자. 하나의 선율이 어딘가에 머물러 있다가 또 다른 대상에게로 옮겨가면서 만드는 여러 가지 패턴의 리듬에 주목하자. 귀여운 걸음이 노인의 하품으로 바뀌고 아이의 비명이 고함소리로 바뀌었다가 침묵으로 빠지는 과정에 함께 동참하다 보면 소녀를 품은 여자아이가 엄마가 되었다가 다시 소녀가 되는 궤적의 날카로운 부드러움과 쓰라린 발랄함을 함께 느낄 수 있다.

> 열 개의 손가락은 몰랐다 그 하나가 무엇인지, 그날의 꿈을 재현하기 위해 그것을 어떻게 연주합니까 죽을 때까지 낯선 신발을 갈아 신으며 왔던 길을 되돌아가는 거, 너의 머리카락을 문고리에 묶고 젖을 때까지 춤을 추는 것, 어둠 속 장님놀이를 하던 악사들이 엎드려 울었다 단말마처럼 반복되는 팔락쉬 팔락쉬, 나의 몸을 타고 흐르는 이 악기는 무엇입니까 (…중략…) 우리는 매일 다른 얼굴을 찾아 잠이 든다 머리를 북쪽에 두고 꿈의 가장 깊은 곳으로, 새벽의 머리칼로 류트를 누르면 조금씩 시들어가는 과실들, 너의 등을 밟고 무감히 일어서는 꿈들, 그것은 마지막까지 모호한 진실의 얼굴입니까 누구도 다다를 수 없는 꿈속으로 악사들이 자신의 손가락을 찢는다 이 운지법을 완성하는 자는 악기 속에서 죽을 것이다 송곳니를 잃은 짐승처럼 온몸이 거세되며 팔락쉬 팔락쉬, 불타는 악기를 던지고 밖으로 달아나야 하리라 태초의 바람이 너의 얼굴을 씻는다 태양은 아직 사막을 건너지 못하고 버둥거렸다
>
> ―「사탄의 운지법」 부분

사람의 영역을 초월하는 불멸의 선율은 모든 존재의 꿈이다. 사람은 "열 개의 손가락"만으로는 구현할 수 없는, 음악 너머의 완전한 음악을 꿈꾸지만 그런 음악은 오직 신 또는 악마에게 속한 것이다. 시인이란

그런 리듬을 향한 사람의 모든 노력의 최전방에서 "자신의 손가락을 찢는" 고통을 기꺼이 감수하는 자와도 같다. 세상의 소녀들이 생기를 잃고 길들여질 때, 예민하고 섬세한 감각이 야만 앞에 무디어질 때, 시인은 "조금씩 시들어가는 과실들"과 "너의 등을 밟고 무감히 일어서는 꿈들"과 "마지막까지 모호한 진실의 얼굴"에게 자신의 몸을 던진다. "그것을 어떻게 연주합니까"라고 물으며 "죽을 때까지 낯선 신발을 갈아신으며 왔던 길을 되돌아"간다.

'소녀란 누구인가'라는 질문은 시인에게 어울리지 않는다. 시인은 '이것이 맞느냐 저것이 맞느냐'와 같은 종류의 질문에 관해 '예'나 '아니오'로 대답하는 사람이 아니다. 따라서 우리가 그의 시를 읽으며 소녀의 모습을 한쪽으로 규정할 수 없는 것은 당연하다. 그렇지만 우리는 시 속에 다른 모습으로 등장하는 여러 소녀들을 감고 흐르는 리듬에 담긴 성분들을 함께 느낄 수 있다. 천진하면서도 위태롭고, 연약하면서도 유독한 것을 향해 뛰어들기를 주저하지 않는 그들의 예민한 감각 속에서 드러나는 미세한 차이들은 모호하고 불완전한 사람의 야만이나 계보와 혈통에 집착하는 어리석음을 느낄 수 있게 만든다.

이제 소녀의 기도이자 소녀를 향한 노래이면서 소녀를 위한 자장가와도 같은 시에 더 귀를 기울이자. 이처럼 신비로운 힘을 지닌 저항의 소리에 귀를 세운다면 인형같이 딱딱하게 굳은 감각 사이에서 "입술과 뺨을 열고 / 피가 도는 소리"(「하마르티아」)를 들을 수 있게 될 것이다. "예리한 혓바닥들이 / 가장 낮은 음을 향해 돌진"(「물의 호흡」)하는 리듬과 우리의 호흡이 조금씩 섞이다 보면 누가 금지했는지도 모르는 사이에 우리로부터 사라진 목소리를 기억할 수 있을 것이다.

# 지속의 리듬에서 도래하는 가능성의 세계

## 순간에서 지속으로

순간을 포착하는 시의 힘을 떠올린다. 일렬로 늘어선 문장들이 빽빽하게 한쪽 방향으로 나아갈 때, 시는 거기에 묻힌 간격을 발굴한다. 서사적 맥락에 함몰된 단어들과 문장들 사이에 작은 틈이 생기면 나아가던 문장들은 조금씩 활기를 얻는다. 역사적 시간에 매몰된 일상의 고유한 리듬이 살아나면 비로소 찰나는 무한한 우주와 함께 흔들리며 반응하기 시작한다. 거대함의 무게에 짓눌렸던 세부가 구체적으로 드러나고 다시 그것이 미래를 향해 뻗으며 다른 흐름들과 연결된다. 순간을 포착하는 시의 능력은 이처럼 영원과 맞닿아 있다.

지루한 일상으로부터 순간을 포착하는 시인의 능력은 매력적이다. 시인들은 마치 없었던 것 같은 순간을 근사하게 우리에게 선사한다. 이런 시 속에서 우리는 미처 감각할 수 없었던 시간들이 출렁이며 진행하는 것을 느끼고 우두커니 가라앉아 있던 사물들이 나에게로 육박하는 것을 느낄 수 있다. 그런데 정영효의 시는 이와 같이 순간에 집중하는 시들과 다르다. 많은 그의 시들은 특정한 순간에 초점을 맞추지 않는다. 그는 어떤 순간보다는 그 순간의 연속에 더 관심이 많다.

한마디로 정영효의 시는 지속의 리듬에서 도래하는 가능성의 세계를 그린다. '이미 시작하였다'와 같은 말에서 알 수 있듯이 그는 시작하는 순간을 지나 그 이후의 진행에 관해 이야기한다. 그는 분명한 자아가 등장하여 세계의 단면에 구멍을 내고 하나의 순간을 포착하거나 분열된 주체가 각자 활동하도록 내버려두지 않는다. 그의 시 속의 '나'는 관찰하고 묘사하여 대상과 세계를 자기만의 것으로 끌어들이는 것이 아니라 "아무것도 확실해지지 않았고 여전히 불안한 사실이 의심을 만"(「제목에서 끝나는」)드는 과정의 미세한 흐름을 변별하고 감지한다. 분명한 것이 아니라 "거의 가능한" 것들에 주목한다.

온통 예감과 기미로 가득한 그의 시는 폭죽처럼 터지는 어떤 순간이 투명하게 드러나지 않기 때문에 자극적인 사람의 입맛을 끌지 못할 지도 모른다. 『계속 열리는 믿음』에서 어떤 일관된 신념과도 같은 '믿음'을 기대한다면 아마 거의 얻을 수 있는 것이 없을 것이다. 이때 믿음은 헛된 약속이나 구원에 대한 이끌림과는 전혀 관계가 없기 때문이다. 여기에서 주목해야 하는 부분은 오히려 '계속'이다. 그의 시의 '믿음'은 목적지가 아니라 무언가를 지속할 수 있다는 의지에 더 가깝기 때문이다.

## 생략과 연장

지속은 어떻게 가능한가. 무엇이 믿음을 '계속 열리'게 만드는가. 판단과 확신은 지속으로부터 단절을 불러일으킨다. 계속 변화하는 대상을 하나의 감각으로 포착할 때 더 이상 그것은 지속할 수 없다. 이런 이유로 정영효는 시의 주체가 대상을 자신의 방향으로 끌어오려는 노력과 거리를 둔다. 대상과 사물의 다른 측면을 조명하는 방식은 그것을 향한 사고를 전환시키지만 동시에 그것에 관한 지속적인 사고는 거기에서 멈추고 말기 때문이다.

> 심판은 오늘 기권하기로 했다 심판을 포기했다 환하게 밝혀진 운동장, 관중의 눈빛이 굳어진 곳에서 심판은 기권했다 이것은 없던 상황 그리고 마지막 상황, 결정할 수 있는 권리 때문에 심판은 기권했지만 심판을 판정할 사람은 아무도 없었다
>
> 심판은 생각했다 무슨 일이 일어날 것인가 개인의 문제인가 전형적이지 못한가 함성이 응집된 운동장에서 심판은 오랫동안 고민했다 갈등으로 해결하려 자신을 계속 돌이켰지만 심판의 이야기를 들어줄 사람은 아무도 없었다
>
> 그런데도 심판은 기권하기로 했다 어려움이 사라지는 그 다음의 전개, 놀란 그림자들이 들썩였고 혼란을 피하기 위해 심판은 빠르게 선언했다 혼자서 결정하는 미덕을 지켰다 강해진 자신을 슬퍼해줄 사람이 아무도 없었지만 심판은 떠나기로 했다 많은 시선 속에 새로운 관계가 완성되고 있었다
>
> —「아무도 없다」 전문

"심판은 오늘 기권하기로 했다"로 시작하는 이 시는 정영효 시의 특성을 잘 보여 준다. 만약 시인이 변화하는 대상과 사물을 포착하고 자신의 감각으로 그것을 판단하는 것에 능숙한 사람이라면, 정영효는 그런 권리를 포기하기로 한다. 그렇지만 이것은 결코 아무것도 하지 않는 것과 다르다. 일정한 순간에 어떤 판정을 포기했지만 거기에서 생각이 멈추지는 않기 때문이다.

시 속의 심판은 계속 생각하고 '오랫동안' 고민한다. 운동장에서 막 벌어진 상황에 대한 순간적 판단을 유보하자 더 많은 생각들이 떠오른다. 이러한 판정의 중지는 빠르게 이루어진다. 이 속도 속에서 오히려 잘못된 판정에 대한 혼란은 가라앉는다. 그러니까 빠르고 분명한 판단의 중지는 이것이 맞느냐 틀리느냐의 싸움에서 사태를 끌어내고 "새로운 관계"를 형성시킨다.

"결정할 수 있는 권리"는 때때로 얼마나 빨리 행사되는가. 그 권리의 소유 여부는 또 얼마나 많은 분쟁과 갈등과 고통을 초래하는가. 권리를 한 사람에게 집중시켜놓고 그 권력을 행사하는 사람을 따르기만 하려는 자세야말로 이미 수많은 부작용을 잉태하고 있는 것이나 다름없다. 더불어 이것은 지속의 시간을 원천봉쇄한다. 판단의 순간으로부터 끊임없이 소멸하고 다시 발생하고 질주하는 모든 연속의 자취들이 사라지고 거리는 소멸한다.

> 두 사람이 그를 나쁘게 말했고 한 사람이 그에게 무관심했으므로 나는 그에 대해 많은 걸 알게 되었다

두 사람이 편하게 앉은 벤치와 한 사람이 불평한 소음을 느끼며 우리는 공원에 만족했고

오늘 때문에 다음을 잘 이해할 거라며 각자의 습관으로 모두 침착해지고 있었다

하나의 문제는 여럿이었다 온갖 이야기가 하나로 뭉쳐지는 것처럼, 그늘을 숨긴 채 같은 곳으로 전개되는 저녁에

두 사람 이상이 원인이 되어 한 사람 이상을 설명했다 매번 준비한 안부가 혼자 떠돌면 안 되니까

우리는 한데 모여 달랐던 눈빛들을 정리하며 반대할 게 없는 집으로 흩어졌다

헤어질 때 공백을 입에 걸고 약속을 이어가기로 했다 떨어져 걷던 누군가 자신의 표정을 찾는 동안

한 사람씩 나눠 가진 침묵으로 그를 기다렸다 어두워진 골목에 몸을 입지 못한 이름들이 기웃거리기 시작했다

—「여럿의 저녁」 전문

굳이 권력까지 언급하지 않더라도 지속의 힘이 쉽게 소멸하는 것을

인용시에서 금방 알아차릴 수 있다. 소문과 평판은 우리의 판단에 얼마나 영향을 미치는가. 누군가에 관해 두 사람이 나쁘게 말하고 한 사람은 무관심하다는 것이 '나'에게 그를 안다고 믿게 만드는 경우는 또 얼마나 많은가. 두 사람에서 세 사람으로 늘어나는 국면은 더 다수로의 확장을 염두에 두게 만든다. 미디어의 기술을 업고 빛처럼 확산하는 속도를 지니게 된 소문의 위력을 떠올릴 수도 있겠다.

얕은 불평과 소음에 쉽게 동화하며 만족하는 습관을 지니게 된 사람의 처지와 판단이 더 이상 지속하지 못하는 상황을 이 시는 쉽고 분명하게 우리에게 보여 준다. 이야기들은 뭉쳐지면서 예상할 수 있는 한 서사에 머문다. 마치 서로에게 안부를 묻듯이 말은 섞이면서 하나의 방향으로 귀결되고 반대는 사그라진다. 더불어 그렇게 결정된 여론은 자연스럽게 발설 금지에 대한 암묵적 동의를 획득하게 된다.

이 시는 유사한 리듬의 반복과 연장을 바탕으로 이러한 상황을 효과적으로 그린다. 그러니까 시 속의 담론은 소문과 평판에 묻혀 지속되지 못하고 사라지지만 그러한 상황은 이 시의 리듬의 구성을 통해 지속되면서 우리가 새로운 의식의 지평으로 나아갈 수 있도록 북돋고 있는 것이다. '여럿'에서 '하나'로 '오늘'에서 '다음'으로 나아가며 평판이 굳어지는 광경 속에서 생겨나는 단서들을 따라 새로운 '다음'으로 지속하는 통로가 계속 열리는 것이다.

## 판단의 중지와 확인

선부른 판단을 유보하고 중지함으로써 지속의 통로로 들어가는 것을 이해하기 위해 「자료실」을 살펴 보는 것은 유용하다. "얻고 구하기 위해 들어갔다 / 함부로 믿지 않기 위해 들어갔다"라고 시작하는 이 시는 '의혹의 어두운 통로'를 따르는 사람의 처지를 잘 보여 준다. 더불어 "아는 부분을 더 알고 싶었다 / 집착과 대립하며 나는 보다 뚜렷해졌다 / 확인해야 나갈 수 있는 것이지 / 확신해야 나설 수 있는 것이지"와 같은 부분에 이르면 시인의 태도를 더 분명하게 이해할 수 있다.

이 구절을 「우상들」이라는 시의 "확신할수록 멀어지는 게 있었다"나 "적당히 어울리는 말을 찾으려고 했다 / 그냥 기분이라 해버려도 될 것"과 같은 부분이나 "그럴수록 점점 멀어지고 있었다"와 같은 부분과 함께 읽는다면 더 분명한 이해에 다다를 수 있다. 시인은 지금 환하게 밝혀진 운동장에서 모두의 주목을 받으며 명백한 포즈를 취하는 것으로부터 자신을 멀리하고 스스로 빛나는 순간과 순간들 사이를 연결하는 어두운 통로로 걸어 들어가고 있다. 함부로 믿지 않으며 온갖 추측과 단서와 경향들을 품고 조금씩 전진한다. 단절된 의미의 배후에서 조금씩 뚜렷해지는 것을 하나씩 확인하면서 천천히 앞으로 나아가고 있는 중이다. 그는 성급한 태도와 기분에 좌우되는 감각에 쉽게 동화되지 않으면서 분명한 것을 더 분명하게 '확인'한다.

이러한 확인의 자세는 '함부로 믿는' 것과는 다르다. 또 알 수 없는 것에 대한 집착과도 거리가 있다. 짧은 순간을 자신에게로 끌어와서 그것으로 세계를 확신하는 깨달음이 아니라 일관되고 편향된 사고의 흐름을 피하고 지금 나의 앞에 있는 것을 확인하겠다는 자세는 바로 그 다음으로 나아가려는 연결을 중요하게 생각한다. 이런 시인의 태도는 마치 자료실에서 자료를 수집하는 사람의 태도와 닮았다. 이런 시인에게 말은 기분이나 감정을 담는 도구가 될 수 없다. 그에게 언어는 하나의 확신에서 다른 확인으로 향하는 지속의 증거와 다르지 않다. 이처럼 시적 진실이란 일반적인 합리성과는 다르지만 종교적 믿음 같은 것과는 더욱 거리가 멀다. 알 수 없는 것을 향한 지속적인 의심이나 탐색과 더불어 때로는 알고 있다고 믿는 것을 내려놓고 단순하면서도 평범하게 자신을 헌신할 때 비로소 주체는 새로 태어난다. 그의 시집에 "나는 계속 확실해지지 않는다"라는 문장과 "조금씩 나는 평범한 예가 되고 싶었다"(「목적지」)라는 문장이 함께 놓여 있다는 것이야말로 이와 같은 지속의 힘의 원천이라 할 수 있다.

「잠행」은 이와 같은 시인의 처지를 우리가 짐작할 수 있게 만든다. "사방이 펼쳐진 들판에서 어디서부터 시작되었는지 모를 들판에서 나는 주위를 살피고 있었다 숨다 보니 입구도 출구도 없이 // 낮이 통과했고 낮이 정지한 듯했고 입구도 출구도 알 수 없는 광경에 둘러싸이게 되었다"와 같은 부분에서 시작과 끝을 분명히 포착할 수 없는 난처함에 이른 시인의 고민을 알 수 있다.

분명하게 포착되는 순간과 달리 지속의 흔적은 명확하지 않다. 확신할 수 없는 의미와 이유들 사이를 헤매는 것은 표시가 잘 나지 않는 잠행과도 같다. 그렇지만 그 지속의 시간은 리듬을 타고 계속된다. 시 중반부의 "내가 찾는 게 끝인지 착각을 지우는 거리인지 다른 걸 보기 위해 분명히 확인하고 있었지만, 낮은 길었고 낮은 여전히 밝았다"와 같은 부분에서 우리는 분명하게 지속하는 빛을 인지할 수 있다. '낮은 통과했고 정지한 듯' 보이지만 그럼에도 불구하고 더 길게 이어진다. 시간의 연장 속에서 대상은 소멸하는 것처럼 보이지만 언어는 계속 질주한다. 보이지 않는, 어두운 통로의 구석구석으로 빛이 확산하는 것처럼 지속의 리듬을 타고 새로운 가능성이 펼쳐진다.

> 창밖에서 고양이가 우는 동안 끝날 것 같지 않은 노래를 듣고 있었다 단지 고양이가 울 뿐인데
>
> 우리는 버려진 무덤을 떠올리고 무덤 너머 앙상한 숲을 떠올리고 끝날 것 같지 않은 노래의 처음을 기억하는 중이었다
>
> 어디선가 잠들지 못한 아이들이 성장하려는 무릎을 주무르는 밤, 가까이서 고양이가 울고
>
> 먼 곳에서 웃고 있을 불안을 우리는 복기했다 함께 모인 이유와 흩어지지 못한 소리와 지금을 버티게 하는
>
> 긴긴 시간을 누구도 놓지 않았다 모두가 자신의 내성을 참았다 골목의 어둠과 함께 사라지는 무수한 걸음들, 집이 창문을 건네는 구석에서
>
> 고양이는 울고 우리는 깊이를 놓치고 노래가 멈출 때까지 움츠린 것들을 위무했다 길을 찾고 길을 잃은 방향이

우리 틈에 모여들었다 여럿이 등진 밤이 짙어지면 고양이가 바라보는 쪽으로 검은 얼굴들이 기울고 있었다

—「고양이가 울 뿐인데」 전문

시인은 자신을 "나는 시간이 남긴 계획이면서 / 속단을 피하고 싶은 손님이었다"(「거의 가능한」)고 고백한다. 그는 가능하다는 확신 대신 "거의 가능한" 지점까지 다다르기 위해 자신 앞에 놓인 정확하고 분명한 것을 확인한다. 시작과 끝을 함부로 재단하지 않고 그것이 이어지는 곳에 자신의 자리를 마련한다.

그러니까 그는 늘 "노래의 처음을 기억하는 중"인 동시에 "끝날 것 같지 않은 노래를 듣고 있는 중"인 것이다. 나는 창 밖에서 고양이가 우는 소리처럼 미세하면서도 비밀스러운 그의 시에 귀를 기울이고 있는 중이다. 데자뷰처럼 밤의 고양이 울음소리는 시간의 결절을 넘어 지속한다. 그런 시간의 흐름 속에서 무덤 속의 죽음과 성장하는 아이들이 함께 어우러진다. 알 수 없는 것에 관한 우리의 불안과 자꾸 내성을 지니게 되는 습관들 사이로 그의 시는 고양이의 울음소리처럼 지속한다. 이처럼 작지만 아름답고 신비로운 울림이 끝없이 이어지는 리듬에 더 가까이 귀를 기울여보자. 우리가 내재된 시간의 단절을 넘어 다른 가능성으로 이어질 때까지.

# 공감할 수 없다고 말할 수 있는 것

날아가는 하늘을 바라보면서 너와 나는 우리로
반토막 날 거야

—한인준, 「이 노래 좋다」

*

공감의 시대다. 공감이라는 말은 점령군처럼 어느새 도처에 굳게 자리를 잡았다. 번성하는 말은 강력한 힘을 발휘하면서 수많은 개념을 낳는다. 일단 퍼지기 시작한 말의 앞뒤에 금방 더 많은 말이 달라붙으며 공감은 더 빠르고 세게 확산한다. '공감능력'이라는 말을 떠올리면 이제 그것은 경쟁력을 위해 반드시 갖추어야 할 필수 요소처럼 여겨지기까지 한다. 마치 그것을 결여한 것은 중요한 결격사유처럼 치부된다. 특정한 느낌을 나누어 가진 사람들은 금방 '우리'라는 말을 중심으로 모이고, 그런 '우리들'은 마치 정말 우리가 된 것만 같은 기분에 강력하게 사로잡힌다.

뇌와 신경세포에 관한 연구들은 '거울신경mirror neuron세포'를 규명하면서 여타의 동물보다 한층 뛰어난 인간의 공감능력을 치켜세운다. 그렇지만 특정한 감각이 뛰어나다는 것을 직접적인 가치 우위로 판단할 수는 없다. 침몰한 배와 함께 수장된 사람들을 속수무책으로 지켜보면서 통증을 느끼기보다 오히려 유가족의 옆에서 괴이한 행동을 하는 사람들을 공감능력이 부족하다고 치부하는 것은 지나치게 단순한 판단이 아닐 수 없다. 그들에게도 함께 느끼는 사람들이 있다. 단지 느낌을 공유하는 대상과 질감이 다를 뿐이다. 범죄를 저지른 독재자를 위해 길바닥에 주저앉아 슬피 우는 사람에게도 거의 이해하기 불가능할 정도로 놀라운 공감능력이 있다. 그들은 어느 누구보다도 스스로 억울하다고 여기는 독재자의 마음의 결에 바싹 다가앉아 있는 것이다.

느낌은 무엇인가. 도대체 어떤 느낌이 그들과 수많은 당신들을 확신하게 만드는가. 당신이 그토록 분명하다고 여기는 느낌은 과연 얼마나 정확한가. 또 당신의 느낌이 그토록 중요하다면, 당신과 다른 상대의 느낌은 왜 안중에도 없나. 내밀하고 예민한 느낌의 영역은 때때로 말 너머의 놀라운 지점을 개척한다는 점에서 중요하고 결코 간과할 수 없지만 그것에 지나치게 기댈 때 배타적인 연대의 결속과 갈등은 점점 더 심화한다. 레비나스의 "타자를 향한 박해의 기반은 타자와 맺은 연대"라는 말은 특정한 결속과 연대가 다른 편의 상대방에게는 해악의 근본 원인이 될 수도 있다는 사실을 간명하게 설명한다. 감히 설명할 수도 없는 통증에 끼니도 잇지 못하는 유가족의 옆에서 게걸스럽게 보란 듯이 음식물을 먹는 사람들의 저 강고하고도 공포스런 결속력은 이와 같은 사실을 금방 이해할 수 있게 만든다.

**

느낌은 은밀하다. 그 은밀함의 무늬는 지나칠 정도로 세밀하고 자주 변하기 때문에 심지어 사적 영역이라고 표현하기도 어려울 지경이다. 자신의 느낌을 분명히 알 수 있다고 자신하는 사람들은 대개 무지에 대한 감각이 희박한 경우가 많다. 변화무쌍한 느낌의 영역은 쉽게 고정된 모습으로 드러나지 않기 때문이다.

특정한 느낌을 공유하고 있다는 착각은 대개 유사한 경험의 중첩으로부터 비롯하는 경우가 많다. 물론 큰 차이가 없는 조건을 지닌 양자가 같은 사건을 경험할 때의 느낌은 높은 신뢰감을 형성할 수 있다. 함께 겪은 일을 나누는 과정에서 상대와의 거리는 가까워지고 때때로 단번에 같은 자리에 나란하게 앉아 있는 것과 같은 기분이 들기도 한다. 비록 각각의 경험들 사이에 세부적인 차이가 있을지라도 이러한 경험의 유사성이 서로 얽혀 있는 사람들 사이의 기본적인 관계의 바탕이며 공동체를 형성하는 근본적 동력이 된다는 사실은 부인할 수 없을 것이다.

느낌이 기본적으로 유사한 경험을 기반으로 삼고 있다는 점을 인정한다고 해서 항상 그렇다고 말할 수는 없다. 때때로 공감은 전혀 낯선 순간에 도래한다. 특정한 사람의 조건이나 경험의 총체를 벗어나서 완전히 헤아릴 수 없는 지점에서 어떤 느낌이 솟는 경우도 있다. 이런 경우 동일하다는 느낌은 충분히 예상이 가능한 경우보다 더 강한 유대를 형성하기도 한다. 더불어 이처럼 개인적인 유대가 쌓여 단단해질수록 공감은 더 느슨하게 경계의 담을 낮춘다. 공고한 유대 속에서 오래 자리를 잡은 관계의 틀 속에서는 공감에 대한 기대가 더 강한 힘을 발휘하게 마련이다.

오늘은 달이 많이 떴네

떠있는 건 별들인데

별을 달이라고 잘못 부른 너에게 나는 아무 말도 하지 않았다. 그럴 수도 있으니까

언제부터 별은 달이 아니고 별과 달이었는지

나는 빛과 빛나는 것을 구분하는지

지하철 출입구를 왜 자주 출구라고만 부르나

어디로든 어디서든 나가야만 했던 것인지

이곳은 아직도 생각 속이구나

이곳에서 별은 달이 되어가는데

별을 달이라고 부른 너에게 나는 아무 말도 하지 않았다. 가만히 저곳을 바라보다가

그럴 수도 있으니까

우리는 같은 곳에 있었던 거야

—한인준, 「기대」 전문

오직 한 개인 달은 결코 많이 뜰 수가 없다. 그러므로 ‘너’의 말은 명백히 틀렸다. 그렇지만 이 시는 별을 달로 잘못 말한 것에 초점을 맞추고 있지 않다. “언제부터 별은 달이 아니고 별과 달이었는지”와 같은 부분을 보면 별과 달 사이의 차이가 시간의 간격 속에서 사라지고 있다는 사실을 쉽게 알 수 있다. 시 속의 나는 그런 상황의 반복 속에서 계속 출구를 찾고 있다. 그렇지만 별이 달로 바뀔 지경에 이를 때까지 ‘나’의 생각은 계속 “그럴 수도 있으니까”에 머물러 있다. 명백한 차이에서부터 세밀하고 잘 알아볼 수 없는 미묘한 차이에 이르기까지 각각의 차이들조차 쉽게 구분되지 않는다. 차이는 변화하지만 그 속에 강력한 유대관계를 바탕으로 삼고 있는 묘한 기대가 계속 유지되기 때문이다. 그런데 이 시의 진짜 매력은 ‘나’의 기대와 ‘너’의 기대가 시의 배후에서 동시에 작동하고 있다는 점이다.

달이 많이 떴다는 것은 명백한 실수이지만 지하철 출입구는 입장에 따라 각자 출구나 입구라고 부를 수 있다. 이 명백함과 불분명함의 사이에 있는 ‘나’의 모습은 언젠가 그것을 함께 느낄 수 있을 것이라는 기대와 영영 그럴 수 없을 것이라는 체념 사이에서 망설이고 있는 처지와도 같다. “우리는 같은 곳에 있었던 거야”라는 ‘너’의 말은 기묘한 뉘앙스를 지닌 채 출구를 찾는 ‘나’를 계속 잡아둔다. 이 마지막 ‘너’의 발언은 착각일까 아니면 다짐일까. ‘너’는 과연 차이에 관해 전혀 인식하지 못한 채 그저 착각을 확신하는 것일까. 아니면 그렇게 믿는 것이야말로 진정한 관계를 확인하는 방식이라고 여기는 것일까. 이 중의적이고 모호한 마지막 문장이야말로 정확하게 알지 못한 채 어떤 '기대'를 사이에 두고 함께 망설이고 있는 것이 '나'뿐 아니라 '너'이기도 하다는 사실과 함께 우리 모두가 얼마나 공감의 압력에 시달리고 있다는 사실을 절묘하게 보여 준다.

***

유대가 깊어질수록 기대도 커진다. 바라는 마음은 한량없기 때문에 그 끝을 확인할 길이 없다. 오직 확인할 수 있는 것은 언어뿐. 그렇지만 압력에 시달리는 언어는 출구를 찾지 못하고 짐작에 이끌리거나 머리채를 잡히는 경우가 많다.

깊은 유대를 형성하는 것은 사실 보통 사람의 생에서 정확하게 말하는 것보다 더 중요할지도 모른다. 혈연과 같은 친밀함으로 구성된 작은 집단 속에서 유대의 사슬을 명확하게 끊고 상대의 기대를 저버림으로써 얼마나 큰 다른 성취가 가능할 수 있을까. 우리가 놀이와 일이 뒤섞인, 일상의 수많은 행위들 속에서 강력한 유대의 자장에 얼마나 자주 기대고 있다는 것을 확인하는 것은 그리 놀랄 일이 아니다. 그렇지만 동시에 강한 유대에 가린 말들이 어떤 비극적인 사태로 이어지지 않으리라고 장담하는 것은 지나치게 순진하다. 작은 유대가 부푸는 기대를 등에 업고 더 큰 연대로 발전할 때 이러한 위험은 더욱 증가한다.

범죄를 저지른 자식을 안쓰럽게 여기는 부모를 비난하기는 쉽지 않다. 오히려 상대적으로 자식의 범죄를 이유로 들어 매몰차게 관계를 끊는 부모가 더 낯설게 여겨질 가능성이 많다. 그렇지만 이런 구도가 더 큰 관계로 확장되면 문제는 더욱 심각해진다. 다양한 이해관계와 욕망이 섞이면서 느낌의 순수성은 변질되기 시작한다. 범죄를 저지른 자식의 부모는 범죄의 주체나 범죄라는 대상 자체와 어느 정도 분리되어 있기 때문에 일정 부분 순수할 수 있다. 그러나 대부분의 경우 하나의 사건은 반드시 의식적이지는 않더라도 어떤 감각 속에서 자신을 느끼고 관계 속에서 자신을 포착하는 방식에 놓이게 마련이다. 브라이언 마수미는 화이트헤드의 '파악'이나 들뢰즈의 '응시'라는 개념이 모두 느낌으로부터 분리되지 않는 어떤 감각 속에서, 바로 그 동일한 행위 속에서 비감각적으로 자신을 생각한다는 점에서는 유사하다고 설명한다.

이에 따라 엄밀하게 말하자면 범죄자와 그의 부모나 가장 일반적인 연인 사이에서도 기대에 의한 압력과 그로 인한 왜곡은 발견될 수밖에 없다. 더 주목해야 할 것은 사태의 지평에 다양하게 분포하고 있는 생각들이다. 공감을 통한 연대라는 말은 같은 교회의 구성원들 사이에서 서로의 난처한 처지를 무조건 감싸주는 것처럼 맹목적이거나 온정적인 개념으로 결코 치부할 수 없지만 오늘날 지나칠 정도로 흔하게 아무 곳에나 달라붙어 있는 채로 발견되는 것도 사실이다.

진짜라고 말하면 그냥 믿고 싶다
가짜면 더 즐겁겠지
헤벌쭉한 지갑이 입술 같다

냄새를 맡아봐도 소용없다
진지하게 묻는다면 너는 정말 나쁘다

그걸 내가 어떻게 아니
도시의 불빛이 너무 아름다워서 기어들어가고 싶다
손가락이 들러붙고 얼굴을 잃는다고 해도

부글부글 흘러나오는 지옥의 음악 소리는
얼마나 배가 고픈 것이겠어

가짜라고 우긴다면 내가 울어줄게
진짜라고 사기 친다면 내 목숨을 주지

부러진 다리 툭 끊어진 살들
그런 것을 본다면 나는 최선을 다할 것이다

피가 그렇게 쉬울 리 없다

슬픔은 들리지 않는다
고독은 냄새 맡을 수 없다
교각은 외로운 다리를 강물에 빠뜨리고

죽은 이들의 입속에 흘러들어간

거친 모래알들 아무것도 모르는 풀잎들
그걸 어떻게 빼야 할까

바닥이 푹 꺼지고
우리가 애써 그린 지도들은 마르지 않네

가파른 돌계단에서
잠깐 발을 헛딛고 기우뚱거렸다
나의 두 발이 틀림없다고 말할 수 있을지

—이근화, 「가짜 논란」 전문

가짜와 진짜, 참과 거짓은 이 시의 중심에 있지만 정작 이 시는 어느 쪽인지 판단하는 것에 초점을 맞추지 않는다. "진짜라고 말하면 그냥 믿고 싶다"나 "가짜면 더 즐겁겠지"와 같은 부분만 보면 진짜와 가짜는 별다른 무게를 지니지 않은 것처럼 보인다. 그렇지만 "가짜라고 우긴다면 내가 울어줄게"나 "진짜라고 사기 친다면 내 목숨을 주지"와 같은 부분에 이르면 양자의 무게가 모두 결코 가볍지 않다는 사실을 충분히 알 수 있다. "부러진 다리 툭 끊어진 살들 / 그런 것을 본다면 나는 최선을 다할 것이다"와 같은 부분에 드러난 것처럼 여기서 다루는 가짜 논란은 '달이 많이 떴다'고 할 때와 같이 단순한 사실에 머물고 있지 않다. 진위나 그것을 향한 마음의 움직임은 모두 정확히 보이지도 않을 뿐더러 심지어 잘 들리지도 않고 냄새 맡을 수도 없다. 감각을 촉발할 작은 요소들조차 찾기 어려운 상황이다.

이 시에서 가짜와 진짜 사이에 놓인 어떤 증거도 탐지할 수 없다. 오직 시에는 진짜와 가짜가 서로 우기고 사기를 치면서 팽팽하게 대립하는 정황만이 드러난다. 그것을 바라보는 사람은 이 팽팽한 힘 때문에 계속 압박을 받는다. 진짜라는 주장과 가짜라는 주장이 서로 주체를 끌어당기는 힘과 그 사이에서 발생하는 난처함의 한가운데에 "그걸 내가 어떻게 아니"라는 말이 놓여 있다. 이 친밀한 말투는 시의 화자가 참과 거짓을 주장하는 각각의 사람과 모두 친밀한 유대관계를 가지고 있다는 사실을 증명한다.

진영은 이미 나뉘었고 그 사이에 깔려 있는 깊은 유대는 은근하면서도 격렬하고, 반복적이면서도 집요하게 선택과 가담을 요구한다. 튼튼한 교각에 의해 떠받쳐지고 있다고 믿었던 다리는 이미 부서지고 끊어졌다. 연결의 여지는 사라지고 입속에는 거친 모래알들이 씹힌다. 가파르게 치닫는 상황은 자꾸 발을 헛딛게 만든다.

이 시는 우선 유대에 기댄 사람의 난처함을 보여 준다. 즐겁게 시작했던 논란은 점점 진지해지고 마침내 울음과 피와 목숨이 거론되기에 이른다. 상황이 가파르게 치달을수록 연대에 대한 가능성은 산산조각 난다. 끊어진 다리는 이미 깊은 강물에 빠져서 건져 올릴 수 없다. 이러한 상황과는 반대로 화자의 태도는 더욱 분명해진다. "그냥 믿고 싶다"라는 첫 행의 말은 마지막 행에서 "나의 두 발이 틀림없다고 말할 수 있을지"로 바뀐다. 이 변화의 과정 속에서 단순히 감각할 수 없는 것에 대한 회의와 불분명한 것에 관한 망설임은 조금씩 흐려지고 대신 확신하고 말할 수 없다고 분명히 말하는 방식이 자리를 잡는다.

나에게는 햇빛을 가리던 손차양과
손등에 고였다가 사라진 햇빛 같은 것이 있었는데

손가락을 신발 뒤축에 넣어 잘 신고
발끝을 탁탁 바닥에 부딪쳐도 보고
제대로 신었구나,
생각하는 것인데

아직 신발 속에 무엇이 있다.
자꾸 커지는 무엇이.
나와 함께 이동하는
내가 아닌
전 세계를 콕콕 찌르는

뾰족한 돌인가? 죽은 친구일거야. 적이다. 아니
내가 한 말인가.

우리는 함께 걸어 다녔다
그것은 이물질이었다가
나의 주인이었다가
차가운 생활이 되었다.

—이장욱, 「신발을 신는 일」 부분

"나의 두 발이 틀림없다고 말할 수 있을지"와 같은 회의는 이 시에서 더 구체화된다. 일반적으로 신발은 발을 보호한다. 마치 손차양이 따가운 햇빛을 가려주듯이 신발은 길가의 딱딱하고 예측하기 어려운 도로의 상태로부터 연약한 발을 감싸준다. 그런데 이번에는 다르다. 신발 속에서 무언가가 자꾸 '나'를 찌른다. 고쳐 신거나 내부를 확인해도 특별한 이물질은 발견되지 않지만 발은 여전히 불편하다.

계속되는 통증은 실체를 쉽게 규명하기 힘들다. 아무리 속을 들여다봐도 이물감의 원인은 드러나지 않는다. 분명히 느낄 수 있는 이물감은 제대로 신었다는 확신이나 여러 가지 확인의 과정을 겹치면서 점점 더 커진다. 불안은 이처럼 신념과 짝을 이룬다. 강력한 자기 확신은 계속해서 의심과 불안을 부추기게 마련이다. 친구와 적은 복잡한 느낌의 경계에 동시에 있다. 말은 더욱 희미하게 그 주변을 맴돈다.

불편하다고 해서 신발을 버릴 수는 없다. 분명하게 모습을 드러내지 않는 이물감은 신발 때문이 아니기 때문이다. 이물감은 신발 속 어딘가 알 수 없는 곳에 있다. 더 정확하게 말하자면 그것은 신발과 발 사이에서 '나'의 걸음걸이와 함께 생긴다. 걸음을 멈추면 이물감은 사라지겠지만 그럴 수는 없다. 시 속 화자는 그럼에도 불구하고 "우리는 함께 걸어다녔다"고 말한다. 이물질이 '나'의 주인이 되었다가 마침내 통증과 이상한 느낌을 동반한 걸음걸이나 마침내 '나'의 생활이 될 때까지.

이것은 결코 잘못 만든 신발에 관한 이야기가 아니다. 실제로 신발에 뾰족한 것이 담겨 있다면 신발을 바꿔 신으면 그만이다. 이 시는 분명하고 뚜렷한 사실 앞에서 망설이는 사람의 체념이나 허무와 같은 것과 전혀 다른 자리에 있다. 찜찜한 기분은 명확한 증거나 명백한 사실로 환원되지 않는다. 결국 문제는 신발과 나의 걸음걸이 사이에 나를 찌르는 무언가가 있다는 느낌이다. 점점 커지는 나의 의심과 불안을 신발의 탓으로 돌려봐야 달라지는 것은 별로 없다.

****

한 편의 시를 읽는다는 것은 분명한 느낌을 함께 나누어 갖고 있다는 확신보다는 오히려 우리 사이에 느낌이 불분명하며 일시적이고 불확실한 차이를 지니고 있다고 말할 수 있는 가능성에 훨씬 가깝다. 같은 처지에 있는 것을 확인하고 위안을 얻는 것이 시와 문학의 중요한 본령이라고 생각하는 사람에게 아쉽게도 한 편의 시는 정작 큰 효과를 발휘하지 못할 것이다. 부분적으로 유사한 느낌이 전체의 맥락 속에서 전혀 다른 곳에 위치하고 있다는 사실을 발견할 때의 실망을 염두에 두고 있지 못하기 때문이다.

완전히 낯선 타인과 유사한 마음의 무늬를 확인하는 것은 얼마나 근사한 일인가. 실제로 우리의 일상은 함께 웃고 울고 경험하는 순간의 연속에 크게 기대고 있다고 해도 과언이 아니다. 작품의 경우도 마찬가지다. 꼭 한 편의 시가 아니더라도 가상의 사건으로서 예술 작품을 향유한다는 것은 기본적으로 이러한 감각의 나눔을 바탕으로 삼고 있다. 때때로 몇 개의 단어와 이미지만으로도 충분하다고 여겨질 때가 있다. 지금 우리의 의식을 건너뛰는 이 매혹적인 순간을 결코 폄하하려는 것은 아니다.

타인의 고통을 감각하고 함께 아파한다는 것은 근사하면서도 가치 있는 일이다. 그렇지만 적어도 고통스러운 느낌은 판타지를 가득 담은 이야기에서 선과 악을 구분하듯이 선을 긋는 식으로 나눌 수가 없다. 무엇이 악이라고 단번에 규정할 수 있다면 얼마나 편리할까. 수장된 물 속의 사람들을 지켜보는 것이나 명백하게 부당한 처사에 박해를 받는 사람들 말고도 더 복잡하고 때로는 막무가내이며 충동적이어서 의문을 불러일으키는 사람들과 그런 사람들이 이루는 상황이 우리 주변에는 헤아릴 수 없이 많다.

'공감'이라는 말은 '집단지성'이라는 말보다도 더 달콤하지만 한편으로 어디에나 처방할 수 있는 약의 명칭처럼 허무하다. 실제로 함께 느낀다는 말은 수상하기 짝이 없다. 그것은 마치 양쪽에 추가 달린 저울이 정확히 균형을 이루는 상태를 가정하지 않고는 불가능하다. 그렇지만 마음의 움직임에는 대개 방향이 있게 마련이다. 하나의 감각이 발명되면 그것은 한쪽에서 다른 한쪽으로 흐르면서 변화하게 마련이다. 그러니까 함께 느낀다는 것은 타인의 감각에 반응하며 다가가서 어루만지려는 과정과 자세를 나타낸다고 할 수 있겠다.

> 내가 아는 한 영숙은
> 마음을 읽고 싶지 않았다. 손님이라든가
> 내리는 눈의 마음을.
> 자기 자신을.
> 단 한 글자도.
> 그것이 영숙의 힘.

영숙의 옷가게에는 이 사람 저 사람에게
잘 어울리는 색깔들이 있지만
색깔들은 배경과 연결되어 있지만
누가 이해할 것인가?
모든 것이 순식간에 배경이 되는 곳을.
사라지는 순간을.

손님들은 행인이 되어 떠나갔다.
하지만 영숙은 슬픔이라는 것을 모르는 세계.
신촌에서도 이대 앞에서도
영원한 배경을 이해했다는 뜻일까?
손님이란 창세기에도 종생기에도
존재하지 않았다는 뜻일까?
죽은 사람들의 취향은
대체 어디로?

행인들 가운데서 손님이 불쑥 태어나는 순간을
영숙은 사랑하였다.
오늘의 신비는 나에게도
살아야 할 계절이 있다는 것

—이장욱, 「영숙의 독심술」 부분

타인의 마음을 다 알 수 있다고 자신하는 사람은 대개 자기 자신을 설명하려는 시도의 극단에서 좌절을 경험해보지 못했을 가능성이 높다. 얕은 경험과 유사한 느낌에 기대어 타인의 느낌을 구획하고 일반화하며 심지어 특정한 느낌으로 치부하려는 경향은 가장 손쉬운 자기만족에 해당한다. 그것이 극단으로 치닫게 되면 독심술과 같은 망상에 빠지게 된다. 만약 한 편의 시를 읽는 경험이 오직 나의 마음에 겹치는 부분만을 찾아내는 위안에 불과하다면, 그런 시는 심리학의 주변에서 쉬운 장사에 목마른 사람들이 인간 마음의 무늬를 몇 가지 패턴으로 수렴하는 시도보다 나을 것이 없을 것이다.

어쩌면 영숙은 손님을 대하는 적절한 전략을 지니지 못했을지도 모른다. 빠르게 변하는 유행과 마음이 뭉치고 몰려다니는 양상을 재빠르게 판단하는 것이야말로 물건을 파는 것을 목적으로 지닌 상점 주인의 가장 중요한 자질일 것이다. 그런데 이 시에 등장하는 영숙에게는 그것을 강제할 능력이 없다. 그에게는 자신의 마음이나 손님의 마음이 모두 마치 내리는 눈의 마음처럼 변화하고 있는 상태로 여겨지기 때문이다. 어울림의 느낌은 순식간에 사라지고 손님들은 행인이 되어 떠난다.

영숙은 상점 주인으로서는 자질이 부족할지 모르지만 시인으로서는 좋은 자질을 지녔을 것 같다. 여전히 시가 자본으로부터 독립된, 숭고하고 아름다운 자태를 지닌 무엇이라고 생각하는 사람들은 질겁하겠지만, 그들도 완전히 자본으로부터 자유로운 한 권의 시집을 만드는 사람을 찾기란 거의 불가능에 가깝다는 사실까지는 인정할 수밖에 없을 것이다. 오늘날 자본은 개개의 사람들이 분명한 기준에 따라 선택하고 결정하는 의지를 지닌 것처럼 착각하게 만드는 능력이 고도화했다는 사실을 드러내는데 시와 시인도 예외일 수는 없다. 그런 점에서 영숙과 시인을 유사하게 생각해보는 것은 큰 무리가 아니다. 아마 시인이 정신 질환을 치료하는 의사보다는 차라리 상점 주인에 가깝다고 말한다고 해서 큰 실례가 되지는 않을 것이다.

시인을 닮은 영숙은 도저히 손님의 취향을 가늠할 수가 없다. 그래서 변화무쌍한 손님의 마음을 짐작하고 예측하기보다 사라지고, 순식간에 배경이 되고 마는 순간을 천천히, 오래 지켜본다. 그리고 "행인들 가운데서 손님이 불쑥 태어나는 순간"을 기다린다. 그 순간을 "영숙은 사랑하였다."

공감이라는 말은 얼마나 자주 강요를 위한 도구로 사용되는가. 함께 느끼고 있다는 놀람과 벅찬 감정은 작은 유대에서부터 커다란 연대를 뜨겁게 달군다. 연인과 동지, 친구와 나아가서 낯선 누군가와 같은 느낌을 확인하는 순간은 실로 놀라운 행복감을 선사한다. 많은 사람들은 그것을 유지하기 위해 어떤 무리하고 위험한 시도도 아랑곳하지 않을 정도에 이른다.

감각의 힘은 끊임없이 새로 개발하는 것에서 생겨나는 것이지 단속하거나 배분하는 것으로 그것을 키울 수는 없다. 마음을 어루만지는 것과 쥐고 흔드는 것은 다르지만 서로 연결되어 있다. 타인의 마음에 닿으려는 무한한 노력이 그의 마음을 임의대로 규정하려는 것으로 이어질 수도 있다는 사실은 쉽게 간과된다. 공감을 무기로 삼기를 즐기는 사람들은 자신의 자세보다는 타인에 대한 요구에 주로 몰두한다. 가장 은밀한 관계인 연인의 경우에 상대의 마음을 다 알았다는 착각은 얼마나 빈번하게 자리를 잡는가. 마음을 알아달라는 요구는 처음에는 어루만져 달라는 호소에서 시작하지만 점차 일방적인 관계의 요구를 용인하라는 이기적 강요로 바뀐다. 누구나 자신이 이기적이라는 사실을 인정하고 싶지 않지만 누구의 탓인지가 중요하지 않은 사람은 흔치 않다. 상대의 탓으로 돌리고 싶은 마음이 반대의 경우보다 더 득세한다. 이 과정에서 사실과 세부적인 맥락과 서로의 사정과 같은 것들은 조금씩 지워진다.

관계의 범위가 확장되면 이런 양상은 더욱 심화된다. 이기적인 마음과 고립된 마음에 집단의 이해관계와 이데올로기가 덧붙게 되기 때문이다. 만일 연대가 공감만을 기반으로 삼고 있다면, 함께 모여서 똑같이 느끼지 못하는 사람들을 비난하려는 태도가 아니라 누군가가 공감할 수 없는 이유에 더 귀를 기울일 수 있어야 할 것이다. '공감할 수 없다'고 말할 수 없게 되는 순간 공감의 가치는 깊은 어둠 속으로 추락할 수밖에 없다.

우리는 벌써 다 컸다. 사랑스러운 동물들과 함께. 우리는 내내 같은 도시에 살면서 웃고
울고
결국
본능이 무언지 알게 되었다. 공포가 무언지
바스락거리는 저것이 무언지

우리에게는 풀리지 않는 의문이 있다. 늑대는 대체 어디서 나타나는 것일까?
아홉 개의 꼬리를 가진 여우도 아니고

만우절의 소방서도 아니고
희고 작은 아기들의 목덜미도 아닌데
왜 하필이면 늑대일까?
왜 하필이면 늑대는
나타날까?

양이라든가 염소는 본 적도 없다. 늑대가 나타났다고 매일 밤 외치면서
거의 인간에 가까워졌다.
젓을 짜고
신문을 읽고
가을밤의 설거지를 하면서

그 크고 싱싱한 이빨에 여전히
목을 물린 채

—이장욱, 「양치기의 삶」 전문

우화가 도덕 원칙을 비트는 것은 교훈을 전달하려는 분명한 목적이 있기 때문이다. 우화는 일반적인 원칙을 이야기의 흐름을 통해 더 직관적으로 감각할 수 있게 돕는다. 지시하는 곳이 분명하다는 점에서 그것은 명쾌하다. 여기에는 거의 복잡한 논쟁이 끼어들 여지가 없다. 그렇지만 시인은 결코 이런 식으로 말하는 자가 아니다.

명확하면서도 재미있고 친숙한 우화 속 동물들과 함께 자란 어린이들은 이제 다 컸다. 성인이 된 우리는 이제 우화 속 교훈과 인간의 세계

가 착착 맞아 떨어지지 않는다는 사실을 충분히 알고 있다. 우리는 이제 단순할 수가 없다. 본능과 공포의 바스락거리는 소리를 도저히 외면할 수 없을 정도로 예민해졌다. 이미 사태의 단선적 진행에 순순히 따를 수 없는 지경에 이르렀다. 우화의 핵심은 소년의 반복된 거짓말이 불신을 낳아서 결국 정말로 늑대가 나타났을 때는 아무 도움을 받을 수 없었기 때문에 양이 모두 죽는다는 사실을 확인하도록 유도한다. 그렇지만 정작 이 시에는 그런 것들이 아무 것도 없다.

"양이라든가 염소는 본 적도 없다"는 화자의 말을 떠올리자. 이 시에는 양과 염소도 없고 늑대의 모습도 명확하게 찾아볼 수 없다. 단지 이빨에 목을 물린 사람의 감각만이 생생하게 부각될 뿐이다. 분명한 것은 '늑대가 나타났다'는 말, 그 다급하고 반복되는 외침이 있다는 정도이다. 더불어 "풀리지 않는 의문"이 계속 시 전체를 맴돈다. 늑대가 나타나는 장소나 기원에서부터 늑대라는 대상에 대한 회의를 거쳐 출현 방식에 이르기까지 의문은 구체적이고 다양하다. 이런 복잡한 의문들은 우리가 결코 단선적 교훈에 편안하게 머물 수 없도록 만든다. 본능이나 공포와 같은 것들의 기원을 추적하는 것은 얼마나 어려운가. 정확히 어떤 느낌인지 가늠할 수도 없지만 분명하게 감지되는 느낌은 도대체 왜 갑작스럽게 튀어나오는가.

이 시에는 참과 거짓에 대한 규정이나 섣부른 판단이 없다. 대신 늑대가 나타났다고 계속 외칠 수밖에 없는, 불안과 공포에 시달리는 사람의 마음이 있다. 또 실제로 양과 염소가 없으므로 이 말은 거짓말이 아니지만 계속 거짓말을 하고 있는 듯한, 마치 양치기가 된 것과 같은 기분에 사로잡히는 인간의 초상이 있다. 더불어 의문이 계속 이어지며 형성되는 맥락 속에서 새로운 의문들이 꼬리를 문다. 아무도 본 적 없고 나타난 적도 없는 늑대에게 사람들은 왜 계속 시달리는 것일까. 실제로 있는 것은 '늑대가 나타났다'는 말일 뿐이지만 이 말은 얼마나 끊임없이 반복되고 전파되는가. 누구나 늑대가 될 수 있는 것일까. 어쩌면 인간이란 언제 어디서 어떻게 나타날지도 모르는 늑대의 "그 싱싱한 이빨에 여전히 / 목을 물린 채" 살아갈 수밖에 없는 것일까. 과연 그것조차 숙명이라고 단정할 수 있는가. 그것조차도 "거의 인간에 가까워"지고 있는 과정이라고 말할 수밖에 없는 것 아닐까.

*****

작품이라는 가상의 공간에서 우리는 현실의 이모저모를 재구성한다. 이 과정에서 우리가 특정한 감각을 나누어 가지고 독특하게 도래하는 공통 체험의 순간을 기다리는 것은 지극히 자연스럽다. 그렇지만 고통을 함께 감각하고 논의하는 일이 언제나 완전히 복잡한 관계와 절연되어 순전할 수 있다는 믿음은 거의 헛된 착각에 가깝다. 들뜬 마음과 각별한 우정은 어떤 범주의 연대가 의도와는 달리 또 다른 누군가의 고통을 유발하는 상황으로 이어지기도 하며 이때 구성원들이 주의력을 잃거나 나아가 오만과 망상에 빠지는 경우도 비일비재하다.

문학작품과 그것을 향유하는 과정을 일정한 산출의 결과를 실험하는 것처럼 여길 수 없다고 해서 표를 많이 얻으면 승리하는 방식의 경쟁으로 취급하는 것은 더욱 곤란하다. 한 편의 시가 도저히 도식화하거나 개념화할 수 없는 지점을 탐색하는 힘을 가지고 있다는 사실로서 특정한 진영의 강요된 공감을 부추기는 도구가 될 수는 없다.

문학과 예술 작품에 대한 가장 중요한 오해는 여기서 발생한다. 한 편의 작품이 지극한 사랑을 고백하고 특정한 감각을 편애하며 그곳으로 누군가를 불러 모으는 것이라는 오해는 의외로 강하게 작동한다. 누군가를 사랑하는 것이 그 누군가와 반대편에 있는 사람을 증오하고 공격하는 것과 연결할 수 있다는 태도는 문학과 가장 멀다. 어떤 작품들은 보이지도 않고 느낄 수도 없는 불안과 공포로부터 손쉽게 벗어날 수 있다고 속삭이기보다 신념과 불안, 공포와 안도가 동전의 양면처럼 도사리고 있다는 사실을 우리가 직접 감각할 수 있게 도와준다. 또 거기에 시달리는 사람의 편에 서서 그를 지지하고 위로하는 것이 다른 고통을 유발할 수도 있다는 사실을 드러내기도 한다. 좋은 작품들은 이처럼 난처한 상황의 한가운데에서 다양한 맥락을 형성하며 우리가 스스로 질문을 만들 수 있도록 돕는다. 그런 작품이 천천히 맥락을 넓히며 조금씩 리듬을 이루는 과정에서 느낌은 자연스럽게 우리에게 퍼지고 스민다. 공감할 수 없다고 말할 수 있는 순간 비로소 공감은 시작된다. 이러한 순간과 과정에 동참하는 것이야말로 우리가 "마르지 않는 지도"를 그리려는 이유가 아닐까.

우리는 우리의 무한한 친구가 되어간다
우리의 무한한 적에 도달한다.
이 모든 것은 그늘이
무섭게 깊어가는 이야기

## 이윽고 완전한

## 밤의 이야기

— 이장욱, 「식물의 그림자처럼」

# 미지의 친구들에게

누구의 편도 들어줄 수 없어 슬퍼지는 이름이 되도록

―「탐험과 소년과 계절의 서」

## 1

한 권의 시집을 읽으며 당신은 무엇을 기대하는가. 지금 시를 읽는 사람의 마음은 과거 어느 때보다도 남다르다. 어떤 독자들은 시인의 곁에 더 바짝 다가앉는다. 이들은 멀리서 관찰하고 읊조리던 과거의 시인들과 달리 오늘의 시인들이 다정하게 속삭이고 적극적으로 권유하면서 강력하게 독자를 이끈다는 사실을 잘 알고 있다. 이들에게 시를 읽는 행위는 단순히 비밀스런 자기 고백을 훔쳐보는 것과 전혀 다르다. 특정한 감각을 함께 느끼는 사람들의 결속력은 독자와 시인의 거리를 더 가깝게 만든다.

텍스트를 둘러싼 한 사람의 주체로서 독자는 과거보다 더욱 중요하다. 그런 점에서 작가와 독자의 거리가 줄어드는 것은 더 많은 가능성을 잉태한다. 그렇지만 시인과 작가에게 지나치게 집중하게 될 때 오히려 시가 소외되고 시를 읽는 사람이 난처한 지경에 빠지게 되는 경우도 있다. 쓰는 사람에 대하여 누구든지 찬탄과 애정과 비난을 품을 수 있다. 때로는 작가에 대한 동경이 새로운 가능성으로 이어지기도 한다. 그렇지만 이런 태도가 오히려 시를 읽는 것을 방해할 수도 있다는 사실도 함께 기억할 필요가 있다.

작가는 인격적으로 완성된 존재가 아니다. 다른 사람들과 마찬가지로 그는 자신의 생을 걷고 있을 뿐이다. 가장 위대한 작가들은 언제나 독자가 스스로 감각하고 상상할 수 있는 힘과 용기를 북돋고 나아가 그들이 자각할 수 있는 통로를 열어준다. 반면 평범한 작가들은 자신의 고통과 울분과 답답함을 토로하고 고백하는데 그친다. 그런데 일부 이상하고 위험한 사람들은 여기에 머물지 않고 자신의 뒤틀린 생각과 증오에 의한 판단으로 독자들을 내몬다. 이 경우는 평범한 작가보다 훨씬 유독하다. 그저 고통을 토로하는 사람은 안타깝게 여겨질 뿐이지만, 이런 사람들은 오히려 고통과 오해를 유발하고 가중시키기 때문이다.

타인을 향한 책임 앞에 서는 것은 어렵고도 힘든 일이다. 누군가 여기까지 다다르지 못한다고 하더라도 아무도 그를 비난하지 않을 것이다. 최소한 그는 글을 쓴다는 행위로 평범한 사람들처럼 자신의 일상을 담담하게 꾸리며 의문에 가득한 자신과 타인을 탐색하고 있기 때문이다. 무책임하게 증오를 조장하며 그것을 통해 이익을 얻으려는 태도로부터 멀리 떨어져 있기 때문이다. 적어도 그는 글을 쓴다는 것이 구체적인 행위이며 분명한 노동이라는 사실을 알고 거기에 관한 책임을 질 자세를 갖추고 있기 때문이다.

이 시집의 여러 곳에도 고통스런 세계의 문면을 바라보는 시인의 시선이 잘 드러나 있다. 당신은 「핑크 팬더와 바닐라 맛 웨하스」에서 시인이 처참한 투우를 즐기는 구경꾼을 향해 "왜 듣지 못합니까 바스러진 웨하스에서 바닐라 향이 퍼져나가는 데도요"라고 외치는 목소리를 들을 수 있고, 「기념촬영」과 같은 시에서 "전쟁의 고약한 냄새"가 퍼지는 것을 감지할 수도 있다. 그렇지만 조금 더 자세히 살펴 보면 적극적인 어조에도 불구하고 시인이 결코 함부로 누구의 편에 서서 단순히 누군가가 듣고 싶은 말을 쏟아내고 있는 것이 아니라는 사실을 금방 알 수 있다.

쉽게 가벼운 말들을 무시하게 되는지 모르겠다
금관악기에서 쏟아지는 장래희망 같은 거

껍질을 벗기고 씨방을 도려낸 하얀 속살을 진심이라 부르자
결코, 달콤한 걸까 사과를 따는 날의 신앙은

간격의 삐걱거림 마주한 얼굴이 파랑의 숨을 내쉴 땐 내 표정의
빛깔을 모른 채로 바다를 건너게 됩니다

십자가 위에 매달리게 된다면 바지를 내리고 다리를 활짝 벌려라 믿음은
언제나 붉은 것으로부터였다고, 바다를 핥으며

타인의 감정에 싫증내는 일을 멈추기

은식기를 닦는 마음, 내가 상상한 모든 것, 자신하는 일들을 주의하고 경계하기

당신의 붉어진 눈동자를 수확하는 계절

—「바다와 사과」 부분

시인은 쉽고 가벼운 희망의 말에 쉽게 마음을 건네지 않는다. 그렇지만 함부로 가벼움의 반대편에 진심을 놓지도 않는다. '진심'이라는 불투명한 말로 포장하는 사과는 마치 껍질을 벗기고 씨방을 도려내어 달콤한 과육만 남은 상태처럼 심심하기 때문이다. 새로운 변화의 가능성을 제거한 사과는 더 이상 무르익을 수 없다. 오히려 시인은 헛된 희망과 불완전한 진심 사이에서 발생하는 간격의 삐걱거림에 주목하고 있다. 흔히 반대편에 위치한 것처럼 여겨지는 두 개념은 이런 식으로 섞이며 반응한다. 마찬가지로 전혀 어울릴 것 같지 않은 바다와 사과, 붉음과 파랑은 이러한 믿음 속에서 조금씩 한 편의 시로 발전한다. 시인은 이런 식으로 변화무쌍한 타인의 감정을 싫증내지 않고 지켜본다. 붉게 달아오른 타인의 눈동자에서 파랑의 깊이를 발견할 때까지.

「폭설과 체리」의 "이웃의 대문에 붉은 칠을 하는 것만으로 내 눈이 눈밭일 수 있나"와 같은 부분을 살펴 보면 시인의 이런 자세를 더 잘 알 수 있다. 여러 시의 화자들은 "자기의 결백을 과시하는 빛"(「검은 잎에 흰 바람」)을 끌어 모으기보다 스스로 십자가를 지려는 자세를 유지한다. 함부로 자신을 확신하지 않고, 쉽게 타인에게 책임을 돌리지도 않는다.

더 경계하면서 미세한 변화와 반응 양상에 주의를 기울인다.

이런 자세를 그저 조심스러운 망설임으로 치부해서는 곤란하다. 손쉬운 자기 확신과 결백으로의 도피에 빠지지 않기 위해 조심하는 태도는 달아오르는 붉은 기운과 무한한 깊이의 파랑을 반응시킨다. 시인은 지금 씨방을 도려낸 과육의 맛에 안주하지 않고 "폭설의 씨앗을 심으러"(「검은 잎에 흰 바람」) 가는 중이다. 그 씨앗들이 어떻게 자라서 다른 꽃을 피우는지 더 살펴 보자.

## 2

"숨겨진 말들을 찾아나서자"(「스페이드 A」)고 직접 권유하는 시인의 어조는 무척 다정하다. 수신자를 강력하게 염두에 두고 있는 그의 어투를 듣고 있으면 마치 편지를 읽는 것 같은 느낌에 사로잡힌다. 그렇지만 그의 시의 깊숙한 곳으로 더 들어가면 그의 시가 누군가의 감정을 증폭하기 위한 메시지를 발신하려는 노력과 멀리 떨어져 있다는 사실을 알 수 있게 된다. 마치 "깊은 해저로 가느다란 시차가 연결되는 공중전화"(「발신」)처럼 그의 시는 아득하고 나지막하면서도 비밀스러운 울림을 지닌다. 그래서 그의 시들은 용무를 전달하거나 사랑을 직접 고백하는 편지라기보다 알 수 없는 먼 나라에서 문득 날아오는 엽서처럼 느껴진다.

> 난독증을 앓는 소년은
> 지도와 강과 유역만으로도 헤매고 있다

아이가 집을 나서는 이유에 대해서는 "빨래를 말릴만한 충분한 햇볕이 없었다"라고 적당히 둘러댑시다 기꺼이 죽은 것들을 보고 몸이 약해지지만 보이는 것을 우리에게 알려주지는 않습니다 온 세계가 아이의 가출에 관심을 갖지만 아무것도 사랑하지는 않았습니다

순회 판사는 부러진 망치를 찾아 연기 속에 앉지 (B와 V의 발음 사이에서 나는 미천해졌어요) 나는 배가 불러 가는 것을 감추기 위해 모래땅에 포도나무를 심고 노예를 산다

살아 있는 것만 생각하자꾸나 살아 있는 것만
아이는 아름다움만으로 기도를 드리고 친구들은 동전을 내밀며 기도를 팔지 않겠느냐고 묻겠죠

지붕을 가진 사람들과 마른 몸으로 식탁에 앉아 젖을 마시고 살아가는 것들 모두 배가 부른 계절이 있습니다 배고픈 계절과 동물과 사람을 한 번은 죽이고 왔기에 가능한 일입니다 (잠시 F의 발음에 대해 고민한 뒤) 먼 데에서 죽은 자들과 관계하시는 분이여 아이에게 음식을 내어 주시고 노른자에는 소금을 얹어 주시고 명랑하고 쾌활하고 모두에게 친절하도록 바질을 뿌려주시고,

다시는 몸을 긁으며 잿더미에 앉지 않도록
누구의 편도 들어줄 수 없어 슬퍼지는 이름이 되도록

모두의 이름을 받아 적었으니 내가

몸이 약한 아이와 친구들의 이야기를 들려주려 합니다

—「탐험과 소년과 계절의 서」 전문

이 시에는 시집 전체에 분포한 키워드가 밀집해 있다. 난독증을 앓는 소년은 시집 곳곳에서 출현한다. 아이가 가출한 정확한 이유를 찾기는 쉽지 않다. 대신 우리는 우선 다음과 같은 질문을 떠올릴 수 있다. 아이는 왜 집을 나서서 계속 어딘가를 향해 헤매는가. 그가 도달하려는 곳은 어디인가. 오직 이 시에서 이 질문에 관한 답을 완성하기는 어렵다. 그렇지만 이 시의 몇 가지 요소들은 이후 다른 시편들을 이해하는 데 도움을 준다.

먼저 순회 판사의 망치가 부러져 있다는 사실에 주목하자. 판결의 주체인 판사가 제 역할을 하지 못하는 혼돈의 상황 속에 아이의 노정에는 '죽은 것들'이 산재한다. 한편 '죽은 것들'의 반대편에는 '살아 있는 것'이 있다. 그런데 산 자들은 강건하지 못하고 계속 "몸이 약해지"고 있다. 아이는 지금 이 죽어가는 자들을 위해 기도를 드리고 있는 중이다. 나아가서 한마디로 이 시집은 모든 죽어가는 것들을 향한 아이의 기도라고 할 수도 있겠다. 지도를 잘 읽지 못하고 헤매는 아이는 기도를 따라 길을 찾는다.

가출과 방랑, 그리고 탕아로의 변신이라는 구조는 여러 문학작품에서 흔하게 목격할 수 있다. 그렇지만 이 시집을 이와 같이 단순하게 치부하면 심심할 뿐 아니라 자칫 곤란한 지경에 빠질 수도 있다. 시의 핵심에 놓인 "다시는 몸을 긁으며 잿더미에 앉지 않도록 / 누구의 편도 들어줄 수 없어 슬퍼지는 이름이 되도록"이라는 부분에 주의를 기울이자. 이 부분에는 죄가 없음에도 불구하고 온갖 고통에 시달리는 성서 속 인물 욥의 이야기가 담겨 있다. 신은 믿음을 시험하기 위해 욥에게 갖가지 고통을 내린다. 시인은 욥이 온 몸에 돋은 부스럼을 피가 나도록 긁던 장면을 인용하면서 까닭을 알지 못하고 고통에 시달리는 모든 존재를 소환한다. 그렇지만 시인은 결코 쉽게 누구의 편에 설 생각이 없다. 고통의 정확한 이유를 알지 못하기 때문이다. "B와 V의 발음"의 차이를 쉽게 감지할 수 없다는 점에서 시인은 판사의 역할을 할 생각이 전혀 없다. 오히려 그는 이유를 정확히 알지 못하고 점점 약해지다가 죽을 운명에 처한 모든 존재들과 같은 높이로 자신을 낮춘다. 그들로부터 자신을 분리하지 않고 "모두의 이름을 받아 적"고 "혀에 통증의 지도를 그려온 사람들"(「표류」)의 이야기를 자신만의 언어로 바꿔 다시 우리에게 들려주려 하고 있다.

## 3

아이의 가출과 소년의 여정의 근원을 더 들춰보자. 무엇이 아이를 이 힘든 여정으로 나서게 만드는가. 이 질문으로 한 걸음 나아가기 위해 「우기」의 "내가 천하다고 생각되면 바로 일어나요"와 같은 부분에서 시작하는 것이 좋겠다. 그런데 천하다는 인식의 반대편에는 "왕가의 감정"이나 "난생의 혐의" 그리고 "저주의 눈빛을 씻는 아이들"(「밀연謐戀」)이 자리 잡고 있다. 그렇지만 이 시집의 곳곳에서 귀함과 천함이 대비되고 나아가 혈통에 대한 인식과 부정이 드러나고 있다고 해서 그것을 지나치게 곧이곧대로 받아들일 필요는 없을 것 같다. "왕가의 허명"(「희망봉을 돌아서」)에 관한 비유들은 어떤 개인이나 집단이 다른 집단으로부터 배제된 결과 겪게 되는 고통의 기원을 추적하려는 시도와도 같다. 천하다는 인식은 바로 이런 무시의 과정에서 생겨난다. 죄의 근원을 알 수 없는데 계속 따돌림을 당하는 상태로부터 고통이 시작된다.

이때 자신에게 흠결이 있다는 생각은 아직 막연한 자의식에 가깝다. 일종의 외부에서 가한 상처와도 같다. 따라서 그 의미는 아직 보편성을 획득하지 못하고 갈등에 머문다. 누가 '더럽다'고는 하는데 실제 무엇이 더러운지 자아는 정확히 알지 못하고 당황하는 상태와도 같다. 다시 말하면 뚜렷한 구심점 없이 여러 가지 의미가 복잡하게 교차·반복되는 상태라고 할 수 있다.

> 밤의 성당은 비명의 힘으로 나는 목쉰 새들의 것
>
> 전염되는 붉은 비밀의 힘
> 발이 까만 새와 나눈 한낮의 대화
> 문틈을 넘어온 그림자는 조그맣고 단단하다
>
> 내가 붙잡는 이름들 그 손등에는 흉터가 생겨요 유난히 하얀 손을 가진 목수가 자기 창문에 새겨놓은 낙인 같은
>
> —「미사」 부분

이 시는 막연한 자의식이 구체적으로 발전하는 모습을 보여 준다. 불온함은 전염병처럼 번진다. 시 속의 '나'는 거기에서 그치지 않고 불온한 사람과 어울리는 사람들이 함께 배제되기 시작하는 것을 깨닫게 된다. 흉터는 일종의 낙인처럼 조리돌림의 표식이 된다. 밤의 성당을 울리는 비명소리는 보이지는 않지만 분명히 작동하고 있는 이상한 행태에 대한 증거가 된다.

물론 혈통에 대한 숭배와 조작된 신성함이라는 비유는 얼마든지 오늘날에도 적용할 수 있다. 왕족이 사라지고 계급의 명칭이 소멸되었지만 보이지 않는 곳에 더 다양한 종류의 계층이 상존한다는 사실을 누구도 부인할 수 없기 때문이다. 그렇지만 그것의 정체를 구체적으로 밝히는 것은 각자에게 맡기고 여기에서는 배제와 무시에 의해 유발되는 '나'의 고통에 초점을 맞추기로 하자.

매점 뒤에서 신이 만든 구름을 보다
맘에 드는 구름을 상상할 때까지

나를 위해 기도합니다

쇼바를 한껏 높인 오토바이 햇빛이 나면 나무도 가지를 들어 올려요 나에게 필요한 건 너였는지도 모릅니다 예배 시간 친구의 지갑을 훔친 건

어떤 구름도 나를 위해 울지 않았기 때문이야 오토바이에 대한 미학적 견해가 달랐기 때문이지 차도에서 피 흘리는 사람을 보고도 나는 평온한 오늘

을 위해 기도해 나를 용서하지 말아요

(…중략…)

나는 매점 쓰레기통에 버린 지갑 안쪽에서 죽을 것입니다 나를 잡는 손을 뿌리칠 때마다 다리엔 멍이 생겨요 아픈 가슴은 외가의 병력이었고 오래도록 빈 교실은 햇빛을 향해 걸었습니다

내일은 구름의 왼쪽 가슴이 아플지도 모릅니다
내가 그들을 위해 기도하지 않았기 때문입니다

—「미션 스쿨의 하루」 부분

"나를 위해 기도합니다"라는 문장은 시의 마지막에 어떻게 "내가 그들을 위해 기도하지 않았기 때문입니다"로 바뀌는가. 시의 앞부분에는 매점 뒤에서 홀로 구름의 변모를 한참동안 지켜보는 '나'의 모습이 있다. 기도의 내용이 직접 드러나지는 않지만 '나'에게 필요한 '너'가 없다는 사실과 "어떤 구름도 나를 위해 울지 않"는다는 부분을 보면 배제된 상태로 고통을 받는 '나'의 기도가 얼마나 간절한지 충분히 느낄 수 있다.

그렇지만 정작 이 시에서 가장 핵심적인 부분은 "나를 잡는 손을 뿌리칠 때"이다. 시 속의 '나'는 누구보다도 배제와 무시의 고통에 시달리는 자다. 그런데 그런 '나'는 어느새 다시 누군가의 손을 뿌리치며 매몰차게 그를 따돌린다. 막연하게 천하다는 생각에 머물던 '나'의 의식은 이런 관

계의 맥락 속에서 죄의식으로 구체화한다. 증오에 몸서리치며 그것으로부터 벗어나기를 희구하는 '나'의 간절한 기도는 시의 말미에서 어느새 증오에 물들고 똑같은 방식으로 고통을 전이하고 있는 '나'를 발견하는 자의 새로운 기도로 바뀐다.

이 시집의 정 가운데에는 이처럼 보잘것없고 초라한 인간의 마음에 대한 고백이 자리 잡고 있다. 그저 미션 스쿨의 하루를 그리고 있을 뿐인 한 편의 시는 우리에게 고통이 어떤 방식으로 전이되는지, 증오에 휩싸인 인간이 자기도 모르는 사이에 어떻게 증오에 물드는지, 오직 자신의 구원을 바라는 사람의 간절한 마음이 얼마나 형편없는 지경에 빠질 수 있는지와 같은 여러 가지 의문을 투명하게 우리에게 건네준다.

> 빛이 드는 긴 교회의 회랑 검은건반 흰건반 무릎을 꿇기 위해 맨발로 복도를 지난다 왜 맑게 닦은 것들 위에는 내 얼굴이 고이는 걸까요
>
> 합창 시험을 마치면 잊게 되는 노래의 가사처럼
>
> —「오랜, 고요한 복도」 부분

시 속의 소년은 지금 복도와 회랑을 따라 사람의 마음 깊은 곳으로 향하는 긴 통로를 걷고 있는 중이다. 그러니까 그의 떠남과 헤맴은 자신의 고통을 누설하고 그것을 통해 누군가를 단죄하려는 발걸음을 지니고 있지 않다. 소년은 오직 "자화상만을 그리던 화가들"(「사생대회 불참의 변」)처럼 자신을 채색하고 변명하며 자신의 결백을 주장하기 위해 타인을 구석으로 몰아세우려는 자신으로부터 한 발짝 물러나와 천천히 고이는 자신의 얼굴을 들여다본다. "빈 책상을 끌어안고 / 처음으로 나와 많은

이야기를 나누었습니다"(「과학경시대회」)에는 이처럼 자신도 모르던 다른 '나'를 발견하는 순간의 이상하고 놀라운 감정들이 잘 담겨 있다.

## 4

미션 스쿨의 구도는 비유의 구조를 거치면 시집 전체에서 더 큰 세계로 확대된다. 편을 나누어 사람을 가르고 특정인을 무시하는 행태는 '나'를 집단으로부터 분리시킨다. 시 속의 '나'는 처음에는 "나를 이 도시로 추방한 사람을 미워"(「바빌로니아의 달」)하는 감정에 사로잡히기도 하지만 곧 이런 구조 속에 매몰되고 마는 '나'를 발견한다.

「묵형墨刑」의 "내가 그에게서 배워 온 건 등 뒤에서 내 이야기를 속삭이는 / 유령들로 사람의 눈빛이 무시무시해진다는 것"과 같은 부분은 배제된 인간의 공포가 어떻게 증오를 부추기는지에 관해 간명하게 드러낸다. 더불어 실체가 없이 떠도는 말이 만드는 참혹함을 짐작할 수 있게 만든다.

네 얼굴에서
내 말들은 언제부터 쓸모가 없어진 걸까

너는 너대로 나는 나대로 남아
새를 사러 갔다가 점만 치고 돌아오는 날들

—「사도들」 부분

거짓말이에요 하나의 냉정을 펼쳐 귀를 곧게 박으면

펼쳐지는 곳에

나만 모르고 모두가 아는 이야기들

너를 생각하면 이제 내 생각이란 간신히 아무것도 아닌 생각이다 그러니까, 다시 입 없는 사람이 되어 눈발 속을 시리게 걷는다는 것

내게도 나만 알고 아무도 모르는 이야기가 있는 걸

—「페르가몬의 양피지」 부분

'나'의 말은 '너'에게 아무런 쓸모가 없다. 그런데 각자 따로 남은 '나'와 '너'의 구도가 점점 '나'와 '모두'로 확장되고 있다는 사실에 주목할 필요가 있다. 시의 문면에 구체적인 말이 드러나 있지는 않지만 「사도들」의 '나'는 지금 계속 '너'에게 이야기하고 있는 중이다. '나'는 '너'의 표정을 살피면서 많은 말을 쏟지만 '너'는 거의 반응하지 않는다. '나'는 만난 목적을 달성하기 위해 말을 풀어놓지만 늘 '너'를 예측하는데 머물고 만다.

계속 펼쳐지던 '나'의 이야기는 「페르가몬의 양피지」에 이르면 거의 잦아들고 급기야 '나'는 "입 없는 사람"이 된다. "거짓말이에요"라는 첫머리의 외침은 등 뒤의 이야기들에 묻혀서 점점 힘을 잃다가 어떤 생각만이 "간신히" 남는다. '모두'의 이야기가 점점 무성해질수록 '나'의 이야기는 미미해진다.

말이 점점 잦아들고 생각마저 희미해질 때, '나'는 가장 미미한 존재가 된다. "나는 늘 먼지에 바탕을 두고 자라나 마른 벌레가 돼요"(「섬의

하루」)와 같은 부분은 이러한 '나'의 처지를 잘 보여 준다. 이런 '나'에게 '당신'은 마치 닿을 수 없는 사람, "이 세기로 감춰진 사람 문득 / 담쟁이로 가득한 나라의 왕족"(「발신」)처럼 여겨진다. "뒷모습으로 사람을 구분하는 일에 익숙해집니다"라는 말이나 "활주하는 비행기를 바라보는 일로 중독을 이해하기로 해"(「발신」)와 같은 부분은 혼자 남겨진 사람의 절실한 고독을 그대로 담고 있다. 그렇지만 정작 이 시집이 지닌 매력은 바로 "내게도 나만 알고 아무도 모르는 이야기가 있는 걸"과 같은 부분에서 최대로 촉발된다.

저기 높은 지붕이 만든 그림자 그 아래서
말을 모는 사람들이 모여 지나온 길들의 이름을 모을 때
눈가에 번져가는 의심이었으면 좋겠어

그러면,
지붕 위의 아찔함에도 비켜서지 않는 고집이 생길텐데
평원에 장미가 자라고 꽃잎을 빻는 향기에 취해 나는 인간이 되었을텐데

밤이면 사뿐히 지붕을 넘나드는 여우들
혼자서만 꾸는 꿈으로도 나는 셀 수 없는 편지를 쓴다

네가 먹다 남기고 간 나의 결의 같은 것

—「지붕 위의 여우들」 부분

이 시에는 혼자 남은 자, 뒷모습을 오래 지켜본 자, 구름의 변화와 사라지는 비행기를 오래 지켜본 자의 묘한 '결의'가 배어 있다. 아찔하게 높은 지붕 아래에서 '나'는 그것을 사뿐히 넘는 여우들을 떠올린다. 지붕이 만든 그림자 아래에서 '나'는 닿을 수 없는 지붕을 오르려는 헛된 시도 대신 "비켜서지 않는 고집"을 배운다. '나'의 수많은 말들을 향한 '의심'을 향해 계속 편지를 쓰는 '고집' 사이에서 이상한 '결의'가 싹튼다. 그렇지만 이 결의는 결코 의심을 불식시키고 지붕 위의 상대를 끌어내리려는 시도가 아니다. "혼자서만 꾸는 꿈"이라는 말에서도 충분히 알 수 있듯이 '나'는 지금 지붕 아래에서, 자신만의 결의를 적고 있는 중이다.

## 5

혼자 남겨진 채, 미미하게 점점 말라가는 '나'의 이미지는 여러 시에서 쉽게 찾을 수 있다. "잎들은 마르며 사람을 찌르지 않지 정말로 약이 되길 바란다면 가장자리를 늘리는 수밖에 맑은 액체가 고이는 자리"(「청록, 포도가 자라는 자리」)와 같은 부분이나 "연습실의 악기를 조율하듯 마른 눈가를 닦는 일 / 아침이면 / 흩어진 어둠을 나무 아래로 모아 놓는 바람의 일"(「기적을 되돌리는 숲」)과 같은 부분을 읽어보면 "청력이 귀한"(「섬의 하루」) 시인의 감각이 예민하게 반응하는 양상을 엿볼 수 있다. 등 뒤에서 떠돌며 부푸는 말들에 바싹 말라서 부서지고 흩어지는 인간의 초상에 시인은 누구보다도 예리하게 감응한다. 그렇지만 시인이 우리에게 건네는 이 은밀한 편지의 갈피를 더 자세히 뒤적이면 그가 마른 가루를 질료로 삼아 거기에 불을 붙이고 폭발을 기도하는 태도를 지니고 있지 않다는 사실을 잘 알 수 있다.

마른 직선에게 탄력을 선물한다 오늘은 오늘의 밀을 심고 내일은 내일을 올리브를 심고

허리를 굽히거나 손을 뻗으며, 그리고 입술을 오므리는 습관, 그것만으로도 뜨거워진다

여행가방에 면을 챙기는 사람들로부터 슬픔을 보존하는 법을 배운다 마른 햇볕을 물에 풀어 천천히 삶아내는 감정

멀리서 보면 그냥 지나가는 것들을 먹이는 일 같다면

접시와 식기 위로 쏟아 내는 기도대신 큼직한 쇠솥을 걸고서 유독(幽獨)의 기미로 말라가는 사람을 먹이며

—「면(麵)」 부분

숨겨진 말을 찾아 계속 길을 떠나는 자의 여행가방을 들춰보자. 오랜 여행의 기간 동안 가방 구석에서 천천히 말라가는 면을 꺼내어 그것을 "물에 풀어 천천히 삶아내는 감정"에 관해 함께 생각해보자. 마른 면이 끓는 물속에서 다시 탄력을 회복하는 것처럼, 바싹 마른 마음도 낯선

타지와의 시차와 간격 속에서 조금씩 변화를 겪는다. 직선으로 굳은 면은 시간을 머금으면서 생기를 되찾고 곧 생생한 맛을 회복하기 시작한다. 은근하면서도 천천히 삶은, 뜨거운 면을 허리를 굽히고 손을 뻗어 조심스럽게 입술을 오므리고 먹는 자세야말로 이처럼 생생한 탄력을 음미하기 위하여 가장 중요한 자세라고 할 수 있겠다.

소년이 끊임없이 바깥으로 향하는 발걸음을 멈추지 않는 이유가 여기에서 더 분명해진다. 시적 화자인 소년이 우리에게 보내는 편지에는 끊임없는 질문들이 담겨 있다. 이 질문들은 혈통에 대한 맹목적인 믿음이나 자기 결백에 관한 확신의 뜨거움으로부터 잠시 우리가 물러설 수 있도록 돕는다. 기본적으로 여기에는 "기도의 체온으로 서로가 눈꺼풀을 쓸어주는 새벽, 입술을 모은 장미들에게 다가가는 방법"(「편지들의 이스파한」)이 담겨 있다. 그렇지만 시인의 언어가 펼치는 진면목은 단순히 혼자 남은 사람의 자기의 구원을 향한 간절한 기도와는 다르다. 그의 시쓰기는 "접시와 식기 위로 쏟아내는 기도대신 큼직한 쇠솥을 걸고서 유독幽獨의 기미로 말라가는 사람을 먹"이기 위한 시도와 가장 가깝다.

> 운동화 끈을 묶으며 보이스카우트들은 매듭법을 배우고 그걸 우리에게
> 자랑하고
>
> 자랑할 것이라고는 매듭법뿐인 세계도 좋겠다 그러니까, 놀이터로 가자
> 몰래 울어 보기 좋은 곳 친구가 되기 좋은 곳 스스로 무덤이어야 하는 곳,
> 그래 누구나 신발을 벗어주고 오는 곳

바닥은 모두 생고무로 바뀌어가는 추세, 그림자를 뒤척이며 바닥을 문지른다고 내가 하얗게 되지는 않아요

새 신발을 사는 놀이와 신발을 밟아 더럽히는 놀이 우리와 놀이가 웃고 떠드는 동안 사라진다

—「놀이터로 가기」 부분

탄력을 불어넣는 자질이야말로 안웅선 시가 지닌 가장 뛰어난 매력이다. 시인은 신성함의 허구와 온갖 비밀과 죄의식에 짓눌린 사람들에게 "놀이터로 가자"고 손을 내민다. 이 시는 운동화 끈을 묶는 방법, 그 매듭법을 친구들에게 자랑하던 어린 시절의 단순한 정경을 품고 있을 뿐이다. 새 신발을 사면 오래 신으라는 핑계를 내세우며 여러 친구들이 몰려와 그것을 밟는 풍습에는 묘한 질투가 담겨 있다. 그렇지만 아이는 새 신발이 더럽혀졌다는 실망과 낙담 속에 주저앉기보다는 친구들과 함께 놀이를 즐긴다. 아이의 세계에서는 질투와 같은 개념이 통용되지 않기 때문이다. 어쩌면 아이는 새 신발을 신지 못하는 친구들의 부러운 마음을 직관적으로 이해하고 있는 것은 아닐까.

시의 화자는 더 이상 "새하얀 운동화를 신고 놀이터로 가기"를 주저하지 않는다. 구석에서 "그림자를 뒤척이며 바닥을 문지른다고 내가 하얗게 되지는 않"는다는 사실을 분명히 깨달았기 때문이다. 나아가 이 현명한 아이는 어쩌면 새하얀 신발은 빨면 그만이며 그것 때문에 자신이 더러워지는 것은 아니라는 사실까지도 눈치를 채고 있는 것은 아닐까.

다리는 짧고 궁둥이는 크지요
이빨은 아름다웠지만 빠져버렸다구

입 속에 혀를 넣어 구멍을 찾자
나의 꼬마 하마, 이것이 첫 경험입니다

열심히란 말은 배우지 않을래요 땀 난단 말이에요 땀은 탈모에도 안 좋으니까
그래도 다리가 계속 자라는걸요

통통통 뛰어다니는게 좋아요

—「꼬마 하마 키보코」 부분

난독증에 시달리는 소년이 지도를 잘 읽지 못하여 헤매는 모습을 떠올려 보자. 짧은 다리에도 불구하고 커다란 궁둥이를 씰룩거리면서 통통통 뛰어다니는 꼬마 하마 키보코의 모습은 곤란함에 직면한 자에게 탄력을 불어넣는 시인의 자세를 한껏 드러낸다. "금발의 의사는 뼛속까지 곪아버린 어금니를 뽑아낸다 / 이빨 끝에 고인 내 표정을 낭독하지 못한다는 것"(「라플란드의 오로라」)에 드러난 낭패감은 이 시에서 "이빨은 아름다웠지만 빠져버렸다구"라는 어조로 바뀐다. 마치 이미 더러워진 신발을 아랑곳하지 않는 태도와도 닮았다.

이 귀여운 꼬마 하마는 이빨을 사용하는 대신 더 적극적으로 혀를 사용하는 경험의 세계로 진입하기를 두려워하지 않는다. 동시에 하마는

이것을 '열심히' 배워야만 하는 과정으로 여기지도 않는다. 그는 '열심히'라는 불투명한 말이 품은 기존의 모든 관념을 배우기 위해 땀을 흘리는 대신 마치 놀이를 하는 것처럼 그저 여기저기로 뛰어다닌다. 이 과정 속에서 이빨도 다 빠지고 탈모까지 진행 중인 하마에 관한 측은함은 온데간데없이 사라지고 사랑스럽고 귀여운 그의 동작과 몸짓이 더욱 선명해진다. 그의 시의 리듬은 이처럼 보잘것없는 사람의 마음속에 돌연 다른 탄력이 깃들게 만든다.

검은 양복을 입고
좁은 상 앞에 앉아 저려 오는 다리를

펭귄의 자식들은 모두 눈의 정원에 선다
하얀 도화지 위에 무릎을 꿇고 연필로 그림자를 베끼며

빙하, 라는 깊이를 생각하면 떠난 사람들이
말을 건다 눈 폭풍 속으로 걸어 들어간 사람 마술사의 상자 속에서 사라져 버린 사람 그래도 친구라고

모두 저린 발을 비비며
절벽 절벽 읊조리며 앉아 있는 것인데
새벽이면 혼자서만 백발이 되어버린 느낌이고

나는 친구가 적고 검은 양복을 맵시있게 차려입은 사람들은 도무지 나를

모르고

지금에야 나는
서곡을 연주하기 시작한 지휘자처럼 온 힘으로 예의 바르다 음악은 적도를 지나 남쪽으로 남쪽으로 사라지며 서늘해져 가는데 화면은 모두 흑백인 채로

휘청이며 일어선다

돌아오는 길마다
사람, 손을
빌리지 않은 적이 없다

—「펭귄, 펭귄, 펭귄」 전문

이 시는 안웅선 시가 지닌 여러 가지 매력을 가장 잘 드러내주고 있다. 한 권의 시집은 다양한 스펙트럼을 지닌다. 시집 속 여러 시편들은 미묘한 차이들 속에서 하나의 책으로 묶이게 마련이다. 이 시집에도 "살해당한 내 표정들을 부르는 것만으로 빛을 잃어간다고 해도 오른쪽 어깨의 까마귀가 물어 오는 치통들을 모으겠습니다 숲의 눈동자에 자기 얼굴을 비추는 // 라플란드의 오로라처럼"(「라플란드의 오로라」)과 같이 장엄하면서도 화려한 문장들이 여럿 걸려 있기도 하다. 또 이런 문장들 속에는 현대시의 고전을 탐습한 시인의 고투가 배어 있다. 시인은 '바다와 나비'를 함께 놓던 김기림의 야심이나 '늙은 의사는 젊은이의

병을 모른다'던 윤동주의 섬세함이나 시인 이상의 어조들을 발판으로 완전히 새로운 이미지와 상상력을 선보이기도 한다. 어쩌면 누군가는 이런 부분들의 아름다움에 더 애착을 느낄 수도 있을 것이다. 그렇지만 누군가 나에게 안웅선의 시를 한 편만 건네달라고 요청한다면 나는 인용시를 내밀고 싶다.

시의 화자는 상가喪家에 간 모양이다. 검은 양복을 차려입은 화자는 조문을 마치고 자리에 앉아 있는데 계속 다리가 저리다. 짧은 다리와 커다란 궁둥이를 지녔던 꼬마 하마를 떠올려도 좋을 것 같다. 대개 흰 셔츠에 검은 양복을 받쳐 입은 조문객들의 모습을 "펭귄의 자식들"로 단번에 형상화했다가 시의 후반부에 턱시도를 차려입은 지휘자로 연결시키는 솜씨가 우선 돋보인다. 그렇지만 그보다 더 돋보이는 것은 이 시가 지닌 기묘한 분위기다.

죽은 사람을 애도하기 위해 사람들이 모였다. 일상에서 각자 다채로운 색을 지녔던 사람들이 무채색의 비슷한 차림으로 모여 있으니 마치 무리를 지은 펭귄들처럼 보인다. 미끄러운 빙판 위를 뒤뚱거리며 걷는 펭귄들처럼 사람들은 조금씩 다르지만 또 비슷하게 곤란함을 헤치며 살고 있다. 쌓인 눈이 두꺼운 빙하를 형성하는 것처럼 시간이 흐르고 각자 저마다의 생의 방식은 조금씩 다르겠지만 결국 죽음에 이르고 누군가가 애도하는 과정은 계속 똑같이 반복될 것이다. "모두 저린 발을 비비며 / 절벽 절벽 읊조리며 앉아 있는 것"을 지켜보는 '나'는 이미 죽은 자와 곧 죽을 운명에 처한 자들의 무한한 반복과 교차에 관해 생각하며 아득해진다.

색채가 흐려지고 흑백으로 단순해지는 이 풍경 속에서 '나'는 다시 관계에 관해 생각하는 것이다. "그래도 친구라고" 장례식에 찾아와서 애도하는 사람들을 바라보면서 '나'는 '친구'에 관해 생각한다. 생각해 보니 "나는 친구가 적고 검은 양복을 맵시있게 차려입은 사람들은 도무지 나를 모르"는 것만 같다. 친구란 누구인가. 누구를 과연 친구라고 할 수 있는 것일까. 어떤 관계까지를 친구라고 부를 수 있는 것일까. 이런 질문들이 시에 직접 드러나 있지는 않지만 죽음 앞에 선 사람들과 그들을 바라보는 시적 화자의 태도는 일방적이지 않아서 우리가 친구와 관계, 그 외에 다른 여러 가지를 떠올릴 수 있는 여지를 열어놓는다.

이미지를 확산시키며 시상을 전개하는 방식은 간명하면서도 인상적이어서 누구나 그 장면을 쉽게 그릴 수 있다. 그렇지만 흑백 사진처럼 단순하면서도 투명한 구조는 관계를 단순화하거나 성급한 가치 판단으로 흐르지 않는다.

시와 문학작품은 사실 관계를 확인하는 기사보다는 미지의 가능성을 탐색하기 위해 가상의 조건을 실험하는 무대에 더 가깝다. 그런 점을 고려하지 않더라도 한 사람의 시인이 독자의 이런저런 기대를 고려하는 것은 지극히 자연스럽고 당연한 일이다. 미처 형언할 수 없는 일상의 고통을 겪는 누군가에게 그 고통스런 마음을 적절하게 표현하는 말이 어떤 위로가 된다면 물론 그것은 근사한 일일 것이다. 그렇지만 그 과정에서 우리는 때로 동정과 위로를 핑계 삼아 불안과 증오를 조장하려는 시도도 목격할 수 있다. 스스로 약한 자의 편에 서려는 자세는 고귀하지만, 자기 편의대로 약자를 규정한다면 그런 태도는 오히려 더 추악한 폭력에 가까워질 수밖에 없다.

안웅선의 시는 절망적인 세계에서 고통을 겪는 사람들의 비명을 외면하지도 않지만 함부로 편을 가르고 어느 편이 듣기에 달콤한 말을 속삭이려는 태도도 지극히 경계한다. 그의 시어는 바짝 마른 재료들에 불을 붙이기보다 충분한 시차 속에서 그것이 천천히 섞이고 반응하면서 모든 이들이 스스로 탄성을 회복하도록 돕는다. 먼 나라에서 문득 건너온 엽서와 같이 은밀하면서도 다정한 그의 언어는 독자에게 다정한 어조로 권유하고 그의 손을 맞잡고 함께 간절하게 기도하지만 결코 그들을 어느 쪽으로 끌어당기지 않는다. 이 과정에서 난처한 상황에 빠져 허우적대던 언어는 생기를 얻는다. 죽은 사람을 애도하기 위해 모인 사람들을 펭귄으로 바꾸어놓는 장면을 떠올려 보자. 빙판 위를 뒤뚱거리며 무리지어 걷는 펭귄의 상상력은 한없이 무겁고 엄숙한 죽음과 함께 섞이며 독특한 질감의 정서를 만들어낸다.

다시 앞의 질문으로 돌아가자. 친구와 적 또는 친구와 친구가 아닌 사람을 우리는 과연 어떻게 구분할 것인가. "나는 친구가 적"다고 말하는 시인은 다음과 같이 대답한다. "돌아오는 길마다 / 사람, 손을 / 빌리지 않은 적이 없다".

# 수록한 글의 최초 발표 지면

## 01 시를 읽는 이상하고 모호한 순간

「감각과 리듬—시의 리듬은 어떻게 우리의 일상에 가담하는가」, 『시와반시』, 2013.가을.

「의자의 시적 효용」, 『시현실』, 2013.봄.

## 02 시의 오묘한 맛과 향

「성숙이라는 열매의 맛」, 『세계의문학』, 2011.겨울.

「바나나를 다루는 시적 태도」, 『시현실』, 2013.여름.

## 03 시를 어떻게 읽을 것인가

「감각적 확신에 관한 시적 의문들」, 『시와사상』, 2013.여름.

「시의 가치와 취향」, 『시현실』, 2013.가을.

## 04 감각과 인식, 몸과 마음

「마음의 탐험」, 『시와세계』, 2011.여름.

「포개지는 우주, 그 떨림의 시학」, 『중앙일보』, 2009.9.18.

## 05 친구, 이웃, 연인 - 막막하게 꼬이는 관계의 모험

「관계의 모험을 감행하는 시적 에로스」, 『세계의문학』, 2011.겨울.

「친구이자 괴물인 이웃과 함께 사랑을 향하여」, 『시안』, 2010.겨울.

「'우리'의 가능성」, 『현대시』, 2010.7.

「비밀의 정치적 잠재력」, 『세계의문학』, 2011.겨울.

「성숙의 감각, 그 부드러운 풀림」, 『딩아돌하』, 2013.여름.

## 06 번식하는 말, 그 끝없는 펼침

「회전하는 목소리」, 『시와반시』, 2012.겨울.

「마음의 진동은 시의 리듬을 타고」, 『시안』, 2011.봄.

「감정의 색조와 음향」, 『웹진문지』, 2011.12.
「배교의 신성함으로 끓어오르는 연금술의 방언」, 『현대시학』, 2011.9.
「번식하는 말, 그 끝없는 펼침」, 『세계의문학』, 2012.겨울.

## 07 '서정'을 주제로 한 소나타

「'겨를'의 시학」, 『창작과비평』, 2012.여름.
「생명의 감각으로 빚은 고요」, 『세계의문학』, 2012.여름.
「'온다'와 '간다' 사이의 거리」, 『시와사람』, 2010.겨울.
「'서정'을 주제로 한 소나타」, 『시작』, 2010.봄.
「음양오행의 교향을 청음하는 무심결의 시학」, 유종인 시집 『양철지붕을 사야겠다』 '해설'.

## 08 웃음의 색채와 질감

「자주색 유머」, 『시인동네』, 2015.가을.
「생의 은폐된 비밀을 소환하는 교감주술」(미발표), 2003.
「White Humor」, 『시사사』, 2015.가을.

## 09 낯선 힘

「반복과 대립-말의 숲을 여행하는 몇 가지 보폭」, 『현대시』, 2014.6.
「존재의 중심을 향한 소용돌이」, 『세계의문학』, 2014.봄.
「점성의 언어와 시적 화학 반응」, 『세계의문학』, 2014.가을.
「감응하는 주체와 정념의 숙성」, 『시인수첩』, 2014.가을.
「힘-감각의 강도와 깊이에 관하여」, 『세계의문학』, 2014.겨울.

## 10 공감할 수 없다고 말할 수 있는 것

「가장 침착한 좌절의 자세」, 『세계의문학』, 2015.겨울 · 『시인동네』, 2016.봄.
「혼혈 소녀의 피아노」, 박은정 시집 『아무도 모르게 어른이 되어』 '해설'.
「지속의 리듬에서 도래하는 가능성의 세계」, 『시인동네』, 2015.겨울.
「공감할 수 없다고 말할 수 있는 것」, 『딩아돌하』, 2017.봄.
「미지의 친구들에게」, 안웅선 시집 『탐험과 소년과 계절의 서』 '해설'.